彩图
珍藏版

枕上诗词

唐诗里的岁月山河

李志英——

著

哈尔滨出版社

H.P.H

HARBIN PUBLISHING HOUSE

图书在版编目（CIP）数据

枕上诗词. 唐诗里的岁月山河 / 李志英著. -- 哈尔滨 : 哈尔滨出版社，2023.12
ISBN 978-7-5484-7645-0

Ⅰ.①枕… Ⅱ.①李… Ⅲ.①唐诗—诗歌欣赏 Ⅳ.①I207.22

中国国家版本馆 CIP 数据核字（2023）第 235065 号

书　　名：枕上诗词. 唐诗里的岁月山河
ZHEN SHANG SHICI. TANGSHI LI DE SUIYUE SHANHE

作　　者：李志英　著
责任编辑：孙　迪
封面设计：仙　境
内文排版：张佳月

出版发行：哈尔滨出版社（Harbin Publishing House）
社　　址：哈尔滨市香坊区泰山路 82-9 号　　邮编：150090
经　　销：全国新华书店
印　　刷：三河市双升印务有限公司
网　　址：www.hrbcbs.com
E-m a i l：hrbcbs@yeah.net
编辑版权热线：（0451）87900271　87900272
销售热线：（0451）87900202　87900203

开　　本：880mm×1230mm 1/32　　印张：20.5　字数：420 千字
版　　次：2023 年 12 月第 1 版
印　　次：2023 年 12 月第 1 次印刷
书　　号：ISBN 978-7-5484-7645-0
定　　价：138.00元（全3册）

凡购本社图书发现印装错误，请与本社印制部联系调换。
服务热线：（0451）87900279

元 王蒙 葛稚川移居图

明　沈周　庐山高图

清　王翚　草堂碧泉图

唐　周昉　簪花仕女图

清　郎世宁　锦春图

序

　　唐朝是中国古代历史上的一个黄金时期，它给后世留下的印象至深，除了国力强大、政治清明、经济繁荣、天下太平外，更突出的亮点就是辉煌灿烂的唐诗文化。

　　唐朝是一代文学的标志，是我国古典诗歌之冠冕，唐朝是当之无愧的诗国。无论是王侯将相，还是社会底层的平民，如伶人、歌妓、婢妾、商贾、医卜、渔樵、僧道等，他们都是那个时代诗歌的创作者，亦是欣赏者。

　　唐诗的发展经历初唐、盛唐、中唐、晚唐四个时期。

　　初唐是唐诗繁荣的准备期，大唐初年，经济的繁荣催生了文学的成熟。当以上官仪为首的宫廷文人把诗歌当成点缀歌舞升平的风雅玩物时，诗坛上凭空崛起了一股锐意改革的新生力量，他们有力改"争构纤微，竟为雕刻"诗风为清新风格的"初唐四杰"之首王勃；有"一气到底，缠绵往复，欣欣向荣"的骆宾王；亦有"标举汉魏风骨，重兴寄反柔靡"的诗歌革新先驱陈子昂和"孤篇横绝，竟为大家"的张若虚。

　　盛唐是唐诗发展的高峰，在我国古代灿若繁星的诗人中，杜甫和李白作为诗国盛唐气象的化身，犹如天幕上骄阳与明月一般存在，一个写尽了盛唐波澜壮阔的浪漫，一个雕刻着唐朝苍凉悲壮的衰败。

以儒家兼济天下思想为主，道家功成身退思想为辅的李白，虽有宏伟抱负和进步理想，但生活在唐朝统治阶级开始走向腐化、政治趋向黑暗的时期，无法实现。特别是经过三年供奉翰林的政治生涯，洞悉当时的腐败现实。

李白的人生是矛盾的，他自负、狂傲，在人生得意时选择入世，他少年时执剑走天涯，渴望功名，于是积极结交王侯，在儒家思想的引导下，他要"一匡天下"而"历抵卿相"。

但是他又自恃才高，"五岁诵六甲，十岁观百家，十五观奇书，作赋凌相如"，他桀骜不驯、放荡不羁，他能写出"仰天大笑出门去，我辈岂是蓬蒿人"的自得，也曾写下"安能摧眉折腰事权贵？使我不得开心颜"的牢骚。

而杜甫则把自己的全部心血都倾注到了诗歌创作之中，现存他的一千四百多首诗，犹如巨大的历史画卷，广泛而深刻地描绘了诗人生活时代的社会面貌，他在叙事诗里妙用赋笔，舒卷随心，他用千锤百炼与丰富多彩的诗歌语言，奏响忧时伤怀，心系天下安危的钟声。

安史之乱后，唐王朝国势陵夷，中央权威遭到严重削弱。生活于中唐前期的诗人，大多亲身经历了从安定繁荣到灾难迭生的沧桑巨变。在乱世中成长并走上诗坛的这群作家，面对满目疮痍的社会，艰难坎坷的人生，追怀盛世的辉煌，感慨乱世的黯淡，再也无法激起前辈那样昂扬浪漫的情怀，饱经忧患的歌喉吟唱着忧郁、哀怨并时带激愤的音调。

自代宗大历元年至文宗大和九年，史学家称这个时期为

"中兴"，此时安史之乱已经平定，但社会上疮痍满目，于是诗坛上活跃着两类人，大历前期有元结、顾况等揭发社会矛盾、同情人民疾苦的诗歌，成为杜甫的同调，而刘长卿多写山水隐逸，清新含蓄，字句研炼，权德舆推为五言长城；韦应物高雅闲淡，为白居易所称道，皆接近王、孟。

后期元和，诗歌又出现第二次高潮，突破了大历诗人的狭窄天地，显现出多种流派和多种风格，就其趋向而言，大致为韩孟诗派及元白诗派，代表人物是韩愈和白居易。

韩愈在倡导古文的同时，也致力于诗风的革新，力矫大历十才子的平弱诗风，继承并发扬李白豪放和杜甫沉雄的传统，他的诗驱驾气势，而思苦奇涩、硬语盘空的孟郊，备受韩愈的推崇。还有贾岛、韦应物、刘禹锡、元稹等人，他们各以自己独具风格的作品丰富了诗歌园地。

刘禹锡一句"沉舟侧畔千帆过，病树前头万木春"。在看尽了春花秋月狂风大作，尝尽了人生悲欢离合后，在人淡如菊中安然老去，成为中唐时代的亮色，不如意的人的一盏心灯。

晚唐诗歌不及盛、中唐诗歌繁荣，但也出现了许多著名诗人，如杜牧、温庭筠、李商隐、皮日休、陆龟蒙、聂夷中、杜荀鹤、罗隐、韦庄等。

生活在多事之秋的晚唐时代，他们怀抱经邦济世之志，用诗文抒写自己的壮志和理想，表现出爱国忧民的思想感情，讽刺统治者荒淫奢侈。

杜牧用一句"十年一觉扬州梦，赢得青楼薄幸名。"写下年轻时的落拓不羁，如今鬓发花白，躺在禅床上，看窗外风吹花落，茶烟轻轻飘扬。

　　他生在唐王朝似欲中兴实则无望的时代，面对内忧外患，他忧心如焚，渴望力挽狂澜，济世安民。却长期被摒弃在朝堂之外，纵有治国之才，凌云之志，也只能空嗟叹。然而谁又能真正凭一己之力扭转整个时代的命运呢？谁又能真正选择自己的命运。

　　而我写下这本书，亦是期望着能在这些流传千年的诗文里，跨越时光的洪流，与你，与他，与我们所有人，梦回大唐，一睹那岁月山河。

目录

卷二　盛唐之音：乱花渐欲迷人眼

卷一

初唐风骨：齐梁旧事风吹去

王勃：

闲云潭影日悠悠，物换星移几度秋

——生如夏花绚烂

秋江送别（其一）

王勃

早是他乡值早秋，江亭明月带江流。

已觉逝川伤别念，复看津树隐离舟。

　　自己早已是他乡远客，也不知道要飘零到何时才算尽头。早秋七月，我在江边小亭送你离开。月光朦胧，江水滚滚，时光流逝，这些离别我本已经历多次，却还是免不得伤怀。此时看到渡口树荫下将载你离去的船只，心绪难平。

　　唐高宗乾封三年，王勃因作《檄英王鸡》而被逐出长安，后南下入蜀，此诗大约作于王勃居蜀时期。寥寥两句，写尽了离别的伤感，流逝不返的江水似乎为这场送别更添了几分愁绪，但最忧愁的却是遮挡视线的树啊。

　　早秋送别本就已是萧瑟，若是诗人再抑郁几分，愁绪便如大雾一般，淹没了江水。所以，王勃在此时将视线转移，从江流拖带着明月远去，波光粼粼，景色亮丽。又用"已觉""复看"来做短暂转折，显示出情绪的变化。他刚刚萌发出伤情，旋即注目于隐蔽在树中的离舟，虽是离别，却让人积极向前。

这样的人生态度同样出现在他的其他离别诗文中，比如《送杜少府之任蜀州》：

送杜少府之任蜀州

城阙辅三秦，风烟望五津。

与君离别意，同是宦游人。

海内存知己，天涯若比邻。

无为在歧路，儿女共沾巾。

这首诗气象开阔，无论在意境塑造上还是在遣词达意上，都使人耳目一新。诗词开篇点出离人远行、秦蜀隔绝的现实。

哪怕唐朝国力富强，远行依然有重重风险。此时一别，再见可能遥遥无期。也是因此，很多诗人的离别诗中透露的总是伤情无奈。

而王勃却一改故辙，对友人多加劝慰。我们同在这人世间沉浮，聚散离合本就是常事，不必太过怅惘。诗中虽有惜别之情，更有劝慰之意，惜别之情由显到隐，劝慰之意由隐到显。在面对离别时，大丈夫当以报效祖国，建功立业为重，而不该被儿女情长所扰。诗歌基调一改萎靡纤弱，显现出高旷的境界、刚健的骨力。较之曹植的"丈夫志四海，万里犹比邻"，青出于蓝而胜于蓝。

王勃的诗歌早就有"气凌霄汉"的宏大气势。在淫靡颓废之风盛行的初唐文坛，他的出现是一个转折。

所谓气势，一般是指作品文本中思想情感的流转回荡、起伏跌宕。"从台阁移至江山与塞漠"，这是初唐诗风审美的重大走向之一，其推波助澜者便是以王勃为代表的"四杰"。王勃的诗歌中富有独特的积极向上的精神和时代气息，即使写离愁别绪，也别具一番风味。

王勃出生书香门第，年少时便有"神童"的美誉，六岁即能写诗作赋，十五岁时举幽素科，被授予朝散郎，可谓少年得志，富贵功名不可限量。随后，他入沛王府侍读，颇得沛王赏识。盛名之下最易遭人嫉妒，加上王勃本人性情狂放孤傲，不通人情世故，恃才逞能，于是这波折就来得毫不意外。

乾封二年，他因戏作一篇《檄英王鸡》而受到同僚弹劾，称其有挑拨离间之嫌，触怒了高宗李治，当即被革职，斥逐出府。旷世奇才的王勃顿时沦为被贬罪臣，不得不远离京师。

随后，他南游巴蜀，漂泊西南。几番周折后，他终于在朋友的引荐下，返回长安，补为虢州参军。可好景不长，他又因年少轻狂而闯祸，因擅杀官奴而被判死刑。此案震动朝野，连累王父亦遭贬官。后经好友多番周旋，虽遇大赦免死，然而仕途之路却就此戛然而止。

上元三年暮春之际，王勃至交趾匆匆拜别老父之后，乘船回乡。当时正值初夏，南海风急浪高，王勃不幸溺水，就此殒命南海。

他少年即以神童著称乡里，两次出仕又两次因事废官，一生官途中只有挫折与失败。但他在起伏不定的人生中，总能以阔达的心胸去面对。他一生如烟花一般短暂，却又如夏花一般绚烂夺目。

王勃生活的时代，虽然政治与经济上呈现出一片兴盛繁荣的景象，但就诗歌而言，仍然被齐梁以来的淫靡衰颓的诗风所统治，并没有随大唐国力的强盛和经济的繁荣而繁荣，冶艳、轻佻和富丽的"上官体"被天下崇尚，风靡一时，占据初唐的诗坛。

王勃立志于改革"骨气都尽、刚健不闻"的诗风，主张文学要刚健有骨气，做到"气凌云汉，字挟风霜"；诗文要有真情实感，要"反诸宏博"，也就是要有笼盖天地、力挫万物的胸襟与气势，即"高情壮思，有抑扬天地之心；雄笔奇才，有鼓怒风云之气"等。

也正是因此，他的诗中总是有壮大开阔、昂扬向上的面貌。比如，他在云游巴蜀途中，所作的一首思乡诗《山中》：

山中

长江悲已滞，万里念将归。

况属高风晚，山山黄叶飞。

长江之水滚滚而去，似乎也在为久留异乡的我悲叹，而我自然也盼望着能回到远隔万里的故乡。此时正是秋风晚间吹起，山山岭岭上都只见黄叶纷飞。

王勃自被逐出沛王府后，无所事事，本想借着云游蜀地山水名胜来消解胸中的积愤。然而，此时看到异地气象，乡思和烦忧涌上心头。他起笔直接表述自己滞留在异乡已经太久太久。"悲"字是心境上的烙印，是万里之外的时空带来的愁绪。

家乡相隔万里之远，而自己此时置身于秋风晚吹、黄叶乱飞的境况之中，更增添了内心的伤楚和羁旅的愁思。

只是区别于别人的思乡愁绪，不是借着"枯藤老树昏鸦，小桥流水人家""四月南风大麦黄，枣花未落桐阴长"这些狭小的景象而抒发，他写愁思仍然是大手笔、大写意，舒卷自如。他写"长江""万里""高风""山山"，他的愁思中仍旧饱含壮大气势。即使是在写愁思，入目之景仍然气象壮阔。

比如他的《早春野望》：

早春野望

江旷春潮白，山长晓岫青。

他乡临眺极，花柳映边亭。

江面上空旷无比，春潮泛起白色波涛，一波高过一波。山峰挺拔峭立，晨光中，山上一片青绿。我独自一人在异地他乡极目远望，看见江边红花绿树掩映着亭子，好一派美好春光。

尽管是写乡思，他注目的也是开阔之景，是空阔的江上早潮一片白色，是长远的山势晓峰十分青翠。

此诗同样作于王勃被斥出沛王府之后、客居巴蜀之时。若是换成别人，恐怕早已悲叹生不逢时，挂冠而去，只是王勃偏不肯听从命运的摆布。

他纵目远望，看见江湖、青岫，写下"江旷""山长"的景象。他不肯用笔墨勾勒细致的微观景物，在天长地阔的春光中，哪怕独自一人面对异地他乡客的境遇，也只是不动声色地描写春潮、青岫、花树、边亭。在浑厚开阔的气势中，去抒写淡淡的乡愁。他未用一字来写思乡，却在一望再望中，字字都是思乡。

引得世人传唱的《滕王阁》诗中，王勃依然用"云""江""山"等意象来展现壮大开阔的内容，并赋予对宇宙的思考。

滕王阁

滕王高阁临江渚，佩玉鸣鸾罢歌舞。
画栋朝飞南浦云，珠帘暮卷西山雨。
闲云潭影日悠悠，物换星移几度秋。
阁中帝子今何在？槛外长江空自流。

一如"画栋朝飞南浦云""闲云潭影日悠悠"中描绘的，南浦的闲云在滕王阁上空飞舞，滔滔的江水在阁前的轩槛下滚滚流动。长江奔流，画栋升腾，云彩飞动，山雨来临。在如此壮阔的背景下，兀自涌现出高耸入云的滕王阁，是何等的气派、何等的壮观！

只是在这壮观景象背后，隐藏的是人世的变迁。遥想当年，滕王阁中是多么的繁华！只是物换星移，此时的滕王阁已经衰败，歌舞已然不在。曾经的阁中帝子，如今也不知流落在何处，只剩下亘古不绝的长江水滚滚而去，依然在轩槛下流动不息。

巨大的时空落差、人世盛衰变换都在这短促的八句中体味出来。他虽然也在感慨人生的短促和命运的不遇，却充溢着一种昂扬的基调与壮大的情怀，也难怪当时此赋一经吟出，举座静默。

王勃一生都在用五彩斑斓的笔墨来描绘唐朝的繁华狂热，在初唐诗歌革新的浪潮中，他高举大旗，怀着昂扬率真的感情，用短暂的生命讴歌人生。

无怪乎文学史家郑振铎先生在谈到王勃的诗对后来诗歌的贡献时，满怀激情地说："正如太阳神万千缕的光芒还未走在东方之前，东方是先已布满了黎明女神的玫瑰色的曙光了。"

陈子昂：

念天地之悠悠，独怆然而涕下

——孤傲的侠客

登幽州台歌

陈子昂

前不见古人，后不见来者。

念天地之悠悠，独怆然而涕下！

陈子昂一生几遭贬谪，郁郁不得志。登上幽州台之后，望苍茫大地，孤独、落寞萦绕心头，长期压抑的悲愤喷涌而出。追忆历史，他无缘得见贤明君主；展望未来，旷世明君也无影无踪。天地浩渺，人如沧海一粟，岁月悠悠，他孑孑独行在这苍茫天地间，眼泪簌簌而下。

"前不见古人，后不见来者"两句俯仰古今。"前不见古人"说的是君臣琴瑟和鸣的古人已经随着时光云烟散去，"后不见来者"说的是贤主名臣的情况未来也许会发生，但现在眼前只是一片虚无，冷漠的现实和令人艳羡的历史交织。

"念天地之悠悠，独怆然而涕下"，"悠悠"二字穿越时空，天地浩渺，时间无涯，年华空逝，满腔抱负远未实现，透过"独"字，仿佛能看到一千多年前这位少年书生，无尽萧瑟落寞的身影，怎能不让人泫然涕下慷慨悲歌？

陈子昂，字伯玉，四川省射洪市人，是初唐诗文革新的先锋旗手，因曾任右拾遗，后世称陈拾遗。

696 年，陈子昂追随武攸宜起兵征讨契丹，可惜主帅缺少谋略。几次兵败后，陈子昂请求率领万人作前驱以击敌，却被质疑成书生纸上谈兵。战场上时局瞬息万变，他最终没能等来伯乐，反被贬谪为军曹，满腔抱负和报国征战之心最后全部化为泡影。抑郁难舒的陈子昂只能登上幽州台，登楼远眺，慷慨悲吟，写下了这首《登幽州台歌》。

若不是青春时的一场"行侠仗义"，如今的我们见到的陈子昂或许会是一位执剑走天涯的侠客。

陈子昂出生在一个庶族家庭，家中富足，不必为生活辛苦奔波。他性格倔强，喜好击剑，不喜欢读书，十七八岁的时候仍然不通古文诗书。他身形秀美，又手持宝剑，四方游历，正是一翩翩少年郎，吸引了不少女子暗中倾心。

此时的他仗剑天涯，以为可就此潇洒一生。正如他诗里所写："少学纵横术，游楚复游燕。栖遑长委命，富贵未知天。"

命运却总是在奇怪的角度里拐弯，十七岁少年郎在一次游历中，因误会击剑伤人。父亲几番游走打点，才使他免于牢狱之灾。

此事之后，他放下手中剑，捧起案上书。弱冠之年才开始读书，不料天赋异禀，数年苦读，竟然有了司马相如和扬雄的风骨。同朝诗人卢藏用在为陈子昂写的传记中记载："数年之间，经史百家，罔不赅览。尤善属文，雅有相如、子云之风骨。"

十七八岁的翩翩少年，胸有沟壑，家乡一隅怎能装得下他的那颗激越的心。于是这一年，他和友人一同出川入京应试，途中写下一首《度荆门望楚》：

度荆门望楚

遥遥去巫峡，望望下章台。

巴国山川尽，荆门烟雾开。

城分苍野外，树断白云隈。

今日狂歌客，谁知入楚来。

少年诗人，腰间佩剑，潇洒飘逸。"遥遥去巫峡，望望下章台。"巫峡已相去遥遥，家乡远隔千里重山，"遥遥""望望"中，游子的心仿若乘舟渡江一般，也随这两个叠词浮浮沉沉。"章台"表明诗人此时已经脚踏楚国土地，乍离故乡，看到从未见过的楚地风光，雀跃之情跃然纸上。

舟行三峡之中，山峦相连，峡中云水之气，如烟如雾。过四陵峡，出南津关，度荆门，烟寒雾霁，天宽地阔，树木断苍郁于白云，足见远树连天，碧野无际。站在天地之间，极目纵览，楚天辽阔，气象舒展，别具一番情趣。

因此，年少的陈子昂兴奋地、情不自禁地要歌唱起来："今日狂歌客，谁知入楚来。"他自比楚狂客陆通，傲世的激昂之气溢于言表。

679 年，陈子昂终于来到长安。初次科举，不中。三年后再战，依然不中。此时的科举还没有实施后世的糊名制。陈子昂意识到，"名气"也是他打开仕途之路的钥匙。骨子里的豪侠之风作祟，陈子昂决定给自己制造一场声势浩大的"网红宣传"。

这一年，长安街头上有一胡人在叫卖一架琴，要价百万。众人围观，议论纷纷。而陈子昂此时一身文人衣袍，步履轻缓，推开人群，放下银两，抱琴离开，离开时只留下一句："明日将在长安宣扬里，弹奏此琴。"

第二日，众人闻风而至，聚集在此处。陈子昂却抓起胡琴摔成两半，在众人惊魂未定时，他言："蜀人陈子昂，有文百轴，不为人知，此乐贱工之乐，岂宜留心。"他当众发放自己的文章。众人惊叹他的才华，京兆司功王适更惊叹言："此人必为海内文宗矣！"此时，他终于在京城文人圈中有了声望。

第二年，他第三次参加科举，中进士。这一年，陈子昂二十四岁，正式开启他的官场生涯。从此时开始，他的诗中少了少年的轻狂，多了些现实沧桑的功利心。

也是这一年，唐高宗李治驾崩，朝局的天秤逐渐向武则天一方倾斜。为了稳固朝局，武则天开始笼络朝中文官，树立信贤纳贤的"人设"。陈子昂这位年少的进士被君主注意，不久后，陈子昂受到了武则天的召见。在一番接触后，武则天提拔陈子昂为麟台正字，并多次向他垂问政事。

一位是刻意树立信贤纳贤"人设"的君主，一位是满腹才华渴望在官场施展的少年，两人君臣相得，此时大概是陈子昂在官场生涯中最幸福的时光。

遗憾的是，武则天却从未真正地看懂过他。陈子昂渴望君臣和鸣，但女皇只让他做一个写文章的"工具人"，且陈子昂的用处其实也仅限于此。

短短两年，于陈子昂却仿佛已是一生的光阴。两年中，他数次上书，均不被采纳。心灰意冷之下，他弃文从武，但军营中依然没有他的立身之所。"既然人间荒唐市侩，不如山中作怪。"698年，他辞官回乡，回到当初那个意气风发的起点，重新开始生活。

但十二年的官场生涯，早已把许多东西刻进了他的骨血里。少年时，他做事由心。及冠之年，身居庙堂，仍不肯与世俗妥协。辞官回乡，却被罗织罪名冤死狱中，时年四十二岁。在狱中，他将满腔无法施展的抱负都化为了墨水，著名的《感遇三十八首》就诞生在这个时候。

感遇（其二）

兰若生春夏，芊蔚何青青。

幽独空林色，朱蕤冒紫茎。

迟迟白日晚，袅袅秋风生。

岁华尽摇落，芳意竟何成。

感遇（其二十二）

可怜瑶台树，灼灼佳人姿。

碧华映朱实，攀折青春时。

岂不盛光宠，荣君白玉墀。

但恨红芳歇，凋伤感所思。

官场经历，让他的诗中多了一些看透人世变迁的厚度。诗人借用兰草、桃树、瑶池等，来抒发自己的种种感怀。

"兰若生春夏，芊蔚何青青。"空谷兰草，在袅袅秋风中，摇落一年的繁花，纵然清雅孤高又能如何，美好愿景也如深秋中的枯枝残叶，零落不堪。"岁华尽摇落，芳意竟何成"看似写尽了空谷幽兰不被人注视的一生，何尝不是写自己空有才华，却无人问津的落寞。只是秋后的兰草明年还会再开，而官场失意的陈子昂却再没了机会。

他忧谗畏讥，却又不愿与世俗同流合污；他渴望居庙堂之高，却又放不下骨子里的孤傲；他希望挣脱政治案牍的枷锁，重新做回年少游侠，却早已放不下对天下黎民百姓的忧虑。"居庙堂之高则忧其民，处江湖之远则忧其君"，经历了朝堂变革，陈子昂再不是曾经的仗剑走江湖的稚嫩书生。

他的诗文摒弃华丽辞藻，用词质朴，内容更一扫六朝遗风，透露的是风骨峥嵘。他胸怀报国宏愿，眼里看到的是百姓在现实生活的挣扎，笔下流露的是悲悯之思。延续了六朝猗靡的壁垒，在他的笔下骤然坍塌。

陈子昂身上有一种特别的神韵，那是初唐和盛唐交接时，千百年文化激荡出的黄钟大吕，穿越时空，在文学史上，既驱散着宋齐梁陈的奢迷长夜，又在庄严宣告盛唐恢弘而壮丽的气象就要到来。

陈子昂是孤独的，但他的孤独是一腔热血写就，骨子中透着侠义，而后流露于诗中。也许每个人心底都有一片孤独而自由的大海，而陈子昂内心这片海太深，深到夜深人静时，明明不缺功名利禄，内心却依然仿佛破了个大洞，孤傲的风从洞中穿过，只余一个瘦弱的书生背影在历史长河中熠熠生辉。

俯看流泉仰聽風泉
聲風韻合笙鏞如何不
把瑤琴寫為是無人姓是

鍾　唐寅

杨炯：

宁为百夫长，胜作一书生

——少年回首是发翁

从军行

杨炯

烽火照西京，心中自不平。

牙璋辞凤阙，铁骑绕龙城。

雪暗凋旗画，风多杂鼓声。

宁为百夫长，胜作一书生。

  边塞的烽烟已传入长安，将士们激越澎湃的心怀啊，随战鼓声奔腾而起。风声呼啸，鼓声阵阵，将士们身骑龙马直捣敌营，大雪纷纷，血染军旗，凝结成暗色。我宁作百夫长冲杀前线，也不愿偏安此处，做一介书生。

  "从军行"是乐府古题，宋人郭茂倩在《乐府诗集》中指出，"从军行"，皆述军旅辛苦之词也。而这首诗也重在描写一位埋首典籍的书生，在国家面临危机时，毅然弃笔从军，征战沙场的全过程。一文弱书生尚且如此，遑论孔武有力的将士。

"烽火照西京"写边塞烽烟四起，西京长安告急。"心中自不平"暗含敌军进犯，城中儿郎奋起抵御的激昂。随后，以兵符"牙璋"代指领兵出战的将军，铁骑英勇冲锋，敌军被重重包围，局势逆转。"雪暗凋旗画，风多杂鼓声"诉诸视觉、听觉，寒风凛冽，血流千里，战争的残酷跃然纸上。战旗凋敝，风烈鼓杂。战争条件愈艰苦，愈能折射出其人坚定的报国之志。

"宁为百夫长，胜作一书生"作为全诗点睛之笔广为流传。据称，古时军官等级分为"司徒、司空、亚旅、师氏、千夫长、百夫长"，百夫长意指最初级的军队长官。杨炯由此表明心志，他注重的不是军中觅封侯，而是卫国杀敌的使命感。

此诗写作时，杨炯并不曾真正踏足关外边塞，诗中的场景也非亲历其境。然而，此诗流露出的这股雄壮豪迈的英雄之气，远非那些只懂风月之事的宫廷诗人所能及。年少气高的杨炯胸怀理想、充满激情地去描绘战争的壮阔，抒发建功立业的远大报负。他在诗中一吐心中的浩然之气，使人读之不免会有弃笔从戎，立刻奔赴沙场的冲动。

后来者王维的"岂学书生辈，窗间老一经"、高适的"大笑向文士，一经何足穷"、岑参的"功名只向马上取，真是英雄一丈夫"、李贺的"男儿何不带吴钩，收取关山五十州"，皆与杨炯此诗中所灌注的豪情一脉相承。

杨炯，弘农华阴人，生于高宗永徽元年，其伯父德裔、德轩曾任地方州县要职。但其祖父、父亲在仕途上却没有什么记载，甚至连姓名也湮没无闻，故而杨炯自称"吾少也贱"。

事实上，杨炯与王勃同龄，与王勃一样，是个早慧的才子。

少年杨炯"聪敏博学，善属文"，年十岁即中童子科，拜校书郎，待制弘文馆，时人以为神童。后来的史学中记载："显庆五年，炯时年十一，待制弘文馆。"自此，杨炯身处弘文馆十余年。这十余年中，他仔细研读典藏诗书，又经历名师指教。上元三年，杨炯应制举及第，补秘书省校书郎，此时的他不过二十六岁。

少年文人才高志远，在一番周旋之后，杨炯经中书侍郎薛元超举荐，升迁至詹事司直，充崇文馆学士。这个时期，杨炯与好友宋之问共同学习交流，这也是他一生中难得的身心舒畅时期。

武后垂拱元年，杨炯从祖弟杨神让参与徐敬业起兵讨武则天事，事败后累及杨炯，其被贬为梓州司法参军。至此，他便在西南边陲之地虚耗了五年光阴。直到如意元年，才华出众的杨炯为武后献词《盂兰盆赋》，博得武后赏识，被任命为盈川县令。可惜两年后卒于盈川任上，终年四十四岁，归葬洛阳。其好友宋之问在葬礼上评价道："属词比事，宗经匠史；玉璞金浑，风摇云起……之子妙年，香名早传。从来金马，夙昔崇贤；门庭若市，翰墨如泉。"

作为"初唐四杰"之一的杨炯，流传下来的诗虽不多，却涉及边塞、送别等。只是在初唐时期，齐梁遗风犹在，而杨炯等人又倡导革新，扫去以往的浮艳纤弱之风，故而他的诗尤以边塞诗流传更远。

　　边塞诗，简言之，是以边疆地区军民生活和自然风光为题材的诗。这类诗歌题材内涵甚广，或表达从军征战、抵御外侮的报国情志，或揭露穷兵黩武、将士反战的不满情绪，或记录民族交往、和谐共存，或勾勒塞上风光、域外风情，上自政治、军事、经济、文化，下至亲友之情、戍卒之思、闺阁之念。

　　一般学者认为，边塞诗初步发展于汉魏六朝时代，隋代开始兴盛，而唐代则是边塞诗创作的巅峰时期。

　　从唐太宗到唐玄宗，唐王朝用兵频繁，战争连年不断。战事的胜利不仅在政治上大大提高了唐王朝的声威，扩大了唐王朝的版图，也激发了同时期文人书生马上封侯的功名心。于是，出现了唐代"无人不作边塞诗"的空前景象。

　　杨炯作为其中一员，虽不曾身处鞍马烽火中，实际体验边塞的征战生活，却也凭借想象抒怀，表达了对边塞生活的热切关注，如《出塞》：

出塞

塞外欲纷纭，雌雄犹未分。

明堂占气色，华盖辨星文。

二月河魁将，三千太乙军。

丈夫皆有志，会见立功勋。

　　这首诗与《从军行》有异曲同工之妙，诗人同样以警策之句作尾，在传达自己渴望投身沙场，燕然勒石，赢得生前身后名之外，也表达了他为国立功的战斗精神，气势轩昂，风格豪放。辽阔边疆虽危机重重，却也为有志之士提供了难得的机遇。在时代气氛的交融熏陶下，士人以饱满的自信心，积极追求人生理想，实现人生价值。

又如《紫骝马》：

紫骝马

侠客重周游，金鞭控紫骝。

蛇弓白羽箭，鹤辔赤茸鞦。

发迹来南海，长鸣向北州。

匈奴今未灭，画地取封侯。

"紫骝"是古书记载的骏马名。杨炯以紫骝马能征善战、驰骋沙场的轻盈姿态来描写将士的骁勇善战。"匈奴今未灭，画地取封侯"直接表现了男儿自当一腔热血，争取边功的慷慨之志。

这位身居长安，从不曾去往边塞的翩翩少年对战场的描画全来自想象，他意气风发，激情满怀，可以说是那个时代精神的最好写照。

再如《战城南》：

战城南

塞北途辽远，城南战苦辛。

幡旗如鸟翼，甲胄似鱼鳞。

冻水寒伤马，悲风愁杀人。

寸心明白日，千里暗黄尘。

"战城南"同样是一首乐府古题，通常用来哀悼在战争中阵亡的士卒，揭露战争的残酷。而杨炯以乐府旧题创作五言律诗，除了描写征战边关辽远路途与艰难苦辛外，还描写战场的壮阔景象。战旗迎风猎猎飘扬，如同鸟翼般遮天蔽日。身穿甲胄的士兵密集而有序地行进，甲胄在阳光照射下盔明甲亮。环境的严苛与艰险更反衬出军队的威武与士兵顽强的斗志，于慷慨之中透出悲凉肃穆。

杨炯的边塞诗在情感格调上，始终是雄浑激越的，洋溢着浓烈的家国之爱，给人以积极向上的力量。正如李调元在《雨村诗话》里评道："浑厚朴茂，犹开国风气。"

在初唐时期，他将诗歌主题从宫廷楼阁引向边塞疆场，冲破了上官体"绮错婉媚"之流风，诗风由纤弱浮靡走向清新刚健。

杨炯一生并非坎坷多磨，年少成名，文名甚佳，他的一生几乎都在长安、洛阳东西两都奔波。他慨然自负，渴望建功立业，施展远大抱负。他在边疆塞漠中寄寓报国之志，以雄浑的笔触描摹边塞风物，却终生未能实现安邦济世的愿景，最终不过浮沉于地方县一级的官吏，不禁令人扼腕。

卢照邻：

常恐秋风早，飘零君不知

——生兮生兮奈汝何

紫骝马

卢照邻

骝马照金鞍，转战入皋兰。

塞门风稍急，长城水正寒。

雪暗鸣珂重，山长喷玉难。

不辞横绝漠，流血几时干？

　　这是卢照邻早期写的一首边塞诗，他用边塞呼啸的风、长城冰封的水、连绵不断的山脉、被血浸透的雪地等一系列景物，组成一幅波澜壮阔的战场英雄图。结尾的"不辞横绝漠，流血几时干"极力赞扬奋战杀敌的士兵们不畏牺牲的壮烈气势。

　　同样能体现出少年卢照邻春风得意、慷慨豪情的诗，还有《战城南》：

战城南

将军出紫塞，冒顿在乌贪。

笳喧雁门北，阵翼龙城南。

雕弓夜宛转，铁骑晓参驔。

应须驻白日，为待战方酣。

冒顿驻扎在乌贪之下虎视眈眈，将军早已骑着战马出紫塞长城作战。在雁门关的北面，两军正在激烈地交战。一夜过去，干戈还不曾停息，战士们的雕弓在夜空下发出激越的鸣声，战马奔腾的声音到次日天亮还未断绝。战士们晚上浴血奋战，白天本应驻地休息，但他们并未停下来，只等作战胜利再好好地睡上一觉。

从夜晚的弓弦、铁骑到白日也不曾休息的将士们，卢照邻大力赞颂了唐朝将士讨伐匈奴的顽强精神，用豪壮的语言奏出一首格调昂扬激越的战歌。

在唐时期，文人凭借边功立身并不少见。他笔下的"紫骝马""将军"等都是年轻诗人的化身，处处都流露着他年少才高、急于立功的强烈渴望。

卢照邻出生于范阳卢氏，这是山东士族集团的大姓望族之一。只可惜到他这一辈，家族已经开始没落。他的祖父、父亲的官职并不显耀，也因此他自幼便肩负起振兴家族的重任。

少年时期的卢照邻确实也没有辜负长辈的期望，他肩负家庭重托、怀抱远大理想，和众多读书人一样，走着儒家努力仕进的传统道路。十余岁时，他便"裹粮寻师，襄裳访古"。他刻苦自励，学成之后，就带着跻身仕途的热情和建功立业的渴望匆匆入仕。此时的卢照邻正处于青年时期，这是生命中最美好、最精彩的时段。他才华横溢，对仕途的热忱、对未来的憧憬都流露在笔尖。

只是他的仕途从不曾有过光辉闪耀的时刻。卢照邻出仕不久，虽一度得到邓王元裕的爱重，后来的境况却一直不佳。因此，怀才不遇的哀叹就成了他的诗歌恒久不变的主题。

他在《结客少年场行》中，写"横行徇知己，负羽远从戎"的洛阳游侠儿，也写"归来谢天子，何如马上翁"的自己。他渴望自己能真的背上弓箭，在战场上奋勇杀敌。可现实却是，他空有才名却不被君主所赏识，他用低沉的语调吟咏着自己的怀才不遇。

同样的情感在他的赠别诗中也多有体现，如《送梓州高参军还京》：

送梓州高参军还京

京洛风尘远，褒斜烟露深。

北游君似智，南飞我异禽。

别路琴声断，秋山猿鸟吟。

一乖青岩酌，空伫白云心。

好友高参军北还，纵然这北归的路途遥远，山高水险，但这依然是一件值得庆贺的事情。只是现在只有我还独自停滞在这南地，你走之后，我形单影只的样子，想想就觉得愚痴。即便我有鸿鹄之志，又能如何呢？

当年我从京城南游入蜀地，一路上风尘滚滚，关山重重，那数不清的峭壁悬崖，急流险滩总是难挨。如今，好友你就要循着这条路北归了。我站在高坡上，眼看着你的车马渐渐远去。虽然只是刚刚分别，我却又在思念，不知道你何时才能翻越秦岭，安全抵达京洛。此生也许难以再见，但我还在期盼着那一天的到来。

还有在《赠益府群官》中那只"不息恶木枝，不饮盗泉水。常思稻粱遇，愿栖梧桐树"的北燕之鸟的哀怨孤独，在《同临津纪明府孤雁》中那只"横天无有阵，度海不成行"的失群之雁的寂寞孤单，他就像那只品性高洁、渴望知音，却不为世俗所容的北燕，向往自由飞翔却又在现实中无能为力。

卢照邻也曾为了仕途汲汲营营，但一生与官宦仕途无缘，只先后任过王府典签、新都县尉等小官。他虽有鸿鹄之志，但却得面对长期位居下僚的无奈现实，而命运偏偏不肯放过他，让他在中年时竟患上了"幽忧之疾"。

卧病后，卢照邻求医问药于孙思邈门下，专心致志于寻仙访道、炼丹治药，"学道于东龙门山精舍"。也是在此时，他开始由儒家转为道家。他渴望能有济世之功，却最终只留下一具病体。在精神和肉体的双重折磨下，他选择了归隐林泉、寻仙访道。这实际是他无力挣扎人生苦海、意欲彻底解脱痛苦的一种方式。

他在《元日述怀》中写他渴望的隐逸田园生活：

元日述怀

篡仕无中秩，归耕有外臣。

人歌小岁酒，花舞大唐春。

草色迷三径，风光动四邻。

愿得长如此，年年物候新。

我的官职实在太过于低微了，既然这样，我情愿回乡种地，做一个在田园中放声高歌的小臣。今日是我们家中团聚庆贺新春的日子，众人备酒设宴，束束鲜花绽放在厅堂里，我们欢歌乐舞共庆大唐的繁荣昌盛。看！通往居室的三条小路现在已经被青翠的小草淹没，我站在这里望去，满眼都是美好的风光。左邻右舍也来举杯共贺，但愿这样美好的日子能长久，也愿岁岁风物日日添新。

在诗中，他表现出自己对官职大小无所谓的态度。此时的他热衷退隐，在田园间，与乡村父老开怀畅饮小岁酒，放歌庆贺新春佳节，那大唐江山的明丽春色，他此时也能品味到其中的乐趣了。

又如《春晚山庄率题二首》：

春晚山庄率题二首

顾步三春晚，田园四望通。

游丝横惹树，戏蝶乱依丛。

竹懒偏宜水，花狂不待风。

唯馀诗酒意，当了一生中。

田家无四邻，独坐一园春。

莺啼非选树，鱼戏不惊纶。

山水弹琴尽，风花酌酒频。

年华已可乐，高兴复留人。

　　面对自然美景，多愁善感的诗人却发出了迟暮的感慨："唯馀诗酒意，当了一生中。"诗人赋诗离不开酒，最终那丝毫不逊色于东晋大诗人陶渊明的"唯馀诗酒意，当了一生中。田家无四邻，独坐一园春"所流露出来的陶醉田园的怡然，成了他生命中最后的一抹亮色，但这大概也正是他想解脱世俗凡尘的先兆。

　　直到他创作绝笔《释疾文》，那种希望彻底解脱的热望已经达到了巅峰。在这篇散文中，他写道："岁将暮兮欢不再，时已晚兮忧来多。东郊绝此麒麟笔，西山秘此凤凰柯。死去死去今如此，生兮生兮奈汝何。岁去忧来兮东流水，地久天长兮人共死。明镜羞窥兮向十年，骏马停驱兮几千里。麟兮凤兮，自古吞恨无已。茨山有薇兮颍水有漪，夷为柏兮秋有实，叔为柳兮春向飞。倏尔而笑，泛沧浪兮不归。"

　　面对具茨山下波光粼粼、泛着涟漪的颍河之水，骚怨的情感由巅峰归于平淡，他终于和这残酷的命运和解。他渴望能有施展才能的朝堂，却从不曾真正站在朝堂之上。他后来只希望自己能有健康身体，享受田园的美好，却依然不曾如愿。直到最后，他不得不和命运妥协，欣然接受这最后的结果。

于是，卢照邻在写完这篇《释疾文》不久便坦然自沉颍水，兑现了他在诗歌中一再歌咏的归隐的誓言，用生命谱写了一曲悲壮的命运之歌。尽管这支歌和战国屈原以身殉国相比，尚不能与日月争光，却也感人肺腑、令人悲吟。

他名重当时，有着积极济世的抱负，但在现实政治中却始终郁郁不得志。中年以后又不幸身染"幽忧之疾"，晚年还自号"幽忧子"。他也曾辗转多方求医问药，然而最后久治无功，最终绝望而自沉江中。刘大杰曾评析他："幽忧是他生活的象征，也就是他的作品的象征。"明代张燮也曾慨叹卢照邻堪称"古来膏肓无此死法也"的第一奇穷文士。

王绩：

相顾无相识，长歌怀采薇

——三仕三隐

野望

王绩

东皋薄暮望，徙倚欲何依。

树树皆秋色，山山唯落晖。

牧人驱犊返，猎马带禽归。

相顾无相识，长歌怀采薇。

薄暮冥冥的时候，我站在东皋怅望。前路漫长，游弋徘徊中，我不知自己最终该归依何方。秋意染上远处的山岭、树木，在落日余晖中昏黄一片。天色渐晚，放牧人驱赶着牛群回家，深山处的猎户也骑着马带着猎物归家了。他们都有自己的归处，虽然彼此之间互不相识，但相逢便是有缘，且咏一曲长歌来怀念那些隐士吧。

此诗写于王绩第二次辞官归隐时。秋日黄昏，遥望山野，放牧与打猎的人们都各自随愿而归，只有自己还未寻到归处，孤独落寞之意油然而起。诗中的东皋，指他家乡绛州龙门的一个地方。他归隐后常游北山、东皋，自号"东皋子"。又化用曹操的"月明星稀，乌鹊南飞，绕树三匝，何枝可依"，表达自己彷徨苦闷的心情。

落日中，目之所及皆是秋色撩人。这静谧的田园生活里，只有自己孤独无依，只好追怀古代的隐士，和伯夷、叔齐那样的人交朋友了。他以采薇代指隐逸之人，表明自己现实中的知音难寻，意图避世隐居的心愿。

王绩这首久负盛名的山水田园诗，用笔自然朴素，意境清新淡远，完全摆脱了齐梁以来的绮靡之风，倒是与陶渊明的风格类似。在王绩的笔下，大自然的草木皆是清新可爱的，不需刻意的矫饰，却能令人回味不尽。

熟读古诗词后，便会发现，自南朝以来，诗风大多华靡艳丽，就仿若一间雕梁画栋、盈满珠玉宝器的豪宅，虽光彩耀眼，但目视久了，便也俗了。而王绩一来，就仿若这豪宅旁边，用泥瓦建起的草木屋，在一片豪宅区中，这草木屋便清新可爱无比，甚至连屋顶上盛开的野花都如兰草一般高洁起来。

我们再看他的《山家夏日九首（之一）》：

山家夏日九首（之一）

寂寞坐山家，萧条玩物华。

树奇全拥石，蒲长半侵砂。

池光连壁动，日影对窗斜。

石榴兼布叶，金簦唯作花。

落藤斜引蔓，伏笋暗抽芽。

高卧长无客，方知人事赊。

在和谐静谧的大自然面前，王绩只随意点出十几种景物，就把一个野趣十足、生机盎然、清新自然的景象展现给了我们：在隐逸的山居中，虽不曾有奢靡的古物把玩，但墙角斜生的树木紧紧靠着一座大石，池塘边的蒲草也将根深深扎进砂石中。波光荡漾，一草一木映在墙壁上，仿佛墙也跟着晃动。我透过窗户看到了西斜的太阳，而那斜引长蔓的落藤和正暗中抽芽的伏笋却蕴含着勃勃生机。

王绩的《山家夏日九首》，每一首都在写他隐逸山中摆脱世俗的闲暇生活，诗句清新自然，意蕴悠长。

王绩的诗受陶渊明影响颇深，他自己也曾在诗中屡屡提及对其生活和艺术有深刻影响的这位隐士与诗人。比如，他在《薛记室收过庄见寻率题古意以赠》中写"尝爱陶渊明，酌醴焚枯鱼"，在《醉后口号》中写"阮籍醒时少，陶潜醉日多"，在《田家》中写"草生元亮径，花暗子云居"。

如果把他晚年隐居时写的《游北山赋》与陶渊明的《归去来兮辞》比较，更能看出两人的心灵确有相通之处。他在此赋中写道："岂如我家生事，都卢弃置。不念当归，宁图远志。坐青山而非隐，游碧潭而已喜。旧知山里绝尘埃，登高日暮心悠哉。"在这里，他叙述的是自己高贤不遇后的隐居生活。

但如果了解王绩的一生后，会发现他与陶渊明还是有很大的区别。

王绩出生于隋开皇十年左右，他家世显赫，幼年时即崭露头角，被时人誉为"神仙童子"，但由于种种原因，王绩在隋炀帝大业末年出仕，至唐贞观中即挂冠而归。

王绩十五岁时，开始西游长安。这一次，他凭借一篇《登龙门忆禹赋》干谒之文，被杨素盛赞。当时在座的都是才名早已显露之人，王绩虽年幼，处在他们之中，却毫不自卑。谈论之中，用词闲雅，辩论精新，座中宾客皆被说服，他也因此赢得"神仙童子"的美名。

此后，他开始第一次入仕，担任秘书正字这一位低职微的官职。六代冠冕、家世显赫的王绩自小就对仕途期望甚高，他"明经思待诏，学剑觅封侯"，也曾为进入仕途"无事不兼修"，自然对隋炀帝授予的这个官职不满。于是不久，他便罢官远去，浪迹于中原、吴越等地，直到大业十三年才返回故里。随后，他潜下心来，以期东山再起。

唐高祖武德初年，在旧友薛收的推荐下，王绩如愿再次入仕。只是此次入京，他依然未受重用。君主只是让他以前朝官职待诏门下省，空有其名而无其实。这样的官途生涯，让他除了饮酒度日，似乎也别无他法。

大概因为他曾仕过夏王窦建德，所以唐室恐怕暂时是不会重用他的了，除非他像魏徵那样突出。于是，王绩在贞观初再次"以疾罢归"。

如果我们纵观他以后的生涯，便会发现，他的罢归更像是一场以退为进的手段。在唐时以隐待仕之风盛行，王绩便成为其中一员。终于等到贞观年中，他选择"以家贫赴选"，再次入朝。

当然，王绩绝对不会真的家贫。他坐拥数十顷田地、奴婢数人，此次赴选更多的是为了心中的济世情怀，希望自己能将所学用于朝堂之上，施展才华，建功立业，功成受赏，出将入相。

只是和前两次一样，王绩此番入仕，也未能致台辅。于是，他只能求一个太乐丞，自由自在地饮酒度日了。后来，因太乐吏焦革和革妻袁氏相继去世，王绩就正好找到了理由挂冠归田。

王绩三仕三隐，多经磨难，始终没有得到君主的重用，"才高位下"，一生的大部分时间都于隐居中度过。在人生经历几番起伏之后，他终于看透人生，深知世事无常，于是将身心归于山水。他在《自撰墓志铭》中写道："起家以禄位，历数职而进一阶。才高位下，免责而已。天子不知，公卿不识，四十五十，而无闻焉。于是退归，以酒德游于乡里。"

王绩退隐之后，搬出村落，在山河深处寻一处僻静。这里有他的数十顷庄园，自然不必为生活琐事劳累，也不再为朝堂进退忧虑。生活的随心所欲、真率洒脱，也便体现在了他的诗中。

他在《泛船河上》末尾写道："波澜浩淼淼，怀抱直悠悠。自觉生如寄，方知世若浮。蓬莱何处在，坐使百年秋。"他感慨自己明珠暗投，不如在山水中无拘无束。他将人生的际遇、宦海浮沉的慨叹用悠悠江水表述出来，诗风豪放洒脱。

在《秋夜喜遇王处士》中，他写自己弃官回乡却心念仕途，却又难以显赫发达，只能归隐田园，以琴酒诗歌自娱的生活。

秋夜喜遇王处士

北场芸藿罢，东皋刈黍归。

相逢秋月满，更值夜萤飞。

我在屋北的菜园锄豆完毕，又从东边田野收割黄米归来。在今晚月圆的秋夜，恰与老友王处士相遇，更有穿梭飞舞的萤火虫从旁助兴。这首诗用词朴素自然，又融情入景，不经意中点染出特殊意境。

在王绩之前，山水诗与田园诗是分道而行的。

陶渊明隐居农村，在田地之中辛苦劳作，虽也讴歌田园生活的闲适自然，但也有表现农家辛苦的。而在陶渊明之后的诗人谢灵运与其弟谢惠连则更擅长山水写作，风格典丽精深，写境密实繁复。

与陶渊明居住乡间生活窘困，常为衣食操劳不同，王绩居住在祖上传下的庄园之中，"有田十五六顷，河水四绕，桑榆成列"。开阔的田野，澄清的陂塘，大片的丛林，高朗的天空，山水与田园风光融成一片，反映在诗歌中，自然就使山水与田园两大题材互相渗透、合二而一了。如他的《秋园夜坐》：

秋园夜坐

秋来木叶黄，半夜坐林塘。

浅溜含新冻，轻云护早霜。

落萤飞未起，惊鸟乱无行。

寂寞知何事？东篱菊稍芳。

此诗不但运用了陶诗"采菊东篱下"的典故，还采用了山水诗情景各半的章法结构，把握了秋园夜景的特征和对细微动态的仔细捕捉，写景疏密有致、动静相映。他视游赏山水为高雅的艺术活动，又将山水当作排遣愁闷的精神寄托。在这首诗中，他既描绘了大自然的山水风光，又讴吟了平静朴素的田园生活，展示了恬淡旷远的襟怀和孤傲高洁的品格。

王绩前承陶渊明，后启王维、孟浩然，在初唐诗坛一片宫廷诗的天下里，他游离于主流之外，摆脱六朝绮靡诗风，以清新自然的风格出现在初唐的诗坛上。胡应麟曾评价陶渊明诗"惟陶之五言，开千古平淡之宗"，我想此时用于王绩诗之上，亦未尝不可。

宋之问：

近乡情更怯，不敢问来人

——从心所欲，绝境无生

度大庾岭

宋之问

度岭方辞国，停轺一望家。

魂随南翥鸟，泪尽北枝花。

山雨初含霁，江云欲变霞。

但令归有日，不敢恨长沙。

离开京城刚刚翻越大庾岭，便禁不住停下车子，再次回首遥望我的家乡。我的魂魄追随着从南向北飞的鸟儿，望着那向北而开的花枝，眼泪怎么也停不下来。此时，那山间连绵的阴雨终于有了一点停止的意思，江上的云彩亦微有化作云霞的趋势。如果能有重回长安的机会，我绝对不敢像贾谊那样因为被贬而感到遗憾。

这是宋之问初次被贬泷州，途经大庾岭所作。神龙元年，武则天的嬖臣张易之被杀，诏事张易之的宋之问也受牵连而获罪，被贬为泷州参军。曾经备受宠幸的宫廷诗人，如今却成了戴罪之人，惶惶不可终日。当他到达大庾岭时，看着眼前的苍茫山色，遥想京城与此虽然只是一岭之隔，但在政治生涯上却是不可逾越的鸿沟，曾经的花团锦簇，如今的狼狈仓皇，胸中不可避免地充溢着忧伤和痛苦。

"辞国""度岭"刚刚离京，就踌躇犹豫"停辂""望家"，眼前的景色自带着哀伤难过的灰色滤镜，他的眼泪已经在这北面的度岭流尽，他的魂魄仿佛被南飞的鸟儿带回故乡。而后，他在结句小心翼翼地抒怀，自比贾谊，怨而不怒，渴望自己最终有回归之日。

翻开历史，几乎每一个朝代都有官员被贬逐。曾经的朝堂宠臣，一朝变为戴罪之身，这种经历给他们带来的不仅是仕途的坎坷，更有精神上的难堪低落。宋之问自然也不例外，这次贬谪对于他而言，犹如晴天霹雳。于是，他在《留别之望舍弟》中写道："同气有三人，分飞在此晨，谁怜散花萼，独赴日南春。"他在《途中寒食题黄梅临江驿寄崔融》中写道："北极怀明主，南溟作逐臣。故园肠断处，日夜柳条新。"句句都在可怜自己身世的凄惨。到达泷州之后，他也无时无刻不在盼望着能被重新召回，期待着从京城传来佳讯。于是，他在《渡汉江》中写道：

渡汉江

岭外音书断，经冬复历春。

近乡情更怯，不敢问来人。

宋之问的一生经历三次贬谪，其中两次被贬岭南的蛮荒之地，最后也是被赐死于岭南。他的一生毁誉参半，但同样波澜壮阔。

宋之问，显庆元年出生。他的父亲宋令文在唐高宗时期曾任左骁卫郎将。上元二年，宋之问二十岁，入京科举中进士，但并未直接做官，而是回到家乡嵩山做了一名隐士。

在唐初政治背景的影响下，名士选择隐逸其实也是对自己政治生涯的一种投资，宋之问这项投资无疑是成功的。他与当时的隐逸之士司马承祯、田游岩等交往频繁，逐渐有了自己的声望。在这期间，他也写下不少隐逸诗，比如《绿竹引》：

绿竹引

青溪绿潭潭水侧，修竹婵娟同一色。

徒生仙实凤不游，老死空山人讵识。

妙年秉愿逃俗纷，归卧嵩丘弄白云。

含情傲睨慰心目，何可一日无此君。

在诗中，他用竹、青溪、绿潭、嵩丘、白云这一系列象征物，来寄托自己的隐逸之情。他热爱着自己的隐士生活，故而还在《嵩山夜还》中写道："自省游泉石，何曾不夜归。"在这样的山山水水中，抬头看青山巍峨，低头听流水淙淙，这样的生活怎能不夜归呢？

天授元年，宋之问以名士的身份被武则天征召入宫，与杨炯分直习艺馆。从此，原本身在乡野的隐逸之士，摇身一变成为高居金宫玉阙的宫廷令臣，这是他人生仕途的开始。

他在《入泷州江》中，用"余本岩栖客，悠哉慕玉京。厚恩尝愿答，薄宦不祈成"写出能得到明主赏识的感激之情。证圣元年，武后在上阳宫赐宴，群臣和诗，而宋之问负责将众人的诗登录在册。随后，他也一直恩宠不断，活跃在宫廷各种诗会上。不久，他被派遣到地方外任为官，直到圣历二年，迎来了人生中的第一个名望高峰。

圣历二年，武则天到洛阳龙门游玩，随后让身边近臣赋诗助兴。宋之问诗一出，武则天便盛赞其诗比左史东方虬的更好，并夺东方虬的锦袍赐给宋之问。正是这场龙门诗会，让宋之问的诗名大振，声名远扬。

他因擅长写诗，于是一直受到武则天的宠爱。本以为仕途就此一路青云，但偏偏政治风云总是由不得任何人的揣测。神龙元年，张易之被杀，而一直与之交好的宋之问、杜审言等都被牵连。宋之问被贬泷州，一度精神崩溃。贬逐第二年，宋之问就由泷州回到洛阳。有学者研究，他此次回京并非被赦免，而是"逃归"。

但在《初承恩旨言放归舟》一诗中，宋之问却写自己是被诏书赦免回京：

初承恩旨言放归舟

一朝承凯泽，万里别荒陬。

去国云南滞，还乡水北流。

泪迎今日喜，梦换昨宵愁。

自向归魂说，炎方不可留。

但无论是被赦免回京也好，还是逃回也好，宋之问激动的心情都在"放归舟"这字里行间可以体现。

回京后的他藏匿在驸马王同皎的家中，又在王同皎准备"神龙政变"的关键时机告发王同皎。最终，宋之问免罪并被授予鸿胪丞。景龙二年五月，他由鸿胪丞转官户部员外郎，十月再转考功员外郎。

只可惜，当时朝堂波澜四起，朋党争立，家室寒微的他不得不再次选择依附权贵。只是这次他的投资失败了。他先是依附太平公主，随后又倾附安乐公主，最后东窗事发，遭到了太平公主的忌恨。于是，在景龙三年秋天，在太平公主的进言下，他被贬为越州长史。

也许是终于厌倦了朝堂的争夺，也许是对未来还有很多的期许，这次被贬的他并没有怨天尤人的抱屈，而是将精力投注于政事之上，闲暇之余也对越州山水做了颇多赞赏。比如，在《游法华寺》《宿云门寺》《泛镜湖南溪》等诗中几乎看不出其初赴越州的伤心和失落，完全是一个风景欣赏者的眼光和心情。

泛镜湖南溪

乘兴入幽栖，舟行日向低。

岩花候冬发，谷鸟作春啼。

沓嶂开天小，丛篁夹路迷。

犹闻可怜处，更在若邪溪。

　　他仿佛乘兴在越州山水中，整日与虫鸟为伴，看野花在冬日里沉寂、在春日盛放，听布谷鸟在枝头呼唤春日、在峡谷狭窄处寻找归路。曾经朝堂上的争端仿佛消失在自己的生命里，那些尔虞我诈，那些在党派纷争夹缝中的汲汲营营，都沉寂了下来。

　　但这其实也只是他自我的一场麻醉罢了。他在越州作的最后一首诗《玩郡斋海榴》中写道：

玩郡斋海榴

昔忝金闺籍，尝见玉池莲。

未若宗族地，更逢荣耀全。

南金虽自贵，贺赏讵能迁。

抚躬万里绝，岂染一朝妍。

徒缘滞遐郡，常是惜流年。

越俗鄙章甫，扪心空自怜。

　　那曾经忘却的功利心重新复燃，他看到生于越地的海榴，想到宫中的玉池莲，叹惜它们地域不同引起地位的不同，实则是在诉说自己曾经在京城之地荣耀的地位，如今一朝被贬越地不被重视的下场，他依然自怜自己命运的凄惨。

景龙四年，朝堂政变，远在越州的宋之问再次被牵连，被贬钦州，两年后被下诏赐死，一代文人就这样结束了他"两起三落"的一生。

在历史的洪流里，宋之问的一生无疑是极具争议的。为了仕途，他依附过武后男宠张易之、张昌宗，攀附过武三思，给太平公主、安乐公主写过奉承应制之作，历来学者都争议他缺少文人的风骨。

但在我看来，宋之问作为一名宫廷文人，他出身寒门，在初唐这样混乱的时局里，想明哲保身的同时还想爬到权力的中心，去寻找所谓的政治依靠也许是他能想到的最好的选择。

他利用隐逸走了"终南捷径"，利用诗会让自己名声大振，他的一生都被权力掌握着命运，无论升迁、荣辱，甚至生死，他的一生是可悲的，却也是值得同情的，好在初唐诗坛记住了他。

上官仪：

桂香尘处减，练影月前空

——绮错婉媚的高峰

入朝洛堤步月

上官仪

脉脉广川流，驱马历长洲。

鹊飞山月曙，蝉噪野风秋。

宽广的洛水缓缓流向远方，曙光微明的早晨，我驱马走在洛河长堤。乌鹊在宿眠之后，也从林中出来飞向那明亮的山月处。初秋时节，寒蝉也在这晨风中嘶声噪鸣。

这首诗是上官仪得意时的精心之作，此时他仕途顺遂。初秋时节，上官仪驱马入宫，经过铺沙的官道，看到曙光微明，月挂西山，宿鸟出林，耳边是寒蝉的阵阵嘶鸣声，晨风吹拂，这一切的一切都那么令人身心愉悦。

他起笔化用"盈盈一水间，脉脉不得语"写洛水含情不语静静流淌，以男女之爱来比喻君主对自己的信任，传递出承受君主恩宠荣耀的得意。

曹操在《短歌行》中写道："月明星稀，乌鹊南飞，绕树三匝，何枝可依。山不厌高，海不厌深，周公吐哺，天下归心。"原意是指要礼贤下士以揽人心，而上官仪在这里取其意而说曙光已见，鹊飞报喜，表现出天下太平景象，又流露着自己执政治世的气魄。

上官仪出生于隋朝末年，活跃于太宗、高宗年间，是唐朝新兴的一代诗人。关于上官仪的生平，史书上记载很少。《旧唐书》中记载："上官仪，本陕州陕人。父弘，隋江都宫副监，因家于江都。大业末，弘为将军陈棱所杀。时仪幼，藏匿获免。因私度为沙门。"

这简短的几句话，仿佛就概括了上官仪波澜壮阔的一生。

大业十四年，上官仪的父亲上官弘在江都之变中遇害。年仅十岁的上官仪在家中忠仆的保护下，侥幸活了下来。为躲避政敌残害，他隐姓埋名，剃度出家。直到贞观年间，他在扬州都督杨仁恭的保护下，入京参加科举中第，被授为弘文馆直学士。随后，他凭借出众的才学被唐太宗器重，令他在身边起草诏谕、侍宴赋诗。

随后，他的官途坦荡，经历了起居郎、秘书少监后，终于在显庆元年，成为太子李弘身边的中舍人，又在龙朔二年官拜宰相。

本该顺遂的人生，却在麟德元年迎来波折。这一年，皇后武则天因为利用道士入宫，行厌胜之术，被宦官王伏胜告发。唐高宗便偷偷命上官仪起草废后诏书，结果却又在最后被舍弃。

于是，上官仪被武则天记恨于心。同年十二月，武则天指使亲信许敬宗，诬陷上官仪、王伏胜勾结废太子李忠，图谋叛逆。

上官仪被冤入狱，最终惨死。直到多年后，唐中宗继位，其孙女上官婉儿被册封为昭容，上官仪才被平反，绣像凌烟阁。

上官仪擅长五言诗写作，语言绮错婉媚，又因为上官仪身居高位，于是引得很多文人效仿，最终形成第一个以个人姓氏命名的诗歌风格"上官体"。

上官仪虽然是科举入仕，但他的官途却并非因为儒学，而是凭借修前史、拟诏书，出席宫廷诗会，应诏而作歌咏诗篇，成为御用文人，博得太宗、高宗的赏识，逐步升迁，直至"显贵"。所以，他的文学作品中必然会打上时代的烙印，反映着当时的思想文化特征，他留存下的诗歌也多是奉和应酬之作。

不过，相对于隋朝绮靡的诗风，上官仪以自己清丽的文字、娴熟的艺术技巧，把宫体题材与歌功颂德主题结合，由艳体转向了颂诗。

"上官体"的特色首先表现在其清丽的语言上，这一点在他的《奉和山夜临秋》一诗中能清晰体现：

奉和山夜临秋

殿帐清炎气，辇道含秋阴。

凄风移汉筑，流水入虞琴。

云飞送断雁，月上净疏林。

滴沥露枝响，空濛烟壑深。

在"云飞送断雁，月上净疏林"中，飘浮的云对着南飞的大雁依依不舍，明净的月色洒在静谧的树林中，那飘动的云、南飞的大雁、明净的秋月、稀疏的树林等看似毫无关联的景物，却构成了初秋清新的画卷。

无疑，上官仪对景物的观察是细致入微的，他用细腻的情感将这些景物赋予微妙的关系，让这幅画卷有了无尽的情思，虽没有盛唐的宏伟气象，却也足够清新雅致。

同样的写作手法在他的其他诗中均有体现，比如《奉和秋日即目应制》中的"落叶飘蝉影，平流写雁行"。在秋风中，黄叶悄然飘落，走过夏日的秋蝉渺小而微弱，如同一丝影子。究竟是曾经繁华的树叶如同蝉一样，还是真的秋蝉落寞无声，抑或是秋的零落似影子一般轻微？诗人勾勒出这幅静谧而悠远的秋景。

在诗歌创作中，上官仪擅长用细腻的笔触、细微的景物勾勒出缥缈朦胧的意境。他的笔下密树如烟，池塘荷芰清新幽静。在语言上也常用"花落""寒蝉""夕鸟""晚"这些含有忧郁意味的词，给景色抹上一层抑郁之色。

长期以来，人们对"上官体"诟病颇多。但是，不可否认，上官仪在律诗声律的发展中起到了积极的推动作用。他不仅是在理论上作出了自己的探索，更重要的是他在创作实践中的自觉运用。比如那首写得相当清新流畅的《咏画障》：

咏画障

芳晨丽日桃花浦，珠帘翠帐凤凰楼。

蔡女菱歌移锦缆，燕姬春望上琼钩。

新妆漏影浮轻扇，冶袖飘香入浅流。

未减行雨荆台下，自比凌波洛浦游。

在这首诗里，他以"芳晨"对"珠帘"，以"丽日"对"翠帐"，以"桃花浦"对"凤凰楼"，以"移"对"上"，以"锦缆"对"琼钩"，以"新妆"对"冶袖"，以"漏影"对"飘香"，以"浮轻扇"对"入浅流"，句句对仗工整。尤其是"新妆漏影浮轻扇，冶袖飘香入浅流"一句，相当精巧。这首诗基本上都是异类对。

而这个特点，在他的诗中比比皆是，比如"琴悲桂条上，笛怨柳花前""雾掩临妆月，风惊入鬓蝉""远气犹标剑，浮云尚写冠""花轻蝶乱仙人杏，叶密莺啼帝女桑"等。

"上官体"在上官仪以谋反罪下狱致死后，也逐渐衰落。后世谈及初唐诗坛上的"上官体"，总是批判多于赞誉。不可否认，"上官体"文风纤弱绮靡，尤其应制诗的内容空洞生硬。但这段漫长的诗歌发展必然有其独特的魅力，也正是在上官仪对诗歌韵律强调的基础上，又经历着"初唐四杰"的变革，诗歌史才得以翻开盛唐这光辉的一页。

卷二　盛唐之音：乱花渐欲迷人眼

李白：

人生得意须尽欢，莫使金樽空对月

——醉看墨花月白

将进酒

李白

君不见黄河之水天上来，奔流到海不复回。

君不见高堂明镜悲白发，朝如青丝暮成雪。

人生得意须尽欢，莫使金樽空对月。

天生我材必有用，千金散尽还复来。

烹羊宰牛且为乐，会须一饮三百杯。

岑夫子，丹丘生，将进酒，杯莫停。

与君歌一曲，请君为我倾耳听。

钟鼓馔玉不足贵，但愿长醉不复醒。

古来圣贤皆寂寞，惟有饮者留其名。

陈王昔时宴平乐，斗酒十千恣欢谑。

主人何为言少钱，径须沽取对君酌。

五花马，千金裘，呼儿将出换美酒，与尔同销万古愁。

唐玄宗天宝初年，李白在道士吴筠的举荐下，终于被唐玄宗召见入宫，这时的他以为自己终于可以在仕途上大展宏图。但事与愿违，两年后，他便被排挤出长安，唐玄宗赐金放还。也是在此时，他写下流传千古的《行路难》。在诗中，他依然用潇洒昂扬的语言表达自己"长风破浪会有时，直挂云帆济沧海"的雄心壮志。随后，他徘徊在江淮一带。几经周折后，他开始了云游祖国山河的漫漫旅途。

　　八年后，他与友人岑勋应邀到高山另一好友元丹丘的颍阳山居为客。三人登高饮宴，借酒放歌写下这首《将进酒》，借饮酒来发泄胸中的郁积。

　　诗的开头写雄浑壮阔的黄河水波涛滚滚，一泻千里，犹如从天上而来，势不可挡。这是他的雄心，却也是他的失意。曾经的少年，在朝暮之间，竟也因忧虑仿若变成白发苍苍的老者。白驹过隙，时光如黄河水滚滚奔流向东，人生短暂如朝暮变化，这短暂的生命在这浩瀚的长河映衬下，似乎更渺小得不必言说。

　　联想到自己一生才华横溢，也曾被贺知章盛赞为"谪仙人"，只是这"仙人"下凡到人世间，想要在朝堂有一席之地，只凭借惊艳的诗才也是无能为力了。

　　但李白就是李白，即便有"欲渡黄河冰塞川，将登太行雪满山"的人生险阻，依然能写出由"悲"入喜，写出"人生得意须尽欢，莫使金樽空对月。天生我材必有用，千金散尽还复来"的慨叹。

　　从"不复回""暮成雪"的人生之悲到"须尽欢""且为乐"

的及时行乐，借"不足贵""不愿醒"的平生之愤慨，到最后"与尔同销万古愁"的酒后狂欢，诗情忽弛忽张，由悲转乐、转狂放、转愤激，再转狂放，最后结于"万古愁"，回应篇首。如大河奔流有气势，亦有曲折，纵横捭阖。

李白的人生是矛盾的，他自负、狂傲，在人生得意时选择入世。他少年时执剑走天涯，渴望功名，于是积极结交王侯，在儒家思想的引导下，他要"一匡天下"而"立抵卿相"。

但是，他又自恃才高，"五岁诵六甲，十岁观百家，十五观奇书，作赋凌相如"。他桀骜不驯、放荡不羁，在盛唐这个敢于标新立异的时代里，他不肯为自己的理想折腰，最终只能抒写着"安能摧眉折腰事权贵？使我不得开心颜"的牢骚。

他常常寻仙问道，云游天下，道家的思想又支配着他，让他毫无拘检，无为而达。他可以在茶楼上高声呼和一声"天子呼来不上马，自言臣是酒中仙"，也可以在朝堂之上藐视权贵，让高力士为他脱靴。于是，他最终还是没能走上那条施展才能，济世匡天下的道路，他的入世之梦最终还是一场空。

《将进酒》篇幅不算长，却笔酣墨饱，气象不凡。诗里既有他对圣贤的藐视，又有对人生的深思。他物质上的享受是丰贵华艳的，但他却宁愿全都拿来换取美酒，以求醉以忘尘。若不是在尘世遇到了极大的苦闷，又怎么会使他有这种想法呢？

他游览天下胜景，与天地为舞，与傲气结伴。难怪杜甫在《春日忆李白》中说："白也诗无敌，飘然思不群。清新庾开府，俊逸鲍参军。"宋人严羽在《沧浪诗话》中说："子美不能为太白之飘逸，太白不能为子美之沉郁。"苏轼在《东坡题跋·书学太白诗》中说："李白诗飘逸绝尘。"所谓飘逸，不仅是其诗歌超脱潇洒的艺术风格，更是其个人浪漫洒脱的风采。

李白是盛唐之音的杰出代表，他自幼博观奇书，熟谙百家，他与其他盛唐士人一样，渴望能在朝堂施展抱负，但孤傲的性情让他不愿走科举入仕之路。于是，他在二十五岁后出蜀东游，开启了长达十余年的漫游和干谒生活。他曾寻仙问道，也曾抵达长安干谒诸侯，只是最终还是失败了，最后从长安返回，隐于徂徕山。

天宝元年，他迎来自己人生的高光时刻，奉召二入长安。他自以为时机已到，激情满怀地写下一首《南陵别儿童入京》：

南陵别儿童入京

白酒新熟山中归，黄鸡啄黍秋正肥。

呼童烹鸡酌白酒，儿女嬉笑牵人衣。

高歌取醉欲自慰，起舞落日争光辉。

游说万乘苦不早，著鞭跨马涉远道。

会稽愚妇轻买臣，余亦辞家西入秦。

仰天大笑出门去，我辈岂是蓬蒿人。

"白酒新熟山中归，黄鸡啄黍秋正肥"写出此时归家山中正是秋熟时节，众人沉浸在白酒新熟、黄鸡啄黍的欢乐氛围里。浓烈的秋收气氛和京城的诏书遇到一起，怎能不饮酒庆贺一番呢？

众人一边饮酒，一边高歌，酒酣兴浓，起身舞剑，剑光闪闪与落日争辉，儿女嬉笑在身旁。人生得意之时，眼前看到的便都是美景，感受到的都是快慰。上次入长安的不遇，都已经被此时的欢愉冲淡，恨不得马上跨马扬鞭，到京城朝拜帝王，以实现自己的抱负。

最后，把那些目光短浅轻视自己的世俗小人比作"会稽愚妇"，而自己便是朱买臣，此次西去长安一定会青云直上，这份得意之态溢于言表。最后，情感波澜涌向高潮，"仰天大笑出门去，我辈岂是蓬蒿人"。那份踌躇满志的得意神态，仿若就在眼前。

只可惜，事实总是难料。从李白桀骜的性情，其实也能预测他的仕途必然不会太顺利。果不其然，他终因其狂放的性格和行为触怒了朝中权贵，遭到谗毁，于天宝三年以"赐金放还"之名被迫离京，浪迹天下，以诗酒自适。

天宝三载，李白在洛阳与杜甫认识，结成好友，次年分手后未再会面，盛唐的日月同辉最终还是分道扬镳。

天宝十四载，安史之乱爆发，李白正在宣城、庐山一带隐居。此时，他看到了战争背后隐藏的机遇。于是在次年十二月，他怀着消灭叛乱、恢复国家统一的志愿应邀入永王李璘幕府。

此时，他痛恨叛军对中原地区的严重破坏，写下"流血涂野草，豺狼尽冠缨"的语句。他也相信李璘最终一定能长驱告捷，荡平敌寇，收复京城，写下"南风一扫胡尘静，西入长安到日边"。只是他的政治眼光并没有他的诗才那样惊艳绝伦，最终唐王朝统治阶级层发生矛盾，李璘及部下被肃宗派兵消灭。李白也因此获罪，被系浔阳狱，不久流放夜郎，途中遇赦得归。此时他已经五十九岁，激动的心情难以自持，写下《早发白帝城》：

早发白帝城

朝辞白帝彩云间，千里江陵一日还。

两岸猿声啼不住，轻舟已过万重山。

"朝辞白帝彩云间，千里江陵一日还。"出发时朝霞满天，从江上远望，白帝城在彩云缭绕处，那绚丽的景色啊，怎能不令人心神愉悦。区区千里的路途，我竟然一日的时间就可以回还。

诗中的朝发夕至不仅看出长江一泻千里的气势，更流露出诗人急切盼归的心情。激动的心情让李白也无暇去欣赏两岸连绵的青山绿水，只有耳朵可听见岸边猿猴啼声不断，回荡不绝。那原本悲哀婉转的猿声，在此时也不再令人感到凄凉。在此起彼伏的叫声里，小舟已经掠过了崇山峻岭。诗中的快船快意，无不向我们传达着李白遇赦归来的喜悦心情。

流放归来后，他仍然关怀国计民生。肃宗上元元年，他写了《豫章行》，诗中以"老母与子别，呼天野草间。白马绕旌旗，悲鸣相追攀。白杨秋月苦，早落豫章山。本为休明人，斩虏素不闲"表达了对百姓在战争中的悲苦离别的深切同情。

两年后，他听闻太尉李光弼率大军出镇临淮，讨伐安史叛军，于是北上准备从军杀敌，半路因病折回。次年，在他的从叔当涂李阳冰的寓所病逝，结束了他灿烂的一生。

在李白的一生中，建功立业与求仙问道遗弃世俗这两种倾向都在其身上体现得淋漓尽致，且贯穿一生。刘全白《唐故翰林学士李君碣记》曰："浪迹天下，以诗酒自适。又志尚道术，谓神仙可致。不求小官，以当世之务自负。"他一生都渴望寻仙问道，诗中也常有超尘出世之志，比如少年时写的"倘逢骑羊子，携手凌白日"。长安从政失败后，他进一步信仰道教，亲自接受道箓。直至暮年流放归来，李白求仙之志不变。但是，他又渴望能有政治出路，他曾写道："申管晏之谈，谋帝王之术，奋其智能，愿为辅弼。使寰区大定，海县清一，事君之道成，荣亲之义毕。"

超脱凡尘的出世与建功立业的入世，李白都想要。只可惜，他这一生在儒、道的思想里左右摇摆。虽然其一生在政治上无所作为，但这种复杂且矛盾的浪漫气息却让他的诗散发出独一无二的浓烈艺术气息，使他受众人所推崇，成为一代"诗仙"。积极入世与归隐这一历代文人都必定面对的矛盾，造就了"诗仙"李白，让我们能穿越千年领略那盛唐的日月。

杜甫：

丛菊两开他日泪，孤舟一系故园心

——一腔热血，半生凄苦

他生于盛唐，却一生颠沛流离、穷困潦倒；他出身官宦世家，渴望能成为"致君尧舜上，再使风俗淳"的一代明臣，却奔走无门，壮志难抒；他与李白为友，却终难以挥洒浪漫诗意。他描写的，是晚唐式微、动乱；他哀叹的，是国土支离破碎，战乱四起，民不聊生；他挥洒的，是战火之下，黎明百姓的哀叹与泪水。他，就是杜甫。

也许在世人的印象里，杜甫不如李白洒脱飘逸，杜甫仿佛永远都是眉目紧锁、忧国忧民的老叟形象，他生活困苦，生活窘迫。而事实上，杜甫出身于京兆杜氏，乃北方的大士族，其远祖为汉武帝有名的酷吏杜周，祖父是诗坛名家杜审言，父亲杜闲也做着小官。

杜甫自幼敏而好学，"七龄思即壮，开口咏凤凰"，作诗就像是他的"家事"，信手拈来。在唐朝，若想科举入仕，第一步便是在社会上混出"名气"。于是，游学便必不可少。

开元十九年，杜甫十九岁。他漫游吴越，过了一段闲散日子。四年后，到洛阳应进士，结果落第而归。满怀雄心壮志的杜甫，漫游途中写下《望岳》：

望岳

杜甫

岱宗夫如何？齐鲁青未了。

造化钟神秀，阴阳割昏晓。

荡胸生曾云，决眦入归鸟。

会当凌绝顶，一览众山小。

泰山啊，究竟有多么雄伟壮丽？连绵苍莽的青色横亘于齐鲁之间，无尽无了。天地的传奇，都在这一山凝结聚绕。就连山北山南的阳光，都被这巍峨山脉隔成两半。黄昏、晨晓，都在这一山显现。

俯仰之间，看峰峦层云迭起，心神亦为之荡漾。西山薄暮，看云际飞鸟归林。有朝一日，我定要登上绝顶，看众山匍匐在脚下是多么渺小。

"会当凌绝顶，一览众山小"将众山的矮小与泰山的巍峨进行对比，尤其精妙，气势不凡，意境辽远，诗人的抱负和理想都含蕴其中。

此时的杜甫，还满怀着独属于青少年的浪漫与激情，泰山雄伟磅礴的气象，自己勇于攀登，傲视一切的雄心壮志，都凝聚在这短短的五言古诗中。

奈何现实残酷，奔波在长安的杜甫，看人脸色，受人责难，后又多次辗转，终于在三十岁时，做了一个管门禁兵器的八品小官。

若没有安史之乱，也许杜甫终将凭借自己的才华，高坐明堂上，无惧风与雪。偏偏世事弄人，也改变了这个飞扬的少年。

天宝十四年十一月，安史之乱爆发。社会动荡不安，百姓民不聊生，整个社会仿若被乌云遮住的天空，黑暗一片。

帝王、官员出逃，杜甫也随着逃亡大部队离开长安，却还是被抓住，遣送回长安。他一路上见到国破山河的景象，悲愤交加，写下了《春望》：

春望

国破山河在，城春草木深。

感时花溅泪，恨别鸟惊心。

烽火连三月，家书抵万金。

白头搔更短，浑欲不胜簪。

旧日山河仍在，可是国都已经沦陷。曾经烟柳明媚、游人迤逦、飞絮弥漫、鸟语花香的城池，却早已在战火中残破不堪，乱草丛生，林木荒芜。

花鸟无情，却因此时诗人心中遗恨而惊心、落泪。烽火连月不止，家信不至，国愁家忧齐上心头，内心焦虑至极。

搔首徘徊，意志踟蹰，青丝变成白发，岁月却不肯在这战火中饶了自己。这才回想起来，自离家后，在战火中奔波流浪，而又身陷长安数月，头发更为稀疏，用手搔发，顿觉稀少短浅，简直连发簪也插不住了。

同样是望，此时杜甫望见的景色与早前写下《望岳》之时截然不同。曾经被峰峦层云激荡的胸怀，现在也因"感时"而酸楚，连鸟鸣声都引得一阵阵心惊。登上高峰的抱负，一览众山的豪情，终究化作了深深的忧虑，郁郁在心，少年慷慨的高歌，也渐渐变成了老人沉重的叹息。

杜甫的诗歌也从这一刻，将关注点放到了江河日下的国家和生活在水深火热里的百姓身上，他的诗风也真正转入了沉郁顿挫，成为后人盛赞的"诗史"。

乾元二年正月，唐军与叛军在相州交战，唐军兵败。此时，杜甫正离开洛阳返回华州。一路上，他目睹了战争致使民生凋敝的残酷现实，也看到了饱受战乱之苦的百姓的颠沛流离。

他痛恨安史叛军，却也清楚此时的唐王朝已经腐败不堪，他清醒地看到了"兴，百姓苦，亡，百姓苦"的残酷现实。在这种悲愤的心态下，杜甫写出了光照千古的"三吏""三别"，即《新安吏》《石壕吏》《潼关吏》和《新婚别》《垂老别》《无家别》。

他在《新安吏》中，记叙了官府征兵，一个孤儿无亲友相伴，现在又要奔赴战场的见闻；他用《潼关吏》告诫戍守长安东大门潼关的唐朝军队；而编进初中教材里的《石壕吏》，则写了家中三子均被送上沙场，老妇最后亦被迫赶往前线的残酷现实。

石壕吏

暮投石壕村，有吏夜捉人。

老翁逾墙走，老妇出门看。

吏呼一何怒，妇啼一何苦。

听妇前致词，三男邺城戍。

一男附书至，二男新战死。

存者且偷生，死者长已矣。

室中更无人，惟有乳下孙。

有孙母未去，出入无完裙。

老妪力虽衰，请从吏夜归。

急应河阳役，犹得备晨炊。

夜久语声绝，如闻泣幽咽。

天明登前途，独与老翁别。

他在《新婚别》《垂老别》《无家别》中，分别写新婚不久的妻子送丈夫上战场；垂垂老人，在生命最后时光被征兵作战，临上战场前与妻子告别；邺城兵败，家中人都战死的小兵再次被征入军中，直到战死沙场。

他的诗里有农村的凋敝荒芜，战火下百姓的民不聊生，有底层百姓的艰难困苦，也有官吏的凶残，以及亲人的悲欢离合。他的诗中情感沉痛凄婉，充满了对下层劳动人民的同情、对统治者无能的怨恨。

他的诗中是繁华下的千疮百孔，君王、家族、百姓、人生，一步步向他走来，最后又离他而去，最后留下满纸仓皇辛酸。

乾元二年秋，杜甫对污浊的时政痛心疾首，放弃了华州司功参军的职务，西去秦州，几经辗转，最后到了成都。在严武等人的帮助下，他在城西浣花溪畔建成了一座草堂——杜甫草堂。

在这期间，杜甫寄人篱下，生活艰苦，写下了著名的《茅屋为秋风所破歌》：

茅屋为秋风所破歌

八月秋高风怒号，卷我屋上三重茅。

茅飞渡江洒江郊，高者挂罥长林梢，下者飘转沉塘坳。

南村群童欺我老无力，忍能对面为盗贼。

公然抱茅入竹去，唇焦口燥呼不得，归来倚杖自叹息。

俄顷风定云墨色，秋天漠漠向昏黑。

布衾多年冷似铁，娇儿恶卧踏里裂。

床头屋漏无干处，雨脚如麻未断绝。

自经丧乱少睡眠，长夜沾湿何由彻！

安得广厦千万间，大庇天下寒士俱欢颜，风雨不动安如山。

呜呼！何时眼前突兀见此屋，吾庐独破受冻死亦足！

杜甫用凄凉的口吻，缓缓讲述了自己的茅屋被秋风所破，以致全家遭雨淋的痛苦经历，从面对狂风破屋的焦虑、面对群童抱茅的无奈，遭受夜雨的痛苦，到期盼广厦，庇佑天下苍生，他将苦难加以升华，情绪从含蓄压抑到激越轩昂，完美地体现了沉郁顿挫的风格。

这就是杜甫，即使自己漂泊无定，人生困苦，依然心怀家国百姓。他的所思所想、所忧所虑，都是百姓的心愿。他称自己是"杜陵布衣""少陵野老"，他已经成为平民中的一员，让人们感到亲切，没有距离感。

鲁迅先生曾评价："我总觉得陶潜站得稍稍远一点，李白站得稍稍高一点，这也是时代使然。杜甫似乎不是古人，就好像今天还活在我们堆里似的。"

杜甫的一生没有惊天动地，而是郁郁不得志，伴着贫穷饥饿、百病缠身。乱世中，他像一叶凄苦飘零的小舟，泅渡自己的生活。

叶嘉莹说，杜甫是一个集大成的诗人，有集大成的成就，有集大成的才能，也有集大成的度量，又恰好生在集大成的时代。余光中诗云，李白"绣口一吐就是半个盛唐"。我们还要补上，杜甫眉头一蹙，又补全了半个乱世。

杜甫的诗里有"会当凌绝顶，一览众山小"的雄心与豪迈，有"白鸥没浩荡，万里谁能驯"的宽广与刚强，也有对"四郊未宁静，垂老不得安"的动荡时代的感伤。

杜甫满怀悲凉沧桑，却活得风骨凛然。他历尽磨难，却用深情去爱万物苍生。杜甫用一生，诠释生命的意义：苦难是底色，热爱是本色。

杜甫从盛唐的尾巴走来，带着不可言表的使命。尽管他不是救世主，也不是那个平定战乱的人，但是，他却用一支笔为乱世中的天下苍生呐喊。

王维：
人闲桂花落，夜静春山空
——山水禅心

终南别业

王维

中岁颇好道，晚家南山陲。

兴来每独往，胜事空自知。

行到水穷处，坐看云起时。

偶然值林叟，谈笑无还期。

　　这是晚年王维隐居辋川别墅的自述之歌，岁月行至一半，晚年安家于终南山边陲。山林生活安然有趣，兴致来了，独往山中信步闲走，不知不觉走到林深水尽之处，索性坐下，看云雾漫卷，听流水淙淙，这种趣味也只能自己心领神会。偶尔在林间遇见砍柴老翁，便与之笑谈，何况回家呢？连自己也无从知晓了。

　　他兴来则独往游赏，但求适意；"行到水穷处"，就坐下看云卷云舒，山水自然的逍遥自在全在于诗人有一颗"随缘任性"的"禅心"。在这山水之中，徜徉恣意，闲适自在，摆脱庙堂之上的人事愁绪，退隐江湖山野，享受悠然自得。

云，有形无迹，飘忽不定，绵绵不绝，在古诗中常有自在和闲散的印象。而在佛家典籍中，云则象征着"无常心""无住心"。因此，"坐看云起时"，还蕴藏着一种"应无所住而生其心"的禅机。人若去掉对世俗红尘的执念，像云般无心，就可以摆脱烦恼，寻到解脱。诗人在一坐、一看之际已经顿悟，再看"白云"舒卷自如、无所窒碍，一切纯任自然，如云飞水流，无忧无虑，无牵无挂。

王维如同一位不食人间烟火的世外高人，他不问世事，视山间为乐土。不刻意探幽寻胜，而能随时随处领略到大自然的美好。

这大概也是佛教给予王维的内心力量，佛教消解了王维的痛苦，使他的心如秋水寂寂，如秋月朗朗；佛教也明慧了王维的心智，给了他直面人生的无穷力量。

这种力量就是在行到水穷之际，放下心中的执念，不抱怨，不沮丧，静静地等待云朵再起，等待太阳再升。

701年，王维出生于河东蒲州，其祖父王胄任当时的乐官，父亲官至汾州司马，母亲出身于当时最显赫的"五姓女"之一的博陵望族崔氏。

他从祖父处习得乐理，从父亲处通读诗文，精通国画和佛学的母亲则开启了王维斑斓多姿的丹青世界和深邃神秘的佛国文化。崔氏为王维取名为维，字摩诘，取自佛家典籍洁净、没有污秽之意。

显赫的家室和出生背景让他早慧。九岁时，当邻家小孩还在弄泥斗草时，他已经成了诗、书、画、乐的行家。他朗朗如春月柳，一袭白衣弹着琵琶，成为许多思春少女的梦中情郎。

716 年，十五岁的王维上京赶考。由于他能写一手好诗，擅长书画，而且还有音乐天赋，初入京城就被岐王视作入幕之宾。为完成王维的青云之志，岐王更是在自己的府中举办了一场盛大的宴会。宴会中，王维遇见了那个改变自己仕途命运的权贵：玉真公主。

那日，王维一身盛装，由众人簇拥着站在玉真公主面前，朗朗月下松，手抱烧槽琵琶，一曲终了，满座皆惊。玉真公主望着台下布艺少年，问其是何人，岐王答道："知音人。"

随后，王维献上自己的诗作数篇，彻底俘获了公主的心。

这是王维登第的开端。寒窗苦读的举子，满怀一举成名天下闻的高傲，用惊世才华走入当时权贵的视野。

722 年，二十一岁的王维高中进士，可谓是春风得意，等待他的似乎就是飞黄腾达。可惜，岐王外放，舞狮子案让王维被贬，短短一年的仕途生涯，就被外放贬为济州司仓参军。好不容易遇到大赦再回长安，安史之乱却又毫无预兆地到来。天宝十四年的初夏，王维一如往常地进宫早朝。只不过那天没等到皇帝，等来的却是腐烂的尸体与鲜血涌成的溪流。朝堂风云瞬息变幻，曾经的京官沦为安禄山的阶下囚。王维也因名望过高，被迫做了安禄山的"伪官"，可他的内心只有忧愤。他每日听着丝竹管弦，怀念当年盛世的长安，痛苦之下，写完了一首《凝碧池》：

凝碧池

万户伤心生野烟，百僚何日更朝天。

秋槐叶落空宫里，凝碧池头奏管弦。

千家万户都为满城荒烟感到悲惨，百官什么时候才能再次朝见天子？秋天的槐叶飘落在空寂的深宫里，凝碧池头却在高奏管弦，宴饮庆祝！诗中一改王维曾经的空灵，层层描绘国破之哀，用低沉呜咽的语调倾诉其不幸又无奈的心境，充满悲愤与哀痛之情。

也正是这首诗，让他在肃宗朝清算安禄山时期的伪官时，救了王维一命。但他到底还是被仓皇的朝堂伤透了心，从二十岁中进士的意气风发，经历多年不受重用的郁郁寡欢，最终选择了半仕半隐这条道路，远离尘俗，追求佛缘。

749年，王维买下宋之问在蓝田的辋川别墅，又用了十余年时间，精心修建，将原来的荒芜残垣变成了一座可耕、可牧、可樵、可渔的园林。这座园林是王维和母亲后半生的温馨居所，也是王维休憩灵魂、安放身心的美好家园。

晚年的王维隐居在辋川，纵情于山水，在山水中治愈了人生的悲伤。他写下《竹里馆》：

竹里馆

独坐幽篁里，弹琴复长啸。

深林人不知，明月来相照。

郁郁青青，竹子密林中，别院馆中，王维独坐，抚琴啸歌，无人相伴左右，只有明月相亲。于许多人来说，孤独是悲伤的。但于他而言，孤独却是惬意、美好的意趣所在。

春天，在辋川的河道里，王维独自前行。他看到那一簇簇的辛夷花，在悄悄绽放，便写下《辛夷坞》：

辛夷坞

木末芙蓉花，山中发红萼。

涧户寂无人，纷纷开且落。

辛夷花初发红萼，宛如芙蓉，却寂然生于人迹了无的山涧中，任其自开自落，既无生之愉悦，亦无死之悲哀，既不执着于生，也不失意于死，此生彼死，亦死亦生，生生不息。即便山谷幽深，涧边无人，那美丽的辛夷花还是准时地开、随意地落。它们的盛放与凋零不是为了取悦谁，仅仅是为了完成一场与生命的相约。在王维的心灵世界里，"生命""存在"不正像那辛夷花一样"随缘任性"，在刹那的生灭中因果相续，无始无终，自然而然地演化着吗？

夏天，林木葳蕤。王维深入山中，体会到了一种别样的禅境。于是，他纵笔写下《鹿柴》：

鹿柴

空山不见人，但闻人语响。

返景入深林，复照青苔上。

山中空空荡荡不见人影，只听得喧哗的人语声响。夕阳的金光射入深林中，青苔上映着昏黄的微光。

夕阳中偌大的山谷，是那样明艳动人。花，鸟，人，树，水，斑驳的光影，一样都没有少。但在王维的眼里，它们依然是空的。唯有心之无物，方觉宇宙空灵。

王维山水诗歌寓有某种禅意，但并不一片死寂、了无生趣。它们不仅"描绘了山水自然之美，而且还融进了诗人高于自然的理想美"，因而诗境中往往流露出盎然生趣，传达出愉悦闲适的情绪。

秋天，在一个雨后初晴的傍晚，王维静静地欣赏着山中的秋色，写下《山居秋暝》：

山居秋暝

空山新雨后，天气晚来秋。

明月松间照，清泉石上流。

竹喧归浣女，莲动下渔舟。

随意春芳歇，王孙自可留。

新雨涤去山中尘埃而愈益清明，尘俗烦扰洗尽心境方显澄净广阔。如此空山，皓月当空，青松如盖，山泉流泻，浣女归来，莲影摇曳，渔舟轻盈。这里的秋山，明月自照、清泉自流、花自荣、草自枯，人也自来自去，这里的一切显得自然而然、生意蓬勃，无疑是诗人的理想栖所。因此，"'空山'又何尝不是王右丞心中的'桃源'"。

王维的山水田园诗，葱茏氤氲、天机流荡，无论一山一石、一花一木、一虫一鸟，都与其心境契合，因而淡泊的山水文字便透出了一种恬然自适与清远空灵的风采，达到诗中有画、画中有诗，处处有禅机的境界。王维凭着自己的天才妙悟，将"诗"与"禅"弥合无间。

这些诗读来既素雅清淡，又有"味外之味"。他交游僧侣居士，其母奉佛已久，加之自我理想破灭，落寞之中便日趋亲近自然、参禅悟道，长久修养，必"诚于中而形于外"，将其所得禅悟寓诸诗歌，将宗教情怀化为诗情。

他一生沉浮朝堂，沉迷了一生的功成名就，最终却以归隐告终。晚年时，他放下了世俗的欲念，不再追求任何物质的享受，他"禁肉食，绝彩衣。居室中除去茶档、茶臼、经案、绳床，此外一无所有"。他有事时上朝，"每当退朝，净室焚香，默坐独处，冥想诵经"。他的心，一天天地变得如水一般澄澈，如月光一般清明。他抛弃了很多原本是负累的东西，他真切地感受到了"空"。

他的山水诗宁静、自然，固然是吸收了禅家涤清烦扰、自悟清空的理念，但也是因他理想破灭、知音难逢，对俗世声色犬马的唾弃、冷落与摒弃，最终转向空境的自然流露。

王维的山水诗是禅宗美学与诗歌美学的天然融合，他的诗中有画面，有音律，更有禅心。那细微的虫鸣声，风吹花落声，阳光洒落竹林声……那纷飞的花，潺潺的流水，静谧的山石，何尝不映现着诗人那慧眼禅心呢？

中国的山水诗到了王维笔下臻于完美，他以清静之心观照自然，以禅入诗，使他的山水诗洋溢着安然自适的情绪，充满"空灵""闲淡""幽静""脱俗"的意境，达到了澄澈之境，形成了盛唐诗风自然的特色。毋庸置疑，这种空灵诗境和自然禅心，成就了王维山水诗在中国诗史上极高的美学地位。

我相信，在那个盛唐，王维已经如一朵山中红萼，即便无人懂，但依然盛放过；然后，他悄然凋落。但在浩瀚的宇宙，他依然还在，在他的一首首山水诗里，在他的一幅幅山水画里，在他的山水禅心里，他是当之无愧的"诗佛"。

獅子岩
甲戌某遊陶山以
此起稿　雪村

孟浩然：
岩扉松径长寂寥，惟有幽人自来去
——布衣里的清谈风雅

秋登万山寄张五

孟浩然

北山白云里，隐者自怡悦。

相望试登高，心随雁飞灭。

愁因薄暮起，兴是清秋发。

时见归村人，沙行渡头歇。

天边树若荠，江畔洲如月。

何当载酒来，共醉重阳节。

　　我登上这白云缭绕的万山峰岭，遥遥北望，连绵青山隐没在云雾之中，心中升腾起超脱凡尘的喜悦。我试着登上高峰遥望远方，鸿雁在高空中飞翔，我的心绪也仿若被寄托在鸿雁的羽翼上，天空高远开阔，一如我的胸怀。

　　薄暮迫近，愁绪被暮色牵引而出，这大概是清秋招致的氛围。在山上时时望见回村的人们，走过沙滩坐在渡口憩息歇累。

天边林中树木好似颗颗荠菜,俯视江畔的沙洲好比是弯月。不知你何时才能载酒来这共饮,于重阳佳节对酌同醉。

此诗写出了孟浩然隐居时的愉悦欢快生活,临秋登高远望,情随景生。因思念老友,于是登高远望,望见飞雁、薄暮,又生出孤寂、惆怅之情,在清秋时刻发出慨叹,期盼挚友前来与自己共度佳节。

"时见归村人,沙行渡头歇。天边树若荠,江畔洲如月",写出从山上俯视山脚,薄暮沉沉。村人劳碌一日,从田间地头三三两两归来。他们有的行走于沙滩,有的坐歇于渡头。

因知晓道路的另一头是安宁的日常生活,于是行动之中自带几分从容悠闲。诗人再放眼远望,那天边的树看去细如荠菜,而那白色的沙洲,因蒙上一层月色,在黄昏中却清晰可见。孟浩然用词朴素自然,仿若信手拈来便写出了自然的优美和农村的静谧气氛,创造出一个高远清幽的境界。

沈德潜曾评价孟浩然的诗"语淡而味终不薄",如"松月生夜凉,风泉满清听""微云淡河汉,疏雨滴梧桐""野旷天低树,江清月近人"等,用词自然,意蕴无穷。

孟浩然是襄州襄阳人,世称孟襄阳,除却两次进京求仕及游历吴越等地,他的一生绝大部分时间是在襄阳度过的。哪怕后人曾评论孟浩然"仕隐两失",也不可否认他确实是一个隐逸诗人,一个为了浪漫的理想而隐逸,受自然山水感召而投身山水的隐逸诗人。

孟浩然家住襄阳城南郊外,岘山附近,汉江西岸,名曰"涧南园"，早先的他一直隐居在此。

自古以来，仕与隐一直是读书人的两难抉择。这不仅是选择一种生活方式，也是选择一种人生价值。然而，自西晋始，这两者渐渐趋于结合，出现了"朝隐"，也就是一个人虽身在官场，但心却向往自然。

及唐朝，"朝隐"进一步深化，且被统治者接受。盛唐之时，君主对隐逸之人更是大力推崇。比如唐中宗、瑞宗及玄宗，常以高官厚禄来奖赏这些隐逸的人出世为官。

随着唐朝佛、道的兴盛传播，不少文人通过隐居山林，来达到清静超脱的人生境界。更有甚者，在选择隐逸的同时，胸怀兼济天下，这就促使了唐朝的隐逸之风盛行。

也曾有学者揣测，当时的孟浩然在四十岁之前的隐居也许是怀着从隐入仕的念头，希望有朝一日得到君主的赏识。这是一种兼具天下又追求自我精神自由的理想主义。

二十岁时的孟浩然认为，隐逸是实现仕途通达的最佳方法。他多数时间都是在家乡读书。这种思想在孟浩然父亲去世之后，发生了转变。恰逢这时，孟浩然遇到了他极为崇敬的丞相张九龄，两人曾引为至交好友，于是孟浩然自荐，写下《望洞庭湖赠张丞相》：

望洞庭湖赠张丞相

八月湖水平，涵虚混太清。

气蒸云梦泽，波撼岳阳城。

欲济无舟楫，端居耻圣明。

坐观垂钓者，徒有羡鱼情。

717年，孟浩然到岳阳拜谒张九龄。孟浩然淡雅朴实的文风恰好与张九龄"据实写意"的思想不谋而合，两人相谈甚欢。孟浩然写下此诗，以此来表达自己的进取之心。

然而遗憾的是，张九龄并未就此将他带入仕途。在岳阳停留了一段时间后，孟浩然又回到了家乡襄阳。

《旧唐书·文苑列传》记载："孟浩然，隐鹿门山，以诗自适。年四十，来游京师，应进士不第，还襄阳。"在孟浩然游京师后，一直隐居在鹿门山，这个时期的诗歌多鲜明地表现出他对隐逸的向往。比如《夜归鹿门歌》：

夜归鹿门歌

山寺钟鸣昼已昏，渔梁渡头争渡喧。
人随沙岸向江村，余亦乘舟归鹿门。
鹿门月照开烟树，忽到庞公栖隐处。
岩扉松径长寂寥，惟有幽人自来去。

白昼已尽，黄昏降临，幽僻的古寺传来了报时的钟声。渔梁渡口，人们争着过河，喧闹不已。行人沿着沙岸向江村走去，我也乘着小舟返回鹿门山。鹿门山的林木本为暮霭所笼罩，朦胧而迷离。山月一出，清光朗照，暮雾竟消，树影清晰。我忘情地攀登着崎岖的山路，不知不觉间来到了庞公昔时隐居的地方，也到了我现在的栖身之地。山岩之内，柴扉半掩，松径之下，自辟小径。这里没有尘世干扰，唯有禽鸟山林为伴。隐者在这里幽居独处，过着恬淡而寂寥的生活。

此诗当作于作者四十岁后隐居鹿门时，全诗歌咏归隐的清闲淡素。这是远离人世间的禅境与喧杂纷扰的尘世的比照，诗中所写从日落黄昏到月悬夜空，从汉江舟行到鹿门山途，实质上是从尘杂世俗到寂寥自然的隐逸道路。

这微妙的感受、亲切的体验，表现出隐逸的情趣和意境，隐者为大自然所融化，甚至于忘乎所以。孟浩然仰慕庞公的志节，他在《登鹿门山怀古》中也吟有"昔闻庞德公，采药遂不返……隐迹今尚存，高风邈已远"的诗句。

鹿门山在汉江东岸，沔水南畔与孟浩然家乡所在岘山隔江相望，距离不远，乘船前往，数时可达。汉末著名隐士庞德公因拒绝征辟，携家隐居鹿门山。从此，鹿门山就成了隐逸圣地。

孟浩然早先一直隐居岘山南园的家里，四十岁赴长安谋仕不遇，游历吴、越数年后返乡，在鹿门山辟一住处归隐。

孟浩然在仕与隐上似乎总在犹豫，求隐是他的本性，却又在四十岁后，因为现实生活的穷乏，不得已一脚踏入长安，步入名利场中，最后狼狈回乡。

因"慈亲向羸老"，孟浩然来长安求官。他初来京城，因"骨貌淑清，风神散朗"，很快结识了王维、王昌龄等好友。

728 年，孟浩然在长安应试不第后，仍留在长安，却在机缘巧合下与唐玄宗相逢。唐玄宗命孟浩然自诵其诗，于是吟出《岁暮归南山》：

岁暮归南山

北阙休上书，南山归敝庐。

不才明主弃，多病故人疏。

白发催年老，青阳逼岁除。

永怀愁不寐，松月夜窗虚。

诗意大概写自己不再在朝廷宫门前上书求官，终南山那间破旧的茅屋才是自己的归宿。我没有才能，于是君主弃我不用；又因年老多病，朋友也渐渐疏远。白发渐多，岁月催人老去，好在岁暮已至，新春也快要到来。心怀愁绪万千使人夜不能寐，松影月光映照窗户一片空寂。

"不才明主弃"一句带着自己仕途不得志的怨怅，于是唐玄宗怫然大怒："卿不求仕，而朕未尝弃卿，奈何诬我？"这就彻底断绝了他的仕途之路。

时光不息，仕途无奈，让孟浩然感慨，却又无力改变。看世间喧闹，隐居山中，与花树为伴，是孟浩然最后的倔强。

也难怪李白曾写诗盛赞他："吾爱孟夫子，风流天下闻。红颜弃轩冕，白首卧松云。醉月频中圣，迷花不事君。高山安可仰，徒此揖清芬。"

世间难得两全法，孟浩然的一生不曾入仕途，终身布衣，但我们还是记住了他的"野旷天低树，江清月近人""气蒸云梦泽，波撼岳阳城"。也许，孟浩然的清淡风雅并不适合官场，他在山水中自愈，与山水相伴一生才是最好归宿。

贺知章：
惟有门前镜湖水，春风不改旧时波
——清谈风流是狂客

回乡偶书

贺知章

（其一）

少小离家老大回，乡音无改鬓毛衰。

儿童相见不相识，笑问客从何处来。

（其二）

离别家乡岁月多，近来人事半消磨。

惟有门前镜湖水，春风不改旧时波。

　　我一路迤逦行来，心情颇不平静。故土既熟悉又陌生，让我心绪难平。当年离家之时，我还年少。如今再回故土，虽乡音未改，却岁月迟暮，鬓毛疏落。家乡的小童看到我回来，围了一圈。他们看我陌生，嬉笑着询问我："客人您是从何处来的呢？"

"笑问客从何处来。"平淡的一问，却成了重重的一击。曾经的主人，如今已成为他乡之客。而全诗在这有问无答中结尾，余音绕梁，哀婉备至。

第二首诗是第一首的续写。回乡之后，与故交老友一番交谈，才明白自己离开家乡的时间实在已经很久了，人事变迁之大令人慨叹。只有门前那镜湖的碧水，在微风吹拂下，泛起圈圈涟漪，还和五十多年前一模一样。

贺知章在天宝三载辞去朝廷官职，告老返回故乡浙江萧山。此时，他已经八十六岁，距他离乡已有五十多个年头了。人生易老，世事沧桑，心头自是有无限感慨。

首句用"少小离家"与"老大回"的句中自对，一言概括其数十年客居他乡的事实，一离一回之间是英姿勃发的少年和鬓发苍苍的老年的巨变。

"乡音无改"和"鬓毛衰"对举，倾吐对人生倏忽而已的慨叹和对故乡依恋的深情。尽管时光流逝，已让我变成垂垂暮年的老者，但未改的乡音是我对故土绵绵不绝的思恋。也许岁月变迁，星河斗移，只是故居门前的镜湖水波却一如既往。

在生命的最后一段时日里，贺知章在镜湖边的故居过着宁静的生活。内心沉淀大半生的混浊，似乎也让那片镜湖的水波涤荡清澈了。独立镜湖，万千感叹齐上心头，他把温柔的眷恋和至真的深情留给了镜湖。

贺知章出生于唐高宗显庆四年。关于贺知章的家世，史料记载甚少，即使有也语焉不详。只有《旧唐书》中记载他为"太子洗马德仁之族孙"。开元间曾任刑部尚书的陆象先是贺知章的族姑之子，陆象先兄弟数人和其父陆元方皆曾历任朝廷要职。据此推断，他大约出身于一个社会地位较高的官宦家庭。

贺知章在少年时代就显示了出色的文学才能，并且小有名气。他的一生，主要是在官场上度过的。

武则天证圣元年，贺知章参加科举，中进士，成为史书上记载的第一个浙江状元。此时，贺知章三十七岁。在当时的唐朝，进士及第并不意味着直接会授予官职。能否出入朝堂，还要看个人的手段。

贺知章在陆象先的引荐下，被授予国子四门博士，后来又经历一番考校，升迁为太常博士。开元十年，兵部尚书张说为丽正殿修书史，贺知章得其赏识，被推荐入丽正殿参与修撰《六典》《文纂》的工作。后来，又任太常少卿。开元十三年，迁礼部侍郎，同时加集贤院学士，这在当时的朝廷里是很引人注目的荣耀。

一路的高升，让君主看到了这位才华出众的少年。于是，在开元二十六年，忠王李亨被立为太子，而贺知章任太子侍读，被授予太子宾客、银青光禄大夫兼正授秘书监。就在这一年，唐玄宗在东岳泰山举行了盛大的封禅，封禅的礼仪和祷天的内容等重大问题，玄宗都曾与他亲自商讨。而这次封禅用的乐章，即为贺知章的手笔。《旧唐书》记载："宗开元十三年，禅社首山祭地祇乐章，太常少卿贺知章作。"

这是何等的殊荣，可能连同时期恃才傲物的李白都会嫉妒他的官运亨通吧。只是政治生活的春风得意、漫长的官场生活，并没有使他在文学上有什么特别的建树。他流传下来的，让人一遍遍诵读的诗句依然是老年写就的。

贺知章生性旷达豪放，风流潇洒，为当时众人所倾慕。晚年的贺知章性情更加放诞不羁，他给自己取号为"四明狂客"。

狂人的狂放，自然离不开酒的衬托。在杜甫的《饮中八仙歌》中，贺知章被列为酒中八仙之首，起句就是："知章骑马似乘船，眼花落井水底眠。"贺知章是否真有过醉酒街头，落井入眠的事实，可以不论，但杜甫的这两句诗确实写出了他那刘伶式的"但得饮酒，何论死生"的达者情怀。

他与李白知音难遇，成为忘年之交。天宝元年，李白浪迹长安，偶然中与贺知章相逢，李白一首《蜀道难》让贺知章盛赞其为"谪仙人"，两人相逢恨晚。两人推杯换盏，一番畅饮之后，才发现身上竟然没有买酒钱。于是，贺知章解下腰间金龟才算了结。

"饮中八仙"的张旭，也是贺知章的酒友。张旭写得一手草书，被誉为"草圣"，贺知章也写得一手好字。他兴之所至，落笔为纸。诗人温庭筠曾评价其书法："知章草书，笔力遒健，风尚高远。"

天宝三年，此时的贺知章已经在长安度过了五十余载的官场生活。此时，人到暮年，红尘已被识破，功名利禄只不过是过眼烟云，再加上他年事已高、体力不济，而又时时为病疾所困扰，于是他提出告老还乡，出家为道。

唐玄宗虽然不舍，却还是准许了他，并亲笔为他的宅院题名为"千秋观"，提拔贺知章的儿子贺曾子为会稽郡司马。离开京师时，皇太子及文武百官为其饯行。生性旷达的李白写下诗歌赠与这位狂客："镜湖流水漾清波，狂客归舟逸兴多。山阴道士如相见，应写《黄庭》换白鹅。"

回乡途中，他坐船经南京、杭州，最后到达萧山县城，越州官员到驿站相迎。然后，再坐船去南门外潘水河边的旧宅。其时正是二月早春，柳芽初发，春意盎然，微风拂面。

回乡的喜悦冲淡了旅途中的疲惫，忽然他见到了一株高大的柳树，在河岸边昂首挺立，英姿勃发，一时兴发，提笔写了《咏柳》一诗，成为千古绝唱。

咏柳

碧玉妆成一树高，万条垂下绿丝绦。

不知细叶谁裁出，二月春风似剪刀。

那亭亭玉立、婀娜飘逸的柳树啊，此时就像是一位碧玉装扮而成的妙龄少女。那轻柔的柳枝垂下来，就像万条轻轻飘动的绿色丝带。不知道这细细的柳叶是谁裁剪出来的，原来是那如同剪刀一样的二月春风。谁能想到，春风如剪这样童趣十足的比喻，竟然出自一位八十六岁的老人之口！

回到故乡后，他闲时就在镜湖旁久坐。也许是怀念曾经的生活，又或者是享受这难得的闲暇幽静时光。看到会稽山的云雾、镜湖上的采莲人，他即兴写下《采莲曲》：

采莲曲

稽山罢雾郁嵯峨，镜水无风也自波。

莫言春度芳菲尽，别有中流采芰荷。

  会稽山上的云雾散去，远处的高峻的山脉和青翠的草木都显露了出来。镜湖水面无风，却也起了淡淡的涟漪。不要说春天已经结束，百花凋零了，此时还有人在水中央，采摘菱角和荷叶呢。

  也是在这一年，贺知章在故乡的青山绿水之间与世长辞，终年八十六岁。贺知章去世后，李白写诗怀念："四明有狂客，风流贺季真。长安一相见，呼我谪仙人。昔好杯中物，翻为松下尘。金龟换酒处，却忆泪沾巾。"

  他少年成名状元及第，中年步入官场，老年百官恭送荣归故里，一生诗、酒、书法陪伴。他生逢盛世、仕途顺利，造就了他旷达洒脱的个性。他的诗如同他的人生，没有悲愤的抑郁不平之气，而是充满清新潇洒、乐观豁达的雍容气度。他生活在开元的好时代，享受着大唐盛世，也无愧于这盛世。

王昌龄：
黄沙百战穿金甲，不破楼兰终不还
——人应炽烈而活

从军行（其四）

王昌龄

青海长云暗雪山，孤城遥望玉门关。

黄沙百战穿金甲，不破楼兰终不还。

青海湖上乌云密布，连绵雪山一片黯淡。边塞古城，玉门雄关，远隔千里，遥遥相望。守边将士，身经百战，铠甲磨穿，壮志不灭，不打败进犯之敌，誓不返回家乡。

在西北漫长的国境上，狼烟四起，乌云弥漫，强敌来袭。这场战争已经打得太久了，边地的荒凉，敌军的强悍，让战争局势更加危机重重。只是尽管金甲磨穿，黄沙百战，忠勇的战士那报国壮志却没有消磨，而是在大漠风沙的磨炼中更加坚定，并立下铮铮誓言："不破楼兰终不还。"

穿越时空，透过这一个个特写镜头，我们看到了将士们马革裹尸，誓死报国的决心，他们在刀光剑影中奋不顾身、浴血搏杀。

自唐朝开国至王昌龄所生活的盛唐时代，这一百多年的时间里，始终伴有战争的硝烟。特别是进入盛唐时期，战争更加频繁。这其中，唐王朝既有防御性的正义战争，亦有非正义的战争。

这个时代，有放荡不羁的李白，也有为战火中百姓呐喊的杜甫。这个时代，民殷国富，实力强大，民族自信心高涨，有无数人勇于献身，去为自己赚取功名，为整个国家开辟疆域。许多文人被这昂扬、乐观、进取的时代精神激励着，不甘皓首穷经，争相立功疆场。高适便高唱："万里不惜死，一朝得成功。画图麒麟阁，入朝明光宫。大笑向文士，一经何足穷。"岑参亦向往："功名只向马上取，真是英雄一丈夫。"

王昌龄身处其中，看到的则是战争背后的悲楚。他也歌颂英雄，也会立下"不破楼兰终不还"的誓言，但他同时更能看到战争背后的悲剧，如《变行路难》：

变行路难

向晚横吹悲，风动马嘶合。

前驱引旗节，千里阵云匝。

单于下阴山，砂砾空飒飒。

封侯取一战，岂复念闺阁。

傍晚时分，旷野中响起阵阵悲凉的笛声，战马嘶鸣此起彼伏，在风中连成了一片。天空远处和近处的云层互相堆积，前驱部队艰难地引领着军队，远处和近处的云层互相堆积。突厥大举兴兵侵犯我边境，此时唐军已严阵以待，阴山上磅礴的敌军倾巢而下，踏起了满天飞扬的沙砾，一场殊死恶战即将拉响。建功立业就取决于这一战了，哪里还会以家室为念。

诗人开篇着墨浓重，以暮色中的笛吹、风动、马嘶等悲壮之声营造了战争的浓郁氛围。敌军来势之凶猛，所到之处如狂风肆虐大地。结尾"封侯取一战，岂复念闺阁"的豪言壮语，则直接写明将士们以实际行动奋勇杀敌，保卫祖国边疆的决心。明知必然有牺牲，却不得不战，虽悲却又壮烈无比。

王昌龄，大约生于698年。他早年贫苦，依靠农耕维持生活。720年，二十三岁的王昌龄不甘将一生都消磨在田间地头，便从家乡出发，来到了嵩山学道。

在唐朝追求"朝隐"的时代下，"求道"换一个说法便是"求官"。三年隐逸时期，他和道士们在《周易》中寻求了一方宁静生活。三年后，他怀着一腔热忱再次出发，在大时代精神的感召下，不甘寂寞的王昌龄成为这股从军尚武潮流的弄潮儿。

他在《宿灞上寄侍御屿弟》中表明心迹："知我沧溟心，脱略腐儒辈。"不甘皓首穷经的平淡生活，加之任性不拘的个性，他胸怀爱国的热忱和建功立业的壮志，慷慨赴边，渴望一番作为。

王昌龄于开元十一年前后到路洲和并州，后又漫游西北边塞，先后到过泾州、萧关、临洮、玉门关等边地一带。此时的他怀揣壮志，希望为国家开疆拓土，又期待着为自己赢取生前

身后的名声。在此期间，他谱写了一曲曲动人的边塞乐章，如
《出塞（其一）》：

出塞（其一）

秦时明月汉时关，万里长征人未还。

但使龙城飞将在，不教胡马度阴山。

　　这是一首慨叹边战不断，国无良将的边塞诗。"秦时明月
汉时关"，大笔勾勒出一幅波澜壮阔的画卷。自秦汉以来，无
数将士献身边疆。结句"但使龙城飞将在，不教胡马度阴山"
直接抒怀，写戍边战士保卫国家的壮志，气势豪迈，铿锵
有力。

　　在《少年行二首（其一）》中，他挥毫泼墨写下：

少年行二首（其一）

西陵侠年少，送客过长亭。

青槐夹两路，白马如流星。

闻道羽书急，单于寇井陉。

气高轻赴难，谁顾燕山铭。

　　西陵的一位少年游侠，在长亭为他人饯行。在那青槐夹道
的驿路上，呈报紧急公文的信使骑着白马如同流星一样飞驰而
过。听说这是一道来自边关的紧急军事文书，传来了匈奴侵扰
井陉的消息。少年得知后，浩气冲天，赶赴危难，立志要像窦
宪那样驱逐鞑虏，"勒石燕然"。

此诗惟妙惟肖地刻画了一个赴边急难，不顾沽名的少年英雄形象。而这也正是年轻气盛、志存高远的诗人自我形象的真实写照。

王昌龄的边塞诗气象雄浑，高古苍凉，不同于盛唐气象，颇有魏晋之风。盛唐气象中最大的一个特点是哪怕遇到"盘中无斗米储"的困窘，也绝少发出穷困之言，露出愁苦之相。更多的是如李白一般，即使面临绝路，也要高歌一句"乘风破浪会有时，直挂云帆济沧海"。而王昌龄偏不，他不仅表达自己的穷苦之态，还要一展喉咙，抒发自己不遇的愤懑之气，如《大梁途中作》：

大梁途中作

快快步长道，客行渺无端。

郊原欲下雪，天地棱棱寒。

当时每酣醉，不觉行路难。

今日无酒钱，凄惶向谁叹。

诗人独自凄惶地行走在冰冻欲裂的广袤郊原上，充溢天地的寒冷直入骨髓，孤苦无助的心理随着那无处不在的寒意弥漫开来。"今日无酒钱，凄惶向谁叹。"这种直接描绘饥寒窘困的诗句，在盛唐中是很突出的。

也正因为如此，王昌龄在边塞诗中，能下沉到百姓之中，不仅歌颂唐朝军队的雄壮威武，更能看到战士的思家、厌战以及战争给百姓带来的苦难，这主要归因于王昌龄的非战思想。

他在《塞下曲四首（其二）》中痛苦地吟哦：

塞下曲四首（其二）

饮马渡秋水，水寒风似刀。

平沙日未没，黯黯见临洮。

昔日长城战，咸言意气高。

黄尘足今古，白骨乱蓬蒿。

晚秋边塞沙漠边，水寒风厉。将士们在水边饮完战马后，急匆匆地横渡秋水，奔赴遥远边疆。广袤的沙地隐隐露出没有完全消失的夕阳，蒙蒙暮色中依稀可见临洮。

古往今来，战争仿佛一直都没停止过。在长城边境线上，曾经誓死保卫家国的战士，现如今已变为累累白骨，隐没在荒草堆里。"白骨乱蓬蒿"的惨痛现实消减了战争的意义，他去过边地，了解战争给百姓带来的沉重痛苦。

他也明白，为了抵御来敌、保卫家园，有时战争是不可避免、不得不为的手段。因此，王昌龄在诗歌中既呼唤"气高轻赴难，谁顾燕山铭"的少年英雄，又抒写别无选择的悲壮。也就无怪乎章培恒先生说："最引人注目的，是在王昌龄的边塞诗中表现出一种深沉的历史感。"

只是最后，王昌龄以边功跻身仕途的理想并未实现，"早知行路难，悔不理章句"，他掉头读书应试来求取功名。开元十五年，王昌龄进士及第，被授予秘书省校书郎一职。开元二十二年，应博学宏词试登科，改授汜水尉。在这之后，他的仕途路变得坎坷无比。不久，他因事被贬岭南。直到开元末返长安，改授江宁丞，却又被小人诽谤，再次被贬为龙标尉。直到安史之乱起，他被刺史闾丘晓杀害，结束了自己辛酸曲折的一生。

王昌龄一生沉于下僚，两度被贬，屡遭磨难，最后死于安史之乱，可谓穷困凄惨之极。但这些艰辛坎坷的人生也造就了这朵奇异的盛唐之花。

他的诗歌中有"鸷鸟立寒木，丈夫佩吴钩"的奋发昂扬，有"洛阳亲友如相问，一片冰心在玉壶"的人格坚贞。这些都是他诗中雄壮激昂、光辉明朗的一面。但也有黯淡的色调，有"西宫夜静百花香，欲卷珠帘春恨长"的无言自伤，有"仰攀青松枝，恸绝伤心肝"的战争悲苦。这些构成了他沉郁的诗骨。难怪闻一多先生曾说："王昌龄的诗，在文学史上值得大书特书。"

高适：
千里黄云白日曛，北风吹雁雪纷纷
——逆商高才会好运

别董大

高适

千里黄云白日曛，北风吹雁雪纷纷。

莫愁前路无知己，天下谁人不识君。

六翮飘飖私自怜，一离京洛十余年。

丈夫贫贱应未足，今日相逢无酒钱。

　　747年春天，吏部尚书房琯被贬出朝，门客董庭兰也离开长安。这一年冬天，他与高适相逢在睢阳。但片刻的欢聚后，又各奔他方。两个人都处在困顿不达的境遇之中，贫贱相交自有深沉的感慨。这时，高适很不得志，到处浪游，常处于贫贱的境遇之中。

　　落日黄昏，天地苍茫，北风嘶吼中，大雪纷飞，只见高空中一行孤雁出没在白云之间，北方的冬日在日暮后似乎更容易生出悲情。两位旷世才子沦落至此，怎能不觉得伤感呢？

　　"莫愁前路无知己，天下谁人不识君。"这两句诗流传甚广。此去你不要担心遇不到知己，天下哪个不知道你董庭兰啊！话说得多么响亮、多么有力，于慰藉中充满着信心和力量，激励朋友抖擞精神去奋斗、去拼搏。

　　"丈夫贫贱应未足，今日相逢无酒钱。"可知此时的他也正处于贫贱的境遇中，但他却以开朗的胸襟、豪迈的语调把临别赠言说得激昂慷慨，因而给人一种满怀信心和力量的感觉。

　　704 年，高适出生于渤海名门高氏一族。其祖父高侃曾为大唐的边疆安定立下赫赫战功，官居安东都护，死后陪葬乾陵。奈何从父亲高崇文这一代起便家道中落，父亲又早早去世。年幼的高适便流落到梁宋两地，生活无着。《旧唐书》记载："适不事生业。家贫，客于梁、宋，以求丐取给。"

　　度过了自己的少年时代后，高适怀抱着热情自信的积极用世之心来到了长安："二十解书剑，西游长安城。举头望君门，屈指取公卿。国风冲融迈三五，朝廷欢乐弥寰宇。"此时的科举分为"常科"与"制科"。常科指定期的科举考试，而制科则是由清望官及地方官推荐某一方面有专长的人至京，而后经过君王面试。

　　高适不屑于走一般读书人考进士、明经等科的道路，而是直接奔赴长安，希望得到君王的赏识。只可惜一介布衣又无门路的他，甚至没有见到唐玄宗，更遑论取得功名了。

　　失意的高适在长安奔走，看到长安城中才名不如自己的少年郎，却活得比自己恣意，于是写下《行路难》寄托自己的愤懑不平。

行路难

长安少年不少钱，能骑骏马鸣金鞭。

五侯相逢大道边，美人弦管争留连。

黄金如斗不敢惜，片言如山莫弃捐。

安知憔悴读书者，暮宿灵台私自怜。

高适在这首诗中运用对比手法，大笔勾勒出一幅鲜活的世态万象画卷。清代鲍桂星在《唐诗品》中评高适的诗词："常侍朔气纵横，壮心落落，抱瑜握瑾，浮沉闾巷之间，殆侠徒也。故其为诗，直举胸臆，模画景象，气骨琅然，而词锋华润，感赏之情，殆出常表。"从中，我们也可窥见一斑。

对于贫苦百姓来说，京城居大不易。但是，对这些豪门贵族少年而言，他们将金钱视为粪土，常常一掷千金，只为博自己一乐。他们手挥金丝马鞭，打马狂奔驰骋于大道之上，时而大笑，时而疾呼，如此方显畅快。

普通百姓为了生活下去，整日都在奔波劳苦，和这些贵族少年的"五侯相逢大道边，美人弦管争留连。黄金如斗不敢惜，片言如山莫弃捐"这样的生活相比，实在令人讽刺。这里借用西汉成帝封外戚"五侯"，来指代长安城里的那些贵族显贵，日夜流连勾栏之中，声色犬马，醉生梦死。

"安知憔悴读书者，暮宿灵台私自怜。"笔锋陡转，从奢靡的贵族生活转向贫苦潦倒的书生。两者生动对比，隐喻当时的社会不公现象，揭露出即使是在所谓的开元盛世，占有更多利益享受特权的仍是贵族出身，而寒门之士的出路难上加难。

其实，现在想来也可理解，任何时代都有这样鲜明对比的众生象，"朱门酒肉臭，路有冻死骨"从来不少见。但是，此时的高适满腔郁闷无处宣泄，想到自己多年寒窗苦读，却难以再振家门荣耀，但那些出门富贵的长安公子却过着奢靡恣意的生活，言辞怎能不慨然呢？

第一次出仕的尝试落空了，年轻气盛的高适未免觉得脸上无光："许国不成名，还家有惭色。"从此，他开始了客居宋州宋城的生活。在《别韦参军》中，记录了他当时的生活："归来洛阳无负郭，东过梁宋非吾土。兔苑为农岁不登，雁池垂钓心长苦。"

在这里，他亲自在田地中劳作，生活清贫劳苦，而政治上失意的烦恼仍萦绕在心头。他在这里度过了三十年的时光。

也是在这一时期，他除了远赴长安谋求官职外，还将目光投向边塞。在游长安失败后，高适北上燕赵，且于燕地从军。

初次从军后，高适往来东北边陲，意气高昂，写下《塞上》：

塞上

东出卢龙塞，浩然客思孤。

亭堠列万里，汉兵犹备胡。

边尘涨北溟，虏骑正南驱。

转斗岂长策，和亲非远图。

惟昔李将军，按节出皇都。

总戎扫大漠，一战擒单于。

常怀感激心，愿效纵横谟。

倚剑欲谁语，关河空郁纡。

　　边塞雄伟壮丽的风光和恶劣的行军环境跃然纸上，立功边塞的理想抱负和壮志难酬的愤激之情溢于言表。从诗中可以看出，当时东北边陲战事不已，气氛紧张，戒备森严。但是，君主又期望以和亲换来和平。敏锐的军事才能让高适认识到，和亲不等于和平，但是当前边境军中昏暗，也只能追念汉代李广之史迹以寄慨。

　　大概也是因为亲身远赴边塞，见识到了真正残酷的战争和艰苦的边塞环境，高适的边塞诗逐渐在盛唐崭露头角，他也最终成为当时四大边塞诗人之一。

　　高适的边塞诗虽然也以"悲壮"著称，但和同时代的岑参相比，二人还是有些区别。清代王士祯这样说道："高悲壮而厚，岑奇逸而峭。"

　　所谓"悲壮"，指的是悲愤感慨，雄浑豪壮。在高适的边塞诗中，除了塞外恶劣环境之外，还有残酷的战场画面。他在用风、雪，雨、沙等为不能亲赴塞外的人们描绘出边塞冰天雪地、飞沙走石的壮丽景象的同时，也将战争的悲壮送到人们面前。如《自蓟北归》：

自蓟北归

驱马蓟门北，北风边马哀。

苍茫远山口，豁达胡天开。

五将已深入，前军止半回。

谁怜不得意，长剑独归来。

我策马驰奔在蓟门之北，北风呼啸席卷大地，边地战马嘶鸣连成一片，我仿佛能听出它们其中的哀鸣。远处的山口只是苍茫一片。直到走出峡谷口，再次看到天空，眼前一片豁然开朗。田广明等五将已经深入敌境，前军也只有一半人归来。还有谁怜惜我这个失意之人呢？只好拿着长剑独自归来。

在诗中，他不是单纯地进行景色描写，而是给这些景色赋予主观色彩。塞北凛冽寒风的肆虐下，连胡马也发出阵阵的哀鸣，这就把高适的悲凉之情移入客观环境之中。

当然，这样的写作手法，他在很多边塞诗中都有运用。比如，《送军到蓟北》里的"积雪与天迥，屯军连塞愁"，《蓟门五首》里的"边城十一月，雨雪乱霏霏"。乱的真的是雨雪吗？乱的是边城的环境与人心。

他在《燕歌行》中写道："杀气三时作阵云，寒声一夜传刁斗。相看白刃血纷纷，死节从来岂顾勋。"直面鲜血淋漓的战场，把刀光剑影的战场拼杀场面渲染得淋漓尽致。

此时的高适漫游边塞，是怀揣着马上封侯的愿景的。他渴望通过边功来直上庙堂，青史留名，因而他的诗悲壮无比，既有战争的深思，也有报国之情。

755 年，震惊大唐的安史之乱爆发。在这场动乱中，高适却迎来了人生中的光辉时刻。他追上南逃的唐玄宗，并向其解释了哥舒翰战败的原因，随后又对局势进行了一番透彻的分析。一身才学终于在关键时刻被君主看到，他被任命为谏议大夫，辅佐新登基的太子李亨。随后，他又主动请缨平叛永王，在平息叛乱之后，又陆续担任彭州刺史、蜀州刺史和剑南节度使，成了名副其实的封疆大吏。此时，他已年过半百，虽然人生高光时刻来得有些晚，但总算来了。

高适的前半生执着于功名，他希望能经世济民，却总是志向难展，人生几次求仕，或赴长安、或至边塞。虽然直至五十岁才获得官职，但始终不曾放弃希望。这或许就是所谓的"只有逆商高，才会更好运"吧。

岑参：

山回路转不见君，雪上空留马行处
——塞上不了情

白雪歌送武判官归京

岑参

北风卷地白草折，胡天八月即飞雪。

忽如一夜春风来，千树万树梨花开。

散入珠帘湿罗幕，狐裘不暖锦衾薄。

将军角弓不得控，都护铁衣冷难着。

瀚海阑干百丈冰，愁云惨淡万里凝。

中军置酒饮归客，胡琴琵琶与羌笛。

纷纷暮雪下辕门，风掣红旗冻不翻。

轮台东门送君去，去时雪满天山路。

山回路转不见君，雪上空留马行处。

这首诗是岑参第二次出塞时所作。此时，他充任安西节度使封常青的判官，而武判官即其前任，岑参在轮台送其归京。诗中，他用浪漫奔放的笔调，描绘了祖国西北边塞的壮丽景色，以及边塞军营送别归京使臣的热烈场面。

全诗以雪为线索，记叙送别归京使臣的过程。诗中起笔写边地西北边塞风之猛和塞外飞雪之早，气势非凡。接着笔锋一转，"忽如一夜春风来，千树万树梨花开"。用春景写冬雪，以花喻雪，春风吹来梨花开，竟至千树万树。比喻兼夸张辞格的运用，使得塞外的冰天雪地世界充满了勃勃的春意，境界奇丽壮美。

接着，雪花飞入珠帘，打湿了军帐，视线也从帐外逐渐转入帐内。严寒冬日，将士与都护难以拉弓，铠甲因寒冷不得上身。表面写寒冷，实际是用冷来反衬将士内心的热，更表现出将士乐观的战斗情绪。虽然天气寒冷，但将士却毫无怨言。戍边将士不畏严寒的乐观精神，也使边地风光更显神奇壮丽。

接着，诗笔由帐外写到帐内，而后又移到帐外时，"瀚海阑干百丈冰，愁云惨淡万里凝"。诗笔延伸向广远的沙漠和辽阔的天空，浩瀚的沙海，冰雪遍地，雪压冬云，浓重稠密，好似凝结在一起。诗人以百丈坚冰点缀冰天雪地的大环境，以万里愁云引出送别气氛。用夸张的笔墨，气势磅礴地勾画出瑰奇壮丽的沙漠雪景。

随后，用"胡琴""琵琶""羌笛"这些极具西域特色的乐器给军中宴饮增添了几分苍凉悲壮的豪气。大家且歌且舞，开怀畅饮，这宴会一直持续到暮色来临。

最后六句写傍晚送别友人踏上归途。归客在暮色中迎着纷飞的大雪步出帐幕，旗帜因大雪结冰，虽不能随风起舞，但在白雪中显得绚丽。红旗、白雪，一动一静，一白一红，相互映衬，画面生动，色彩鲜明。

"轮台东门送君去，去时雪满天山路。"从辕门送别，一直送到轮台东门，叮嘱的话千言万语道不完。"山回路转不见君，雪上空留马行处。"在这里，诗人巧妙地运用留白手法，含蓄委婉中，给予读者无尽的思考与想象。此诗以西北边塞的奇寒雪景为背景，咏雪之中抒发对友人的依依惜别和怅惘之情。

据统计，唐之前的边塞诗，现存不到二百首，而《全唐诗》中所收录的边塞诗就达两千余首。这其中，固然有唐时君王对外频繁用兵，重视边功的原因，但也不可否认盛唐开明的政治环境以及蓬勃向上的文化气象都为边塞诗的产生形成了一片沃土。而两次出塞的岑参，也凭借其边塞诗在盛唐诗坛占有一席之地。

"奇"是岑参"昂壮奇丽"艺术风格中最显著的艺术特色，历代对岑参边塞诗歌的评价都离不开一个"奇"字。如杜甫曾指出："岑参兄弟皆好奇。"翁方纲说："嘉州之奇峭，入唐以来所未有。又加以边塞之作，奇气益出。"胡应麟也称其诗"奇逸""奇峭"。他们都指出了岑参边塞诗有着"奇"的独特风貌。

岑参的诗歌题材奇异，道人之所未见、叙人之所未闻，描写西域独特的景观、民俗、音乐舞蹈等。立意构思新奇，表现手法新奇，这自然与他的两次出塞经历密不可分。

715年，岑参出生在江陵在一个没落的显宦人家。岑参的曾祖父岑文本在太宗时官至宰相，是贞观名臣之一。岑参的伯祖父岑长倩，为武后时宰相，因为反对立武承嗣为皇太子而遭杀害。他的堂伯父岑羲，中宗、睿宗时为宰相，睿宗末年因被牵连进太平公主谋逆案被诛。岑羲死后，这个三世为相的显宦家族就此没落。

岑参的父亲岑植曾作过蒲州司户参军，后降调夔州云安县丞，随着政绩突出，渐迁升至仙州刺史，最后死在晋州刺史任上。

岑参的幼年和少年时期，是随父亲在仙州、晋州度过的。他自称"五岁读书，九岁属文"，十五岁时，因家道中落，自晋州移居嵩山少宝。

青年时的岑参刻苦学习，读遍经史，希望有朝一日能以才学取功名，重振衰落的家道。

大约二十岁时，岑参自谓学业已成，于是离开嵩阳第一次作长安之游。由于当时的政治原因，他在长安、洛阳之间为求功名奔波十年，最终一无所获。

744年，岑参在长安考取进士，以第一人及第。中第后，授右内率府兵曹参军。五年后，盛唐名将高仙芝入朝。岑参被推荐为右威卫录事参军，入其幕府任掌书记。于是，有了第一次塞外之行。

岑参在初冬动身，经敦煌，出阳关，过蒲昌海北行，到西州，再经铁门关，行程两个月才到达安西。这一切打开了岑参的眼界，陶冶了他的豪情，为他提供了丰富的诗情。这时期旅途所作的诗，都表现了诗人初出塞外的那种喜悦之情和新奇之感。

751 年，大食兵欲攻四镇，高仙芝赶回安西率兵抵抗。岑参也于这年夏天离开武威至临洮，初秋回到长安，结束了第一次近两年的幕府生活。

752 年，高仙芝的部下封常清被朝廷委任为安西四镇节度使。封常清与岑参原来都是高仙芝的幕僚，关系颇深。两年后，封常清任北庭都护后，即表请岑参为西北庭支度判官。于是，岑参欣然前行。

岑参两次出塞达六年，沿着丝绸之路，度陇头，穿河西，出阳关，过流沙，足迹踏遍天山南北。沿途各地的风光，如翻腾的热海，无垠的沙漠，八月的飞雪，驱沙走石的狂风，异域的歌舞以及边塞的征戍生活，丰富了他的诗，他擅长描写瑰奇的边塞风光、激烈的战斗场面。

他的边塞诗中，不仅有战火硝烟，有将士思乡念亲的情思，还有无边的风雪、无际的黄沙、连天的白草、奇丽的火山、壮伟的关塞。如他在《走马川行奉送封大夫出师西征》中写的"君不见，走马川行雪海边，平沙莽莽黄入天。轮台九月风夜吼，一川碎石大如斗，随风满地石乱走"的大漠飞沙、"马毛带雪汗气蒸，五花连钱旋作冰，幕中草檄砚水凝"的边塞奇寒，在《轮台即事》中写的"三月无青草，千家尽白榆"的三月边塞不同江南的独特物候，在《火山云歌送别》中写的"火山突兀赤亭口，火山五月火云厚。火云满山凝未开，飞鸟千里不敢来"的火焰山烈焰腾空的酷热壮观。

岑参是怀抱追求功业的愿望从军出塞的。于是，他在鞍马烽尘的征程中，用炽热的胸怀去接受边塞的严酷雄奇。那些白草、黄沙、狂风、飞雪，不仅是粗犷的边塞景，更是他豪壮的爱国情。

但如果仅仅因为边塞诗给岑参打上标签，似乎也不太恰当。他早年也曾写过不少风格清丽，表现隐居情怀的山水诗，如《丘中春卧寄王子》：

丘中春卧寄王子

田中开白室，林下闭玄关。

卷迹人方处，无心云自闲。

竹深喧暮鸟，花缺露春山。

胜事那能说，王孙去未还。

"林下""玄关"是两个佛门用语，"林下闭玄关"指隐居修身，参禅悟道。这首诗虽然是岑参十余岁时的作品，却体现出自己春卧林下的悠闲之趣和自然景物的欣赏，而且通过佛门之事来表现自己隐逸的情怀。

诗人在隐居生活中尽情享受着美好山水带给他的愉悦之情，满足之余，年轻的诗人也是孤独的。这种孤独，使诗人进一步把注意力集中到山野风光中，并与自然界息息相通。后来的边塞诗与山水诗结合，用景写情，比如后来在《暮秋山行》中写的"山风吹空林，飒飒如有人"，穿林而过的山风仿佛吹到了诗人心上，也撩拨心弦。

这种对自然环境的关注与理解，对岑参边塞诗的创作产生了重要影响，使他的诗歌能更好地传达出边塞地域的苍凉雄浑之气。

岑参是一个平凡的诗人，他怀抱热忱出塞，渴望沙场建立功业，最后虽在安史之乱后，壮心被打磨干净，但两次波澜壮阔的出塞经历，依然为他的人生添上一抹亮色。

卷三　中唐忧思：千载长天起大云

韩愈：

欲为圣明除弊事，肯将衰朽惜残年
——千言欲语总是愁

左迁至蓝关示侄孙湘

韩愈

一封朝奏九重天，夕贬潮州路八千。

欲为圣明除弊事，肯将衰朽惜残年！

云横秦岭家何在？雪拥蓝关马不前。

知汝远来应有意，好收吾骨瘴江边。

早朝时，我刚刚将我的《论佛骨表》上奏给君主，晚上就收到了贬至潮州的消息。长安距潮州有八千里的路途，这漫漫长路我已经要用生命去丈量了。我只想为君主您除去那些有害的事情呀，哪里还能考虑自己这副衰朽的身体，怜惜自己的年老余生呢？云起弥漫，大雪茫茫，秦岭横跨眼前，哪里还能看到我的家乡呢？大雪封山蓝关，此时就连马儿也不肯向前迈步了。亲爱的侄子呀，我知道你远道而来一定有别的心意，正好在这漳江旁边，替我把尸骨带回去吧。

819 年，唐宪宗崇尚佛教经典日益真诚，又打算将凤翔法门寺中释迦文佛的一节佛指骨迎入宫廷供奉，并送往各寺庙，要官民敬香礼拜。上有所好，下必从焉。因此，在整个唐朝掀起了一场崇佛狂潮。

时任刑部侍郎的韩愈坚决排斥佛教的传播，担忧佛教盛行会冲击儒家道统，不利于江山社稷。于是，他写下一篇《论佛骨表》，劝诫君主，却因此触犯龙颜，随即被贬为潮州刺史。在离京途中，取道商洛至蓝关时，他写下这首《左迁至蓝关示侄孙湘》。

"一封朝奏九重天，夕贬潮州路八千。欲为圣明除弊事，肯将衰朽惜残年！"讲述自己被贬谪的原因，自己本想要为朝廷效力，剔除弊事，结果触怒天颜，远贬潮州。随后用"云横秦岭""雪拥蓝关"诉说自己贬谪途中的艰难险阻，天气如此恶劣，更衬托出自己这一行为的凄凉。

但即使自己被贬之地如此偏远，再不能回朝堂，他依然态度强硬，认为自己所为都是"为圣明除弊事"，自己的行为并无过错。

在唐朝佛风盛行，而韩愈却一直反对佛、道，崇尚儒术。他认为，佛教有违人伦，其思想和儒家宣扬的君臣、父子、夫妇等伦常关系背离。并且，若一味迷信佛教、道教，尊佛、求长生，对上君主则会昏庸害政，对下百姓则会游手好闲，荒废耕织劳作，甘愿出家为僧尼道士，而逃避税收。

在《赠译经僧》这首诗中，他写道：

赠译经僧

万里休言道路赊，有谁教汝度流沙。

只今中国方多事，不用无端更乱华。

直言僧人蛊惑人心，乱华妄说。由此可知，韩愈对佛风盛
行早已心生不满，此时又见君主竟然以一人私好，而引起整个
社会的混乱，于是言辞恳切地向君主进言。只可惜他的一片拳
拳之心却引得君主大怒，若不是当朝其他好友的周旋，他差点
被实施死刑，最后几番周旋之后，被贬潮州。想到这些，韩愈
怎能不对宪宗感到失望和怨愤。

纵观韩愈一生，两次贬谪经历是其人生中浓墨的一笔。

768 年，韩愈出生于河南河阳。他三岁时丧父，随后随长
兄韩会谪居在韶州。后来长兄去世，他又随着大嫂郑氏回到河
阳故居。

在长嫂的养育下，他发奋苦读，早早就通读了六经百家。
他明白，只有科举一途才能改变自己和家人困窘的现状。

792 年，韩愈参加科举，终于进士及第。但在唐朝，中进
士并不意味着就能做官。在随后几年，他三次参加博学宏词科
考，却都没中选。直到四年后，在宣武军节度使董晋的举荐下，
他以秘书省校书郎的名头出任宣武军节度使观察推官。官职虽
小，却终于迈入了仕途。

三年后，董晋去世。他又应徐泗濠节度使张建封之邀，
以太常寺协律郎身份出任节度推官。只是这次任职还不足一

年，他因与上官意见不合，辞职回到京师。一年后，又任国子监四门博士。803年，改任御史台监察御史。本以为从此就能仕途顺遂，只是一颗忧国忧民的心，让他不能对百姓的苦难视而不见。

此时京城大旱，百姓颗粒无收，天灾横行，人祸也紧随其后。在这样的环境下，以京兆尹李实为代表的官吏却不顾一切，横征暴敛，导致许多百姓家破人亡。

天灾人祸刺激着韩愈敏感的神经，别的官员看到此景都选择明哲保身，韩愈偏不，他写下一篇《御史台上论天旱人饥状》，将朝堂这一腐朽混乱的现状直接摊开放在君主面前，却因此触怒了唐德宗和其他利益既得者，当年冬天就被贬到连州阳山任县令。

805年，顺宗即位，大赦天下。韩愈移至江陵府任法曹参军事，一年后召回京师任国子监国子博。随后几年，他的仕途一帆风顺，分别担任刑部都官员外郎、中书舍人。817年，裴度讨伐淮西，奏请韩愈为其行军司马。平定淮西后，年底回朝，韩愈因功迁刑部侍郎。但不久后又因为《论佛骨表》力谏唐宪宗而被贬潮州。

820年，宪宗驾崩，穆宗即位，召拜韩愈为国子祭酒。又过一年，召其回京师任兵部侍郎，后又由于种种原因改任吏部侍郎。又过三年，韩愈在京师因病去世，谥曰"文"，故世称韩文公。

纵观韩愈一生，在宦海中沉沉浮浮，在文学上又被推上了唐宋八大家之首，掀起了古文运动。但他人生中的两次贬谪也为他的文学创作制造了新的机遇。

在古时，贬谪对于文人而言是特别的经历，不仅给文人的身体带来磨难，同时也会为其增长阅历，改变心态，知晓世事沧桑，磨砺出新的思想。韩愈自然也不例外。在两次贬谪途中，韩愈写下颇多精彩诗文。

在被贬阳山途中，经过湖湘汨罗江时，他很自然地怀古伤今，触目生情。遥想当年被贬谪流放至此的屈原，为了国家被小人诬陷，一腔爱国激情无处释放，最终披发行吟在水泽之畔的悲情诗人，他写下了《湘中》：

湘中

猿愁鱼踊水翻波，自古流传是汨罗。

蘋藻满盘无处奠，空闻渔父扣舷歌。

山猿愁啼，江鱼腾踊，水波翻滚，这里自古流传着屈原的故事。江边到处飘浮着可供祭祀的绿蘋和水藻，可是屈原投江的遗迹已经荡然无存，连祭奠的地方都无从找寻，唯有江上的渔父舷歌依然，遥遥可闻。

整首诗读之令人伤感不已，"猿愁"渲染感伤氛围。古人自古擅长用猿啼表达自己的哀思，韩愈自然也不例外。而"鱼踊"则写出鱼的行动艰险，"水翻波"寓意当时的社会环境恶劣。随后写自己想祭奠屈原，却又寻不到去处，被流贬岭南的韩愈犹如龙困浅滩，空有报国之志，却无报国之门。现在的他与千年前的屈原又有何区别呢？

而如今，旧愁未解，又平添"无处莫"之新愁，想消愁而落得愁更愁，个中酸楚若非当事人，恐怕是难以想象得出的。

当年渔父劝慰屈原："世人皆浊，何不淈其泥而扬其波？众人皆醉，何不哺其糟而歠其醨？"如今，屈原已逝，渔父犹存，只是如今的渔父早已不是当年的渔父，而韩愈却还犹如当年的屈原。

贬谪之路漫长，贬谪途中的山山水水也治愈着韩愈，某日被贬阳山的韩愈突然间豁然开朗，于是写下一篇《答张十一功曹》：

答张十一功曹

山净江空水见沙，哀猿啼处两三家。

篁笋竞长纤纤笋，踯躅闲开艳艳花。

未报恩波知死所，莫令炎瘴送生涯。

吟君诗罢看双鬓，斗觉霜毛一半加。

诗中景物描写辽远开阔，既有与朋友同是天涯沦落人的惺惺相惜，又有对自身不幸际遇的感触叹息。

春山明净，春江空阔，清澈得可以见到江底的沙粒，悲伤哀怨的猿啼声处处可听。粗大的篁笋与纤纤嫩笋争相滋长，羊踯躅清闲自得，随处开放出鲜艳的花朵。皇帝深恩尚未报答，死所也未可得知，但求不要在南方炎热的瘴气中虚度余生而已。吟读张署来诗后，叹看双鬓，顿时觉得鬓发白了一半。

韩愈似乎尽力想把他那种激愤的感情深深地埋藏在心底，

但是又自觉不自觉地在字里行间透露出来，使人感受到那股被压抑着的感情潜流，读来为之感动。

他的一生都在宦海中拼搏，一颗心捧出来为君主呐喊，大概也只有到了老年，才终于能享受片刻的闲暇时光，写下一首《早春呈水部张十八员外二首（其一）》：

早春呈水部张十八员外二首（其一）

天街小雨润如酥，草色遥看近却无。

最是一年春好处，绝胜烟柳满皇都。

此时大概是韩愈最惬意的时候，他刚刚协助平息了一场叛乱，皇帝调他为吏部侍郎。而在文学方面，他早已声名大振，是行业内的大师。虽此时已年过花甲，却依然兴致盎然地观察着早春景色。

韩愈一生似乎都在革命。在古文衰落的时代，他勇挑重担，发起古文运动。所以，对他的诗文，学者们总是存在争议。尤其韩愈"以文为诗"，用强健而有力的笔触，驱使纵横磅礴的气势，夹杂着恢宏诡谲的情绪，给诗思渲染上一层浓郁瑰丽的色彩，他的诗文中千言万语似乎都在诉说着为君主的忧心。

白居易：

我有所念人，隔在远远乡

——何妨永相思

夜雨

白居易

我有所念人，隔在远远乡。

我有所感事，结在深深肠。

乡远去不得，无日不瞻望。

肠深解不得，无夕不思量。

况此残灯夜，独宿在空堂。

秋天殊未晓，风雨正苍苍。

不学头陀法，前心安可忘。

　　这是白居易写给湘灵的所有诗中，最值得吟咏，也最令人难以释怀的一首。无一丝雕琢，却是情肠炽热的悲歌恋曲。那份刻骨铭心的思念，在这浅显的语言中隽永。

　　此时的他早已在经年累月的与父母的抗争中败下阵来，迫不得已和他人成婚。人到中年，政治上的风风雨雨让他渴求家中的温馨，而心中那份关于爱情的执念，似乎也留在了年少青葱时刻。

全诗共十四句，用词直白而强烈，仿若不是在作诗，只是为了将思念之痛宣泄出来。在冷雨空居的夜晚，他站在窗边向着远方喃喃自语：我心中有一个人，她在我触不可及的远方；我心里藏着事，郁结在深深的愁肠里。这种愁绪无人可诉说，无处可宣泄，只能在夜深人寂时拿出来独自品味这道悲凉。

我心中的那位姑娘啊，她在那山迢水遥的远方，我整日望着她所在的方向，没有一个夜晚不黯然伤神。天长日久，郁结难抒。我们相隔两地，阻隔重重，我愿为此放弃一些事情，到头来放弃的却是心中挚爱。

此刻我已经年逾四十，和我心中的姑娘一生注定无缘。在这样的风雨残夜里，孤宿空枕，回忆和你的点滴过往，心痛难抑。明明还没有到万物凋零的秋天，风雨却是无限凄凉了。这风雨潇潇、残灯空照，不正是我悲寂孤独的人生吗？

而若想真的斩断前尘，大概只能修行佛法去了吧。明知相思再无望，内心一片消沉的心境，想来直至人生尽头，都不是靠佛法可以求得解脱的。

白居易和他心中的姑娘，在严苛的封建礼教中，一个中年成婚，一个终身未嫁，也算是为这场爱恋画上句号了吧。

白居易出生于世敦儒业的中小官僚家庭，年少时经历了战乱的颠沛流离。贞元十六年，入京科举中进士，三年后的春天被授予秘书省校书郎。元和元年，被罢官，后又登"才识兼茂明于体用科"，被授县尉。

元和二年回朝任职，十一月授翰林学士，次年任左拾遗。元和四年，与元稹、李绅等倡导了一场新乐府运动，被改任京兆府户曹参军，此时仍充翰林学士，草拟诏书，参与国政。

在这段时间里，他在政治上积极发言，不惧权贵近臣，直言上书论事，因此得罪了不少人。两年后，母亲逝世，白居易因母丧归家。待他服丧期满后，应诏回京任职。

元和十年，他因率先上书请急捕刺杀武元衡的凶手，被贬江州司马，次年写下流传千古的《琵琶行》。

政治上的波折让他逐渐兴起了"吏隐"之心。于是，他在庐山建草堂。儒家的"兼济天下"思想逐渐在他身上消退，慢慢的道家的闲适之心让他更善于"独善其身"。他的诗歌也从曾经的《观刈麦》《卖炭翁》这样的讽喻诗，变成《长恨歌》《琵琶行》这般的感伤诗。

政治上的失意让一位意气风发的青年逐渐变为明哲保身的中年男子。三年后，他被改任忠州刺史。又过两年后，应诏还京，累迁中书舍人。

此时的唐朝，政治清明已经不复存在，大唐盛宴也逐渐到了尾声，朝中朋党倾轧，众人都在为了私利汲汲营营。白居易对此极度失望，不愿同流合污，便在长庆二年请求外放，先后任杭州、苏州刺史。他勤政廉明，当地百姓多有赞誉。

文宗大和元年，又升为秘书监，次年转任刑部侍郎。四年后，定居洛阳。后又历太子宾客、河南尹、太子少傅等职。直到会昌二年，以刑部尚书致仕。

晚年的白居易在洛阳城中以诗、酒、禅、琴及山水自娱，常与刘禹锡唱和《杨柳枝》《浪淘沙》等，时人称其二人"刘白"。

会昌四年，白居易又出资开凿龙门八节石滩以利舟民，七十五岁病逝，葬于洛阳龙门香山琵琶峰，李商隐为其撰写墓志铭。

纵观白居易的一生，他在被贬江州司马前以兼济天下为己任，在之后则是独善其身。在受君主信任时，他会直言极谏，无所忌讳，敢作敢为，诗歌创作便积极反映民生疾苦。当他失去信任而不能有所作为时，便请求放外任或做分司闲官，远嫌避祸，以诗、酒、禅、游自娱，诗歌创作则主要表现个人感受。

无论达和穷，他都离不开诗。他的政治有过人生的高峰，也有过低谷。他曾是君主的近臣，也曾被君主厌弃。对他而言，虽然崎岖坎坷，但一生随心，并不曾留有遗憾。

唯一在情爱这件事上，他对一个人念念不忘，那就是初恋湘灵。

遇见湘灵时，白居易已经十九岁。三年前的他已经凭借"离离原上草，一岁一枯荣。野火烧不尽，春风吹又生。远芳侵古道，晴翠接荒城。又送王孙去，萋萋满别情"，在长安赚足了名声，名门大户也已经识得他的诗才。

此时，他回家乡符离，正是翩翩少年。而十五岁的湘灵亦是亭亭玉立，处在人生最烂漫的时刻。三年的离别，让两人之间原本暧昧不清的情愫反而清晰起来。于是，他写下《邻女》：

邻女

婷婷十五胜天仙，白日姮娥旱地莲。

何处闲教鹦鹉语，碧纱窗下绣床前。

他大胆地用诗词告知世人："我爱上了这个姑娘！"

贞元九年，白居易随父亲移居襄州，两位有情人又一次面对离别，门第之别让白居易无法将二人之间的情事告知家人，只能默默承受一份相思之苦。

也许是为给这对有情人一次机会，也许是为了抚平他的伤痛，次年，白居易父亲去世，他要回乡丁忧。丧父之痛虽然在眼前，但能再一次见到自己心中的姑娘，也许也是一种安慰。这五年中，他和湘灵的爱情终于摆在了日光之下，只是白母并不同意。

白居易肩负着振兴家族的责任，婚姻大事怎能随便将就，而湘灵只是普通的农家女，实在登不上白家的门楣。

自古婚姻，父母之命、媒妁之言，讲究门当户对，白母的阻拦似乎也无可厚非。试想，原本可能一飞冲天的家族骄傲，如今只是要娶一个小家碧玉为妻，怎能不让人觉得遗憾。

贞元十四年，任溧水县令的叔叔给白居易发来了邀请函，请他到溧水游玩，也结识一些朝堂上的朋友。在这个过程中，他写下《寄湘灵》《长相思》等诗句，寄托自己的愁绪。

长相思

汴水流，泗水流，流到瓜州古渡头。吴山点点愁。

思悠悠，恨悠悠，恨到归时方始休。月明人倚楼。

汴水悠悠，泗水悠悠，流到瓜州古老的渡口，遥遥望去，江南的群山在默默点头，凝聚着无限哀愁。思念啊，怨恨啊，哪儿能有尽头。伊人啊，盼你归来才会罢休。一轮皓月，而她倚楼望月，只盼离人归。

"恨到归时方始休"与《长恨歌》中的"天长地久有时尽，此恨绵绵无绝期"一样，写尽生死别离。伊人看山望水，茫茫然恨意难休，岂不是白居易自身的写照吗？

这一次的别离注定再无相会的时间，随后白居易入长安科举，逐渐在朝堂上站稳脚跟。他再次向母亲求娶心中姑娘，结果遭到拒绝。于是，他写下《潜别离》：

潜别离

不得哭，潜别离。不得语，暗相思。

两心之外无人知。

深笼夜锁独栖鸟，利剑春断连理枝。

河水虽浊有清日，乌头虽黑有白时。

惟有潜离与暗别，彼此甘心无后期。

似乎只有在文字里，才能肆无忌惮地抒发他的深情，他的爱情似乎总要这样沉默着，沉默着，暗暗地相思，暗暗地离别。

在那个崇尚孝道的时代，不被父母同意的婚姻终究难以成功，他只能将自己的婚事一拖再拖，拖到三十六岁，终于在母亲的以死相逼下，在整个家族的相逼下，娶了门第相当的杨氏望族杨汝士的从妹。婚后，两人也算是相敬如宾，大概也是与白居易崇尚的儒家文化一致，婚后他只爱妻子一人，写下诗词《赠内》。诗中说："生为同室亲，死为同穴尘。他人尚相勉，而况我与君。黔娄固穷士，妻贤忘其贫……我亦贞苦士，与君新结婚。庶保贫与素，偕老同欣欣。"

即便后来，因为这场婚姻，白居易在仕途上为党派纷争所扰，他依然把真情挚爱倾注在杨氏身上。在被贬江州途中，他写下《赠内》：

赠内

漠漠暗苔新雨地，微微凉露欲秋天。

莫对月明思往事，损君颜色减君年。

关切体贴之情溢于言表，他把夫妻间的"义"看得比什么都重要，所以才能写出"义重莫若妻，生离不如死，誓将死同穴，其奈生无子。无儿虽薄命，有妻偕老矣"。

也许曾经的初恋最终在现实的温香软玉面前最终都化为了一场梦，但是我依然觉得，他对爱情的专一、对婚姻的严肃，比元稹与莺莺要高尚得多。毕竟人生那么长，人总不能沉湎在过去的情爱里不可自拔。只是夜深人静时，在旧物面前的伤怀最终成为一道无法愈合的伤痕，又借着诗词穿越千年，来让我们后人慨叹。

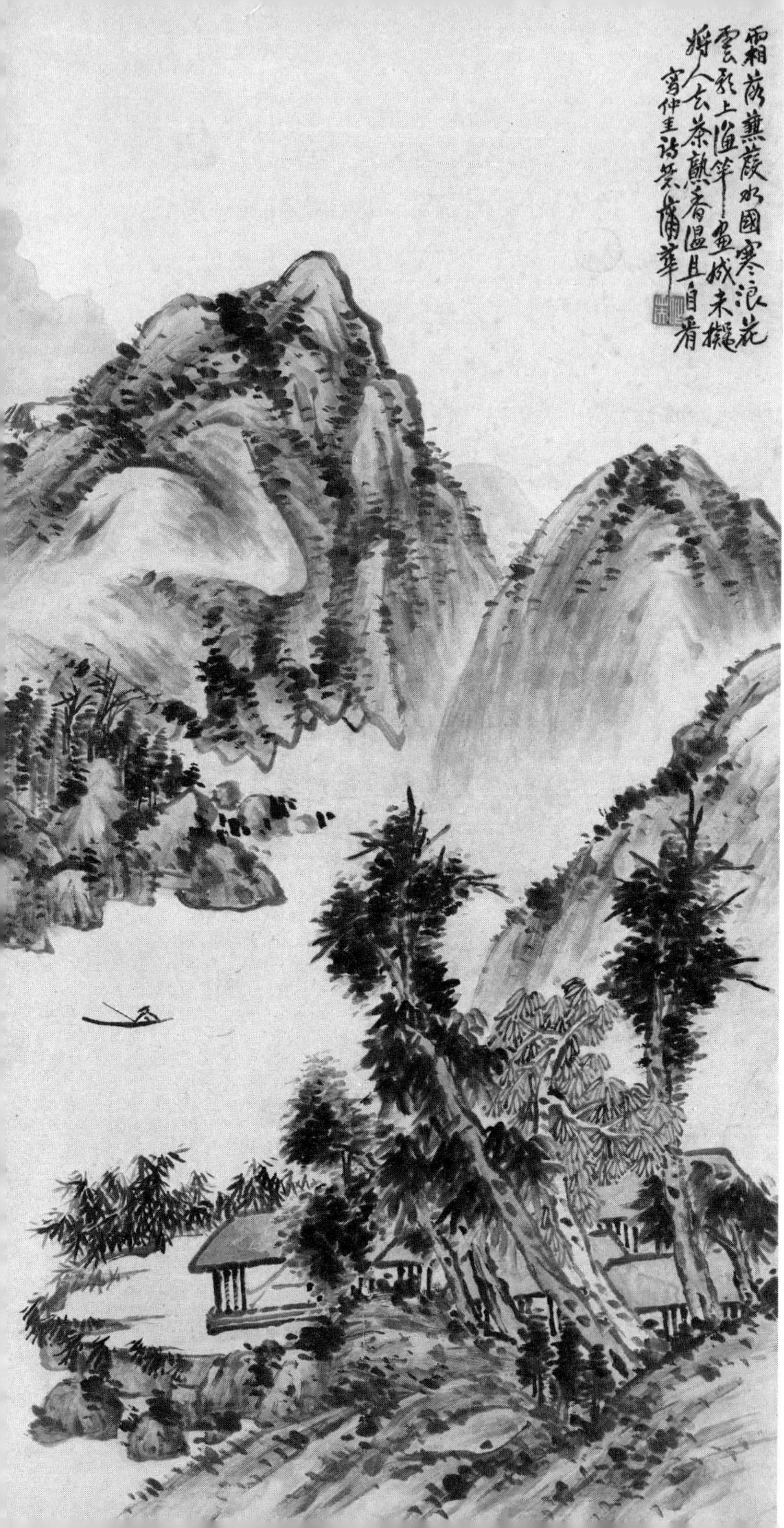
霜落蒹葭水國寒浪花
雲影上漁竿畫成未擬
將人去茶熟香溫且自看
寫仲圭詩
蒲華

柳宗元：

孤舟蓑笠翁，独钓寒江雪

——留醉与山翁

江雪

柳宗元

千山鸟飞绝，万径人踪灭。

孤舟蓑笠翁，独钓寒江雪。

寒风刺骨的冬日，大雪之后，天与云与山与水，上下一白。万籁俱寂，四野茫茫。不远处的江面上泊着一叶孤舟。一位老翁头戴斗笠，身披蓑衣，平静地坐在船头，正心无旁骛地持竿垂钓。多年后，张岱写下"大雪三日，湖中人鸟声俱绝。是日更定矣，余挐一小舟，拥毳衣炉火，独往湖心亭看雪"，与他隔着时空遥相呼应。

独自溪边垂钓的正是被贬永州的柳宗元。自被贬谪到永州后，昔日故人大多已是天涯隔云水，音书全阻断。孤独无依之时，他将心中感情说与永州山水听，将凄凉无助化作笔下的万千孤独，一首《江雪》倾泻而出。

《江雪》只有区区二十字，为我们描绘了一幅四海冰雪，万籁无声的画面，营造了一种幽僻冷寂的气氛。

在这种冷寂孤凄的氛围中，一老翁不畏寒冷，在茫茫的江面上垂钓。无比凄寒的背景之下，只有他在独自垂钓。

他钓的是鱼吗？不，他钓的是千古愁情与孤独。

773 年，柳宗元出生于长安一个没落的门阀士族。柳宗元的祖上世代为官。他的八世祖到六世祖，皆为朝廷大吏。对其家族，柳宗元曾自豪地说："柳族之分，在北为高，充于史氏，世相重侯。"

只可惜，柳宗元出生时，其家族之势已经衰微，他的曾祖、祖父只做到县令一类的小官，父亲柳镇担任的是更为低级的官吏。

祖先的声望与功名虽已远去，却依然让他为祖上的"德风"和"功业"而骄傲，他也曾梦想靠自己的才华在朝堂一展风采，兴复家族遗光。

785 年，"泾师兵变"后接着发动军事叛乱的藩将李怀光，在河中府被围身死。时年十三岁的柳宗元应崔中丞的邀请，代为皇帝写了一篇《贺平李怀光表》。他在这篇表中用措辞练达、气势恢宏的骈文，震惊了整个朝堂。少年才俊，一时传为美谈。

二十一岁时，柳宗元高中进士。随后短短九年，他从贤殿书院正字，再到蓝田县尉，再到官拜礼部员外郎。少年才高、锦绣前程，他就如晨起之日一般，光彩耀眼。但是，短暂的仕途巅峰过去之后，却是无尽的下沉。在而立之年，他的人生便急转直下。

"永贞革新"的失败，他受到了牵连，被贬永州，时年三十三岁。唐代的永州，远离中原，人烟稀少，州城仅局限于潇水东岸的一小片区域。据《元和郡县志》记载，永州"元和初仅有户八百九十四"。

旧日风光不在，门庭冷落，曾经围在身边的好友贬的贬，断交的断交，留在身边的只有年迈体弱的母亲。他写下"家缺主妇，身迁万里，茕茕孤立，未有子息"。而后坐着破旧的木车，沿着苍凉的官道，一路向永州出发。

柳宗元作为罪臣来到永州，手无实权，也便得不到尊重。初来乍到，甚至连安身之处都没有，只能在郊外寺庙下寻得一隅住处。他写下"至则无以为居，居龙兴寺西序之下"，其中多少无奈心酸只能自己品味了。

语言不通，气候不适，以致心力俱疲。更令他痛心的是，垂暮之年的母亲跟随他来到湿热的永州，未及半载就因水土不服，缺医少药病故而去。京城也传来消息，王叔文被处死。作为"罪臣"的柳宗元终日惶惶不安，担心遭到杀戮之祸。

再加上他无数次给朝中故友写信求助，希望能重回朝堂，再沐皇恩，但最终石沉大海，音讯全无，他陷入年复一年的苦等之中。

正值壮年的他，人生失意、理想受挫、孑然一身，他万念俱灰，精神上极为苦闷，以致百病侵扰，憔悴消瘦。三十多岁的人，却如风烛残年的老叟一般，鬓发斑白，牙齿松动，伛偻而走，再不见曾经的意气风发。

在几近绝望中，柳宗元走向了永州的山水。他与山川相晤，与自我对话，他游历郊野荒城，饱览奇山异水，写下旷世名作《永州八记》。

柳宗元的生命，注定要和永州永远地联系在一起。永州的山山水水，也注定要永远地沾染上柳宗元的气质和诗意。

柳宗元生命中最为沉寂的十年，却也是他在诗歌、辞赋、散文、游记、寓言、杂文及文学理论等方面大放光芒的十年。

810 年，柳宗元来到永州已经六年。在风景秀丽的愚溪旁边，他为自己筑造了一所新的房屋。历经飘零，柳宗元终于有了固定的住处。他怀着欣喜的心情，写下《溪居》一诗：

溪居

久为簪组累，幸此南夷谪。

闲依农圃邻，偶似山林客。

晓耕翻露草，夜榜响溪石。

来往不逢人，长歌楚天碧。

自科举入仕后，长久地被政治俗务束缚，有幸这次被贬到南夷，这里风光秀丽，政事清闲，让我得以像隐居山野之人一样，在闲暇时光与农田菜圃为邻。

踏着朝露去耕作翻除杂草，沐着夕阳，乘舟而归，听溪水响石，好不惬意。独来独往中也遇不到尘世的庸俗之辈，仰望楚天的碧空而高歌自娱。

表面看来，他似乎沉醉在自己"农圃邻"和"山林客"的生活里，而达到了一种"长歌楚天阔"的超然境界。这首诗的意境和陶渊明的《归园田居》何其相似，是对田园生活的无限喜爱，有山水相伴，无案牍之劳形。但仔细咂摸，却能读到柳宗元刻意隐藏在诗句背后的无奈和酸楚。

812年，是柳宗元来到永州的第八年，重回京城被帝王赏识似乎已是高悬的幻想。他著书立说，探访民情，悲愁抑郁的心情逐渐平和。他将心志寄托在山水之间，仰而望山，俯而听泉。尤其是不曾有人探访过的山林，更受他的青睐。越过江水，砍断荆棘，走上去山顶的小路，站在山顶，清风吹来，渐渐吹散了烦忧。永州十年，他从抑郁走向淡然。在这样的山水之间，他写下《渔翁》：

渔翁

渔翁夜傍西岩宿，晓汲清湘燃楚竹。

烟销日出不见人，欸乃一声山水绿。

回看天际下中流，岩上无心云相逐。

夜里，船靠着山石，渔翁就歇在这里。早晨天亮了，他汲着湘水，烧着竹子做饭。太阳出来，云雾散了，四周无声，却不见渔翁去了哪里。只听得"欸乃"一声，唤醒沉睡的山山水水，而渔翁也早已撑船划向青绿的山水。船行江中，回望岸边，只见无心白云相互追逐。

一千多年来，无人不赞"烟销日出不见人，欸乃一声山水绿"。这首诗的意境和画面太美，其中的悠然之情，让人很难相信柳宗元在一生中，还曾有过如此惬意、舒心、忘我的时刻。

但愿那个"欸乃一声山水绿"的人，就是柳宗元。哪怕他的生命中，仅仅有过一次这样愉悦的体验，对于他的心灵也是一种慰藉了。

当人真的放过自己时，也许就是转机蛰伏时。815 年，柳宗元来到永州已整整十年，他决定在这里度过余生。但是，一纸诏书飞来，他被宣召进京。

柳宗元喜不自胜，熬过了凄冷孤苦的寒冬，他迎来了属于自己的春天。

他和好友刘禹锡简单整理行装之后，便轻车简从地出发了。四千里北归之路，仅仅一个月就已走到尽头。在灞水附近的亭中休息时，柳宗元作了《诏追赴都二月至灞亭上》一诗：

诏追赴都二月至灞亭上

十一年前南渡客，四千里外北归人。

诏书许逐阳和至，驿路开花处处新。

"驿路开花处处新"，新的不仅仅是花，更是他璀璨的人生。但命运给他开了一个残酷的玩笑，并非所有人都能柳暗花明，绝处逢生。

当他满怀希望地赶回朝堂时，却发现朝堂依然喧嚣无比，政斗纷乱，而君臣之间的那条不可弥合的裂隙依然存在。

一日，刘禹锡在陪君王游玩玄都观时，一时兴起，写了"玄都观里桃千树，尽是刘郎去后栽"的诗句，被当作政党相争的借口，惹怒龙颜。而柳宗元又被牵连，北归不足一个月，再次被贬，这回他是去更为遥远荒凉的柳州。

初到柳州，登上柳州城楼，柳宗元写下《登柳州城楼寄漳汀封连四州》：

登柳州城楼寄漳汀封连四州

城上高楼接大荒，海天愁思正茫茫。

惊风乱飐芙蓉水，密雨斜侵薜荔墙。

岭树重遮千里目，江流曲似九回肠。

共来百越文身地，犹自音书滞一乡。

此时的柳宗元，已经学会和命运妥协，他的精神已经死亡，留下的是茫茫的愁思和时局混乱的惊惧。

唯一使他感到安慰的是，柳州虽然远，但他却是以柳州刺史的身份上任的。在永州时，手中无一物、万般不由人的境遇也不会再有。他终于可以在政治上有所作为，哪怕只为一方的百姓做一点力所能及的事情。

在来到柳州的第二个月，他就开始修复孔庙，兴建学堂，释放奴婢，改革陋习。多年贬谪生涯，让他对仕途高升不再抱希望，而故乡也成了自己只能梦回的远方，于是写下《与浩初上人同看山寄京华亲故》：

与浩初上人同看山寄京华亲故

海畔尖山似剑芒，秋来处处割愁肠。

若为化得身千亿，散向峰头望故乡。

819 年，朝廷大赦，柳宗元也在大赦的名单之上。但是，当皇帝的诏书抵达柳州时，抑郁半生的柳宗元已经病逝他乡。

他没有等到命运峰回路转的那一天。元和十四年，一生波折的柳宗元病亡于柳州任上，终年四十七岁。后半生在贬谪中度过的他，终究再等不来皇帝赦免的诏书了；英年客死在异乡的他，终究再回不到故乡了。

一次又一次的南渡和北归，摧残了他，也考验着他。他写出了山水游记的典范之作"永州八记"，让一方的山水因他而传颂千古。他为政以德，让一方的百姓生活无忧，也让自己的名字在世间流传。他带着愤懑、愁情与遗憾离开了曾经深爱的世界，却将无限的同情、叹惋和敬仰，永远地搁在了人们的心上。

刘禹锡：

沉舟侧畔千帆过，病树前头万木春

——宦海沉浮见春秋

酬乐天扬州初逢席上见赠

刘禹锡

巴山楚水凄凉地，二十三年弃置身。

怀旧空吟闻笛赋，到乡翻似烂柯人。

沉舟侧畔千帆过，病树前头万木春。

今日听君歌一曲，暂凭杯酒长精神。

宝历二年，经历了"永贞革新"的刘禹锡终于再次得到回京的旨意。辗转于穷山恶水半生的刘禹锡被召回东都洛阳，途经扬州，与同遭贬谪的白居易相逢。彼此虽然闻名已久，却是初见；虽是初见，已如故交。

在筵席上，白居易感慨刘禹锡的境遇，写下一首《醉赠刘二十八使君》相赠，诗中道："举眼风光长寂寞，满朝官职独蹉跎。亦知合被才名折，二十三年折太多。"

从贞元二十一年起，流落巴楚之间，已有二十三年。曾经的朝中清贵，如今已是鬓边霜白，人生最灿烂的时光就这样悲耗。诗中的悲鸣，曲折的境遇，令在座之人无不垂泪。

因见席间众人颇为伤感，刘禹锡便和了白居易这首《酬乐天扬州初逢席上见赠》。

巴山楚水，山高水远，我犹如被君恩抛弃一般将漫长的时光消耗在那里。离京时，意气风华；归来时，人事已非。冬来暑往，岁月流逝，我用整整二十三年等来了这个返京的消息。怀念故去旧友徒然吟诵"闻笛赋"，久谪归来看到朝中新容感到已非旧时光景。

但诸君请看，波澜浩渺的江面上，翻覆的沉船旁仍有千千万万的帆船经过；冬去春来，枯萎树木的前面也有万千林木欣欣向荣。这一切都是大自然的新陈代谢，不必太过伤怀。今天听了你为我吟诵的诗篇，暂且借这一杯美酒振奋精神。

二十三年固然是"折太多"，但刘禹锡一洗伤感低沉情调，慷慨激昂地唱出"沉舟侧畔千帆过，病树前头万木春"。他用"沉舟"和"病树"自比，虽看似惆怅，实则激昂乐观。纵然自己屡遭贬谪，老病缠身，但是有这些蓬勃的后续力量，仍然感到很欣慰。他对生活没有丧失信心，他不会消沉，他永远都是振奋的，他的心里永远是春天。

刘禹锡此诗一出，纵然是如白居易，亦为之倾倒。后来，白居易在《刘白唱和集解》中说："彭城刘梦得，诗豪者也。其锋森然，少敢当者。'雪里高山头白早，海中仙果子生迟'、'沉舟侧畔千帆过，病树前头万木春'之句之类，真谓神妙，在在处处，应当有灵物护之。"所观同时代诗人中能让"诗魔"

并驾齐驱的，也就只有"诗豪"刘禹锡了。

大历六年，刘绪在嘉兴任盐铁转运副使。他兢兢业业，治事有序，在当地颇有名望。一日早上，他的妻子卢氏说："昨日偶然得梦大禹赐子。"结果，次年果然生子。因此过程颇有些神奇，刘绪遂引用《禹贡》中的名句"禹锡玄圭，告厥成功"，给儿子取名"禹锡"。成年后，母亲卢氏又赐字"梦得"。

刘禹锡九岁时，其父便带他登上了何山妙喜寺，拜访有名的诗僧皎然与灵澈。当时的灵澈和皎然就如那隐藏在云雾中的两座高峰，有时遁匿不见，有时又华顶当空，令后辈无不仰止！

刘禹锡得其二人教导，果然才思广进。贞元七年，刚及弱冠的刘禹锡便负箧从江南出发，来到了那个人人向往的长安，希望在这座城市中大展拳脚。

本身就是青年才俊，更何况有意相交。随着他四处拜访和行卷，不过几个月的时间，刘禹锡就结识了韩愈、李绛、柳宗元等一批文友。朝中的一些大臣和名士也将目光投注到了这个年轻人身上。

刘禹锡在京城名气大涨。第二年春天，贡院考试结束后，他遂携酒赏花、踏青出游。三月，皇榜公布，他的名字深深地烙在了上面，同在其上的还有后来的知音好友柳宗元。彼时，刘禹锡感觉自己犹如上天宠儿，人生刚刚开始就一路锦绣繁花。

贞元十一年，在通过吏部的考试后，刘禹锡被授以太子校书之职。太子校书的工作清贵，每日在书馆中整理阅书，为太子推荐合适的阅读书目。刘禹锡身负重任，不敢有丝毫懈怠。整日沉溺在书香之中，不闻他事。他也因此认识了太子侍读王叔文。

贞元二十一年正月，唐德宗驾崩于会宁殿，顺宗登基，以王叔文为首的锐意革新派开始了轰轰烈烈的"永贞革新"活动。

这项革新也许真的可以除掉当时朝廷内政上的弊病，但时机不对。此时的顺宗皇帝因病早已瘫在床上，宦官争权，欲拥立广陵王继位。一场血雨腥风的变动之后，贞元二十一年八月初四，只当了七个月的卧床皇帝李诵下发禅位诏书，传位给太子李纯。八月五日，李纯下诏，将王伾贬为开州司马，王叔文为渝州司户，驰驿发遣，即行递解出京。九日，登基帝位。接着又下诏，将刘禹锡贬为朗州司马，柳宗元为永州司马，凌准为连州司马，陈谏为台州司马，韩晔为饶州司马，韩泰为虔州司马，程异为郴州司马，韦执谊为崖州司马。史称"二王、八司马"事件。

这场革新开始有多么盛大，结尾就有多么萧条。

元和元年，宪宗皇帝大赦天下。同年八月，宪宗再次下诏："左降官韦执谊、韩泰、陈谏、柳宗元、刘禹锡、韩晔、凌准、程异等八人，纵逢恩赦，不在量移之限。"这就意味着，这些人的前程在宪宗一朝已基本定性。

同在此诏书上的柳宗元吟唱出"孤舟蓑笠翁，独钓寒江雪"，写尽人生的孤独。刘禹锡初闻诏命，自然也是失望。但他此时才三十五岁，人生的路还很长，眼前的坎坷只是暂时的，此时更需积蓄力量，留待日后重回朝堂，实现理想！

就如同别人看到秋日想到的都是死寂的冬天、万物的枯荣，而刘禹锡在面对秋景时，却大笔一挥，写下这样的诗句："山明水净夜来霜，数树深红出浅黄。试上高楼清入骨，岂如春色嗾人狂。"

"岂如春色嗾人狂"，人到中年，若不向生活低头，褪去一身傲气，剩下的便是豪情。这份情怀，不在乎是富还是穷。但在贵族公子刘禹锡的身上，却显得更加可贵。

元和九年，刘禹锡终于收到了回京诏书。这对他来说，既是皇帝的宽宥，也是日夜盼望的全新开始。此时，他的心情丝毫不亚于李白写《早发白帝城》时的激动。于是，他匆匆收拾行李，踏上了归程。

走到汨罗江畔，刘禹锡遇见等候已久的柳宗元。二人心中万千，有着说不完的话。柳宗元打趣道："果真这次苦尽甘来了吗？"刘禹锡豪气干云，望着江上波浪翻滚，毅然吟出《浪淘沙》：

浪淘沙

莫道谗言如浪深，莫言迁客似沙沉。

千淘万漉虽辛苦，吹尽狂沙始到金。

不要说谗言如同凶恶的浪涛一样令人恐惧，也不要说被贬之人好像泥沙一样在水底埋沉。要经过千遍万遍的过滤，历尽千辛万苦，最终才能淘尽泥沙得到闪闪发光的黄金。

走时长安繁华盛景，再归来春景犹在。住在故园中，看着新生一草一木，过去的岁月仿佛就在昨日。但是，官场依然如泥淖一般，朝廷岌岌可危，而官员只知道争权夺利。本来怀揣抱负归来的中年诗人，又怎能忍住满心的愤懑。于是，他写下《元和十年自朗州承召至京戏赠看花诸君子》：

元和十年自朗州承召至京戏赠看花诸君子

紫陌红尘拂面来，无人不道看花回。

玄都观里桃千树，尽是刘郎去后栽。

此诗表面上是描写人们去玄都观看桃花的情景，骨子里却是讽刺当时权贵的。

京城的大路上行人车马川流不息，扬起的灰尘扑面而来，人们都说自己刚从玄都观里赏花回来。玄都观里的桃树有上千株，全都是在我被贬离开京城后栽下的。

看似写千树桃花，实则用桃花喻人。千树桃花，不过是十年以来由于投机取巧而在政治上愈来愈得意的新贵，而看花的人，则是那些趋炎附势、攀高结贵之徒。他们为了富贵利禄，奔走权门，就如同在紫陌红尘之中，赶着热闹去看桃花一样。这些了不起的新贵，也不过是自己被排挤出外以后被提拔起来的罢了。

满腔的抱怨与不屑让他再次被贬。直到文宗登基，刘禹锡再回京城，任主客郎中。春天，又是繁花盛景，刘禹锡策马来到玄都观外，信步入门，只见杂草丛生，没有一片人影。而那当年满天飞舞的红花，如今却连树也已不在了。于是，他又忍不住生发感慨《再游玄都观》：

再游玄都观

百亩庭中半是苔，桃花净尽菜花开。

种桃道士归何处？前度刘郎今又来！

这次，没有人能够陷害他了，朝堂已经遍是他的好友。昔日那群蝇营狗苟的权贵，大多已销声匿迹。

大和二年秋，刘禹锡升任集贤殿学士。三年后，因厌倦牛李党争，出为苏州刺史。虽是外任，但已经并非贬谪了。

大和八年，刘禹锡苏州任满，又任汝州刺史。大和九年，又任同州刺史。这年十一月，朝中发生了"甘露之变"。两年后，文宗丧命，武宗继位。刘禹锡此时对朝廷已经彻底失去了信心。他不再热衷于任何事务，除了每日和白居易一起喝酒吟诗，别无他愿。

武宗会昌二年秋日，刘禹锡病逝于洛阳家中，官检校礼部尚书，兼太子宾客，皇上赠兵部尚书，葬于祖坟荥阳檀山原。

观其一生，最辉煌的一页自然应属永贞革新。晚年虽然官运好转，但夹杂在牛李党争和宦官的罅缝中，毕生理想终未实现。他于"巴山蜀水凄凉地"中蛰伏了二十三年，漫长的被贬生涯反而让他有了"吹尽狂沙始到金"的豪情。

刘禹锡用他乐观向上鄙视苦难的性格，熬死了政敌，晚年重返政治中心位极人臣，在看尽了春花秋月狂风大作，尝尽了人生悲欢离合恩怨情仇后，在人淡如菊中安然老去。他是中唐时代的亮色，是不如意的人的一盏心灯。

孟郊：

春风得意马蹄疾，一日看尽长安花

——庙堂太高，江湖太远

登科后

孟郊

昔日龌龊不足夸，今朝放荡思无涯。

春风得意马蹄疾，一日看尽长安花。

往昔困顿的日子再也不足一提了，今日金榜题名足以令我自夸。春风浩荡，繁花胜锦，而我纵马驰骋，一日内就赏遍了长安城内的锦绣。

796 年，四十六岁的孟郊又奉母命第三次赴京科考，终于登科及第。放榜之日，孟郊情难自禁，当即写下了生平第一首快诗《登科后》。

"龌龊"，原意是指肮脏，此处指的却是诗人从前很不如意的处境。"放荡"指诗人此时内心的自在快活。"昔日龌龊"与"今朝放荡"的鲜明对比，映衬出孟郊高中进士后的喜不自胜。

在繁星丽天、百花竞艳的唐代诗坛上，孟郊以其独特的风格、不凡的造诣，与韩愈等人一起高举着韩孟诗派的大旗，开创出一块别具洞天的园地；无论在当时还是后世，都有着较大的影响。翻开孟郊诗集，他那造语奇特、峭硬而又略带冷僻的诗风，就会迎面扑来。

孟郊的前半生在浩如烟海的史籍中，也不过只言片语。

751 年，在湖州武康的昆山县尉府中，孟郊出生了。因父亲职卑薪薄，为人清正，年少的孟郊和家人一起过着清苦寒贫的日子。

孟郊出生时的大唐，表面上歌舞升平，盛世在望。可仅仅四年之后，安史之乱爆发了。战鼓频繁，年幼的小男孩抖索着打量着这兵荒马乱的世界。动乱让清贫的生活雪上加霜，也让幼小的心灵更加孤僻，他很少与人来往。

孟郊十岁时，父亲离世。在母亲的教诲中，他将考取功名作为自己的读书愿景。

792 年，孟郊科举不中，却也是在这次应试中，结识了李观与韩愈。随后，他隐居嵩山苦读。暮鼓晨钟，青山孤云，似乎唯有科举一路才能改变他困窘的现状。于是，他写《劝学》：

劝学

击石乃有火，不击元无烟。

人学始知道，不学非自然。

万事须己运，他得非我贤。

青春须早为，岂能长少年。

写石头经历打击才能绽放灿烂的火花，写青春少年应趁年华正好而努力。这一句句的劝勉，不知是否也在一句句地劝勉着当时的孟郊自己。

两次科举不中，此时他已到而立之年，心中抑郁难平。于是，他游历中原，目睹藩镇之变；他南下信州，与陆羽谈茶论道。十年游历，他看到百姓在水深火热中挣扎，他看到民生萧条，再返家中，迎接他的是日益衰老的母亲。

791年，四十一岁的孟郊再次乡试，终于顺利成为一名"乡贡进士"，取得了去长安参加科举的资格。

贞元八年，孟郊意气风发赶往京师，却依然不中。于是，他写下《落第》：

落第

晓月难为光，愁人难为肠。

谁言春物荣，独见叶上霜。

雕鹗失势病，鹪鹩假翼翔。

弃置复弃置，情如刀剑伤。

他以雕鹗自比，写自己情势不如人，他为自己仕途的不顺鸣不平。他不避讳自身境遇的难堪，直面其如刀似剑。

韩愈曾说"大凡物不得其平则鸣"，并称赞，"孟郊东野，始以其诗鸣，其高出魏晋，不懈而及于古，其他浸淫乎汉氏矣"。这是对孟郊诗歌思想内容和社会意义的总概括，也是孟郊诗歌创作的突出特色。

所谓"不平"，是孟郊诗中的共性，这大概和他的经历有关。一个诗人的风格是他自身意志的体现。而孟郊的诗"往往以丑为美"。丑，是当时社会中，从生活到精神的想象总和，它和美相对，专指现实中的贪婪、饥寒、病态，精神上的绝望、孤寂、创痛等。

孟郊从不回避丑，且大胆地展示丑。他"感觉到万物中的一切并非都是合乎人情的美，感觉到丑就在美的旁边，恶与善并存，黑暗与光明相共"。只是他更多的是在描绘自我的"丑"。

他写自我生活中的不幸，写"借车载家具，家具少于车"的尴尬，写"瘦坐形欲折，腹饥心将崩"的饥寒，写"春色烧肌肤，时餐苦咽喉"的病态。他正视人生和现实，把自己对丑的认识和体验用精炼的语言记录下来。

796 年，孟郊再次科举，终于进士及第，写下《登科后》。他以为此后的人生将会有翻天覆地的变化，曾经的困窘将不复存在。只可惜，这次登科也许恰是他人生中最辉煌却又极其短暂的时刻。

在他踌躇满志之时，现实的一盆冷水扑面而来，他在凄风苦雨中又等了四年，才终于在吏部选拔中被授予一个芝麻小官——溧阳县尉。

此时的孟郊已经五十岁，他的一生最朝气蓬勃的时刻已经过去，垂垂暮年，最后只换来一个县尉小官。

仕途不得志，理想和现实的落差让他对政务不再上心，郁闷之时也常去郊外闲坐。于是，他写下《溧阳秋霁》：

溧阳秋霁

晚雨晓犹在，萧寥激前阶。

星星满衰鬓，耿耿入秋怀。

旧识半零落，前心骤相乖。

饱泉亦恐醉，惕宦肃如斋。

上客处华池，下寮宅枯崖。

叩高占生物，龃龉回难谐。

但无论官场多么失意，他终于有了稳定的生活，于是将年迈的母亲接到身边安享晚年。在路途中，他想到以往的漂泊流离及现在的世态炎凉，于是有了千古名篇《游子吟》：

游子吟

慈母手中线，游子身上衣。

临行密密缝，意恐迟迟归。

谁言寸草心，报得三春晖。

孟郊因其独特的生活经历，对事物具有独特的深切感受。他善于体验各种细腻的感情，运用奇特的表达方式抒情写意。千年来，无数游子读起此诗，无不为这份深沉的母爱所感动。平淡质朴的语言，穿越了时间和空间的局限，永远熠熠生辉。

命运看似朝好的方向发展，但却总不会真的给人喘息的时间。元和三年，孟郊五十八岁，他的幼子去世。孟郊一生有三或四子，而在韩愈为孟郊写的墓志铭中却这般记载："贞曜先生孟氏卒，无子，其配郑氏以告，愈走位哭。"

无疑，孟郊生时，他早已多次经历丧子之痛，他沉浸在生活的苦痛中，挣扎而无法自拔。后世有许多人表示不喜欢读孟郊的诗，因为实在太苦太痛了，读后情绪难免低落。

809 年，孟郊的母亲裴氏辞世。居家丁母忧的孟郊，生活几乎陷入绝境。孤苦无依、亲人离散的孟郊回想一生的辛酸坎坷，简直万念俱灰。写于此时的《秋怀十五首》，当真是满纸辛酸凄惨，令人不忍读之。

秋怀十五首（节选）

孤骨夜难卧，吟虫相唧唧。

老泣无涕洟，秋露为滴沥。

去壮暂如剪，来衰纷似织。

触绪无新心，丛悲有馀忆。

……

一片月落床，四壁风入衣。

疏梦不复远，弱心良易归。

……

袅袅一线命，徒言系絪缊。

老骨惧秋月，秋月刀剑棱。

814 年，孟郊被提迁为兴元军参谋，试大理评事。老病缠身的孟郊应邀前往，携妻赴任，不幸行到半路，暴疾而卒，享年六十四岁。孟郊死后，不仅无子可送终，更是无钱料理后事。还是郑余庆、韩愈等好友出钱，才完成他的葬礼。

纵观孟郊的一生，幼年失怙，中年丧子，死后落魄，令人扼腕叹息。他渴求功名，却无缘高高的朝堂。他在底层生活，却也不能真正低入尘埃，去江湖中潇洒而活。

他的一生都在和世俗对抗，苏轼就将孟郊的诗比作"寒虫号"——"人生如朝露，日夜火消膏。何苦将两耳，听此寒虫号。"元好问则将孟郊称为"诗囚"——"东野穷愁死不休，高天厚地一诗囚。"他的诗清奇僻苦，写尽世态炎凉、民间苦难，也因此"囚"了自己一生。

贾岛：

秋风生渭水，落叶满长安

——"苦吟"只是热爱罢了

题李凝幽居

贾岛

闲居少邻并，草径入荒园。

鸟宿池边树，僧敲月下门。

过桥分野色，移石动云根。

暂去还来此，幽期不负言。

蜿蜒的草径悄然深入荒园，这处幽居之所少有人烟。斜阳西沉，池塘老树，鸟儿栖息枝头；洁白如银的月色下，有老僧敲门却未有人应门，惊醒了树上的小鸟。归去途中，过桥是色彩斑斓的原野；晚风轻拂，云脚飘移，仿佛山石在移动。姑且暂时离开此地，待不久归来，你我相约归隐，到时绝不失约。

此诗抒写了贾岛访隐士李凝未遇的一件寻常小事，画面幽静恬淡。全诗尤以"鸟宿池边树，僧敲月下门"一联著称。夜晚访友，月色如水，万籁俱寂，也许是敲门声惊动了树上的鸟儿，鸟儿从窝中飞出转了个圈，又栖宿巢中，发出阵阵声响。这转瞬即逝的画面，以动来衬环境的清幽。倘用"推"字，就没有这样的艺术效果了。

"暂去还来此，幽期不负言"，点出诗人心中幽情。草径、荒园、宿鸟、池树、野色、云根，这些在常人眼中的寻常事物，在贾岛笔下则写出人所未道的境界。

贾岛诗在晚唐形成流派，其最重要的原因之一，便是他创作上的"炼字"。比如，此诗中延伸而出的"推敲"这个典故；比如，《客思》中"促织声尖尖似针，更深刺著旅人心"中的"针""刺"二字，"炉烟上乔木，钟磬下危楼"中的"上"与"下"等，无不表明贾岛对炼字极其用心，而炼到工处，便是精约。

贾岛，字阆仙，人称"诗奴"，河北道幽州范阳县人。《新唐书》中曾记载："初为浮屠，名无本。来东都时，洛阳令禁僧午后不得出，岛为诗自伤，愈怜之，因教其为文。遂去浮屠，举进士。"这份记载充分证明，贾岛早年有为僧的经历。

贾岛早年家境贫寒，迫于现实压力隐入空门。他曾作诗《青门里作》："燕存鸿已过，海内几人愁。欲问南宗里，将归北岳修。若无攀桂分，只是卧云休。泉树一为别，依稀三十秋。"据此可隐约推断出当时的他只是一介布衣，生活清苦，于北岳恒山落发。

寒门之子若是想在朝堂赢得一席之地，科举是唯一的出路和希望。贾岛自然也不例外，他自认满腹经纶，怎能耐下寂寞、忍下高傲，守着青灯古佛度此一生。

但在现实压力下，又加上当时的社会连年战乱，也许是为逃避兵役，或是生计无着，他不得不皈依佛门。出家后的贾岛再也没有资格为国为君为民分忧，他选择避世，用佛禅为自己的灵魂寻一份解脱。

但当时的洛阳禁止僧人午后外出，入世和归隐的双重矛盾逐渐折磨着他的精神。于是，他更加自伤，直到遇到韩愈。在韩愈的支持下，他还是选择科举入仕。而在出家为僧的日子里，他更是写下了流传千古的《寻隐者不遇》：

寻隐者不遇

松下问童子，言师采药去。

只在此山中，云深不知处。

短短二十个字，几问几答中写出了平淡中的深沉。诗人满怀希望地"问童子"隐者去了哪里，而童子朦胧地回答"采药去"，让诗人轻快的心情瞬间下坠。最后，"云深不知处"的怅然若失之感萦绕心头，久久不散。郁郁青松，悠悠白云，隐者深入其中，仿佛近在眼前，却又无从捉摸。

对采药为生的真隐士，贾岛以苍松、白云赞其风骨高洁，毫不掩饰自己的钦慕之情，于是访而不遇，就更突出其怅惘之情了。

贾岛生活面窄，所以他的诗中没有繁华闹市，没有塞外边声，他个人的经历也难以支撑自己写出"气吞云梦泽"的豪情壮志。于是，在他的诗中，除了物象的选择之外，更多的是苦心经营，字斟句酌，充分发掘词语含义的潜在功能，反复推敲，所以往往得佳句。如著名的《忆江上吴处士》中的"秋风生渭水，落叶满长安"，为后代不少名家引用。如宋代周邦彦《齐天乐》词中的"渭水西风，长安乱叶，空忆诗情宛转"，元代白朴《梧桐雨》杂剧中的"伤心故园，西风渭水，落日长安"。

贾岛说自己身处的长安已是深秋时节，强劲的秋风从渭水那边吹来，长安落叶遍地。曾在渭水河畔送别友人，那时还不曾有风。如今秋风乍起，而思念便如落叶铺满长安一般，盈满心头。

贾岛诗作大多充满了禅意，这与他早年的禅房经历有着不可分割的联系。比如，他写的《过木岩寺日暮》：

过木岩寺日暮

岩岫耸寒色，精庐向此分。

流星透疏木，走月逆行云。

绝顶人来少，高松鹤不群。

一僧年八十，世事未曾闻。

群峰托送着寒气，一座佛寺屹立在山顶。从疏落的树枝空隙，看到流星划过，而天幕上的云朵，在风的驱使下，掠过明月，轻云缓缓飘动，高山绝顶之上来人稀少，松树像孤独的野鹤一样在高处站立着。一位年过八十的老僧，从未听说过世间所发生的事情。

这首诗写尽禅修的清净。"绝顶"指出寺庙建在高高的山峰之顶；"人来少"，表面是指人迹罕至，实则暗示山寺远隔尘世，孤鹤独栖在高松之上，显得格外高洁。贾岛在这首诗中，一方面赞颂寺中僧人德高望重，另一方面也抒发了自己的非凡襟怀。

但他并非一个虔诚的教徒，骨子里，他依然抱有浓浓的经时济世思想。他渴望为国分忧、为君解难，无奈他因科举不中，没有这种资格，只得在诗中抒怀慨叹。

世人常说"岛瘦郊寒"，将他和孟郊相提并论。孟郊的诗以"写实""敢讽"为人津津乐道，贾岛的诗则更突出清寒、幽凄、峭硬，以逃避现实来获得心灵的休憩。

所以，这个"瘦"字，我猜更多是说这个人吧。其一，贾岛年轻时生活困顿，长时间的营养匮乏导致身形清瘦。其二，是精神上的压制，踌躇满怀却报国无门，自然抑郁。其三，是性格上的孤高。他生性孤高狷介，自认磊落不凡，却也不得不为了仕途委曲求全。这份不甘愿做一位与世无争的隐者，而为了声名积极入世之心，在他的《古意》中体现得最为清晰：

古意

碌碌复碌碌，百年双转毂。

志士终夜心，良马白日足。

俱为不等闲，谁是知音目。

眼中两行泪，曾吊三献玉。

　　《载酒园诗话又编》中记载："贾诗最佳者，终以卷首《古意》为尤。'志士终夜心，良马白日足'，使人读之不胜抚髀顾影之悲，可与魏武《龟虽寿》篇并驱。"也就是将这首诗与曹操的《龟虽寿》并驾齐驱，诗中的报国之志仿若声声呐喊，无奈而又悲哀。

　　谁能阻挡岁月的前行、生命的流逝？人生不过短短百年，是平庸一世，还是灿烂而活，贾岛清楚地知道自己的选择。

　　他有满腹的经纶，他渴望能有伯牙、子期的美丽邂逅，渴望有识璧的文帝出现。可是现实残酷，虽然他曾像卞和一样，抱璧四处求谒，而终不见用。生命短暂，唯有替君主了却天下事，才可流芳百世，可无情的现实并不能让他遂愿。于是，夜晚凭栏独望，眼中含泪两行。

　　贾岛的诗在唐诗史上自成一体，世人称为"阆仙体"，其诗精于雕琢。他曾扬扬得意，称其"两句三年得，一吟双泪流"。他喜爱写荒凉、枯寂之境，笔下景色仿佛笼罩在朦胧的灰色调中。他写哀蝉、树萎、寒蛩、湿苔，他见到的夏天、树木、小院、天空都是压抑的。

　　这与他所处的社会、政治地位有很大的关系，多重因素下，他的诗里有了孤峭、幽僻的取景，有了苦心孤诣的炼字。他似乎总是苦闷、落拓的，他总是在为个人不幸的命运而自怨自艾。生活面的狭窄束缚了他的眼界，抑郁难抒的现实生活深深地烙在他的每一句诗里。

他的诗里有他沧桑而抑郁不得的人生经历，他也曾踌躇满志，但生活困顿，无奈之下，在最好的年华里选择遁入空门。

他对尘世有诸多眷恋，于是在韩愈的劝说鼓励之下，再次入世。但仕途不顺，他将人生的喜怒哀乐都诉诸口中的诗，于是衲衣蹇驴，自怨自艾，他成了时人眼中的"零余者"。他对这个尘世无限热爱，不能诉诸朝堂，只能诉诸笔端。

他"苦吟"诗，在字词上纠结，何曾不是把对世间的爱恨在心头反复琢磨。只是在当时的混乱时代下，除了知心好友，谁还会真正挂念这样一个落魄文人呢？

元稹：

取次花丛懒回顾，半缘修道半缘君

——多情还似无情

离思（其四）

元稹

曾经沧海难为水，除却巫山不是云。

取次花丛懒回顾，半缘修道半缘君。

若你见过那宽广浩渺的大海，别处的河流就再也无法吸引你了；若是见过那云蒸霞蔚的巫山之云，别处的云都不值一提。我在花丛中任意来回，懒于停下脚步认真去赏玩，一半因为我潜心修道，一半因为曾经有你。

元稹曾将自己的诗进行分类，并夸赞自己"艳诗"写得最好。所谓"艳诗"，即写男女之间爱情的诗。这首《离思》尤其写得一往情深，炽热动人。有人说，元稹这首诗主要悼亡其逝去的妻子韦丛，其出身高门，美丽贤慧，二十七岁早逝。诗中，他用"水""云""花"比人，曲折委婉，含而不露，却又淋漓尽致地表达了主人公对已经失去的心上人的深深恋情。

"曾经沧海难为水"取自孟子的"观于海者难为水"，表面上指曾经看过茫茫的大海，对别处那细小的河流是不会看在眼里的，实则蕴含着深刻的思想。

"除却巫山不是云"借用宋玉"巫山云雨"的典故，将巫山的云朵比作自己心爱的女子，以此表明，除了这位女子，纵有倾城国色、绝代佳人，也不能打动他的心。

"取次花丛懒回顾"用"花"比人，他无心去观赏的是眼前的花儿吗？答案是否定的，"半缘君"才是他真正懒于停留的原因呀。正是因为失去了"君"，才有了修道之心。

同样写爱情的诗句，有李商隐的"春蚕到死丝方尽，蜡炬成灰泪始干"，有王维的"红豆生南国，春来发几枝，愿君多采撷，此物最相思"。但是，元稹不同，他用绝对的否定来肯定自己的爱情，以沧海之水和巫山之云隐喻爱情之深广笃厚。"取次花丛懒回顾"绝不是"万花丛中过，片叶不沾身"的洒脱，而是情到深处，万念俱灰的真诚。

元稹，祖籍洛阳，其元氏六世祖时迁居长安。元稹先世属卑族拓跋部，为鲜卑君长，元稹是北魏昭成皇帝第十四代孙。可以说，元稹的先世是显赫的，但元稹似乎并未从中找到多少荣耀与自信。究其原因，一是因为出身胡夷，在那样一个时代仍极易受到正统士族的排挤与蔑视。二是因为元稹的家族正处在衰落时期，不断没落。元稹的曾祖元延景只做到了歧州参军，祖父元悱便只做了个南顿县丞，到元稹的父亲元宽似乎有所反弹，官至比部郎中、舒王府长史。

在官场上，元稹祖辈并不得意，加上元稹八岁时，其父亲去世，整个家庭陷入困境。在这样的环境中，年幼的元稹早就萌发了发愤图强，重振家风的愿望。

793年，十五岁的元稹通过明经及第。806年，他又举制科中的才识兼茂明于体用科，名列第一，被授予左拾遗，后又升迁为监察御史。

他的官途坦荡，又因性格问题，为人率真，得罪了宦官，最后被贬为江陵士曹参军。随后，元稹思虑着自己的政治生涯，选择依附宦官，在唐穆宗朝，官职不断升迁。终于在822年，四十四岁的元稹官拜宰相。

但只做了几个月，因依附宦官，官名败坏，他最后还是被贬为同州刺史。而后几番周折，在大和五年，卒于武昌任所，时年五十三岁。

元稹的一生，特别是在步入仕途后的近三十年间，仕宦之路极为坎坷。他曾"五受诬陷五遭贬谪"，当然他也曾数次身居辅君匡国的要职，担负济世为民的重任，但为时都极为短暂，接踵而至的即是被诬陷遭贬谪。在朝中为官仅区区数年，绝大多数时间都是外放，长达二十年之久。他在仕途上经历了唐德宗、顺宗、宪宗、穆宗、敬宗、文宗六个皇帝，这五十多年正是唐王朝由开元、天宝年间的极盛转为衰败的时期，是一个复杂多难的时代，特殊的时代造就了他的仕途悲剧。

与元稹的坎坷仕途相比，他的爱情生活亦是曲折丰富的。元稹的初恋发生在未成婚前，晚年时他将这段情改编成脍炙人口的《莺莺传》，也就是后来《西厢记》的蓝本。崔莺莺的原型是崔姓女子，名唤双文，是元稹在蒲州任小官时认识的。当元稹遇见人面桃花的双文姑娘后，多情的他瞬间坠入情网，无法自拔。

在用生命完成一场告白后，两人互生情愫。但此时的元稹太年轻了，他的心里不仅有美人，更有锦绣仕途。不到一年，元稹就远赴长安参加科举，第二年在科举及第后，便被高官纳婿，而那位远在蒲州的双文姑娘，最后也嫁作他人妇。

而元稹迎来了他生命中的第二次爱情。元稹中举后，被新任京兆尹韦夏卿所赏识，碰巧韦夏卿之女韦丛年龄已到，尚未婚配。衡量之下，为了仕途更加顺利，元稹娶了韦丛。

最初面对这场婚姻，元稹只是抱着政治投资的态度。但是，韦丛自幼受闺训教导，婚后的她体贴端庄，即便元稹当时生活清贫，她也未流露出丝毫的抱怨。韦丛嫁给元稹时二十岁，之后为元稹生下五个孩子，而仅仅相守了七年后，她便去世了。此时的元稹刚开始升官，苦日子熬出头了，韦丛却没能熬过去。元稹无比悲痛，也自觉欠她很多，于是写了三首悼亡诗《遣悲怀》，以此来寄托自己的思念。

遣悲怀（其三）

闲坐悲君亦自悲，百年都是几多时。

邓攸无子寻知命，潘岳悼亡犹费词。

同穴窅冥何所望，他生缘会更难期。

惟将终夜常开眼，报答平生未展眉。

闲来无事为你悲伤为我感叹，人生短暂百年时间又多长呢！邓攸没有后代是命运的安排，潘岳悼念亡妻只是徒然悲鸣。即使能合葬也无法倾诉衷情，来世结缘是多么虚幻的企望。只能睁着双眼整夜把你思念，报答你平生不得伸展的双眉。

只是这样的深情背后，还有一些无情。809 年，三十岁的元稹以御史身份出使蜀地。在蜀地，他见到了名噪一时的歌妓薛涛。薛涛凭借不俗的美貌与才情瞬间征服了元稹，两人相见恨晚，共同赋诗吟词，好不浪漫惬意。而当时他"曾经沧海难为水，除却巫山不是云"的妻子韦丛并未去世，还在家中拖着娇弱的身体为他操持家务。同年七月，韦丛染病身亡。随后，元稹离开蜀地，这一走就再无消息。

后来，这位风流的诗人再度移情别恋，转身投入了名妓刘采春的怀抱，并在 810 年，韦丛去世不足一年后，纳表妹安仙嫔做侧室，又在 815 年娶大家闺秀裴淑为妻。

元稹的六段爱情，造就了六个女性的悲伤爱情故事。在那个时代，风流才子俏佳人的戏码太多人喜爱了，大概也是丰富的情感经历让元稹对艳丽的爱情诗游刃有余。

元稹一生起落沉浮，经历是十分丰富的。年十五，明经及第，算是开始了他的仕宦生涯。此后，官至宰相，又罢相而出，中间多有曲折。暂且不论后世对其政治风格如何评价，在其一生的经历中，他看似"痴情"又无情的行为让后世学者诟病不已。暂且不论古代才子风流、红袖添香的文人情结，单就人对感情的态度而言，我真的无法为元稹辩护。

我相信他对妻子是真心的，在妻子去世后，他也的确想过再也不娶。年少时遇到双文姑娘也的确是想与之白头的，只是他的心太大，大到爱情在其中便微不足道了。也只有在失去后，他才会吟咏着"桃花浅深处，似匀深浅妆。春风助肠断，吹落白衣裳""半欲天明半未明，醉闻花气睡闻莺"，以此来怀念那个曾经错过的姑娘。

韦应物：

春潮带雨晚来急，野渡无人舟自横

——一瓢酒慰风尘

淮上喜会梁川故人

韦应物

江汉曾为客，相逢每醉还。

浮云一别后，流水十年间。

欢笑情如旧，萧疏鬓已斑。

何因不归去，淮上对秋山。

十年离乱，浮云流水之间，江湖故人再次重逢在这淮上之地。曾一起在汉江作客，如今相逢，一定要欢聚痛饮，扶醉而归。只可惜欢笑如旧，人却已是鬓发苍苍。你若要问我为何不与故人一同归去，因为淮上有秀美的秋山呀。

此诗写于韦应物任滁州刺史时期，偶然之中在江苏淮阴一带重逢十年未遇的梁川故友。故人重逢自然喜悦，只是喜悦背后又有一种悲喜交集的人生感慨。时间如浮云流水，匆匆不留痕迹。在欢声笑语之后，曾经的过往最后都变成了一声略带苦涩的叹息，留下的是沧桑的无奈。

"何因不归去，淮上有秋山。"看似韦应物耽于满山秋景之中，但实则在写自己的壮志。十年岁月，哪里只是给鬓发染色呢？理想未酬，岁月蹉跎，无奈之余，只能从欢乐的往昔记忆中寻求一时的慰藉。

同写于此时期的还有《滁州西涧》：

滁州西涧

独怜幽草涧边生，上有黄鹂深树鸣。

春潮带雨晚来急，野渡无人舟自横。

韦应物生性孤高，任滁州刺史时，时常独步郊外，滁州西涧便是他常光顾的地方。一日，游览至滁州西涧时，他写下了这首诗情浓郁的小诗。他写自己唯独喜爱涧边生长的幽草，上有黄莺在树荫深处啼鸣。而傍晚下雨后，潮水涨得更急，郊野的渡口没有行人，一只渡船横泊河里。这雨中渡口闲横的一只扁舟，则是自己无所作为的忧伤。

韦应物出身名门。西汉时，韦氏家族迁入关中，定居京兆。此后，这个家族中风云人物辈出，衣冠鼎盛，渐渐成为关中望姓之首。他的曾祖父曾为武后朝宰相，祖父韦令仪曾任宗正少卿和梁州都督，父亲韦銮、伯父韦鉴、伯子韦偃均以善画名世。

与"十上不中"的罗隐相比，韦应物绝对是一个幸运儿。751年，他十五岁，以"门荫"入宫廷，为玄宗侍卫，同时入太学附读。此时的他少年得志，自满而无知，恃宠骄纵。中年后，他也曾半回忆半后悔地写下"少事武皇帝，无赖恃恩私。身作里中横，家藏亡命儿"。

什么样的时代造就什么样的人才，只有盛唐强大的国力和开放的政治才会给她的子民们以诗意地表现自我的机会与空间。在盛唐时代风流的氛围中，狂放不羁的韦应物摇身一变，成为敢作敢当的恣意少年郎。直到安史之乱爆发，十九岁的韦应物见识了时代的风云际会。在战乱中，他流落秦中。从755年安史之乱爆发至785年，一场战争吞噬了整整一代人的青春岁月。

战乱之后，当年的"里中横"失去了靠山，变成了"惟悴被人欺"的可怜虫。剧烈的反差犹如一记惊雷，将他从浑浑噩噩的精神状态中惊醒，转而折节读书，从一个风流少年郎，摇身一变成为一任地方父母官。

从肃宗广德二年起到德宗贞元七年，将近三十年间，除去短暂的长安任职外，韦应物几乎都在当地方官吏。他简政爱民，并时时反躬自责，为自己没有尽到责任空费俸禄而羞愧。苏州刺史届满之后，因钱财不丰，不足以支撑返京路费，他索性寄居于苏州无定寺，不久就客死他乡。

他见识过盛唐的辉煌，有过华靡奢侈的生命岁月，也置身于愁云惨雾之中，困惑于现状的凄凉。在他的诗中，我们总能找到曾经的盛唐生活留下的痕迹。

比如，他写下《寄全椒山中道士》：

寄全椒山中道士

今朝郡斋冷，忽念山中客。

涧底束荆薪，归来煮白石。

欲持一瓢酒，远慰风雨夕。

落叶满空山，何处寻行迹。

秋风秋雨之际，郡斋里很冷，忽然想到在山中隐居的一位故人，知道你一定会在涧底打柴，回来以后煮些清苦的饭菜。于是，想带着一瓢酒去看你，让你在这个凄凉的风雨夜里得到一些安慰。可是，秋叶落满空山，我又到哪里才能寻访到你的行迹呢？

苏东坡称韦诗既有才又有韵。他用笔空灵，"落叶满空山，何处寻行迹"最具韵味，情感留白，所有道不尽的感情都在这不言之中渗透了出来。

自古感情便是愈平淡愈真实，所以无论现实打击多么沉重、经历多么坎坷，他都用恬淡的语言去叙说。白居易诗词虽然也以文字平易见长，但行文布局中讲究回环曲折。而韦应物则不然，他擅长在结尾中留下苍茫的韵味，所有情思不直接道明，而是让读者去补足这份情思，这类诗比比皆是。

比如，他在《拟古诗（其六）》中写"旧交日千里，隔我浮与沈。人生岂草木，寒暑移此心"，在《初发扬子寄元大校书》中写"今朝此为别，何处还相遇。世事波上舟，沿洄安得住"，在《登楼寄王卿》中写"踏阁攀林恨不同，楚云沧海思无穷。数家砧杵秋山下，一郡荆榛寒雨中"。

韦应物将感情的种种跳荡与反复埋在字里行间，在疏宕淡远的景象中蕴藏着深厚的感情。他的用词是极其自然的，几笔勾勒出淡淡的景色，抒写出淡淡的感情。但这些简古之言、恬淡之语，却浅笔描摹出明净雅洁而意味深长的诗境，不正是盛唐余韵的别样体现吗？

韦应物对盛唐生活是怀念的，他呼吸着中唐的空气，脑中却是盛唐的天空。他见过辉煌后的残败，品味着繁华背后的凄凉，无法挽留的浪漫梦想与实实在在的冷酷现实交织成一片衰败、复杂的情感空间，曾经的张扬也已不复旧时，转而成为一种内敛婉曲的轻吟。

在佛风盛行的唐朝，韦应物自然也绕不开仕与隐的矛盾。他不愿沉溺在朝堂的党派纷争中，不愿被连篇案牍劳累身心。他羡慕着隐逸者的清高，却又渴望被君主看到，能在朝堂上建立功业，为民请命，造福一方百姓。这种矛盾拉扯着他的身心，于是他写下《郡内闲居》：

郡内闲居

栖息绝尘侣，孱钝得自怡。

腰悬竹使符，心与庐山缁。

永日一酣寝，起坐兀无思。

长廊独看雨，众药发幽姿。

今夕已云罢，明晨复如斯。

何事能为累，宠辱岂要辞。

此诗写作时，韦应物正任江州刺史，诗中却写到了他如隐者一样的生活。诗人过着隐逸的生活，心中眷恋着山水田园，但无奈"腰悬竹使符"，只能在红尘中徘徊。

韦应物性情高洁，却又消极避世。特殊的人生经历，让他从一位放浪的风流少年，成长为温和沉静的文人。后人诵读最多的是它的山水诗歌，也常以陶渊明、王维、孟浩然等与其作比较：陶渊明自然质朴，王维空明宁静，孟浩然恬淡清旷；而继承了王维的气度和孟浩然的胸怀，以及他们清远含蓄的诗歌意境的韦应物，他的诗歌中显现出一种自然淡雅的旨趣。

只是在中唐愁云惨淡的背景下，他的诗歌中也流露出了前人所没有的伤感哀怨。于是，在精神上极其痛苦的韦应物曾先后居住在长安西郊善福寺等地，沾染了修道之人清静无为的品性，再加上与皎然等诗僧的交往唱和，更使得他一度参禅悟道，由此在许多诗歌中也体现出了些许禅意。如他写下《赠王侍御》：

赠王侍御

心同野鹤与尘远，诗似冰壶见底清。
府县同趋昨日事，升沉不改故人情。
上阳秋晚萧萧雨，洛水寒来夜夜声。
自叹犹为折腰吏，可怜骢马路傍行。

诗中的"心同野鹤与尘远，诗似冰壶见底清"，体现了他期待的生活方式和追求。"自叹犹为折腰吏，可怜骢马路傍行"则慨叹一腔报国热情无处可泻，却要在宦海中应酬，在仕途上蹉跎岁月年华。这对于昔日的"里中横"而言，是何等的压抑与屈辱！最后，他也只能慨叹自己不过是这些官吏中的一员，目睹黎民百姓的苦楚生活，又无法改变，于是产生了退隐之意。

他挣扎徘徊，不甘心在官场中消磨意志。他将朝堂中的自己比作笼中鸟，写出"岂恋腰间绶，如彼笼中禽"。他决定重返田园，去过简单的耕种生活，于是写下"方愿沮溺耦，淡泊守田庐"。他对做官有了疲态，对百姓有了愧疚之心。

他希望能效仿前人，乐山乐水，以此冲淡自己的抑郁不平的心志。但是，作为被儒家经典浸染的文人，他又始终抱有"穷则独善其身，达则兼济天下"的愿望。无论是顺境还是逆境，他始终都是心系苍生，不沉溺于虚无缥缈的世外桃源和理想中的乐土，他的诗中依然充满对劳动者的同情和忧伤。如他写下《寄李儋元锡》：

寄李儋元锡

去年花里逢君别，今日花开又一年。

世事茫茫难自料，春愁黯黯独成眠。

身多疾病思田里，邑有流亡愧俸钱。

闻道欲来相问讯，西楼望月几回圆。

整首诗感时伤怀，动人之处在于诗中真诚地披露了一位廉政官吏的矛盾与苦痛，有志而无奈。

同时，他在《采玉行》中写道：

采玉行

官府征白丁，言采蓝谿玉。

绝岭夜无家，深榛雨中宿。

独妇饷粮还，哀哀舍南哭。

视线转到采玉工人的生活中，"官府征白丁，言采蓝谿玉"，直接写明官府的腐败残酷。随后，以"独妇饷粮还，哀哀舍南哭"做结尾，哀韵绵绵，凄婉欲绝。

所以，我不赞同将韦应物单纯地视为山水诗人，他的诗中既有山水的恬淡孤高，也有身处朝堂下看百姓，反映现实、揭露矛盾的殷殷期待。

在韦应物的诗中，安史之乱、仕途波折、爱妻病逝，这些人生路上的苦难，最后都内化于自身对人生、对生命的感悟。他有迷惘，有哀愁。他曾入世，曾隐逸。他的诗作不是单纯地吟咏自然风光，而是对自身命运的一种剖析。他身处朝堂时，渴望闲适的隐逸生活；隐逸时，又期望建功立业。何时两者能不再冲突，达到和谐统一，也许才是他的人生追求吧。

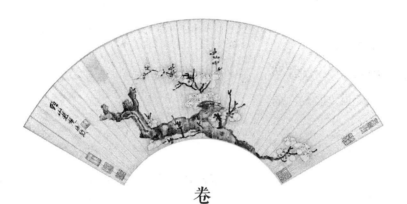

卷四　晚唐悲歌：犹陪落日泛秋声

温庭筠：
山月不知心底事，水风空落眼前花
——花间一老翁

菩萨蛮

温庭筠

小山重叠金明灭，鬓云欲度香腮雪。懒起画蛾眉，弄妆梳洗迟。

照花前后镜，花面交相映。新帖绣罗襦，双双金鹧鸪。

在"以诗言志，以文载道"的中国古典文学中，这首《菩萨蛮》从头到尾都不过在描写一位娇美的女子晨起理妆，簪花照镜，整体仿若人物特写镜头一般，画面随着文字缓缓展开。早晨的阳光照在小山一样重重叠叠的屏风上，光影闪动，女子额头上鹅黄明灭交织。她美丽的头在枕上轻移，如云的鬓发迤逦在脸颊两侧。

晨起疏懒，轻轻勾勒蛾眉，理一理衣裳，慢吞吞意迟迟。在镜中望一望新簪的花，娇艳的不知是花儿，还是青春的容颜，绫罗裙襦上一双双的金鹧鸪相互依偎。

此词写闺怨，却又不一语道破。从女子娇卧未醒，懒起梳妆，再到下片成双成对鹧鸪鸟的对比，将女子因无人欣赏而慵懒孤独写得淋漓尽致。

至于用女子的相思，写尽才子的不得志，就仁者见仁、智者见智了。其实，词最初本就流行于市井之间，而温庭筠更是将词的美学推向另一个高峰。

温庭筠，原名岐，字飞卿，太原祁县人，具体的出生年份已不可考据。据说，他出身于一个没落的贵族家庭，为唐初宰相温彦博的后裔。

他年少时就展露出自己不凡的天赋，《唐才子传》中这样说："少敏悟，天才雄瞻，能走笔成万言。"

年少才高的温庭筠和大多数读书人一样，希望科举入仕，施展才能抱负。所以，时机一到，他就准备去长安参加科举考试。

温庭筠虽长相不风流，却性情风流。在经过扬州的时候，因才华横溢，他被官员姚勖看重，授予钱财，让他专心备考。温庭筠却流连烟花柳巷，把钱财挥霍一空。

后来，辗转来到长安，凭借一首"玲珑骰子安红豆，入骨相思知不知"成为长安城红人。机缘巧合下，温庭筠最后竟成为太子陪读。

一切看似柳暗花明，锦绣前程近在眼前，实则是暗流涌动人不知。

好景不长，有人弹劾太子只知道游玩，坏了法度。最后，太子在声声讨伐中郁郁而终，而作为陪太子游玩的温庭筠自然没有好结果。

在那个名声几乎可以决定科考成绩的年代，留下这样的传闻，温庭筠的仕途之路几乎难于登天。随后，他虽然在京兆府考试中取得了第二名，却又落榜了。这一切可说在意料之外，却又在情理之中。

有人说他是因病没有去参加进士考试，也有人说他是因为得罪了当时的宰相令狐绹，还有人说他是因为太子的事情得罪了皇帝，被取消了考试资格。尘埃落定，事实如何也不重要了。总之，温庭筠的仕途就这样被堵住了。

他性情不羁，言出随心，更在浑然不知中得罪了不少权贵。文人的自负让他错失了很多机会，亲手埋葬了自己的未来。好在他在颠沛流离、沧桑落寞时，仍有诗词相伴。

温庭筠生活于晚唐的多事之秋。面对日落西山、气息奄奄的唐王朝，同时期的杜牧有"平生五色线，愿补舜衣裳"般的自许，李商隐亦有"君前剖心肝"的忠忱。但是，前者长期沉沦下僚，后者处在党争的夹缝中忧谗畏讥。

在当时的环境中，温庭筠不得不消闲享乐，沉迷声色。他的精神世界已经不能在家国天下之上，而在闺房，在幽怨的心境。于是，中国词史上的"花间派"就此诞生，这也是宋代"婉约词派"的源头。此后，在明朝文人间曾掀起温词热，甚至出现"人人读花间，少长诵温词"的场景。

夕阳黄昏的政治形势，难展抱负的个人遭遇，使温庭筠走上了声色自娱的道路，将词看作是花前柳下、娱宾遣兴的工具。

诗词之间也划下了楚河汉界，形成了"诗庄词媚"的不同畛域。温庭筠以他砌玉雕琼、镂金错彩之笔，造就了"词为艳科"的第一批作品。

温庭筠所作词多为应歌之需，所以笔下多与女子有关：庭园楼阁、服饰陈设、姿容身影，他的词几乎全是写爱情、相思，又多用女子声吻，色彩浓艳，词藻华丽，充满浓烈的脂粉气。孙光宪就曾在《北梦琐言》中说他的词风"香而软"。

温庭筠能把握感情的每一丝细微波澜，以艳词秀句出之，兼有幽深、精艳两者之美。他的抒情往往是截取感情的几个片断，意象之间若断若续，几乎看不见缝缀的针线，中间的环节全靠读者发挥自己的想象加以补充，因此特别耐人寻味。例如，他写下《梦江南·千万恨》

梦江南·千万恨

千万恨，恨极在天涯。

山月不知心里事，水风空落眼前花，摇曳碧云斜。

这首词以意境取胜，描写了思妇在孤单的月光下独自思念，内心悲戚、哀伤。虽有千万般之恨，恨风月，恨山空，但最恨的却是那远在天涯不得归来的心中挚爱。

明月依旧空悬于苍山之上，却看不透我心中愁事。夜风轻轻拂过一旁摇曳的花朵，点点花瓣落入水中，远处摇曳的碧云也在晚风吹拂下微微斜行。

"恨"意绵绵无尽头，像夜风轻拂水面，荡漾而起的层层涟漪，像花瓣随风落去时的缤纷缭乱残红一片，像悠悠白云在天空摇曳时的飘忽迷离。

而本该风雅至极的山月，却在今日也变得不通情理，揣摩不透心底事。只是这不知心底事，究竟是不知思妇的绵长的闺怨，还是不知温庭筠自身的怀才难抒，就不得而知了。

温庭筠上承南北朝齐、梁、陈宫体的余风，下启花间派的艳体，是民间词转为文人词的重要标志。后世词人如李煜、欧阳修、柳永、晏几道、周邦彦、李清照等都深受他的影响，甚至视温庭筠为偶像级人物，这也是温庭筠"花间词派"之鼻祖的由来，他的《更漏子·玉炉香》更是影响了词人李清照。

更漏子·玉炉香

玉炉香，红蜡泪，偏照画堂秋思。

眉翠薄，鬓云残，夜长衾枕寒。

梧桐树，三更雨，不道离情正苦。

一叶叶，一声声，空阶滴到明。

在摇曳的烛影下，思妇残妆低思，蛾眉颜色褪去，鬓发凌乱，漫漫长夜，无人相伴，这份落寞无处诉说，只觉枕被一片寒凉，唯有玉雕香炉仍散发着袅袅紫烟，红色蜡烛垂泪到天明。

三更细雨，滴滴答答敲打着窗外梧桐树，滴落在静默的石阶上，也不管屋内的她在伤心垂泪。

此词抒写了思妇的离愁，孤独的思妇辗转难眠而容颜不整，鬓发散乱，忍受着枕衾间的寒冷与痛苦；室外的雨声滴滴答答，如愁绪一般，无休无止。全词从室内到室外，从视觉到听觉，从实到虚，构成一种浓郁的愁境。

温庭筠的词仿若烈酒般，醉得世人不愿醒来，艳得令人目眩。但其实他也有清新疏淡之作，如《梦江南》：

梦江南

梳洗罢，独倚望江楼。

过尽千帆皆不是，斜晖脉脉水悠悠，肠断白蘋洲。

不知心上之人，今日是否能归。一大早就梳洗装扮好，站在望江楼上远望。成千艘船已经过去，但我所思之人却终究没有出现。夕阳西下，暮霭沉沉，余晖在水面荡漾，随水流动，我的思念的柔肠萦绕在那片白蘋洲上。

龙榆生先生说，"脉脉"含情不语，"悠悠"含愁不尽，思妇望船，船来掀起她心头的希望，船去带来她的失望。她的心随着这千帆往来而起伏升沉，愁绪四处弥漫，充塞空间。

这种无一字写"愁"，却通篇都是"愁"，用含蓄的景色表达情语是温庭筠一贯的写作风格。例如，他写下《商山早行》：

商山早行

晨起动征铎，客行悲故乡。

鸡声茅店月，人迹板桥霜。

槲叶落山路，枳花明驿墙。

因思杜陵梦，凫雁满回塘。

　　黎明起床，车马的铃铎已经震动。一路远行，游子悲思故乡。鸡鸣清脆，茅屋沐浴着月亮的余晖，足迹依稀，木板桥上覆盖着早春的寒霜。

　　枯败掉落的槲叶，落满了荒山的野路；淡白的枳花，鲜艳地盛放在驿站的泥墙上。昨晚梦到在杜陵的美好情景，一群群野鸭子在故乡前的泥塘上嬉戏。

　　这首诗读来总会有一种羁旅的愁思，通篇无一"早"字，却通过晨起的鸡鸣、未落的残月、早晨的霜痕寄意言外。

　　温庭筠的词中往往充溢着脂粉香泽的气息，而这首诗却清新淡远，空灵疏荡，大有盛唐绝句的空灵韵味。

　　他是花间才子，樽酒花前玩世不恭，在绮丽华美的词中风流自许；他又是名门士子，傲视权贵刚直不阿，在衰颓错乱的时代中狂傲不羁。

　　温庭筠几乎穷尽了文人所能拥有的全部才华，却仍败在了仕途之路上。但他终究还是在诗词中找到了自己的路，即便是孤独，也以一种享受的姿态去面对。

李商隐：
春心莫共花争发，一寸相思一寸灰
——虚负凌云万丈才

锦瑟

李商隐

锦瑟无端五十弦，一弦一柱思华年。

庄生晓梦迷蝴蝶，望帝春心托杜鹃。

沧海月明珠有泪，蓝田日暖玉生烟。

此情可待成追忆，只是当时已惘然。

华美的瑟用五十根弦弹奏出低沉的音律，每一声都勾人心魄，扰人心绪。思绪翻滚，仿若梦回青春年少时。

庄周梦中化为翩然起舞的蝴蝶，栩栩然而飞，浑忘自家是庄周其人了；梦醒之后，不知蝴蝶已经何往。众人难说，究竟是庄周梦为蝴蝶，还是蝴蝶梦为庄周。

传说中，周朝末年，蜀地的君主杜宇禅位退隐，不幸国亡身死，死后魂化杜鹃鸟，暮春啼哭泣血，其声哀怨凄悲，动人心腑。

月明沧海，鲛人落泪，颗颗珍珠在月光下散发莹莹光芒。蓝田日暖，玉石也能够化作青烟。当时心中一片怅惘之情，也只有时过境迁后，现在才可追忆。

庄生梦蝶，是人生的恍惚和迷惘；望帝春心，包含苦苦追寻的执着；沧海鲛泪，具有一种阔大的寂寥；蓝田日暖，传达了温暖而朦胧的欢乐。

诗人从典故中提取的意象是那样的神奇、空灵，他的心灵向读者缓缓开启，华年的美好、生命的感触等皆融于其中，却只可意会而不可言说。

对于一般普通人，往往是人到老年，追思以往：深憾青春易逝，功业无成，光阴虚度，碌碌无为而悔恨无穷。但天资聪敏的诗人，则事在当初，就早已先知先觉到了，却无可奈何，惘然若失。这就是诗人李商隐，借锦瑟而自况了。

关于《锦瑟》一诗的创作意旨，历来众说纷纭，莫衷一是。有人认为是爱国之篇，有影射政治之意；有人认为是自伤身世、自比文才之论；有人说是悼念妻子；也有人争议是对令狐绹、李德裕的争论……真可谓"一篇锦瑟解人难"。而这一切其实都绕不开"牛李党争"对李商隐一生的影响。

李商隐，字义山，号玉谿生，生于河南荥阳的一个小官僚家庭。他自幼聪慧，"五岁诵经书，七岁弄笔砚"。本该光艳的一生，却在童年时就埋下了悲惨的阴影。三岁离乡漂泊，十岁丧父归家。他是家中长子，早早就担起支撑门户的重任，常以抄书、舂米等来挣钱补贴家用。

曾任宰相的令狐楚极为爱才，将李商隐庇护在自己的羽翼之下。他不仅让李商隐与儿子令狐绹一同读书，还将当时官场通用的骈文写作方法传授给李商隐。这段时光也成为李商隐一生中难得的暖意。

后来，令狐楚又聘他入幕为官，李商隐跟随令狐楚前往郓州、太原等地，这段经历也影响了他的胸怀与写作视野。

在令狐楚去世后，李商隐却做了一件事情，让整个朝堂的人都不齿，甚至直接评价他人品有瑕。

李商隐爱上李党核心人物王茂元的女儿，并做了他的幕僚。本应加入令狐楚所在的牛党的他，现在却选择加入王茂元所在的李党。这件事后，李商隐的仕途注定坎坷不平，也从此背上忘恩负义、虚伪不堪的骂名。

开成四年，李商隐第二次参加授官考试，被授予秘书省校书郎。好景不长，由于牛党的影响，李商隐被调任至灵宝做县尉。在灵宝，许多百姓因不堪赋税入狱。于是，目睹百姓生活疾苦却无力改变的李商隐选择离职。

回到长安后，他复任秘书省正字，定居樊川，并拥有了新的名号——樊南生。不久，母亲去世，李商隐丁忧在家，错过李党得势的大好时机，也错过晋升的好机会。后来，唐宣宗李忱即位，李党失势，三十多岁的李商隐仍因仕途不得志而郁郁寡欢。跟随郑亚，郑亚被贬；求助令狐绹，多次被拒。

在此期间，李商隐写下多首《无题》诗。长期以来，关于无题诗有无寄托的问题曾争论不休，但他在诗中抒发的落寞愤懑之情却无可争辩。

无题四首（其二）

飒飒东风细雨来，芙蓉塘外有轻雷。

金蟾啮锁烧香入，玉虎牵丝汲井回。

贾氏窥帘韩掾少，宓妃留枕魏王才。

春心莫共花争发，一寸相思一寸灰。

飒飒春风，绵绵细雨，屋外芙蓉塘外，隐隐惊雷，细听又是车轮滚滚声。沉香燃尽后，烟雾顺着金蟾紧锁重门而入；井水深深，玉虎辘轳牵引吊索汲水。贾氏在帘后看上了韩寿的少俊，甄妃爱慕曹植文采，将玉枕留赠。我的春心啊，切莫和春花争艳，每一寸的相思，最后燃尽，化为寸寸残灰。

这首词主要写男子所爱的女子被深锁幽闺，难以按约同心上人幽会的失望与痛苦，春花一般不可遏制的爱情，只好在寂寞中燃烧。

"东风细雨"，自然会使人想到"旦为朝云，暮为行雨，朝朝暮暮，阳台之下"的"梦雨"之典。一种孤寂之中的企盼和怀春之情便自然流露出来。而下句中的"芙蓉塘"在以往的诗歌中又常被用作男女欢会传情之所的代称；"轻雷"用司马相如《长门赋》中的"雷殷殷而响起兮，声象君之车音"来指车声，本以为美好的春景，东风细雨，鸟啼花发，最后却是相思燃尽。

它是深锁幽闺，企盼爱情的思妇在孤独难耐下的痛苦而焦渴的呼喊。其中，既有幻灭式的悲哀，更有被压抑、被折磨而造成的强烈愤慨与不平。

花开花落、缘来缘去都是世人不可阻止的。花落自有花开日，蓄芳待来年。春心，永远无法抑止，也永远无法泯灭。一边花发，一边灰灭；一边是美好事物的产生，一边是美好事物的毁灭。两相对照，就使这联诗在凄艳之中产生了一种动人心弦的悲剧美感。

这就如同李商隐一般，身处"牛李党争"的旋涡里，命运的一双大手将他推来推去，无处躲避。几十年间，两派官员起起落落，唯有他总是在低谷挣扎。

于是，他入深山，寻禅心，渴望在世外能寻到一处心静之处。他写下《北青萝》：

北青萝

残阳西入崦，茅屋访孤僧。

落叶人何在，寒云路几层。

独敲初夜磬，闲倚一枝藤。

世界微尘里，吾宁爱与憎。

残阳西垂，隐隐挂在崦嵫山中，诗人挂杖去寻访一位僧人，据说他独自住在云深之处。落叶纷纷，寒云缭绕，山路蜿蜒盘桓而上，不知走了几重又几重，依然不到他的住处。

夜幕降临，僧人在茅屋中独自敲磬诵经，诗人闲适地靠着一根青藤手杖与他交谈。大千世界俱是微尘，我还谈什么爱和恨呢？

佛教认为，大千世界全在微尘之中，人类之于世界万物更是细微，茫茫一生，沧海一粟，更何况爱憎情仇。

在这幽深空灵的山林中，看着眼前不问世事的孤僧，自己的仕途坎坷，郁郁不得志似乎也没那么重要了。

后来，李商隐跟随柳仲郢，在四川与京都度过了七八年后，罢职回乡闲居。遥想当年在东都意气风发的少年立下的雄心壮志，如今只得感叹"只是当时已惘然"。一次次地燃起一点亮光，又一次次瞬间熄灭，李商隐的心中只剩下了惆怅。一次，闲车出游后，他写下《乐游原》：

乐游原

向晚意不适，驱车登古原。

夕阳无限好，只是近黄昏。

临近傍晚，心情不适，架上车马，登上古时的乐游庙。夕阳放射出迷人的余晖，然而这一切美景转瞬即逝，不久就会被那沉沉夜幕所笼罩。

这里说的是夕阳，哀叹的又何尝不是李商隐自己的晚年呢？

宣宗大中末年，他终于在郁郁中走完了一生，年仅四十五岁。

李商隐的一生充满了艰难与困厄，他本无意卷入任何党争，只想"学得文武艺，卖与帝王家"，用自己的肩膀撑起整个李家，用自己的才华报效国家。然而，在时代的大洪流中，个人的命运总是被整个时局裹挟。

李商隐天资聪颖，文思锐敏，却在"牛李党争"中左右为难，两方猜疑，屡遭排斥，大志难伸。中年丧妻，又因写诗抒怀，遭人贬斥。他在夹缝中努力生存，活得纠结抑郁。好在他的才华在历史漫漫长河中，终是有人看到。

杜牧：

十年一觉扬州梦，赢得青楼薄幸名

——风流深处尽是伤

遣怀

杜牧

落魄江南载酒行，楚腰纤细掌中轻。

十年一觉扬州梦，赢得青楼薄幸名。

当年，我沉醉扬州温柔富贵乡，珠玉在侧，美女在怀，饮酒作乐，放纵而行。醉卧美女细腰，醒看歌舞轻盈。现在想来，十年一梦荒唐而行，最后也只落得青楼薄情负心的声名。

这是杜牧在黄州刺史任上，回顾扬州十年岁月，繁华梦醒，一切如梦似幻，最后一事无成的慨叹。

"落魄江南载酒行，楚腰纤细掌中轻。"回忆往昔生活：潦倒江湖，以酒为伴；秦楼楚馆，美女细腰，过着放浪形骸的浪漫生活。"楚腰"化用"楚灵王好细腰"。"掌中轻"化用"体轻，能为掌上舞"，看似夸赞扬州女子娇媚，但"落魄"二字流露出对寄人篱下的境遇的不满。

往日的放浪形骸，沉湎酒色；表面上的繁华热闹，骨子里的烦闷抑郁；既是痛苦的回忆，又有醒悟后的感伤。这就是诗人所"遣"之"怀"。忽而之间，十年过去，那扬州往事不过是一场大梦而已，自己却一事无成，丝毫没有留下什么。

803 年，杜牧在长安出生。此时，他的祖父杜佑官至宰相，其父亲、伯父亦是同朝为官。当时，京城流传"城南韦杜，去天尺五"的说法，意思是长安城南，姓韦的、姓杜的两家，离皇权近在咫尺，可见杜家的声望之盛。

杜牧也曾在诗中写道："旧第开朱门，长安城中央。第中无一物，万卷书满堂。"意思是说，打开我家大门，就是长安城市中心，我家中什么都没有，只有万卷书。

在当时，书籍被贵族阶层垄断，寒士想买一本书都要积攒大半年积蓄，而杜牧家有万卷书，足见家族的富贵。

杜牧"少小孜孜"，博览群书，很是刻苦，年少就有"弦歌教燕赵，兰芷浴河湟"，为国家效力、为百姓谋福的志向。

此时，杜牧诗里多是豪情万丈。结果，还没来得及功成名就，他的祖父、父亲相继逝世，杜牧瞬间从云端落入泥土，杜氏一房从此衰落。他不仅要面对"食野蒿藿，寒无夜烛"的物质困窘，更要试着在这场变革中调节自己的心理落差。

828 年，杜牧赴东都洛阳参加科举考试。初到洛阳，他手捧《阿房宫赋》拜谒太学博士吴武陵。在这篇赋中，杜牧写"六王毕，四海一，蜀山兀，阿房出"，写"灭六国者六国也，非秦也；族秦者秦也，非天下也"。洋洋洒洒数百言，骈散结合，气势恢宏；内容针砭时弊，风格豪放。

吴武陵在看完此赋后，拍案叫绝，并将其交给当时的主考官崔郾，请他取杜牧为状元。不料，崔郾面露难色，说："状元已定，甚至前四名都已经有了人选。"于是，杜牧就屈居第五名。

放榜之后，杜牧仿佛看到锦绣前程正在向自己挥手。激动之余，他给长安的朋友写了一封信，信中说："东都放榜未花开，三十三人走马回。秦地少年多酿酒，已将春色入关来。"就是说，此时洛阳花儿还未绽放，榜上三十三位及第者已经骑马向长安进发。长安的朋友呀，快准备好美酒吧，我们很快就会把春色带进关内来。

然而，现实却给他浇了一头冷水，杜牧只做了一名弘文馆校书郎。这个官职品位低微，事务却很繁杂，在杜牧这样才志凌云的豪门子弟眼中，就犹如飞鸟入笼，难以施展拳脚。任校书郎仅半年后，他就辞官了。

828年，杜牧受沈传师之邀前往洪州任职。833年，沈传师回京，杜牧又应淮南节度使牛僧孺之邀去扬州任职，做掌书记。

为人幕僚，寄人篱下，满腔抱负不能纾解，杜牧开始在"温柔乡"中放纵自己。两年多的扬州生活，让"性疏野放荡"成了杜牧的标签，他看似担上了"风流才子"的美名，可又有谁真的懂他这其中的酸涩滋味呢？

835 年，杜牧重回长安。此时，大唐国势渐衰，藩镇割据，民不聊生，当权者只顾醉生梦死。杜牧忧心满腹，"安史之乱"的教训尚在眼前，那位高坐龙椅的帝王难道还要重蹈覆辙吗？

忧思重重之下，杜牧经过骊山华清宫时，写下《过华清宫绝句》：

过华清宫绝句

长安回望绣成堆，山顶千门次第开。

一骑红尘妃子笑，无人知是荔枝来。

华清宫在骊山之上，楼台花木，整整铺满一山，故而骊山又称绣岭。在长安回头远望，骊山宛如一堆堆锦绣，山顶上华清宫千重门依次打开。一骑驰来，烟尘滚滚，只见贵妃欢笑相迎。初不料为驰送荔枝，历数千里险道蚕丛，供美人之一笑罢了。

杜牧于细微处发现大问题，不写"安史之乱"，不用浓墨重彩去渲染"马嵬坡悲剧"，只从奔驰而来送荔枝的小差官写起，用以警醒君主，莫要贪图穷奢而误国。

泊秦淮

烟笼寒水月笼沙，夜泊秦淮近酒家。

商女不知亡国恨，隔江犹唱后庭花。

月光如轻烟笼罩着寒水和白沙，夜晚将船停靠在秦淮附近的酒家旁边。江水对岸，影影绰绰里是众人在喝酒取乐，缥缈的歌声顺着夜风飘来。歌女不懂何为亡国之恨，竟高唱着玉树后庭花。

这个月夜本该柔和幽静，却因为一曲《后庭花》令人心生冷寂之意。商女不过是伺候人的歌女，哪里决定得了唱什么呢？真正"不知亡国恨"的是那座中的欣赏者罢了。

秦淮河穿过建康城中，流入长江，两岸酒家林立，是当时豪门贵族、士大夫享乐游宴的场所。杜牧夜泊于此，眼见灯红酒绿，耳闻淫歌艳曲，触景生情，写下了这首《泊秦淮》。

后人吴逸一曾评这首诗说："国已亡矣，时靡靡之音深入人心，孤泊骤闻，自然兴慨。"

这些引人深思的咏史诗就像大唐帝国衰落的乐章，只可惜君主听不进去这样的谏言，而杜牧也因为政党打击，于是假托生病，就任监察御史，离开长安，又回到了洛阳。

监察御史是个闲散的官职，杜牧闲来无事，出入权宦之家，间或参观风景名胜，饮酒赋诗，倒也逍遥自在。

840年，杜牧被提升为礼部膳部员外郎，之后又转任刑部比部员外郎。此时的杜牧三十七岁，正值壮年，意气风发，英雄好不容易进入权力中心，大展身手，却又卷入了当时的"牛李党争"。

所谓"牛李党争"，是指中晚唐时期，以牛僧孺为领袖的牛党与以李德裕为领袖的李党之间的争斗。两党互相攻击，你方唱罢我登场，无数的大唐诗人卷入其中。这场长达四十年的党争，最终掏空了大唐。

牛党核心人物牛僧孺邀请杜牧去扬州任职。杜牧和牛僧孺私交甚笃，但政见却是倾向李党。但李德裕为人肃穆，不喜声色犬马之事。杜牧纵情风流，他当然看不上。虽然李德裕曾经用过杜牧所献计策，平定藩乱，但他只用其策，不用其人。就这样，杜牧在牛李党之间被相互嫌弃。

可怜杜牧这个文武双全的才子，报国无门，却毁在了朝堂内斗中。

851 年，杜牧被提拔为考功郎中、知制诰。次年，又升任中书舍人。这是个深受重视的官职，负责为皇帝起草诏书，参与机要，别号"宰相判官"。但此时的杜牧已经无心于仕途，他把大量精力用来修缮他祖父留下的樊川别墅，在山水中寻找内心一片心安。他写下《题禅院》：

题禅院

觥船一棹百分空，十岁青春不负公。

今日鬓丝禅榻畔，茶烟轻飏落花风。

年轻时落拓不羁，以酒为伴，也曾将整条酒船喝得精光，这十多年光阴不曾虚度。如今鬓发花白，躺在禅床上，看窗外风吹花落，茶烟轻轻飘扬。

杜牧生当唐王朝似欲中兴实则无望的时代，面对内忧外患，他忧心如焚，渴望力挽狂澜，济世安民，却长期被摒弃在朝堂之外，纵有治国之才、凌云之志，也只能空自嗟叹。

然而，谁又能真正凭一己之力扭转整个时代的命运呢？谁又能真正把握自己的命运？

852年，杜牧自作《自撰墓志铭》，叙述平生经历。时年冬，病死床榻之上，结束了自己看似风流的一生。于政治上，杜牧也许不曾留下绝世功勋，但大唐诗史上，却永远记得这颗星。

韦庄：

更被夕阳江岸上，断肠烟柳一丝丝
——柳暗花明又入蜀

江外思乡

韦庄

年年春日异乡悲，杜曲黄莺可得知。

更被夕阳江岸上，断肠烟柳一丝丝。

　　年年到了春意盎然的时刻，我都独自在异乡，借着春意怀念故乡，不胜悲伤。坐在树下饮酒，那树上黄莺可知道我的思乡之情？看那江岸处渐渐消失的残阳，心肠也被撕扯成片片柳叶，在这明媚春光中独自神伤。

　　此诗是韦庄流落江南触景生情有感而发之作，从题目到内容，无一处隐晦，极为明确地表达了对杜陵故乡的思念之情。

　　春天的江南实在是个好地方，景色明媚可爱，游人如织。只是客居异乡的韦庄却无心欣赏，只能在这春光中黯然神伤，那夕阳、烟柳无不勾起他对家园的眷恋。就连树上的黄莺，都不知能否飞回其故乡，将自己无限的牵挂告诉千里之外的家人。

韦庄身处唐末乱世，大半生都在漂泊羁旅。在战火硝烟中，一个文人的力量实在太渺小了。与整个国家的存亡相比，个人的命运似乎更加微不足道。在悲剧的大环境中，他极少有机会能踏上故乡的土地。避难异乡，触景生情，尤能激发他的思乡情愫。所以，他的很多诗都在慨叹家园阻隔不得归、故土之育无以报、朋友之情难以抒。

在乱世中的游子似乎也只有将这份漂泊的疲惫和对故乡的眷恋书写在文字中了。

比如他的《古离别》：

古离别

晴烟漠漠柳毵毵，不那离情酒半酣。

更把玉鞭云外指，断肠春色在江南。

晴烟漠漠，杨柳依依，日丽风和，一派美景。此时，离别的情愫实在难以排遣，不如就尽情饮酒吧，让情感随着酒意更加浓厚。手拿玉鞭指向遥远的云外，这场离别后，你就要去往何处，令我断肠处却是那明媚的江南。

此诗的具体写作时间已不可考证，但可以确定当时韦庄正在外飘零。在诗的首联中，他的满腔愁怨便随着丝丝烟柳而起。那春风中兀自飘扬的柳条，在身为异乡客的韦庄看来，都已是根根愁丝。原本明媚的春光此时也不再明媚，原本明净的春景也随着他的心情蒙上了层层灰调，久寓他乡的凄凉之感难以抑制，被春风牵引的愁绪寂寥也久久不散。

"更把玉鞭云外指，断肠春色在江南。"这一句，千百年来引起多少骚人墨客的共鸣，那种不舍友人离去的深情缠绵其中，回味不尽。

邢昉在《唐风定》中甚至做出了"绝不似晚唐"的盛赞。又引高廷礼曰："晚唐绝句之盛，不下数千篇，虽兴象不同，而声律亦未远。如韦庄后出，其赠别诸篇尚有盛唐时余韵。"

诗中寥寥几句就将情与景、诗人与友人、故土与异乡之间纠葛难解的关系论释得婉转细腻，凄楚动人。

同样写尽思乡之情的，还有他的《菩萨蛮（其一）》：

菩萨蛮（其一）

人人尽说江南好，游人只合江南老。春水碧于天，画船听雨眠。

炉边人似月，皓腕凝霜雪。未老莫还乡，还乡须断肠。

人人都在说着江南的妙处，游人在赏遍江南美景后，只希望能在江南老去。江南有比天空还要清澈的水，就连细雨也让画船上的游人安宁入眠。江南那卖酒的女子也长得极美，打酒时撩袖露出的双臂凝白如霜雪。不到年华尽头就不要回乡啊，回乡后一定会忧伤到极点。

诗中，韦庄以江南风物之美来反衬自己的思乡之情，文辞不加雕琢，却写出内心的悲怆。看似要回归故里，还有怀念君主朝堂的意味，只是这一切恐怕不到暮年都不得实现了。

韦庄，又称韦端己，韦应物的四世孙。韦庄生于气数将尽的晚唐，此时繁华落幕，山河巨变，君臣昏聩，宦官专权，军阀混战，农民起义风起云涌，整个唐王朝支离破碎、摇摇欲坠，已经没有挣扎反抗的余地了。

说起韦庄，单就这个姓氏，便承载着无数荣耀。自隋唐开始，韦氏一族便是真正意义上的名门望族，重臣名人不胜枚举，先后拜相者竟有二十余位，可谓一骑绝尘，冠绝全唐。这个家族有过无数的荣耀，只是在大时代面前，韦庄显得有些生不逢时罢了。

少年时的韦庄聪明好学，疏旷不拘。唐末文人在看到混乱的时代时，有些会走向归隐，如陆龟蒙、司空图、方干等人；有些则纵情享受，以眼前片刻的欢愉来逃避灰暗的现实，如韩偓、吴融等人。而韦庄却与他们不同，他出生于仕宦名门望族，自小学习的便是"修身、齐家、治国、平天下"的儒家思想，科举入仕是他最佳的出路。只是晚唐时期，整个朝堂腐朽不堪，宦官专权，科举入仕也变得曲折不已。场场科举，场场不中，而伴随科举之路的还有黄巢起义、藩镇割据等战火硝烟。

在当时，许多文人选择了干谒请托的道路。他们弯下身子，向权贵们靠拢，以求举荐。而韦庄却只执着于科考，怀着"大盗不将炉冶去，有心重筑太平基"的抱负，用他的进取心，一次次挑战这个时代。

直到 894 年，五十九岁的韦庄参加了他人生中最后一次科举，而这一次终于梦想成真，登科及第。欣喜之际，他挥笔纵情，写下《放榜日作》：

放榜日作

一声天鼓辟金扉，三十仙材上翠微。

葛水雾中龙乍变，猴山烟外鹤初飞。

雒阳暖艳催花发，太皞春光簇马归。

回首便辞尘土世，彩云新换六铢衣。

诗人用化龙登仙比喻自己中第，欣喜之状，难以言表。而及第后的他犹如沐浴着朝阳暖艳和太峰春光，再回首曾经数次落第的自己，现在已经脱去青袍换品服，焕发新生，这种兴奋、喜悦、激动之情毫不掩饰地流露出来。

至此，韦庄的科举之路总算告一段落。他以为自己中举之后便是站立在朝堂之中，施展自己的才能与抱负。只是现实不遂人愿，他最后只被任命为"草诏"的校书郎。

韦庄及第后，唐王朝也到了油尽灯灭之时。他只是个校书郎，无所事事，加之不断的动乱，韦庄最终选择入蜀入仕，这个决定从此也让后人对韦庄的人品产生质疑。但不可否认，在仕蜀的九年里，韦庄从左散骑常侍、判中书门下事，定开国制度，最后升至吏部侍郎、同平章事，成为蜀地宰相。蜀地在韦庄的协助治理下，渐渐繁盛并成为文人的聚居之地。可以说，韦庄不仅达到了自己仕途的顶点，也达到了那个时期仕人理想的巅峰。

902年，韦庄在成都寻得杜甫遗址，经过一番修葺，结茅浣花溪。经历了大半生的艰难岁月后，他在垂暮之年终于寻得一方栖身之地，宁静祥和地过完自己的余生。只是他念念不忘的大唐与故乡洛阳，终究是回不去了。910 年，七十四岁的韦庄长眠于浣花溪畔。这位洛阳才子终是应了《菩萨蛮》中的预言，在他乡老去：

菩萨蛮

洛阳城里春光好，洛阳才子他乡老。

柳暗魏王堤，此时心转迷。

桃花春水渌，水上鸳鸯浴。

凝恨对残晖，忆君君不知。

　　洛阳城中春光明媚，但我这个洛阳才子却要在他乡中老去了。眼前的魏王堤上，杨柳依依，浓荫茂密。而我心怀隐痛，满心凄迷，惆怅不已。桃花红艳，清澈春水，双双鸳鸯嬉戏水上，只是这些都不是洛阳之景。眼前春光缭乱，但心中却是思乡之意。面对夕阳残晖，所有的怨悲都压上心头。我也只能把一腔相思之情凝结成的丝丝愁恨，化解到落日余晖之中。

　　在诗中，他极写对洛阳的眷恋，才子他乡老，心念君主，一片归子之心在浴水鸳鸯的衬托下更显落寞。

　　纵观韦庄一生，不可谓不传奇。在民不聊生、战火离亡的年代，他经历了家破人亡，人到中年依然朝不保夕，其状戚戚。但幸运的是，几经战乱，他依然毫发无损。尤其漂泊了几十载后，终于在花甲之年登科及第。只可惜国运衰微，他只能在异乡去实现自己的政治抱负。

但他又像晚唐知识分子悲剧人生的缩影，他怀着报国之志，却总是无门而入，终于得偿所愿，却又到了大唐帝国风烛残年的时刻。他就像浮萍，身不由己却又随遇而安，在自己的世界里，随着自己的一次次抉择，抓住了自己的命运。幸运的是，最后位极人臣，封侯拜相，终于不负一生。

罗隐：

得即高歌失即休，多愁多恨亦悠悠

——十上不第是痴人

自遣

罗隐

得即高歌失即休，多愁多恨亦悠悠。

今朝有酒今朝醉，明日愁来明日愁。

人生能有几多欢乐的时光呢？风光得意时就放声高歌吧，那样等到失意时也不必太过怅惘，一切都随他去吧。世间的愁恨如长江水般悠悠不尽，可又怎样呢？今日有酒就痛快畅饮喝他个酩酊大醉，明日的忧虑就等明天再烦愁。

这是罗隐劝慰自己的一首小诗。罗隐生活于晚唐时期，此时因战乱动荡，众人都在为自己的命运奔波，诗坛上也很难再看到盛唐时的恢弘气象，反而因身处这动乱的时局里，众人汲汲于一己之得失。

他们很少写民不聊生的战乱生活，更多的是把目光投注在自己身上。他们亲历了和亲友的生离死别，目睹了百姓在战乱中命如草芥的悲凉，经历过朝不保夕的苦难。所有这一切都警醒他们应该远离政治，回到自己的小世界，吟花弄月，把酒言欢，"今朝有酒今朝醉，明日愁来明日愁"，唯有醉生梦死才是消解悲情的不二法门。

罗隐在这大时代的洪流里，不可避免地承受着时代给予他的残酷。他参加科举考试十多次，却累举不第。直到五十五岁，他才东归入钱镠幕后，结束了漂泊的生活。

罗隐生于唐文宗太和七年，本名横，因为累举不第，悲愤之下，遂更名为"隐"。在封建时代，受儒家思想的影响，入仕为官是绝大多数文人的终极理想。对于处在社会中下层的寒门士子来说，登科入仕是他们重振家风，实现自身价值的唯一出路。心怀天下百姓的罗隐自然也是如此，他希望自己能通过科举入仕，把自己的政治理想付诸实践。于是，他耗费了二十七年的光阴来做一件事——科举。他执着于科考，却又屡屡试败。

这当然并非他没有才能，而是在科场腐败、唯亲是用的晚唐，科举早已丧失了它的公正性。出身论门第，做官靠援引，科举也只是徒留形式。罗隐身为"江左孤根""姓氏单寒""族惟卑贱"，既没有显赫的家世，也没有权贵的引荐，自然是屡考不中。

其实，这一切也有迹可循。自中唐以后，科场竞争愈演愈烈，士子及第或因为出身清贵，或因为朋党相干，或因为有高官显贵提携，甚至趋谒权门、贿赂请托、卖身投靠，无所不用，以致科举曾一度被权豪所把持，一般寒士几乎不得仕进。为了求得科举及第，罗隐也曾写下了许多以期援引的投谒诗文，只是他的投谒诗文都是自己所写的讽刺当时时局的《谗书》，自然不被显贵喜爱。

咸通八年，他来京师已经七年。生活穷困潦倒的他迫于生计，将自己这几年写的杂文编为《谗书》，四处投献，希望能有所获。只可惜，一直到光启二年，整整十五年的时间，他依然无所获。

起初，罗隐对落第只是发出无奈的悲叹，对未来自己能应举及第还抱有信心。比如，他写下《下第作》：

下第作

年年模样一般般，何似东归把钓竿。

岩谷谩劳思雨露，彩云终是逐鹓鸾。

尘迷魏阙身应老，水到吴门叶欲残。

至竟穷途也须达，不能长与世人看。

他以"岩谷"自喻，以"雨露"喻皇恩，以"鹓鸾"喻豪门士子，热切地渴望中举。但是，功名总是降临在出身于豪门世家的贵族士子身上而与他无缘，一年年的奔波和努力最终竟是徒劳。

他平静的言语背后是深深的无奈和"大道如青天，我独不得出"的悲苦。在末句反用阮籍穷途而返的典故，流露出自己有朝一日必能科举入仕的坚定信念。即便如今的他已经屡次落第，但"长风破浪会有时"，只要自己再坚持一下，必然能够仕途通达而不再为世人所轻视。

就好比"久病成医"，屡次科举屡次不中的罗隐，也终于开始明晓此中的蹊跷。对于科考，他不再是信心满怀，反而是进行痛心疾首的讽刺。他写下《长安秋夜》：

长安秋夜

远闻天子似羲皇，偶舍渔乡入帝乡。

五等列侯无故旧，一枝仙桂有风霜。

灯歆短焰烧离黍，漏转寒更滴旅肠。

归计未知身已老，九衢双阙夜苍苍。

他起笔欲抑先扬，写自己曾以为天子是个圣明君主，能有辨识贤臣的慧眼，于是放弃闲适的家乡生活，远赴京城，踏上了科举之路。只是在经历了数次落第后，不得不幡然醒悟：科举考场上，权贵小人唯亲是用，而自己出身寒门，亲戚故旧中没有达官显宦，又缺乏长袖善舞的本领，中举实在是遥遥无期的事情。

现在回想起自己挑灯夜读的过往，又感慨客居异乡的悲切。现在的自己孤独无依，能去投靠谁呢？即便投靠，又有谁能接纳自己呢？自己的故乡已经难回，自己的前程又在何方呢？

此时，罗隐对自己累举不第的原因已经有了清醒的认识，他的愤激终于难以遏制地喷薄而出，直斥黑暗。

最终，罗隐对科举及第不再报希望，决定由京师长安东归还乡了。他在《东归》中写：

东归

仙桂高高似有神，貂裘敝尽取无因。

难将白发期公道，不觉丹枝属别人。

双阙往来惭请谒，五湖归后耻交亲。

盈盘紫蟹千卮酒，添得临歧泪满巾。

　　他以"（苏秦）说秦王书十上而说不行，黑貂之裘敝，黄金百斤尽，资用乏绝，去秦而归"来自喻。在这二十七年里，自己为了能求取"仙桂"功名，尝遍了人情冷暖，甘愿在京城中过着穷困潦倒的生活。只是原以为世间自有公道在，凭着自己的才学定会金榜题名，可是从满头青丝熬到两鬓白发，蟾宫折桂始终是可望而不可即。

　　远离家乡，客居异地，最后却是登科无望，处境困窘。此时，回乡似乎是最好的安居。可是，孤傲的他不想以落魄布衣的身份重返家乡。他内心矛盾又痛苦，觉得自己无颜见江东父老，羞于和亲朋来往，却也不愿为了那仕途，真的放弃自己的风骨，去请谒权门，做曾经最令自己不齿的那类人。这种惭愧矛盾的心绪在《东归途中作》中表现得更为浓烈：

东归途中作

松橘苍黄覆钓矶，早年生计近年违。

老知风月终堪恨，贫觉家山不易归。

别岸客帆和雁落，晚程霜叶向人飞。

买臣严助精灵在，应笑无成一布衣。

　　回乡本来是一件开心的事，然而此时在罗隐看来，却是自己最无奈的归宿。他相当于逃离了京城，二十多年的付出，最后竟然一事无成，以贫穷困窘的身份回乡实在是走投无路之举。想到汉武帝时会稽人朱买臣和严助俱是显贵回乡，罗隐心中不禁充满了辛酸。族人期盼的是衣锦还乡的名臣，而自己却蹭蹬多年，始终布衣，"应笑无成一布衣"，怅惘失意的情绪在此刻再也掩藏不了了。

　　"青云路不通，归计奈长蒙。"罗隐怀着匡时济世的抱负，却始终没有遇到属于自己的伯乐。他立志功名而功名不就，穷愁失意的生存状态迫使他对功名采取超然的态度。想归隐山林却又不甘抛掷红尘，儒家思想让他推崇的是像范蠡一样功成身退的名臣，他理想中的归隐是以"功成"为前提的。为此，他执着科考，浓重的进士情结让他难以释怀、欲隐不罢。

　　于是，在罗隐的诗中，我们仿佛总能看到一个枯瘦的文人在为自己的不幸遭遇吟咏悲叹，他苦闷怅惘、愤激不平。但是，孤傲的文人风骨又在一次次地提醒他不可屈于权势，媚于权贵。这在当时，是最难得可贵的。所以，他的诗中总有一种晚唐诗坛里缺少的雄健与沉郁，尤其是他的讽刺艺术对后世产生了深远的影响，通俗又富有哲思的议论的笔法也掀开了宋朝诗坛的一角。

枕上诗词

宋词里的烟火人间

一水间 —— 著

哈尔滨出版社
H.P.H
HARBIN PUBLISHING HOUSE

图书在版编目（CIP）数据

枕上诗词. 宋词里的烟火人间 / 一水间著. -- 哈尔滨 : 哈尔滨出版社, 2023.12
ISBN 978-7-5484-7645-0

Ⅰ. ①枕… Ⅱ. ①一… Ⅲ. ①宋词—诗歌欣赏 Ⅳ. ①I207.22

中国国家版本馆 CIP 数据核字（2023）第 235064 号

书　　名：**枕上诗词. 宋词里的烟火人间**
ZHEN SHANG SHICI. SONGCI LI DE YANHUO RENJIAN

作　　者：一水间　著
责任编辑：孙　迪
封面设计：仙　境
内文排版：张佳月

出版发行：哈尔滨出版社（Harbin Publishing House）
社　　址：哈尔滨市香坊区泰山路 82-9 号　　邮编：150090
经　　销：全国新华书店
印　　刷：三河市双升印务有限公司
网　　址：www.hrbcbs.com
E-mail：hrbcbs@yeah.net
编辑版权热线：（0451）87900271　87900272
销售热线：（0451）87900202　87900203

开　　本：880mm×1230mm 1/32　　印张：20.5　字数：420 千字
版　　次：2023 年 12 月第 1 版
印　　次：2023 年 12 月第 1 次印刷
书　　号：ISBN 978-7-5484-7645-0
定　　价：138.00 元（全3册）

凡购本社图书发现印装错误，请与本社印制部联系调换。
服务热线：（0451）87900279

宋 赵佶 听琴图

北宋　王居正　纺车图

北宋　赵令穰　陶潜赏菊图

道成不怕丹梯峻
髓實常跧石櫺寒
不戀世間名與貴
長生自得一元丹

賜王都提舉高壽

宋 馬遠 松寿图

序

乍暖还寒时，最宜卧榻读宋词，摊开书卷，走一遍词中的烟火人间。

都说在诸多王朝之中，宋朝的审美最为高级，生活方式也最为风雅。弈棋观画、调香烹茶、听风抚琴、饮酒赏花，不说是文人雅士，便是在城中的普通百姓群里，这些爱好与追求也大为普及，也可以说是极为日常。于市井之中著风华，喧嚣之处自清雅。热闹中透着清静，烟火里生出诗意。

难怪有人感慨：最适合现代人穿越的朝代——宋朝，毕竟上下五千年，怕是没有哪个朝代，能比宋朝人更懂得美、懂得生活了。

和着细雨落入水面的声音，同前蜀宰相韦庄共躺画船之上，枕着软侬的吴歌，浸润在江南烟雨的梦境里，不去想那些战火和离愁。再和温庭筠去共赏闺中佳人身上那绫罗襦裙上用金丝线刺绣着的鹧鸪。

明明方才听到李后主同他心爱的大周后二人在宫廷里合奏《羽衣霓裳曲》，画面一转，便只能从后主饮下鸩酒后闪烁的泪光里，依稀再见曾经那个繁华锦绣的南唐江山。

朔风劲吹，落木萧萧，一派苍凉悲壮。大宋一代名相范希文心怀天下，忧国思民，辗转反侧，难以入眠。云山苍苍，江水泱泱。透过历史的缝隙，我们看到那个操着绵绵吴语的南方才子是如何义无反顾地来到这黄尘蔽日战火纷飞的陕北。

再看长亭送别的柳三变，在听到寒蝉凄切后冷落伤情的泪眼叫人心生凄婉。

是谁竹杖芒鞋沿溪而行？不问风雨不问晴。扣舷独啸，不知今夕何夕。苏东坡唱着"大江东去"豪放的歌，以明月起兴，将人生中的诸多苦恼尽数揉作酒盅里的豁达乐观。泡上一杯浮着雪沫乳花似的清茶，嚼上一口山间嫩绿繁荣芦芽蒿笋，感受着人间有滋味的欢愉。当然，杭州的苏公堤上，更不能少了东坡肉的美谈。

清新婉丽的晏几道，惆怅忆着当年心字罗衣的小蘋，踏着旧日的谢桥，梦里度相思；摇一手墨字折扇的秦少游，徘徊在轻烟小楼里，数飞红万点，纤云弄巧，看自在飞花与无边丝雨。

再随欧阳修远离污浊朝堂，寄情山水，在醉翁亭里饮下逍遥酒，护一方百姓安乐；同王安石一起登楼远望，叹故国已处深秋。

试问闲愁都几许？情深如厮的贺梅子翩然写下"一川烟草，满城风絮，梅子黄时雨"。

那些年里，马蹄踏碎梨花香，道是数不尽的大宋风雅。

后来，一朝山河色变，是君王被俘的靖康耻风尘跌宕落笔难诉。

金甲胄，明月铠，夜风一席草木急，残阳照血光。彼时宋词的河山里，激扬着的是英雄的热泪，将那上下阕酝酿得淋漓酣畅，荡气回肠。

沙场点兵正肃杀，剑刃舔血是寻常。头颅高悬，歌声悲切。枕梦与现实来回闪烁之间，且看辛稼轩化身为寒气料峭的剑，杀伐皆不停歇。再同岳武穆收拾旧山河，笑谈之间畅饮匈奴热血。

"红酥手，黄縢酒，满城春色宫墙柳"，在斑驳的沈园里，陆游与唐琬这对恩爱夫妻不能常相厮守，亦记着陆放翁离世前仍念念不忘的故国叮嘱。

李易安，从历史长河里走出的奇女子。她用豆蔻年华的青春、寂寞深闺的愁丝、国破家亡的落寞谱写了婉约绮丽荡气回肠的词句。

再后来，回首少年事，城外依稀旧时节，屋檐细雨晚间溪水清清。世事如大梦一场，鬓已星星也，再不复少年听雨时。

拈一颗蒋捷词中的鲜红樱桃，辗转间，便同宋词活了这热气腾腾的人间一场。

花间派是我国词学史上的一个重要的艺术流派，由于注重锤炼文字与音韵的讲究，花间词派也形成了独特的隐约、迷离、幽深的意境。从内容到形式，它对后世文人词的创作具有深远的影响。宋初的词作除了受南唐词的影响外，更多的是继承了花间词，在内容和形式两方面都没有太大的变化。内容上，写相思离别及伤春悲秋仍是词作描绘的主要方向和主要内容。从艺术上看，花间词对宋词的影响就更加明显，北宋初年的词多为小令，沿袭了花间词在语境和字句方面的特点。

本书名为《宋词里的烟火人间》，但也收录了三位非宋朝但实为花间派的扛鼎人物：被誉为花间派鼻祖的温庭筠，以及与温齐名的前蜀国宰相韦庄、南唐后主李煜的老师冯延巳三人。

目 录

宋　刘松年　携客访友图

上卷

花间派·似花间见，双双对对飞

温庭筠：

花间词祖是飞卿

花间词诞生于晚唐五代时期的西蜀，作为最早的流派之一，在词的发展史上占有重要的地位。"花间"二字则是出自唐末后蜀词人张泌的"似花间见，双双对对飞"一词。

花间词派的形成，与当时动荡的政事时局有着千丝万缕的关系。晚唐动荡，西蜀苟安，朝中君臣狎妓宴饮，整日醉生梦死，耽于声色犬马。世风颓靡下，士大夫们的心态早已不是当初的以拯救天下苍生为己任，而是沉迷于虚幻的歌舞升平之中。而这个时期的诗人们的才情也不足以在中唐诗歌的振兴繁荣中"杀出重围"，于是索性转变笔调，连同着审美情趣也偏向浓艳色彩，以"绮罗香泽"为主，极尽婉转柔媚。

婉约，是宛转含蓄之意。西晋文学家陆机曾在《文赋》中提道："或清虚以婉约。"在词史上，宛转柔美的风调相沿成习，由来已久。不可否认的是，花间词是婉约词派的前身，由此开启了婉约词风气之先，在词史上有着不可替代的"开山"地位。这其中，温庭筠则是当之无愧的花间词宗。

温庭筠，这是一个在很多人听来都觉得极美的名字。不过，世事总是出乎人的意料，拥有这个让人浮想联翩的佳名的词人，却是相貌丑陋至极，人送绰号"温钟馗"。

丑到什么程度呢？可与钟馗媲美。

钟馗何许人也，一位被相貌所误之士。他虽才高八斗满腹经纶，奈何因面容丑陋致使殿试之中被除名，眼见报国无门，抗辩无果之下，将这一腔热血化为怒意与不甘，撞柱而亡。

当时，选拔官员有四条不成文的标准，如："一曰身，体貌丰伟；二曰言，言辞辩证；三曰书，楷法遒美；四曰判，文理优长。"

可惜，首条的外貌要求，温庭筠便不达标。《唐诗评选》里，用了"钟馗傅粉"来形容温庭筠。对此，后人有两层解读：一是说其如同敷了粉的钟馗，即使装饰了也难掩粗犷与丑陋；二是说温庭筠虽丑，但能写出华丽的词句，才华横溢。只是，不管是哪种解读，温庭筠终归是与这美貌皮相无缘了。

温庭筠从二十七岁就开始参加科举考试，多次科考皆落榜。有人揣测，形象不好可能是他接二连三落榜的诸多原因之一。毕竟，论才华，温庭筠可是能在当时考试极其严苛难考的"律赋"科里，八叉手而八韵成，荣获"温八叉"称号的人啊！律诗通常为八句，律赋是长篇的赋，也得押八个韵，并且还是"命题"定好几个字，考生必须根据定好的字来写赋押韵。

当然，相貌只是一回事，温庭筠本人桀骜叛逆，放浪形骸的性格也是极其不讨权贵的喜欢。

十七岁那年，因为才华过人，他被京兆荐名。二十五岁时，温庭筠来到京师参加科举。《旧唐书》里关于他的记载是："大中初，应进士。苦心砚席，尤长于诗赋。"

彼时刚来京城的温庭筠，自负才气，出自于书香门第，又乃唐初宰相温彦博之后，虽然后来家道没落，但孤高傲气仍然不减，早年又与庄恪太子李永交好，并不将城内的一干达官显贵放在眼里。比如，他曾讥讽宰相令狐绹是"中书堂内坐将军，无宰相之才"。令狐绹闻言大怒，一句话也断绝了温庭筠的科考之路，说其"有才无行，不宜与第"。

说起令狐绹为何对温庭筠如此言辞苛刻，二人之间的交恶也是有缘由的。

当时大唐皇帝宣宗酷爱《菩萨蛮》一曲词，为迎合宣宗喜好，身为宰相的令狐绹自然也是想要献上几首《菩萨蛮》。奈何身居高位的令狐绹执笔公文水平一流，对于这种花前月下的艳丽悱恻之词，却无从下手。于是，他便私下找了与自家儿子交好的温庭筠替自己捉刀。这等填词小事对于身为顶尖才子的温庭筠来说自然不在话下，只见笔墨翻飞之下，不消多时便已成多首《菩萨蛮》。令狐绹拿来以己之名献于宣宗，宣宗读后不住赞叹，甚为欣赏。按道理来说，因着几首小词，君臣关系更近一层倒也不失为一件佳事，奈何中间又横生了枝节。

早在令狐绹请温庭筠替自己代写之时，令狐绹就再三叮嘱温庭筠千万保密，切不可将代写之事泄露出去，让旁人知道。怎知温庭筠前脚答应，后脚便堂而皇之地告诉众人，令狐绹宰相呈给圣上的那几首被圣上青眼相加的曲词皆是出于自己的手笔，让令狐绹颜面尽失，一时沦为朝堂上下的笑谈。更为甚者，在温庭筠后面写的诗文里直接讥讽令狐绹为"中书省内坐将军"，暗嘲其虽贵为宰相，却不学无术。

照理说，一介文人，尤其是想要求取功名富贵的文人，能与权贵结交，机会何其难得，高兴巴结都来不及。偏偏温庭筠不走寻常路，蔑视权贵，将个当朝宰相讽得体无完肤，自己活脱脱给前途路上设了多个拦路虎与绊脚石！

据《南部新书》上说，宣宗读完温庭筠的词后，很是心悦。原本是要提点温庭筠为甲科进士，然而令狐绹挟私报复从中作梗，这件事便不了了之。

于是，几番科考失意惆怅，温庭筠瞬间也灰了心。

从前自认为"经济怀良画，行藏识远图"，而今皆为尘土。

既然科举前程无望，索性换了心肠，将这满腔抱负寄托诗词之上。

　　小山重叠金明灭，鬓云欲度香腮雪。懒起画蛾眉，弄妆梳洗迟。

　　照花前后镜，花面交相映。新帖绣罗襦，双双金鹧鸪。

　　　　　　　　　　　　　　　　　——《菩萨蛮》

晚唐五代女子间盛行画小山眉，词中女主人公在挽发簪花时，置放前后双镜，非常细致讲究。花容人面交相辉映，人面如花，娇俏艳丽。

表面看来，这首词写的不过是女主人公从睡醒后到梳妆打扮这一过程中的几个镜头，却能充分透露出她内心的复杂感受，做到神情毕现。这首词写的是闺怨之情，明面上却无一字点出，而是通过女主人公起床前后一系列的动作、服饰，让读者借机去窥视思索其中隐秘。鹧鸪成双，人却形单影只，华丽的衣着外表难掩内心的空虚寂寞。而词末"新帖绣罗襦，双双金鹧鸪"则是将温庭筠词里绮丽浓艳的风格展露得淋漓尽致。

温庭筠是第一位专力于"倚声填词"的诗人。在这之前，曲子词本是民间俗唱与乐工俚曲，不登大雅之堂。文人士大夫在花间酒畔信手作来，并不以正宗文学视之。可在温庭筠手里，这原本世人眼中不入流的词却被雕琢得清丽飞扬，文辞华美兼具雅意，也直接影响了后人对词的认知，纷纷效仿，从而使得词与诗篇分庭抗礼，争华并秀。

玉炉香，红蜡泪，偏照画堂秋思。眉翠薄，鬓云残，夜长衾枕寒。

梧桐树，三更雨，不道离情正苦。一叶叶，一声声，空阶滴到明。

——《更漏子》

《更漏子》一词的得名，原本来源于古代的计时办法。古人用铜壶滴漏来计时，将一夜分成五个刻度，称为"五更"。因此，唐人称夜间为"更漏"。温庭筠共写过六首内容相仿的《更漏子》，皆是借景抒情，抒发不同季节时空下的一位女子的相思之情。

秋夜寒冷漫长，对于心有牵挂的思妇来说最为难挨。一片寂静使室外空阶的雨声、叶声显得异常清晰，一阵接一阵，一声连一声，仿佛是在有意折磨她敏感而脆弱的心。这雨敲打的，何止是梧桐树叶与台阶，更分明是敲打女主人公那颗脆弱敏感的心。这首词被誉为是"温词之冠"，词中萧瑟凄凉的意境更是深深影响了后代女词人李清照的创作。

当然，温庭筠的这些词之所以能够打动人心，除了词人本身自带的高超文学技艺之外，更主要的是情真意切，作品本身便拥有着饱满深沉的情感。

为何能情真意切，这又要从温庭筠的另一种性格说起。

自古才子风流多情，温庭筠也不例外。《玉泉子》中记载，唐初宰相姚崇后人姚勖担任常州刺史时，很是欣赏温庭筠的才识。在听说温庭筠落榜之后，拿出重金赠予他，希望温庭筠能够一鼓作气，来年继续努力考取功名。怎知温庭筠拿了姚勖赠予的科考基金便直奔青楼，向青楼楚馆里的姐姐妹妹们细诉相思情意了。

有人说："无论文人怎样肆力去体会女子的心情，总不如妇女自己了解得真切；无论文人怎样描写闺怨的传神，总不如妇女自己表现得恰称。"如果光从真实的角度来说，古代并不缺乏以女子为主角的诗词作品，只是这些作品大部分是男子着笔，刻画得便没有那么贴切细腻。毕竟，在那个男尊女卑的时代里，男子是高高在上的，即便是创作文学作品里涉及女性，也总是用居高临下的态度去观察描摹，而能够用文学去刻画自己的女性少之又少。

温庭筠则算是一个奇葩与例外。作为拥有着"男子作闺音第一人"的美称的温庭筠，他具有音乐上的天赋、文学上的才情，又因其长期流连寄居青楼，同歌妓舞女交往甚深。所以，他在刻画女性心理、抒发女性情感方面，笔触便更为深婉和细腻。

唐宋期间的秦楼楚馆里的歌妓舞女，大多拥有较好的音乐文学素养，更有一些佼佼者，琴棋书画样样精通，因而多得文人士大夫青睐。可即便再得宠爱，也改变不了藏在华美衣衫金银珠宝下的玩物身份。

与整个时代风气相比，温庭筠与柳永倒是其中一股清流。他们对女性是尊重、平视且充满爱怜的。同是天涯沦落人，温庭筠时常将她们引为知音，用心倾听她们的苦痛与无奈、悲欢与离合，因而他的诗词里便也情真意切了。

温庭筠的词大多以女性做主角，刻画了众多形象各异的女子群像，个个有血有肉，鲜活灵动。这在整个唐宋文学史上都有着非凡的价值与意义，对于后世文学的发展也有着深远的影响。

温庭筠对于官场，是矛盾的，既不屑于其中的蝇营狗苟，又渴望着能身在其中，一偿胸中宏图夙愿。年轻时，因为狂放难束、洒脱不羁的个性得罪权贵，数十年不第。可在这郁郁落寞的悲怆和颠沛流离的坎坷中，诗词陪伴在他身边不离不弃，让他骄傲地活出了自己独一无二的姿态。

千百年后，历史尘烟散去，飞卿之词，依然如花间之蝶，在后人的心头盘旋蹁跹。

韦庄：
九曲人生逞诗意

街鼓动，禁城开，天上探人回。凤衔金榜出云来，平地一声雷。

莺已迁，龙已化，一夜满城车马。家家楼上簇神仙，争看鹤冲天。

——《喜迁莺·街鼓动》

894 年，朝廷殿试放榜。

一位年近花甲的老者在围堵得水泄不通的看榜人群里，不知哪来的力气，硬是挤到了榜前。他睁着已经浑浊的双眼，盯着那榜上的名单看了又看。待看清那榜上的进士名单里赫然写着"韦庄"二字时，一时间气血上涌，激动得说不出话，整个人沉浸在这巨大的喜悦中。待身旁的年轻人关切地问他"老人家你怎么了"时，他才反应过来，原来自己已是泪流满面。

从第一次科考落第到如今，已经过了四十多个春秋。从少年时的意气风发到如今鬓发染霜。这一次，他终于考上了进士啊！

在那个人均寿命在五十岁左右的晚唐，这位老者愿将四十余载的光阴都花费在科举考试上，也可谓是神人了。幸好，皇天不负苦心人，让他搭上了晚唐科考最后一程的末班车。

【一】

836 年，韦庄出生于长安京兆韦氏。

京兆韦氏，曾是一个非常显赫的名门望族，素有"城南韦杜，去天尺五"的说法。韦氏家族里出过不计其数的公卿、宰辅、尚书、高级将军等重臣，在唐朝时，京兆韦氏更是先后诞生了 17 位宰相。

只可惜，韦庄生不逢时，不能享受到家族荣耀的庇护和余荫。因为在他这一代时，韦氏早已家道中落。四世祖韦应物还能享受到祖上的照拂以门荫入仕，而韦庄想入仕途就只能凭借自己努力发奋读书，走科举之路了。

韦庄的童年生活是坎坷而又不幸的，在他尚未能记事时，父母便双双离开了人世，小小的韦庄要靠着同族亲人的救济才能勉强过活。

好在他自小孤贫力学，才敏过人，年纪轻轻就展现出了过人的文学天赋。为了生活，他曾远赴塞北，在北都留守刘潼幕下就职。

即使远在战火纷飞的北都太原，韦庄对于读书之事也没有丝毫松懈。读书治国平天下是所有传统读书人的心愿，韦庄也不例外。他无时无刻不在盼望着能够凭借自己的生平所学一举中第，步入官场大展宏图，也好光耀韦氏的门楣。

然而，理想是美好的，现实却是异常残酷。

青年时期的韦庄多次参加科举考试，然而屡试不第。每一次都是踌躇满志地去赶考，每一次都是失望而归。

不是他无才，而是这世道黑暗不公。当时的晚唐被宦官集团把控，朝臣争权夺利，天子之位形同虚设，国家早已从根部腐朽烂透。朝廷将许多有真才实学的考生拒之榜外，让很多心怀天下的读书人报国无门。

虽然屡考屡败，但韦庄从未放弃。他小心翼翼地珍惜着每一次的科考机会，哪怕希望总是一次次落空。

880 年，四十五岁的韦庄再一次落第，被科举拒之门外。这一年，还发生了一件大事，同为落第考生的黄巢在科举屡次落第后对腐败黑暗的唐末朝廷十分不满，继而产生了推翻旧王朝、建立新政权的远大抱负。就这样，黄巢一路率领叛军攻城掠地，打到了长安。

待到秋来九月八，我花开后百花杀。

冲天香阵透长安，满城尽带黄金甲。

——《不第后赋菊》

黄巢起义军来势汹汹，原本就处于风雨飘摇之中的大唐帝国瞬间坍塌。当然，黄巢起义军在给大唐致命一击的同时，也给人民带来了深重的灾难。

黄巢起义军进驻长安的两年多时间里，唐末农民起义发展到高潮。由于农民领袖的战略失策和李唐王朝官军的疯狂镇压，这场斗争变得空前残酷，而为这一切苦难与牺牲买单的则是无辜的黎民百姓。

韦庄也因此被迫羁留长安，战乱中与弟弟妹妹失散，忧思成病。直到第二年，韦庄逃离长安，来到了洛阳，才与弟弟妹妹重聚。

遍地的僵尸饿殍刺痛着韦庄的神经，而山河破碎的惨状更让韦庄无比痛楚。经过一段时间酝酿，他在东都洛阳创作了名扬千古的史诗《秦妇吟》。

> 昔时繁盛皆埋没，举目凄凉无故物。
> 内库烧为锦绣灰，天街踏尽公卿骨。

韦庄借一位逃难的妇女的口吻对唐末黄巢起义这一历史事件进行了描述，反映了战争给人民带来的深重灾难。整首诗情节曲折丰富，结构庞大严密，语言流丽精工。文章一经问世，便引起轩然大波，时人多为赞叹，而韦庄也因此而得"秦妇吟秀才"的雅称。

【二】

> 人人尽说江南好，游人只合江南老。春水碧于天，画船听雨眠。
> 垆边人似月，皓腕凝霜雪。未老莫还乡，还乡须断肠。
>
> ——《菩萨蛮·其二》

春季的江南果真是细雨绵绵，江上雾气不散，远处的青山碧水就如同一幅浓淡相宜的水墨画般映在眼前。在碧于天的江水上，卧在画船之中听那潇潇雨声，这种生活和中原的战乱比较起来，是何等的闲适自在。

当垆卖酒的江南女子清秀可人，卖酒时攘袖举酒，露出的手腕白如霜雪，让人不禁想起当年西汉的卓文君围垆卖酒时的飞扬神采。

韦庄想到了友人劝说着自己，何必还要再回故乡，回去了怕是追悔莫及。是啊，彼时天下大乱，故乡长安城早就沦陷于战火中，他逃亡时入目处都是血泪与疮痍。无数的绫罗绸缎珍宝玉器都被战火焚毁，长安城尸骨遍地。无论是公卿百官还是黎民百姓的尸骨，结局都是沦为马蹄下的一摊烂泥。

唯有这江南还没有经受战火的侵袭，保留着独一份人世的清新与温存。与长安城相比，这里简直就是人间天堂。

如今却忆江南乐，当时年少春衫薄。骑马倚斜桥，满楼红袖招。

翠屏金屈曲，醉入花丛宿。此度见花枝，白头誓不归。

——《菩萨蛮·其三》

在江南的那段日子，是韦庄一生中为数不多的悠闲时光。

在这里，没有来自生活的沉重压力，没有科举落第的无情打击，更没有战火肆虐的生死别离……有的只是一位骑着骏马，斜倚小桥，衣袂飘飘的俊俏郎君。

那是意气风发风流倜傥的韦庄。

寓居在江南的那些年，从浙西到姑苏，从湖州到杭州，从桐庐到睦州，再从江西到婺州……

从三秋桂子到十里荷花，从溪亭日暮到沧波荡晚，从青石小巷再到杏花烟雨……

凡是到过江南的人，无不被江南的美给俘虏。这片钟灵毓秀的土地是所有大唐文人骚客笔下至情至美的存在，韦庄自然也不例外。

韦庄在一路漂泊一路游历中尽览江南美景名胜，拜访故友，结交新好。

轻如控鲤初离岸，远似乘槎欲上天。雨外鸟归吴苑树，镜中人入洞庭烟。

那些时日，韦庄用一支饱蘸江南风韵的笔，写下了无数篇绮丽的颂词。

当然，江南越美，越会勾起流浪在外的游子的思乡悲愁。

时光荏苒，此去经年，故乡渺远不可归。

【三】

江南虽好，不如家乡。听闻北方的战乱被平定了，韦庄又快马加鞭地回到了长安。彼时已经五十八岁的韦庄在听闻朝廷科考正常举行后，再度满怀期待地投入到浩瀚的考生队伍中。

894 年，年近花甲的韦庄终于考中了进士。大抵是念念不忘，必有回响。他对于科考的那份执着与付出，终于被上苍眷顾。

五十九岁的韦庄被朝廷任命为校书郎，开始了他期待已久的仕途生涯。

朝廷给韦庄派遣的第一份公职，便是让他以判官的身份出使西蜀，去调解西川节度使王建与东川节度使顾彦晖二人之间的矛盾。

当时的唐朝有很多军阀，这些军阀拥兵自重雄霸一方，即所谓的"节度使"。而韦庄便是被朝廷派到了西蜀节度使王建那里去。

说来有趣，韦庄到西蜀后，并没有完成朝廷交给他的任务。因彼时的王建压根没有把这个只剩一副空架子的晚唐朝廷放在眼里，所以他没有理会唐昭宗的诏书，仍然击败顾彦晖，占据了两川之地。但是，对于韦庄，王建倒是十分认可并欣赏他的才华，非常诚挚地邀请韦庄担任自己的幕僚。

起初，面对王建的邀请，韦庄还处于观望犹豫状态。900年十一月，一场由宦官发动的宫廷政变让韦庄备感绝望，也彻底打消了韦庄的顾虑。在这场政变中，唐昭宗被囚禁，太子李裕被扶持为傀儡皇帝。

南北三年一解携，海为深谷岸为蹊。已闻陈胜心降汉，谁为田横国号齐。

暴客至今犹战鹤，故人何处尚驱鸡。归来能作烟波伴，我有鱼舟在五溪。

——《赠云阳裴明府》

诗中的田横是齐国的贵族后裔，陈胜、吴广起义抗秦后，田横也自立为王，起兵反秦，收复齐国旧时城邑，立田荣之子田广为王，自做相国。然待到刘邦一统天下后，他宁死也不愿称臣于汉。

韦庄在这里反用典故，表示他已下了投靠王建的决心。王建非常高兴，当即命他为掌书记。据《唐诗纪事》里记载："朝廷寻召为起居舍人，王建表留之。"

韦庄在担任西蜀掌书记期间，兢兢业业，尽忠职守，始终以保地方平安为己任。他不仅能够体察民情，关心百姓生活疾苦，于西蜀的政事上也做了不少的贡献。譬如，在避免内战方面，韦庄便做了两件大事：一是阻止了王建以"为祖上报仇"为由征讨朱全忠，避免了发自蜀内部的主动战争；二是识破了朱全忠欲吞并西蜀的诡计，避免了来自外部藩镇的被动战争。

如此优秀的韦庄自然更加深得王建的信任与重用，一举成为其心腹。

907 年三月，随着朱温篡唐，这个在中国史上辉煌了接近三百年的大唐帝国正式覆灭，从此开启了五代十国时期。

与此同时，王建在韦庄等人的拥立下，于成都称帝，国号蜀，史称前蜀。

韦庄因为拥戴之功，以及成功地策划了王建的登基典礼与祭祀大典，深得王建重用。于是，韦庄升迁为门下侍郎、同平章事，次年被升任宰相。这一年，韦庄七十三岁。

此后，韦庄将自己的余生所有精力都投诸西蜀的国家建设上。

无论是为西蜀网罗、荟萃四海名士，促进西蜀的文化发展，还是为西蜀制定开国制度、号令，采取刑政、礼乐等政治举措，韦庄都竭尽所能，为西蜀做到最好。

身为高官，韦庄从政清肃，勤于治理。关切黎庶，重视人民疾苦，抑制豪强。不恃权、不行私，自身清肃，深得西蜀百姓的爱戴。

诗人韦庄，总算在西蜀完成了自己少年时"有心重筑太平基"的愿望。

910年八月，韦庄在成都花林坊逝世，享年七十五岁，谥号"文靖"。

【后记】

文学史上说，同为花间词派的代表词人，韦庄又和温庭筠有着明显的不同。

王国维在《人间词话》中，这般评判道："温飞卿之词，句秀也；韦端己之词，骨秀也。"说的是，温庭筠的词就如"画屏金鹧鸪"一般，美则美矣，但无生命。又用"弦上黄莺语"来赞美韦庄的词，充满了清新活力。自温庭筠以来，文人词大多偏于绵密秾艳、柔软甜腻的风格。而韦庄在花间词人中却别树一格，与南唐词人李煜一样，为文人词另开了一个境界。

身处晚唐与五代，在这个历史的拐弯点，韦庄既经历了王朝的破灭，也见证了新政权的崛起。尽管大半生抑郁不得志，却始终没有放弃生平的夙愿。即便时间已经过去千年，我们仍然能从那深婉清丽的诗词中，感受到那份对命运的不屈与抗争。

孙光宪：
花间词中的别样清流

　　如果用一个字来概括花间词派的特点的话，那便是"艳"了。

　　毕竟，在《花间集》中，满眼都是红香翠软的意象，入目处皆是绮丽的词藻与香软的文风。花间词的"艳"主要表现在两个方面。首先是着笔于男女的燕婉之私，五代的词人们极力描摹着花前月下的绮丽爱情。其次是艳语，词人们将目光聚焦于红粉罗帐中的女性群体，将手指纸笔化作特写镜头，对准她们的身体部位，诸如"蛾眉""香腮""朱唇""纤腰"等，辞藻极尽软媚香艳之能事，叫人欲罢不能。

　　淡花瘦玉，依约神仙妆束，佩琼文。瑞露通宵贮，幽香尽日焚。

　　碧纱笼绛节，黄藕冠浓云。勿以吹箫伴，不同群。

　　　　　　　　　　　　　　　　　　——《女冠子·淡花瘦玉》

孙光宪被列为花间派重要词人代表之一，自然笔下也少不了这些艳语艳词。然而，更多时候，孙光宪清新秀逸、矫健爽朗的花间词风像是一股清流，除却艳情之外，大大地拓宽了花间词的格局词路。

【一】

孙光宪是地道的蜀州人，祖籍在陵州的贵平，与宋代大文豪苏东坡的故乡相距不远。话说回来，号称天府之国的四川的确是文人辈出，比如汉赋三大家司马相如、扬雄、王褒，唐朝的一代文学宗师陈子昂，以及盛唐的骄傲——诗仙李太白。

同许多动辄身世显赫，出自达官贵族的花间派词人不同的是，孙光宪祖上数代都是农民，家中条件并不宽裕。少年时的孙光宪凭着自己的勤奋苦学，成了家族中第一个读书人。

成年后的孙光宪负笈远行，开始了为期十多年的漫游求学生活。在资州、成都等地，他以文会友，结识了一些当时在蜀中颇具盛名的文人前辈与前蜀国官员，如牛希济、毛文锡等。在与他们的交往中，他深受其影响，开始了文学创作，并在词上崭露头角。也因时局大乱，他选择了日复一日、年复一年地醉入花间。

十五年来锦岸游，未曾行处不风流？好花长与万金酬。满眼利名浑幸运，一生狂荡恐难休，且陪烟花醉红楼。

——《浣溪沙》

他胸怀抱负，奈何时局大乱，容不得他一展所长。于是，只能在日复一日的酒楼红袖中寻得片刻放纵。这样恣意又颓废的生活，孙光宪在成都足足过了十五年。

925年，王衍投降后唐，前蜀国的历史走到尽头。这一年，孙光宪正好三十岁，正值盛年。他打破了寻常蜀人不愿离川的思维，从嘉州乘舟南行，前往江陵。这趟远行既是避难，亦是为自己另谋一片生路与天地。

无疑，孙光宪迈出的这一步是正确的，也是幸运的。

在这里，他遇到了生命中最重要的伯乐——同为蜀川人的梁震。梁震推荐他到南平第一代掌权者武信王高季兴幕下做"掌书记"，这个职位向来都由富有盛名的文人担任。但凡入职，都会得到武信王高季兴的倚重。高季兴割据南平，称为南平王。南平国在当时十国里算是一个非常弱小的割据政权，处于南唐、蜀、闽、楚等割据政权的包围之中。

此后，在高季兴死后，孙光宪又辅佐了南平国高从诲、高保融等三代统治者，都处在幕府中，分别任荆南节度副使、朝议郎、检校秘书少监、试御史中丞等官职，国王赠他紫金鱼袋。他忠心耿耿，位高权重，可以说是南平政权中的文胆与谋士，为南平政权在四战之地的危局中和平发展几十年作出了重要贡献。

【二】

北宋宰相司马光在《资治通鉴》曾经记载了孙光宪的一个

故事。

南平的第二代国君高从诲一直羡慕楚王马希范豪华奢靡的生活，时常对官员流露出向往与感慨。孙光宪听说后，便严词劝阻道："天子与诸侯，按礼制应有等级差别。而马希范目光短浅，僭越礼制，只知道骄奢淫逸，不知居安思危，又哪里值得羡慕呢？"高从诲听从孙光宪的劝谏，幡然醒悟，从此"捐去玩好，以经史自娱，省刑薄赋，境内以安"。

事实上，审时度势的孙光宪极具大局观念和长远目光。高继冲当国君时，宋太祖派慕容延钊等平定湖南，借道从荆州过，约定士兵从城外经过。大将李景威劝高继冲严密防守，却遭到孙光宪的呵斥。他早已看出，自北宋建立后，国家统一已是必然趋势。正所谓，历史大势浩浩荡荡，顺之者生、逆之者亡。孙光宪力劝高继冲归顺宋朝，封府库以待，将三州之地都献给宋廷。

归顺后，孙光宪也因他非同凡俗的胸襟与见识，受到了宋太祖赵匡胤的嘉奖与赏识，授予黄州刺史一职。

纵观孙光宪这一生，前半生坎坷流离，后半生位极人臣，可谓是两极反转。照说人生到此也算是志得意满了，兢兢业业地工作之余也应当享受人生。偏偏孙光宪不走寻常路，他酷爱文学，嗜好藏书，痴迷于读书写字。

"光宪每患兵戈之际，书籍不备，遇发使诸道，未尝不厚与金帛购求焉，于是三年间收书及数万卷。"通常在乱世，达官权贵往往喜欢收藏金银财宝到自己的府库里。可孙光宪却格外与众不同，他喜欢藏书，且每到一地，他都会花上重金购书，以致家中有藏书万卷。

《宋史》中记载道："光宪博通经史，尤勤学，聚书数千卷，或自抄写，孜孜雠校，老而不废。好著撰，自号葆光子，所著《荆台集》三十卷，《巩湖编玩》三卷，《笔佣集》三卷，《橘斋集》二卷，《北梦琐言》三十卷，《蚕书》二卷。"

这其中《北梦琐言》一书里，记录了不少唐代的政坛、文坛和民间的掌故，具有很高的史料价值。例如，"破天荒"一词便是出自于此。在唐朝时，凡赴京参加进士考试的举人，均由地方解送赴京应试。而当时荆州地区每年都解送举人赴京应考，可连接四五十年没有考中一人。于是，人们便将荆州一带称为"天荒"，并把荆州解送的考生称作"天荒解"。850年，刘蜕考中及第，打破"天荒解"，故称为"破天荒"。

【三】

前面说到孙光宪是与温庭筠、韦庄三足鼎立的花间派词人，但孙光宪对词的观点又不同于其他花间派词人。他素以文学自负，在荆南当官时仍怏怏不得志，认为在幕府中做幕僚并不能施展自己的文采词章，口中时常吟哦刘禹锡的词句："一生不得文章力，百口空为饱暖家。"

一次，他醉酒后，还对好友叹道："宁知获麟之笔，反为倚马之用。"他认为，对文学应该守寒素之心，无躁竞之心，才能达到最高境界。

> 蓼岸风多橘柚香，江边一望楚天长。片帆烟际闪孤光。
> 目送征鸿飞杳杳，思随流水去茫茫。兰红波碧忆潇湘。
>
> ——《浣溪沙·蓼岸风多橘柚香》

长满蓼花的岸边，清风徐徐，传来阵阵橘柚浓郁的果香。词人长身伫立在江边送别亲友，极目远眺，楚天寥廓，滔滔江水流向远方。那远去的孤帆，在水天交汇处泛起一点白光。

他默默地注视着鸿雁，直至雁儿飞离自己的视线，仿佛将方才的离别又经历了一遍。思绪也随着流水随波荡去，两处茫茫。只能在心底暗暗期盼待到来年兰花红透、江水碧绿的时候，再度同游潇湘。

孙光宪写了十九首《浣溪沙》，这首是其中较为出名的抒情词，是他在荆南任职时所写，借眼前深秋美景，来抒发炽热的惜别留恋之情。整首词句句写景，又句句含情，充满诗情画意。

对此，王国维在《人间词话》里亦不吝溢美之词："昔黄玉林赏其'一庭疏雨湿春愁'为古今佳句，余以为不若'片帆烟际闪孤光'，尤有境界也。"

值得一提的是，蜀人编辑《花间集》，收录了他的六十余首词。十国词人，除西蜀与南唐外，便只有他孙光宪一人而已。

> 鸡禄山前游骑，边草白，朔天明，马蹄轻。
> 鹊面弓离短鞴，弯来月欲成。一只鸣髇云外，晓鸿惊。

帝子枕前秋夜，霜幄冷，月华明，正三更。

何处戍楼寒笛，梦残闻一声。遥想汉关万里，泪纵横。

——《定西番·鸡禄山前游骑》

凄清的秋夜，远赴西番和亲的公主躺在枕头上，帐幕上凝结着寒冷的秋霜，看着三更明月洒下皎洁的月光。不知何处的戍楼上有人在寒夜里吹起横笛，忧伤的笛声将她从残梦中惊醒。遥想中原故国已远在万里之外，她不禁珠泪纵横。

孙光宪的笔触细腻温婉，寥寥数语便将一位身在异国的公主对于故国的思念愁绪画面给描摹得淋漓尽致。词中所吟咏的乡愁已超出女性化的情思，更多地刻画出戍边战士那种透骨思乡之愁。孙光宪将吟哦风月的花间词赋予悲凉沉雄的硬笔，更具男性化的力度、情味、意境。

孙光宪一生经历的都是混乱时期，生于晚唐，又经历五代，而后又归顺于大宋，兴许是丰富的人生经历造就了他别具一格的花间词风的特点。

他希望词能像诗一样对社会人生有教化的功能，就如白居易所主张的那样，"歌诗合为事而作"。像是咏史怀古、边塞征战、田家生活、隐逸情趣、南土风物等，在他的词作中均有表现。

石城依旧空江国，故宫春色。七尺青丝芳草碧，绝世难得。

玉英凋落尽，更何人识？野棠如织，只是教人添怨忆，怅望无极。

——《后庭花》

据《南史·后妃列传下》载，陈后主每引宾客，对张贵妃等游宴，使诸贵人及女学士与狎客共赋新诗，互相赠答。采其尤艳丽者，以为曲调，被以新声。其曲有《玉树后庭花》《临春乐》等，内容多赞张贵妃、孔贵嫔之容色。

作为一个清醒且理性的政治家，孙光宪喜欢写怀古和咏史词。五代十国天下混乱的情形同魏晋六朝极其相似，因此，六朝的兴衰可以作为政治上的借鉴。孙光宪就将审视的目光投向六朝的金陵，虽是客观地叙述事实，然而也流露出他对陈后主沉湎酒色、不恤国事的谴责之意，词中涌动着一股亡国之忧。

这种深沉的历史忧患感，在一众主题都为闺情相思与堆砌华艳辞藻的花间词中极为少见。孙光宪用他的笔告诉世人，花间词派也并非只有绮靡香软，亦能走出别样的恢弘浪漫。

冯延巳：
吹皱一池春水

《南唐书》里记载了一则旧事：

> 元宗乐府词云："小楼吹彻玉笙寒"，延巳有"风乍起，
> 吹皱一池春水"之句，皆为警策。元宗尝戏延巳曰："'吹皱
> 一池春水'，干卿何事？"延巳曰："未如陛下'小楼吹彻玉
> 笙寒'也。"元宗悦。

南唐重文，因为先主李昇、中主李璟、后主李煜都有着浓
厚的文艺情结，祖孙三人的文学造诣更是一个比一个高。时人
相传，南唐最主要的词人为"一冯二李"，"二李"指李璟和
李煜父子俩，"一冯"指的就是冯延巳。而那句后世传颂千古
的名句"吹皱一池春水"也正是出自冯延巳的《谒金门》一词。

> 风乍起，吹皱一池春水。闲引鸳鸯香径里，手挼红杏蕊。
> 斗鸭阑干独倚，碧玉搔头斜坠。终日望君君不至，举头闻

鹊喜。

——《谒金门》

春风乍起，吹皱了一池碧水，这本是春日再寻常不过的景象。可是，有谁知道，这一圈圈的涟漪却搅动了一位女性的感情波澜。凭借着对人物本身神情动作的细腻刻画，冯延巳将闺中少妇心烦意乱、孤寂难耐的心态展现得淋漓尽致。

作为词人，冯延巳无疑是非常成功的，他的词对于北宋乃至后世都产生了深远的影响。北宋建立后，冯延巳的词在百姓中广为流传，张先、范仲淹等文坛名人皆为他的忠实粉丝，宰相晏殊、欧阳修更以他为师，写词风格一脉相承。以至于清人刘熙载在《艺概》中说道："冯延巳词，晏同叔得其俊，欧阳永叔得其深。"

近代大学者王国维更是在《人间词话》中赞其"堂庑特大，开北宋一代风气"。能得到这么高的评价，纵览整个古代诗词史，也难以找到第二人了。

903 年，冯延巳出生于繁华富饶的江淮名邑扬州。其父冯令頵是当时出了名的仁厚之人，曾侍奉过南唐开国皇帝李昇，深受李昇器重，官职做到了吏部尚书。所以，冯延巳一出生便是一个标准的官二代。

冯延巳天资聪颖，再加上从小就接受良好的教育，因而小小年纪便已精通诗词书画。待到再年长一些，他更是展现出了超出常人的胆识与机智。

十四岁那年，他随父亲去赴任，一人独自去探望身患重病的歙州刺史骨言。当时，城中谣言四起，将士军心不定。可自冯延巳从刺史府出来说了一番话后，全城军民百姓竟都各安其职，再无揣测。

二十八岁那一年，冯延巳因为父亲的关系，得到了南唐先主李昪的召见。

李昪对于眼前这个才华横溢谈吐不俗又风度翩翩的少年郎很是欣赏，授予他秘书郎一职，更是安排他陪同自己十五岁的太子李璟读书交游。二人亦师亦友，随着年岁的增长，私谊更深。

943 年，李昪因丹药中毒，导致背上生疮，在升元殿去世。太子李璟继位，史称南唐中主。中主即位后没多久，便任命冯延巳为谏议大夫、翰林学士。两年后，冯延巳更是升任中书侍郎拜同章事，正式成为南唐一朝的宰相，时年不过四十四岁。

话说回来，冯延巳年纪轻轻便能担任一朝宰相这样的高职，虽然其中不乏裙带关系，但更多的还是靠着他自身过人的才华。

他擅辩论，口才极其了得，同人辩论起来口若悬河，无人是其对手。宋初《钓矶立谈》赞其"辩说纵横，如倾悬河暴雨，听之不觉膝席而屡前，使人忘寝与食"。

他擅书法，且颇具初唐名家虞世南的神韵。清初《佩文斋书画谱》将他列为南唐时期十九位著名书法家之一。

他更擅文章词句，以至于他的政敌虽然轻视他的人品，但对于他的文学才华，却也是深深认可。据说，当时冯延巳当上宰相后，朝中大臣多数不服，都认定他是依仗着中主的宠信上位。大臣萧俨更是极为痛恨冯延巳的为人，几次在朝廷攻击冯延巳。在这其中，更为人所知的是冯延巳与同为宰相的孙晟之间的"暗流涌动"。

"（孙晟）累迁左仆射，与冯延巳并相。每鄙延巳，侮诮之。"

当然，冯延巳也瞧不起孙晟，有一次还当面问孙晟是凭什么得到这个相位。只不过，孙晟颇具讽刺意味的回答让冯延巳哭笑不得。陆游所著《南唐书·冯延巳传》里，记载了孙晟的话："鸿笔藻丽，十生不及君；诙谐歌酒，百生不及君。"说的是孙晟大方承认了冯延巳过人的才华，觉得自己在这方面哪怕再活十辈子也难望其项背，然则话锋一转，暗嘲冯延巳也正是靠着词章献媚取悦君王。

事实上，孙晟倒也没有夸大其词。冯延巳早年在仕途上能够如此一帆风顺飞黄腾达，这其中他的诗词华章的确功不可没。

就词而言，冯延巳的成就在五代时期不但最为丰硕，而且存词数量最多，在世时就得到李璟、李煜这两位著名的文艺君王的喜爱和推崇。也正是因为有着这两位伯乐君王的赏识，冯延巳在诗词这块文学天地里可以尽情施展自己所长，大放异彩。

词作为一种文学样式，始于南梁，形成于隋唐，五代十国后开始兴盛，到了宋代达到顶峰。但与"血统高贵"的诗赋相比，词的地位起初很是低微。《旧唐书》上记载："自开元（唐玄宗年号）以来，歌者杂用胡夷里巷之曲。"这就是说，词被视为伶人的专利，属于流行歌曲，出现的场所多数是在宴饮、娱乐时，加上当时多数的词大多是反映爱情相思之类的题材，所以它在文人眼里是不可登大雅之堂的，处于"靡靡之音，君子不为"的尴尬境地。

可到了冯延巳笔下，词已经得到了升华，从单纯对宴饮娱乐的描写上升为知识分子对个人情怀的书写与咏唱，拓展了词的境界和表现力，也确立了南唐诗词在中国艺术史上的崇高地位。在《人间词话》里，王国维更以"（词的雅化）始于冯延巳，完成于李后主，变伶工之词而为士大夫之词"，高度肯定了冯延巳在词发展过程中的转折意义。

当然，他的词不乏花前月下、男欢女爱的相思，但词中的一些精品佳作却已超出花间词的窠臼，哀而不伤、思而不艳、含蓄蕴藉、雍容娴雅，在有意无意间渗透着一种对于时间及生命的忧患意识，大大丰富了词的思想内涵。

　　春日宴，绿酒一杯歌一遍。再拜陈三愿：

　　一愿郎君千岁，二愿妾身常健，三愿如同梁上燕，岁岁长相见。

——《长命女·春日宴》

这首词借着妻子的口吻写给夫君，表达的是一位贤淑妻子对于自己丈夫的忠贞和"岁岁长相见"的真挚愿望。虽述爱情，可冯延巳借助了春日、绿酒、情歌、呢喃燕语这些物象，构成了极美的意境。整首词格调清新脱俗，语浅情深。

> 雨晴烟晚。绿水新池满。双燕飞来垂柳院，小阁画帘高卷。
> 黄昏独倚朱阑。西南新月眉弯。砌下落花风起，罗衣特地春寒。

——《清平乐·雨晴烟晚》

细雨初过，万物清新，淡烟朦胧，笼罩在小池之上。碧水涨满了春池，水波潋滟，池中倒影氤氲一片。垂杨小院，柳叶新裁，一双燕子斜掠而过，小楼上佳人高卷画帘，似乎在邀燕还巢。

写本词时，正值南唐朝廷里党争最为激烈的时候，使得李璟无奈只能痛下决心，铲除党争。冯延巳身处乱流中心，自然是不可避免地受到了打击，一腔苦闷便只好寄托于词笔之上了。近代知名学者俞陛云在《唐五代两宋词选释》中认为："纯写春晚之景。'花落春寒'句论词则秀韵珊珊，窥词意或有忧逸自警之思乎？"

明面上看，这是一首闺情词，词中将女主人公那种淡淡的哀怨与怅恨于微婉的格调中淡淡流出。朦胧蕴藉、幽微深隐的情感境界正是"冯词"的特色之一。他的词不仅仅是精美的物象，也绝不是由具体的事件引发情感，而是烘托一种情感的境界，一种幽微深隐、难以言说的情怀。

冯延巳的词句向来清雅唯美，虽仍属花间，但并无丝毫脂粉浓艳之气。他很少对女人的容貌体态进行刻画，更多的是写一种感情的境界，通过景物意象的勾勒来表达情思。拒绝情事的直接描述，而是揭示雅致优美的意境感发的心绪，开阔荡漾，情调极为雅致。

当然，除却这些，让冯延巳的词很符合士大夫文人的艺术脾胃的最核心的点，便是他的词中境界十分高远。他写的那些词篇里，很多是对家国前途的担忧及个人命运的挣扎。

谁道闲情抛掷久。每到春来，惆怅还依旧。日日花前常病酒，敢辞镜里朱颜瘦。

河畔青芜堤上柳。为问新愁，何事年年有？独立小桥风满袖，平林新月人归后。

——《鹊踏枝·谁道闲情抛掷久》

开篇仅七个字，便将这抛不得也挣不脱的盘旋郁结于心的苦痛给道来，对此种感情之所由来，却并没有明白指说，而只用了"闲情"二字。事实上，这种莫知其所自来的"闲情"才是最苦的。

冯延巳所处的南唐是一个很有意思的小国，五代时偏安一隅，进难攻、退难守，国家前途堪忧，几代国君于政事上平庸无能但极具文采。国内没什么杰出的政治军事人才，反而政治纷争不断。作为两朝元老的冯延巳难以摆脱各种旋涡，从四十四岁开始当宰相到五十六岁最后一次罢相，其间经历四次罢相。居庙堂之高，他有心建树，想要有所作为，却因为特定时代文化差异等原因，时常受到同僚的弹劾、讥讽，不被众人所理解。

"独立小桥风满袖，平林新月人归后。"于是，他一个人倔强又孤独地站在桥上，屹立不动，任凭寒风灌满了他的袖子。光是想想画面，都充满了悲剧感。

身在一个必亡的国家，大厦将倾，作为一个宰相，却无能力去挽救国之危亡，这些不可言说的悲苦盘旋郁结于心，唯有诉诸笔端。

陆游在《南唐书》中，对冯延巳丝毫不留情面，大加批判，认为他在任职期间的无所作为是导致南唐灭亡的重要原因之一，并将他列入了奸党一族。不可否认，比起在文学上的卓越成就，他在南唐国家政治上的贡献确实微乎其微、渺乎其渺。

960 年，冯延巳因病去世，终年五十八岁。在他死后的第十五年，南唐被大宋所灭。

纵观冯延巳这一生，在宦海浮沉的官场上声名不佳，但也历经两代君主、四度拜相，死后得一个"忠肃"的美谥，也算是圆满。

欧阳炯：
行间句里，有清气往来

　　镂玉雕琼，拟化工而迥巧；裁花剪叶，夺春艳以争鲜。是以唱云谣则金母词清，挹霞醴则穆王心醉。名高白雪，声声而自合鸾歌；响遏青云，字字而偏谐凤律。

　　杨柳大堤之句，乐府相传；芙蓉曲渚之篇，豪家自制。莫不争高门下，三千玳瑁之簪；竞富樽前，数十珊瑚之树。则有绮筵公子，绣幌佳人，递叶叶之花笺，文抽丽锦；举纤纤之玉指，拍按香檀。不无清绝之辞，用助娇娆之态。

——《花间集叙》

　　词本是"曲子词"的简称，原是唐代流行的杂曲歌词。最初不过是为歌女所唱，为达官、富户、文士、商贾侑酒助觞而已。随着唐代经济的繁荣，唱词之风也随之而起。词家朝成一曲，夕入管弦，"旗亭画壁"已成为历史佳话。下至晚唐五季，唱词者与作词者互相配合，交相鼓舞，词便日益繁盛。

　　中唐以后，文人偶或为之，其后渐盛。当年还未篡唐成功的朱全忠曾作《杨柳枝词》五首进献唐昭宗，可见当时词已流行。后唐庄宗李存勖还曾自撰词："凡用军，前后队伍皆以所撰词授之，使揭声而唱……至于入阵，不论胜负，马头才转，则众歌齐作，故凡所斗战，人忘其死，斯亦用军之一奇也。"

晚唐词家温庭筠独创"花间派"，风靡一时，辞藻浓艳华美，香软绮丽，充溢着让人浮想联翩的脂粉气息。温词影响巨大，以至于唐末及后面五代的词人大多承袭其旧风。

值得一提的是，在大一统的唐宋帝国之间穿插着的那些短暂的割据政权里，后蜀对文学的贡献绝不容小觑。事实上，这个割据的小王国，在文化上的成就，相比那些相对历史长一点的大一统王朝来，也不遑多让。

880年，黄巢率领农民起义军攻克长安，唐僖宗与少数宗室亲王逃至成都，至僖宗光启元年正月才返回长安。跟着帝王宗亲入蜀避难的，还有大批宫廷官宦、文人及乐工。因此，蜀地的统治者保留了习惯以平移视野观察华美事物的唐末皇族的审美心理。

经历乱世流离之后，身心皆疲的唐末五代西蜀文人逃避现实人生，以醉入花间作为安定心灵的主要手段，造就了绮艳的时代贵族审美心理。当时，中原动荡，戎马倥偬，笔砚难安。唯独西蜀、南唐，较为僻静安宁，君臣能够苟且求安，索性寄情声色。在这种社会情况下，花间词曲如新雨后的春笋，不断地应运而生。此后，更是影响着后蜀的文化气韵和整体格局，更为一代宋词开风气之先。

作为花间词派中最为重要的词人之一的欧阳炯尤为值得

一提。

生于唐末一生经历了整个五代时期的欧阳炯在青年时代曾是前蜀主王建门客，后主王衍即位后，为中书舍人。待到前蜀灭亡后，他又进入洛阳为后唐秦州从事。之后，孟知祥拥兵西川，建立割据政权，建都成都，史称后蜀。欧阳炯又凭借着自身过人的才华，拜中书舍人、翰林学士承旨。在孟知祥去世后，他又继续辅佐孟昶，直到六十六岁时做到了宰相一职。

欧阳炯性情坦率，生活俭素自守。《十国春秋》评价他说："欧阳炯性坦率，守俭素。好为歌诗，尝拟白居易《讽谏》五十篇献昶，昶叹赏之。"身居高位的欧阳炯颇多才艺，精音律，通绘画，能文善诗，尤工小词。

落絮残莺半日天，玉柔花醉只思眠。薏窗映竹满炉烟，独掩画屏愁不语，斜倚瑶枕髻鬟偏。此时心在阿谁边？

天碧罗衣拂地垂，美人初着更相宜。宛风如舞透香肌，独坐含颦吹凤竹，园中缓步折花枝。有情无力泥人时。

相见休言有泪珠，酒阑重得叙欢娱。凤屏鸳枕宿金铺。兰麝细香闻喘息，绮罗纤缕见肌肤，此时还恨薄情无？

——《浣溪沙》

南唐后主李煜在《子夜歌》中，用"缥色玉柔擎，醅浮盏面清"一句来形容美人倾酒的慵懒之态。欧阳炯在这里化用其意，借着"玉柔花醉"四字描摹美人倦怠神形，以物喻人，用字妍丽。正所谓："观色彩艳艳融融，按音律幽深浩渺，循意境醇浓风致。"

　　忆昔花间初识面，红袖半遮，妆脸轻转。石榴裙带，故将纤纤玉指偷捻，双凤金线。

　　碧梧桐锁深深院，谁料得两情，何日教缱绻？羡春来双燕，飞到玉楼，朝暮相见。

——《贺明朝》

　　这首《贺明朝》同上篇的《浣溪沙》一般无二，用绮丽的意象"红袖""石榴裙带""纤纤玉指""双凤金线"来刻画女子娇羞之美、柔媚之情。再借双燕表达自己与情人不能相见的思念愁情。

　　欧阳炯存世词作不多，大多具有地道花间词的味道，充满了女子闺阁的闲适和浮华的韵味。但《江城子》一词却大改欧阳炯擅长的花间词浮华艳丽之风，兼具悲凉慷慨之调，气象阔大，寄托深远。早已超越个人意绪，大有家国之悲，也最为后人所称道。

　　964年，宋太祖兵伐后蜀两个月后，后蜀主孟昶采纳了宰相李昊的建议：具表纳降。他带着后蜀皇室成员和重要臣僚，一起北上东京。欧阳炯以门下侍郎兼户部尚书、平章事身份，也在北上东京的臣僚之中。那时，他已年近古稀。家国之悲，约莫也是痛切心骨。

　　晚日金陵岸草平，落霞明，水无情。六代繁华，暗逐逝波声。

空有姑苏台上月，如西子镜照江城。

——《江城子·晚日金陵岸草平》

夕阳斜照着故都金陵，碧绿的春草与江岸连平，晚霞染红了江天，只是流水无情不解人心。当年六朝旧都的繁华，已随着奔流不息的江水悄然而逝。只有皎洁的明月高悬于旧时吴国所见的姑苏台上，恍如西子梳妆的明镜，照尽六朝的兴亡和这千古江城……

这是一首金陵怀古词。词人凭吊的是六代繁华的如烟消逝，寄寓的则是对现实的感慨。逐渐融入暮色的金陵城与笼着烟霭的长江逝波和这幽幽历史长河融为一体，结尾又跳出了六代的范围，放眼更悠远的历史，将全词的意境拓广加深了。

事实上，自李唐以来，诗歌之中怀古题材的名篇并不少见。但若是在词里，尤其是大宋前面的词曲里，却是极为罕见的。这大概是因为感慨兴亡、俯仰今古的曲子词不太适宜在后宫闺阁、秦楼楚馆的场合下演唱的缘故。只不过也正是因为这样，花间词中以欧阳炯为代表的词人笔下的少量怀古词，就显得尤为引人注目了。

不过，谈及欧阳炯在中国文学史上的地位，必然绕不开《花间集序》一事。

作为花间词派的成员，他受后蜀开国功臣赵廷隐之子赵崇祚的委托为《花间集》写序。他当然没有让赵崇祚失望，也没有让后世读书人失望，用最简短精要却极度优美凝练的文字，概括化地对词这一文学体裁的艺术标准提出了极有诚意和自信的论断。

虽然这篇短序不过四百余字，但欧阳炯执笔时却堆金砌玉，极尽绮丽华美，叫人读后唇齿留香、余味绵长。因为是文学史上第一篇词论，这篇序自诞生后便持续受到后人的高度关注和评价。他在序中提出的"清艳""诗词分体"等词学观点，以及"文质并重""崇雅黜俗"的词学理论，亦引起不少后来人的共鸣。

清代文学家吴任臣《十国春秋》写道："欧阳炯善文章，尤工诗词。欧阳炯著有《武信军衙记》《花间集序》传世。又小词十七章，人亦时称道之。"学者张宗橚更直言欧阳炯为"首序《花间集》者"。

赵佶：

曾天子而今囚奴

裁剪冰绡，轻叠数重，淡着燕脂匀注。新样靓妆，艳溢香融，羞杀蕊珠宫女。易得凋零，更多少、无情风雨。愁苦。问院落凄凉，几番春暮。

凭寄离恨重重，这双燕，何曾会人言语。天遥地远，万水千山，知他故宫何处。怎不思量，除梦里、有时曾去。无据。和梦也新来不做。

——《燕山亭·北行见杏花》

入目处，是那曾经占尽春风，姿态娇妍的杏花。

枝头上的杏花骨朵好似剪裁好的洁白丝绢被轻轻叠成数层，而那花瓣上氤氲的粉色又恰似少女悄悄涂抹上了淡淡的胭脂。花繁姿娇、芳香四溢，简直羞煞了天上的蕊珠宫的仙女。

只是世间好物往往不得长久，琉璃易碎红颜易凋，更何况还要经历数不清的凄风苦雨。绽放到了尽头，也只能零落成泥闲院残红的结局。

宋徽宗写这首词时，是 1127 年，北宋覆国。

那时的他与自己的儿子宋钦宗二人被金兵掳往北方五国城时，颠沛途中正值杏花盛开，满目繁华美景更触动了他的故国悲思。从前高高在上不可一世的帝王朝暮之间便沦为人人可践踏凌辱的俘虏，天堂与地狱之间的距离也莫过于此了。

于是这杏花，在他眼眸中也是百转千回痛楚的承载点了。

【一】

山禽矜逸态，梅粉弄轻柔。

已有丹青约，千秋指白头。

——《香梅山白头》

那是再寻常不过的一日，身穿红袍的赵佶已伏案于御书房里大半日，不食不休，急坏了守在一旁的仆从。只是这些随从空熬着焦灼的心，谁也不敢吱声。

眼前的官家如此辛苦，倒也并非在处理政事，而是在揣摩一幅工笔花鸟图。

一枝腊梅顶天立地贯穿画幅，旁逸斜出的梅枝上卧着两只白头翁。通幅用笔细挺，以极具提顿转折的线条画出曲折的梅干，均匀的线条则表现光滑面的鸟羽和花叶。生漆点睛，高出纸素，画中飞鸟，几欲活动。

这幅画名叫《腊梅山禽图》，辗转千年，后来被收藏于台北故宫博物院。从画上的题诗，我们不难看出，赵佶的内心深处还是渴望着江山永固，四海升平，国家一片宁静祥和的景象。然而，这也仅仅是他的美梦与期待，鉴于他并没有付出任何实际行动，因而这美梦到底也只能是空想。

伺候笔墨的翰林恭敬地看着眼前君王作的画，出于对美好艺术本能的欣赏与感悟，让他即使不出声也忍不住频频赞许点头。

待看到题诗落款时却是悲喜交加，喜在眉梢，愁在心头。

他们的官家，当是这世间最天才的画家，无人能及，哪怕说是"前无古人后无来者"也当得起。只是这官家，将这本应放在江山社稷上的心血，尽数倾泻于绘画书法等风雅艺术之上。至于江山国事，满纸荒唐。

【二】

北宋元丰五年十月十日，神宗的第十一子降生，这就是后来的宋徽宗赵佶。

据宋代史料上记载，赵佶降生之前，其父宋神宗曾到秘书省观看收藏的南唐后主李煜的画像。神宗皇帝对这位南唐亡国之君的儒雅风度和俊朗面容极为心仪，倾慕不已。传闻在徽宗呱呱坠地的那天夜里，神宗还梦见南唐后主李煜前来拜见他，并与自己把酒言欢，很是投契。从此之后，便有了"生时梦李主来谒，所以文采风流，过李主百倍"的说法。

这种李煜托生的传说固然过于缥缈玄乎，但在徽宗赵佶身上，的确有李煜的影子。徽宗自幼爱好礼乐射御书数，不仅热爱，更能做到样样精通。尤其在书法绘画方面，更是表现出非凡的天赋。

在绘画上，宋徽宗创建了翰林画院，提高了画家的地位，培养出了许多杰出的画家，使得北宋的绘画艺术得到了空前的发展。而宋徽宗自身热爱花鸟画，自成"院体"。在他的倡导下，花鸟画笔法工整细腻，呈现出多样化局面，一度达到巅峰水平。

甚至于，他将画院列入科举制度中，摘古人诗句作为考题，考录画师，给画院注入"文人画"的气质。许多画师，如李唐、苏汉臣、米芾等，皆是由此脱颖而出，树誉艺坛。有时兴致上来，宋徽宗还会亲自出题。正因如此，也留下了"踏花归来马蹄香"的考题佳话。

元代大书法家赵孟頫曾在宋徽宗的《竹禽图》后题跋："道君聪明，天纵其于绘事，尤极神妙。动植物无不曲尽其性，殆若天地生成，非人力所能及。此卷不用描墨，粉彩自然，宜为世宝。然蕞尔小禽蒙圣人所录，抑何幸耶。"无限敬仰之情，字里行间足可窥看。

除了在绘画上做出极大成就与贡献外，宋徽宗在书法上更是可圈可点。他独创了个性极为强烈的完全区别于晋楷唐楷等传统诸体的瘦金体。笔迹至瘦，却不失其肉。运转提顿，尽显挺拔秀丽、飘逸犀利的筋骨。即便是完全不通书法的人，看过之后，也会折服于这份风姿绰约的字体，锋芒毕露，如屈铁断金，每一字都有竹林刀锋的感觉。

明朝抗清英雄陈邦彦在观赏过宋徽宗的《秾芳诗》后，亦留下"此卷以画法作书，脱去笔墨畦径，行间如幽兰丛竹，泠泠作风雨声"的言语，既是评赞，亦是对瘦金体艺术效果的完美概括。

【三】

故事还得回到 1100 年，那一年宋哲宗去世。

父亲神宗去世时，赵佶还只是年幼的稚童。论排序，他在十一。父亲留下的江山自有前面的兄长们继承，也轮不到他。于是，他整日里便是吃喝玩乐，与那些饱学之士、踢球遛鸟的贵族子弟一起悠哉惬意，无忧无虑地享受着这大好的富贵生活。

不承想，兄长哲宗英年早逝，也未留下任何子嗣。说是机缘巧合也好，阴差阳错也罢，总之，从未被当成皇位继承人来培养的赵佶，在他十九岁这一年，被大臣们送到了北宋皇帝的宝座上。

后人常笑称赵佶是被皇帝宝座耽误了的艺术家。于国事，他是昏庸无能；于艺术，他是十项全能，全面开花。"诸事皆能，独不能为君。"

但其实，赵佶在即位之初，也曾满怀雄心壮志，想要大刀阔斧做出一番事业。于是，启用新法，提拔有才之士，整顿朝纲，初期倒也颇有明君风范。奈何在他执政时，北宋积贫积弱已久，就好似一艘年久失修的破船行进于历史的汹涌波涛之中，虽然表面上雕梁玉砌满目锦绣，实际上稍有偏颇便触礁沉底，万劫不复。而赵佶，并不是那个能稳当掌舵的能手。

俗话说，江山易改，本性难移。原本想要励精图治做个贤明君王的赵佶，在一番精心努力，发现自己的辛苦对于这江山社稷并无多大改变后，倒也不苛求为难自己，索性放飞自我，尽数投入自己热爱的海洋。人生苦短，及时行乐。

而奸臣蔡京的助攻让这原本就满目疮痍的国家更加民不聊生。短短一年里，宋徽宗便将国库的积蓄挥霍一空，到后来更变本加厉，越发沉溺于酒色，怠慢政务，荒诞行事。

雨过天青云破处，这般颜色做将来。

如果说，只是因为做梦梦到了一闪而过的天青色便要工匠夜以继日地烧制，最后诞生了素雅别致的天青色汝窑，勉强算是风雅韵事的话，那么为了在汴梁城里凭空修建一座假山，不惜动用大量人力、物力、财力，派人专门从江南千里迢迢运来太湖石，途中遇桥拆桥、遇房拆房的行事就是十足荒诞了。以至于当时民怨载道，《水浒传》里引起民愤的花石纲，就是出自他的手笔。

宋徽宗除了痴迷于书画之外，对于这奇花异石亦是情有独钟。前者爱好透着风雅，算是为艺术界添砖加瓦，而后者则是将大宋朝百姓的生死置于炭火上烤。

何谓花石纲？

最初是蔡京为了迎合徽宗的喜好，取江浙花石进呈。宋徽宗大喜，越发宠爱蔡京。蔡京在尝到甜头之后，于是变本加厉地扩大搜刮的规模。当时，指挥花石纲的有杭州"造作局"、苏州"应奉局"等，奉宋徽宗之命专门索求奇花异石等物，运往东京。这些运送花石的船只，每十船编为一纲，从江南到开封，沿淮、汴而上，舳舻相接，络绎不绝，故称花石纲。

往往是只要听说哪个老百姓家有块石块或花木比较精巧别致，应奉局就立刻带着衙役们闯进那家，用黄封条一贴，美其名曰是供奉给陛下之物，强迫百姓认真保管，如若有半点损坏，就要被派个"大不敬"的罪名，轻的罚款，重的抓进监牢。有的人家被征的花木高大，搬运起来不方便，士兵们就把那户人家的房子拆掉。而差官、兵士则是乘机敲诈勒索，被征花石的人家往往被闹得倾家荡产，有的人家卖儿卖女，到处逃难。

为保障"花石纲"的运输，关系国计民生之重的漕运都被挤在一边，漕船和大量商船都被强征来运送花石。全国上下，费百万役夫之工，无数百姓苦不堪言。

而这一切只是为了满足君王一人的享乐，是何其荒唐！

可细数宋徽宗为政时期的荒唐事，又岂止于此？

【四】

这世间，每个人都要为自己做出的事付出代价，宋徽宗自然也不例外。他的好运气在他十九岁成为帝王的那一年就已经运用始尽，而之后的每一件都是在透支着北宋的国运。

终于，这国运被他肆无忌惮地挥霍一空，到了尽头。

为了收复燕云十六州，北宋与金国联手想要灭掉辽国。可在这个过程中，却让狼子野心的金国逐步看清北宋繁华锦绣的外壳下早已千疮百孔，不堪一击。

靖康元年闰十一月底，金兵的铁骑踏碎了纸醉金迷的汴京城。金帝废宋徽宗与子钦宗赵桓为庶人。

1127 年三月底，金帝将徽、钦二帝掳走，连同后妃、宗室、百官及百姓逾十万人，汴京中所有的公私积蓄都被劫掠一空，北宋灭亡。据说，宋徽宗听到财宝等被金人尽数掳掠走后，竟然毫不在乎，直到听说皇家藏书也被抢去，才仰天长叹几声。

宋徽宗、宋钦宗在被押送途中，受尽了凌辱。到金国都城后，便被强迫行了极尽屈辱的牵羊礼（赤裸着上身，身披羊皮，脖子上系绳，像羊一样被人牵着）。尔后，宋徽宗被金帝辱封为昏德公，关押于韩州，后又被迁到五国城囚禁。

彻夜西风撼破扉，萧条孤馆一灯微。

家山回首三千里，目断天南无雁飞。

——《在北题壁》

再相见，便是在梦里了。

1135 年，在煎熬了九年不见天日的痛苦囚徒生活后，宋徽宗终于不堪折磨而死于五国城，享年五十四岁。

中卷

豪放派·千古风流人物

范仲淹：

先生之风，山高水长

塞下秋来风景异，衡阳雁去无留意。四面边声连角起，千嶂里，长烟落日孤城闭。

浊酒一杯家万里，燕然未勒归无计。羌管悠悠霜满地，人不寐，将军白发征夫泪。

——《渔家傲·秋思》

唐末五代时期，中原地区连年战乱，西夏人趁机崛起，占据西北。北宋建国初期，西夏人一度臣服于宋朝。985 年，西夏首领李继迁公然起兵造反，攻打宋朝州县，杀害宋朝驻守边关的将领，宋夏之间由此交恶。

众多周知，北宋是一个极端重文轻武的朝代。北宋历来武备虚弱，加之当时开国日久，文恬武嬉，军队战斗力急速下滑。在宋夏战争初期与西夏战争中接连败退，损失惨重。

康定元年，一名大臣奉调西北前线，担任边防主帅。针对西北地区地广人稀、山谷交错、地势险要的特点，他提出"积极防御"的守边方略，在要害之地修筑城寨，加强防御工事，训练边塞军队，来达到以守为攻的目的。靠着精兵、筑城、屯田、培养将领（名将狄青就是其中之一），军纪严明，善待百姓，步步为营，迫使西夏人不得不暂时打消了觊觎中原的野心。

一时间，流传着"军中有一范，西贼闻之惊破胆"的话语，在短短数年间便扭转了大宋同西夏交战一直被压制的局面，之后更是直接将西夏军队赶出了边塞，使其向大宋俯首称臣。

这"一范"，指的便是北宋的范仲淹了。

宋太宗端拱二年（989年）己丑秋八月丁丑，范仲淹出生。范仲淹的父亲范墉早年在吴越为官，宋朝建国后，便追随吴越王钱俶归降大宋，任武宁军节度掌书记。

想来天不遂人愿，原本应是和平安乐的家庭，随着两年后父亲的突然病逝而走向崩裂。贫困无依的母亲谢氏带着年仅两岁的范仲淹改嫁淄州长史朱文翰，而范仲淹也跟着继父姓，改为朱说。

平心而论，虽然范仲淹并非朱文瀚的亲生子，但在吃穿用度包括教育上，朱文瀚从未苛待，"既加养育，复勤训导"，甚至于对其给予深切厚望。

而范仲淹也格外地争气，小小年纪，不仅早慧，还能吃苦，一直秉持着苦行僧一般的求学生活。

荒台夜夜芭蕉雨，野沼年年翰墨香。

"书台夜雨"这清寂而优美的诗意背后，是少年范仲淹不分昼夜寒暑的埋头苦读。

陶家瓮内，腌成碧绿青黄；措大口中，嚼出宫商角徵。

——《齑赋》

在醴泉寺僧舍读书的那些年，范仲淹每天所食便是两升粟米粥。这粥也不趁热喝，而是等待冷却后再用刀分成四块，早晚各食两块，这便是"划粥"。少年正是长身体时期，光喝粥也无法提供身体充足的营养。于是，范仲淹又想出了法子，每日白天去山洞读书时，顺便在周遭拔几种野菜回来，吃饭时，将这些野韭菜、野葱、野蒜切成细碎末，加入一点盐拌一拌，便达到了营养均衡的效果了，所谓"断齑"。

他甚至还写了一首《齑赋》，夸赞自己陶瓮里的黄齑，有碧绿青黄之美。佐餐时，还可以咀嚼出悠扬动听的乐音。

这般清苦的生活，旁人或许难以忍受。可范仲淹乐在其中，如此这般苦读了三年。寺内住持慧通大师学问渊博，这也是范仲淹来此求学的主要原因。而慧通大师对这个勤学好问的少年也是疼爱有加，将《易经》《左传》《战国策》《史记》及诗词歌赋等知识毫无保留地倾囊相授。

日子就这样一天天相安无事地过着，直至有一天，少年时的范仲淹看到家族中的几个子弟肆意挥霍，便出言制止，却被反驳道："我们花的是朱家的钱财，与一个外人有何干系？"族中子弟不假思索的言语却让范仲淹在内心产生了不解与疑惑。

窗户纸终有捅破的一天，只是范母没想到这一天来得如此之快。

得知自己身世的范仲淹伤感不已，理解母亲为了生存改嫁的举措。在感念继父对自己的恩情之余，他还是毅然决然地离开这个家，凭借自己的本事走出一番天地。到那时，再将母亲接走，好让她颐养天年。

1011 年，范仲淹前往南都应天府求学，投师戚同文门下。范仲淹在应天书院的读书生活比之在醴泉寺里，更加刻苦。昼夜在他的眼里并无分别，一切可以利用的时间都被他用尽。疲惫时用凉水浇脸，饥饿时喝点稀粥，甚至于他觉得休息和用餐都是在耽误读书的时间，整整五年没有解开衣服好好睡上一觉。

原本就天资聪颖，再加上自身不要命似的刻苦努力，终于在 1015 年这一年，二十岁的范仲淹金榜题名，高中进士，从此步入仕途，开始了他辅佐明君、普济万民的仕宦生涯。

相传范仲淹少时在寺庙里求签，曾询问自己日后有无登上相位的可能，签词显示说不能，他又继续问道，那自己未来是否有成为济世良医的可能？

自隋唐以来，参加科举一朝得中成为天子门生是众多读书人的心愿，因而祈愿功名无可厚非。可功名不成转为良医，这跨度太大，未免叫人十分不解了。

事实上，在范仲淹看来，两者不过是殊途同归罢了。这两件事若是做好，都可以泽被苍生，造福于民。

1021 年，范仲淹调任泰州西溪管理盐政事务。西溪濒临黄海之滨，用的还是唐时李承修筑的旧海堤，多处溃决，海潮倒灌淹没良田，当地的人民苦不堪言。虽然这并不在范仲淹的管辖之内，可向来心忧百姓的他无法坐视不理。于是，他便向仁宗上奏，想要修堰。在得到恩准后，他便开始了呕心沥血、顶风冒雨，前后历时三年的艰难修堤工程。新堤的建成意味着当地的百姓可以不再受海潮之苦，而在他们心中，这位为了修堤不辞辛劳，甚至将自己全部俸禄都贴补于其中的范先生，更是上天派来守护他们的一道"神堤"。

1026 年，范仲淹在听闻母亲病逝的噩耗后，毅然辞官回乡为母守丧。在这期间，他应当时还是知应天府的晏殊之邀，重回"母校"应天书院。只不过这一次，他不再是学生，而是以先生的身份在书院执教。他主持教务期间，勤勉督学，以身示教。每当谈论天下大事时，他便不住地慷慨陈词。当时，士大夫矫正世风、严以律己、崇尚品德的节操便是从他开始。

也正是从这里，范仲淹的名字开始被众人所知。

因为宁折不弯的性格，他多次在朝为官之时，与恶势力做斗争，数次遭贬，再因有功被调回，因而这仕途就如过山车般上上下下起起伏伏。

饶是如此，他也不曾改变分毫，该上奏上奏，该进谏进谏，尽一个忠君爱民的臣子的本分。

因不满宰相吕夷简把持朝政，范仲淹连上四章论斥吕夷简，被吕夷简蛊惑君主贬为饶州知州，后又几乎贬死岭南。范仲淹的妻子李氏病死在饶州，他自己也得了重病，几度生死关头走一遭。

好友梅尧臣曾善意相劝，劝范仲淹学报喜之鸟，不要像乌鸦那样报凶讯而"招唾骂于里闾"，最好吸取教训，从此拴紧舌头，不要多事。然而，范仲淹却斩钉截铁地表示："宁鸣而死，不默而生！"

哪怕那时，他已经吃了许多的苦头。

云山苍苍，江水泱泱，先生之风，山高水长。

——《严先生祠堂记》

范仲淹一直非常欣赏东汉名士严光，对于严光蔑视权贵、淡漠荣利的情操与气节一直赞赏不已。当然，他写这篇《严先生祠堂记》一方面是自勉，另一方面也是希望以此来鼓励士大夫重视名节，追求精神上的高尚情操，将个人的荣辱名利置之度外。这和范仲淹在后面写的《岳阳楼记》里提出的"先天下之忧而忧，后天下之乐而乐"的思想境界是一脉相承的。

那时期，他刚被罢免了参知政事的职位。

当时的北宋朝廷钻营之弊、贪墨之风盛行，一心想要海晏河清、利泽万民的范仲淹眼中自是无法容下一粒沙子，于是便立刻上《答手诏条陈十事》，要求简省官吏，注意农桑，修治武备，减轻徭役……并与富弼、韩琦一道进行了一系列改革，史称"庆历新政"。但是，在保守派的极力反对下，新政仅实行一年就失败了，不可谓不痛心。

越是艰难处，越显格局时。

可范仲淹却始终满怀着一腔鞠躬尽瘁的热忱，对于人生的起起落落，他都以旷达胸襟处之。

1052 年，范仲淹病逝于徐州。

　　早前对于这一辈子的晦明变化，他提笔："宠辱偕忘，把酒临风。"念及心之所向，又写道："先天下之忧而忧，后天下之乐而乐。"人生格局之浩大见诸笔端。

苏轼：

旷达超脱是东坡

著名的现代作家余光中曾说："我如果去旅行，不会跟李白在一起，因为他不负责任；也不会选杜甫，因为他太苦了。我会找苏东坡，他是一个很有趣的人。"

每个中国人的心中，都有一个苏东坡。

【一】

坐而假寐，私念其故。若有告余者，曰："汝为多学而识之，望道而未见也，不一于汝而二于物，故一鼠之啮而为之变也。人能碎千金之璧而不能无失声于破釜，能搏猛虎不能无变色于蜂虿，此不一之患也。言出于汝而忘之耶！"

——《黠鼠赋》

这篇咏物赋讲述了一只狡猾的老鼠利用人的疏忽从而逃出升天的故事。文章虽短，可蕴意深刻，发人深省，说的是专

一则事成，疏忽则事败的道理，可谓趣幽旨深。文中既有儒家
"刺时刺事"的内涵，又有道家"万物有灵，草木有本心"的
气韵。而彼时写出这篇小赋，有如此见地的苏轼，不过十一岁。

同《三字经》里"二十七，始发奋"的父亲苏洵不同的是，
苏轼七岁便开始读书做学问，和多数在少年时期就崭露头角鹤
立鸡群的天才一样，在天庆观北极院里求学的苏轼俨然已经是
众人眼中的佼佼者。

苏轼本就聪慧异常，又极其刻苦用功，"我昔家居断还往，
著书不暇窥园葵"，看书看到后面，连着院子里的花草也无暇
看一眼。

当然，父亲苏老泉的"虎爸"教育也起到了相当的威慑力：
"计功当毕《春秋》余，今乃始及桓庄初。怛然悸寤心不舒，
起坐有如挂钩鱼。"父亲苏洵对于少年时期的苏轼兄弟俩的教
育极其严格，所有的课业都不许马虎。以至于苏轼偶尔没有在
规定时间里读完父亲规定的章目，整个人如吞了钓钩的鱼儿一
般焦慌。

多年的刻苦勤学终有所报。1056 年，苏洵带着两个儿子
离开眉山，赴京赶考。在八月份的考试里，苏轼与弟弟苏辙双
双考中。值得一提的趣事则是因着苏轼在这次科考里，一篇《刑
赏忠厚之至论》写得过于出彩，让时任考官的欧阳修误以为是
自家学生曾巩所作，为避嫌特将答卷判为第二，从而使苏轼与
头名失之交臂。不过，在之后的《春秋》对义考核里，他再度
拔得头筹。三月份的廷试里，苏轼更是毫无意外地稳中进士，
名列榜眼。

面对如此杰出的后生，欧阳修情不自禁地发出了感慨："老夫当避此人，放出一头地也。可喜！可喜！"能够让纵横文坛多年的执牛耳者如此不掩饰自己的欣赏与喜欢，苏轼的优秀可以想象。当然，除了文坛领袖欧阳修，另一位考官对苏轼也是不吝词汇地赞赏，在给老友苏洵写信时，也是充满着对青年苏轼的喜欢和期待，"岁月不知老，家有雏凤凰"。

那时的苏轼可谓是志得意满，春风得意。在这两位身居庙堂又身为文坛大佬的引荐下，苏轼先后拜访了当朝宰相文彦博和富弼，以及枢密使韩琦，与之谈笑风生，畅饮古今，俨然是北宋政坛关注的一颗冉冉升起的新星。

【二】

1061 年，一个严寒刺骨大雪纷飞的日子里，青年苏轼告别父兄与师友，奔赴他仕途的第一站：凤翔。

两年前，苏轼和弟弟苏辙跟随父亲一同离蜀赴京。那时候，他志得意满，豪情万丈。而今天寒地冻，山高路遥，与父兄分离，孤身远行于这蛮荒之路上，万般思绪涌上心头。想当年，他们兄弟二人赴京赶考途经渑池，借宿于县中僧舍，还被住持邀请在壁上题诗。如今，时过境迁，苏轼赴陕西凤翔做官，再度经过渑池，得知当年的住持已不在人世，曾题过的旧诗随着墙皮的剥落也消失踪迹。

故地重游，早已物是人非。感慨万千之下，诗兴上涌，便有了这首七律中的名篇传世。

人生到处知何似，应似飞鸿踏雪泥。泥上偶然留指爪，鸿飞那复计东西。

老僧已死成新塔，坏壁无由见旧题。往日崎岖还记否，路长人困蹇驴嘶。

——《和子由渑池怀旧》

苏轼用巧妙的比喻，将人生比作漫长的征途，所到之处就像万里飞鸿偶然在雪泥上留下爪痕，接着又飞走了。因为志向远大，所以明确地知道此处并非终点。人世间的一切遭遇都充满偶然性，因为人生的无常，更显人生的可贵。既然强求不得，那便以顺适自然的态度去对待它。如此这般，处世也可少些烦恼。

苏轼的人生观如此，其劝勉爱弟的深意亦如此。艰难的往昔，化为温情的回忆，而如今兄弟俩都中了进士，前途光明，更要珍重光阴。

诗里流露着苏轼对前尘往事的深情眷念，人生来去无定的怅惘，但更能感受到他积极面对人生的态度，后来处在颠沛之中仍持有乐观精神的底蕴，由此也可窥得一二。

清代著名的文学家纪晓岚曾评价这首诗："前四句单行入律，唐人旧格；而意境恣逸，则东坡之本色。"

在担任凤翔判官的这三年里，苏轼清楚地知道自己跋山涉水来此，并非是为了游山玩水吟诗作赋，而是要为当地的百姓做实事，方能对得起少年寒窗苦读的抱负、朝廷对自己的期待。苏轼兢兢业业勤勤恳恳地工作，赢得了当地百姓和上司的一致好评。而在凤翔任职的这段经历，也让苏轼不同于那些高高在上，指点朝政的士大夫们，他对于民生有了更为深刻细致的了解。虽然在后面的改革中，苏轼的态度仍旧倾向于旧党，但因为有了这段基层的工作，使得他也不完全否定新党。

按照北宋当时文职三年一迁的制度，1064年的十二月，苏轼结束了在凤翔的工作，再度踏着风雪启程回了汴京。

【三】

从地方调到京城任职，明眼人都知道这意味着锦绣前程的开启。仁宗在位时，曾兴致勃勃地赞许过："吾为子孙得两宰相。"（指苏轼和苏辙）仁宗驾崩后，继位的英宗亦早就对众人交口称赞的苏轼仰慕不已，打算对这位才情斐然的青年官员好好重用一番。于是，特意下旨让苏轼入翰林院，欲授他制诰一职。虽然后面因为宰相韩琦的反对而未成，但英宗对苏轼的欣赏之情溢于言表。韩琦亦是非常欣赏苏轼，但觉得英宗对苏轼开特例的举动反而不利于苏轼仕途上长远的发展，主张徐徐图之。

1065年二月，苏轼再次应试。这位天才少年再度凭借着自己超凡的实力，验证了自己的学霸身份，在同年三月考入北宋专门负责国史编修的馆阁——虽然没有实权却是古代文人梦寐以求的职位。

常言道，天有不测风云。正当苏轼仕途大好，前程无限之时，上天收回了它对这位天才的一些眷顾。

1065年，同苏轼相伴十一载的爱妻王弗撒手人寰，年仅二十七岁。

苏轼去凤翔任职期间，王弗一直陪伴身侧。在此期间，苏轼与访客交往时，慧心的王弗便悄悄躲在屏风后倾听谈话，事后再一一告诉夫君她对某人性情为人的总结和看法，结果无不言中，让苏轼好不钦佩。

王弗深知自己的夫君大事精明，小事糊涂，对于这世间总存着一颗纯澈的赤子之心，觉得"天下无坏人"。父亲不在身侧，作为妻子，她自觉有规谏辅助之责，提醒丈夫不要被奸邪谗佞之辈蒙骗。

夫妻二人年少相识，相知相许。于苏轼而言，王弗既是可以举案齐眉的孟光，更是高山流水的钟子期。

如今，子期离世，身为"伯牙"的苏轼怎能不悲恸欲绝。

十年生死两茫茫，不思量，自难忘。千里孤坟，无处话凄凉。纵使相逢应不识，尘满面，鬓如霜。

夜来幽梦忽还乡，小轩窗，正梳妆。相顾无言，惟有泪千行。料得年年肠断处，明月夜，短松冈。

——《江城子·乙卯正月二十日夜记梦》

斯人已去，此情却在。悠悠生死别经年，魂魄不曾入梦来。不能年年月月、朝朝暮暮想念，但绝不是已经忘却。这种深深地埋在心底的感情，是难以消除的。

纵观中国文学史上，从先秦时期的《诗经》开始，就已经出现最早的"悼亡诗"。一直到北宋的苏轼，这期间，亦诞生了无数悲切感人的诗篇。而用词写悼亡，苏轼是第一人。十年后被贬密州的苏轼在梦里遇到挚爱，醒后将那满腔思念痛楚皆落于笔。于是，这首《江城子》一经问世，便叫人读罢断肠。

世事总是皆有定数，约莫是苏轼的前半生过于璀璨圆满，后半生便注定坎坷流离。彼时因为妻子的离世痛苦不堪的苏轼并不知道，这只是他人生不幸的第一步。

第二年，父亲苏洵也去世了。他和苏辙告假回乡，护送两人的棺椁，回到人生旅程的起点——眉山。一年之内，连续痛失两位亲人，这份打击是无比沉痛的。

三年之后，再度还朝，世事已大变。那位一心想要重用苏轼的英宗皇帝于 1067 年因病驾崩，苏轼的许多师友，昔日赏识他的旧臣名流们亦随风雨凋零，包括恩师欧阳修在内，因反对新法与新任宰相王安石政见不合，被迫离京。与父交好的梅尧臣亦不幸离世。朝野旧雨凋零，苏轼眼中所见，已不是他二十岁时所见的祥和景象。

熙宁四年，苏轼上书谈论新法弊病这一举措，惹怒了当朝宰相王安石。心灰意冷之下，苏轼自请出京。

此后，他的仕途便是一片风雨泥泞。从杭州到密州，从徐州再到湖州，从惠州再到儋州……

【四】

"乌台"一词典故出自于《汉书》，汉代御史府中多种植柏树，树上多有乌鸦休憩。于是，后世便称御史台为乌台。元丰二年的春天，彼时已经四十三岁的苏轼绝不会想到，一封平平无奇的谢表竟会引发朝堂地震，更让自己险遭杀身之祸。

"知其愚不适时，难以追陪新进；察其老不生事，或能牧养小民。"

原本只是文人间吐槽的牢骚话语，可落入苏轼的敌人眼里，这是击败苏轼的绝佳机会。于是乎，昔日与苏轼有过节的御史台官员们纷纷上书，公开批判苏轼"愚弄朝庭，妄自尊大""衔怨怀怒"。他们从苏轼往日所写的诗词中寻找出能扳倒他的各种"蛛丝马迹"，企图置他于死地。

幸得太祖曾留下过不可随意杀害士大夫的遗训，以及王安石"安有盛世而杀才士乎"的上书和太皇太后等惜才之人的求情，苏轼才得以保全性命，在众人的营救下得以从轻发落，贬为黄州团练副使。

1080 年的大年初一，苏轼和长子苏迈，在御史台差人的押解下，从京城出发。经过一个多月的长途跋涉，他们终于在二月初一到达黄州。

由于是犯官身份，没有官舍居住，初到黄州的苏轼只得暂时借住在一座山间旧庙里。虽说苏轼生性豁达，然而乌台诗案还是给了他几近毁灭性的打击。

苏轼从一个万众瞩目前途无量的"明日之子"到沦为边远地区的犯官，甚至失去了人身自由，无疑是从天堂坠落到地狱。

然而，面对苦难，苏轼没有怨天尤人。他开始反省自己，渐渐地认识到，过去的那个自己确实是过于锋芒毕露，太自以为是了。

逃过牢狱之灾，被贬黄州后，苏轼成为苏东坡，文学创作进入一个高峰期，人生境界日渐豁达。即使面临再残酷的现实与打压，他也不会就此与世俯仰，随波逐流，依然襟怀磊落，依然坚持自我。

当然，苏轼毕竟还是那个乐观豁达的苏轼。寻常人遭此打击，多数一蹶不振，抑郁终生了。可苏轼却截然不同，虽然也会失意悲伤，可他更能迅速调控自己的心肠，将苦难的眼泪酿成快乐的滋味。

他在这里游山玩水，泛长江、吊赤壁，饮酒赋诗，研制美食，更在这里，将自己的灵魂深刻剖析，去寻觅最真实的自我。

在这里，他写下了诸多不朽的传世名篇，如《前赤壁赋》《后赤壁赋》，以及千古绝唱《念奴娇·赤壁怀古》：

大江东去，浪淘尽，千古风流人物。故垒西边，人道是：三国周郎赤壁。乱石穿空，惊涛拍岸，卷起千堆雪。江山如画，一时多少豪杰。

遥想公瑾当年，小乔初嫁了，雄姿英发。羽扇纶巾，谈笑间樯橹灰飞烟灭。故国神游，多情应笑我，早生华发。人生如梦，一尊还酹江月。

余秋雨先生在《苏东坡突围》中这样写道："苏东坡成全了黄州，黄州也成全了苏东坡。"在黄州，苏轼性格当中的恣意跳脱，开始慢慢收敛，变得更加深邃，也更加豁达。

1082 年春，苏轼到距黄州三十里的沙湖去看田，归来途中下起了骤雨。一行人本来是带了雨具，但拿着雨具的仆人先离开了。没有雨具就只能淋雨，同行之人皆觉狼狈。唯独苏轼毫不在乎，泰然处之，吟咏自若，缓步而行。

就是在这种情况下，苏轼写下了这首《定风波》：

莫听穿林打叶声，何妨吟啸且徐行。竹杖芒鞋轻胜马，谁怕？一蓑烟雨任平生。

料峭春风吹酒醒，微冷，山头斜照却相迎。回首向来萧瑟处，归去，也无风雨也无晴。

整首词充溢着清旷豪放之气，其中独到的人生感悟，读来使人耳目为之一新，更能体悟到苏轼那份虽处逆境屡遭挫折而不畏惧不颓丧的倔强性格，以及那超逸的胸襟。

1094年，苏轼被贬谪到惠州。在别人眼中的岭南烟瘴之地，在苏轼眼中却是洞天福地。他到此如游鱼得水，大饱口福的同时，心满意足地赋诗一首：

罗浮山下四时春，卢橘杨梅次第新。日啖荔枝三百颗，不辞长作岭南人。

1097年，年已六十二岁的苏轼被一叶孤舟送到了荒凉之地海南岛儋州。据说在宋朝，放逐海南的刑罚程度仅次于满门抄斩。然而，苏轼却处之泰然，在这里办学堂、介学风，以至许多人不远千里，追至儋州，从苏轼学，还在这里培养出了海南的第一个举人姜唐佐。

1100年，苏轼遇大赦，复任朝奉郎，北归途中卒于常州。宋高宗即位后，苏轼被追赠为太师，谥为"文忠"。

【五】

他是极为罕见的全能天才、艺术巨匠，诗词文赋都达到了极高的造诣，在当时的文坛上享有巨大的声誉，堪称宋代文学最高成就的代表。除了文学，他在书法、绘画等领域也有着突出的成就，甚至于对医药、烹饪、水利等技艺也有着不凡贡献。

少时意气风发，起点很高，兼之学霸体质，二十出头便高中进士，在北宋难度最大的"制科"试里拔得头筹，深得皇帝和考官欧阳修的青睐。一时之间，朝野上下都视其为未来的"太平宰相"，更是天下公认的天才卿相。就连他自己也都踌躇满志地认为，"十年之内，可以得志"。

直到王安石变法，他身不由己地卷入了这场党争的旋涡里，被排挤、被外放，身陷牢狱，几近丧命，被一贬再贬，直到生命尽头才得以归朝。几番大起大落，曾经文采斐然傲视天下的才子受尽庙堂之苦，仕途上终身蹭蹬。

半世颠沛流离，他却一如纯真赤子；一生坎坷，他却不折其节。他好像永远能够在无边无际的暗无天日里，找到照亮自己的光。将别人眼中的苟且活成了潇洒，将这苦难的生活过成了诗与远方。

岳飞：

乱世长夜里，永不寂灭的光

【一】

1103 年的一个寻常夜里，河南汤阴县一户普通的农家喜添新丁。因这男婴前面已有四个哥哥，故这麟儿暂被唤作五郎。

庄周曾用汪洋恣肆、气势磅礴的笔调，描写了一只气势磅礴的巨鸟：

北冥有鱼，其名为鲲。鲲之大，不知其几千里也。化而为鸟，其名为鹏。鹏之背，不知其几千里也。怒而飞，其翼若垂天之云……

鹏，作为古代神话传说中最大的鸟，其背负的意义更是到了诸鸟无法理解与企及的程度。

传说在这麟儿出生时，父母曾在自家的房屋附近看到有大禽若鹄，盘旋飞鸣，便借此祥意，为他取名"飞"字，字"鹏举"。

少年时期的岳飞比较内敛，为人沉默寡言，但喜读兵书，诸如《孙子兵法》《左传》等皆已烂熟于心。年岁增长些后，他开始学习武艺，拜了周侗和陈广为师，跟着前者练习骑射，跟着后者学习刀枪之法。兴许是自带天赋外加勤奋，不到二十岁的岳飞便能挽弓三百宋斤，开腰弩八石，更别谈还能左右开弓射箭的独家技能了。此番本领，一时间整个县都无人能敌。

在那个时候，弩是对抗骑兵的大杀器。"虏人最怕弩箭，中则贯马腹，穿重铠。"因此，宋朝十分重视弓弩手的培养："军器三十有六，而弓为称首；武艺一十有八，而弓为第一。"军队里也将射箭作为武艺之首，倍加关注。

早在 1068 年，宋神宗统治时期，朝廷便颁布了法令："诏颁河北诸军教阅法，凡弓分三等，九斗为第一，八斗为第二，七斗为第三；弩分三等，二石七斗为第一，二石四斗为第二，二石一斗为第三。"宋朝一斗约等于 6.4 公斤，一石约等于 60 公斤。就是说，北宋中期最强的弓弩手需要拉动 57.6 公斤的弓，开 164.8 公斤的腰弩，而岳飞的能力更在要求之上。

自古"学成文武艺，货与帝王家"，岳飞也不例外。

1122 年，大宋在与辽国的交战中再度败北。在看到金国与辽国开战后，迅速调整思路的大宋也想再度加入攻辽的战局里，便开始在全国招兵买马，招募有志之士。二十岁的岳飞当仁不让地加入了军队，开启了他人生第一次的军旅生活。

岳飞也没有辜负自己那一身的胆识与好本领，他人生第一次的投戎以极为漂亮的战果打了个开门红：率百人，用伏兵之计，生擒在相州作乱的贼寇陶俊、贾进。

只是这一次军旅生活的结局有些仓促。

战胜归来的岳飞在闻得父亲岳和去世的消息后，还没来得及领赏便匆匆返乡归家，为父亲守孝。

那时段，岳家的生活过得十分拮据，勉强能够过活。怎料屋漏偏逢连夜雨，宣和六年，岳飞的家乡发生水灾，无数良田房屋皆被洪水冲毁。为了生计，岳飞告别母亲，再度踏上从军之路。

【二】

1125 年，金国在灭掉辽国之后，转身便将兵锋指向曾经的盟友大宋。

沉迷于艺术创作和书法，长期忽略国家大事的宋徽宗此刻亦是惊慌失措。在金兵大举南下的时候，他选择了"甩掉身上的包袱"，将皇位禅让给自己的长子赵恒，连同这一堆烂摊子全部都丢给了他。赵恒在哭哭啼啼中无奈继承了这风雨飘摇中的天子王位，即钦宗，次年改元靖康。

当听闻金军已经渡过黄河，包围开封，东京城岌岌可危之时，宋钦宗用李纲守卫京城。虽然在此期间也陆续打退了金人的进攻，但最终还是选择求和，除了供奉大批金银财物给金国之外，更是许诺割让太原等三镇给金国来换得短暂的喘息时间。

只是这喘息的时间过于短暂，还没等大宋的朝臣们回过神来，金人的铁骑再度卷土重来。这一次，议和割地赔款的招数都不再管用。1127 年四月，金兵的铁骑踏碎了纸醉金迷的汴京城，掳走了宋徽宗和宋钦宗，连同后妃、宗室、百官及平民逾十万人，汴京中所有的公私积蓄都被劫掠一空。北宋灭亡，史称靖康之耻。

曾经锦绣富丽的北宋，再也不复《清明上河图》时期的繁荣景象。战火之后的北宋江山，如今满目疮痍，山河破碎。同年五月，康王赵构在应天府即位，建立南宋政权，是为宋高宗。

从平定军突围回到家乡的岳飞一路上看到的景象无不是尸横片野，惨绝人寰。有些村子里的人都被金军杀光了，由于尸体无人打理，街上都飘着腥臭味，久久不散。那一刻，岳飞的心也被深深刺痛了，坚定了他要赶走侵略者的决心。

只是自古忠孝难两全，岳飞想要再度投军杀敌，心中又牵挂着年迈的老母和力弱的妻儿，在这兵荒马乱之中难以保全。他永远不会忘记，幼年时黄河决堤，暴涨的洪水中，是母亲紧紧地抱着他坐在漂流的瓮中避难，幸存一命。本就侍母极孝的他，在这个时候，又怎么能舍弃母亲而去？

然而，深明大义的岳母给了岳飞极大的精神鼓励，劝他从戎报国，还在岳飞后背刺上"精忠报国"四字以明志。

这四个字，不仅刺进了岳飞的脊梁里，更是刺进了他的骨血里。

于是，岳飞怀着满腔的报国热血再度进入军队。这一次，便是将这一生都驻在行伍里了。

【三】

宋高宗赵构年轻的时候，有着惊人的臂力，也有过射箭百步穿杨的辉煌，性格也是果敢刚毅。在靖康之变发生之前，他还曾自告奋勇请求去金国当人质，精湛的射箭技术一度获得金国勇士们的齐口称赞。然而，就是这样的热血男儿，在经历过靖康之变后，变成了另一副软弱可欺的模样，再不复从前的兵马大元帅的铮铮硬骨模样。

也许是金人们的如同野兽般的残暴虐杀让他恐惧，也许是曾经身为天子的父兄被俘虏后落得的凄惨下场让他心有余悸，也许是长期犹如丧家之犬的逃难早已磨光了他所剩不多的锐气……总之，即位后的高宗，在面对金人时，除了畏惧哆嗦，就是无条件退让，连写给金人的求和信都自降封号，自称"宋康王构谨致书元帅阁下"，等同于摇尾乞怜了。

君王，等同国家的脸面。若是一国之君都对金人如此卑躬屈膝，那又置全国军民百姓于何地自处？

1127 年，赵构采取投降派黄潜善等避战南迁的政策，预备南行"巡幸"，想要借机退避到长安、襄阳、扬州等"太平之地"。得知这个消息后，年轻气盛的岳飞不顾自己官职低微，披肝沥胆，洋洋洒洒写了千言文章，上书劝谏赵构挥师北上收复中原，但其忠心只换来"小臣越职，非所宜言"八字批语，最终落得个被革除军职，逐出军营的下场。

不过，岳飞并没有放弃。相反，他的抗金之心越挫越勇，一路北上奔赴抗金前线——北京大名府，经过河北西路招抚使干办公事赵九龄的推荐，见到了当时"声满河朔"正多方收揽英才抗金的招抚使张所，这也是岳飞第四次从军。

由于岳飞武艺高超，兼之见识非凡，文武双全，是不可多得的良将，于是张所便将他破格提升为统领，后又升为统制。

随后不久，岳飞又跟随抗金的主要领导人物，亦是岳飞曾经的上司名将宗泽。这个时期的岳飞被赏识重用，屡创佳绩，多次以弱胜强，再也不是籍籍无名的小卒了。

氾水关之战，他率领五百骑兵击败了数倍于己的金军；广德追击战，他六战六捷，击溃金军；胙城县、黑龙潭、官桥等地作战，均表现突出，战功显赫。二十六岁那年，岳飞以八百兵力击退数万人，因功升至武经大夫，后又有多次战功，升为武德大夫，授英州刺史。彼时，宗泽已去世，继任的上司杜充是个残忍好杀又缺乏谋略的贪生怕死之人。

同年二月，宋高宗得知金军攻陷天长军，惊慌失措下，连夜逃至杭州，五月又移驾建康。而杜充借勤王之名，准备离开开封前往建康，但其实是害怕金军打来有危险，准备脱离开封。开封乃是重地，一旦退守，等于将其拱手让给金人，再想收复便是难事。岳飞得知后，苦苦劝谏，但杜充压根不听。无奈军令难违，岳飞只好遵命。

反观高宗对杜充放弃开封的举动，不但不加责罚，反而命他负责长江防务，升任右相，并派使臣杜时亮向金营呈送《致元帅书》。屈辱的书信，并未取得金人的怜悯。1129年秋，金军又兵分多路向南进犯，宋军只好再度抵抗。

由杜充指挥的大宋军队在与金国作战中节节败退，最后连建康城都丢了。主帅杜充索性背叛了大宋，投降了金国。

千钧一发之际，岳飞挺身而出。

【四】

从建炎四年的初春打到仲夏，岳飞竟打得金兵连连败退。就连原本被杜充放弃的建康也被岳家军收复，取得了非常辉煌的胜利。

宋高宗更是难掩喜悦，亲笔御书，赐了"精忠岳飞"四字的锦旗给岳飞，后又将朝中部分军队拨归岳家军，大大扩充了岳家军的实力。

随后的几年里，岳飞一路南征北伐。他所率领的岳家军纪律严明，战场上所到之处更是所向披靡，时人流传着"撼山易，撼岳家军难"的话语。在此期间，岳飞还率军收复了襄阳六郡、平定洞庭湖叛乱、长驱伊洛、进军蔡州，收回了湖北、陕西、河南等大片领土，以至于高宗闻此消息后都震惊，他都没想到岳飞如此厉害。

高官厚禄，帝王宠幸，这是多少人梦寐已久的事，但绝不是岳飞。

他的毕生心愿，一直都是还于旧都，迎回二圣，恢复大宋往昔山河。奈何如今的高宗懦弱无能，甘愿偏安一隅，连同着南宋朝廷都缩在这杭州城里，苟延残喘地活着。

1138年，宋金对立形势又发生重大变化。金太宗死后，完颜亶继承帝位，向宋廷呼吁和谈。高宗早就没有了尊严和骨气，一见金人愿意和谈，他便迫不及待地想要回应对方。在这个过程中，他进一步重用秦桧，派秦桧以宰相身份代表宋高宗跪在金使脚下，答应取消宋国号，作为金的藩属，并每年纳贡。南宋与金的第一次和议达成。

岳飞与其他诸位将领大失所望，明明此刻大宋兵力充足，士气高涨，为何还要同金人议和？奈何他们再苦心劝谏也毫无所用。痛心疾首之余，也只能加倍训练军队，以待金人"翻脸"时能有防备。

没错，大家都能看透这"和谈"之下的面具与金人的狼子野心，唯独高宗愿意自欺欺人。

果不其然，不到两年，金国便翻脸不认人，单方面宣布废除和议，举兵攻打淮河两岸，顺昌即将失陷。高宗的"议和美梦"再度破碎，万般无奈之下，他只得再次派遣岳飞迎战。

岳家军在鄂州已整训三年，岳飞接诏后不负众望，在顺昌将金人击溃，随即挥师北上，与金人再度展开新一轮的角逐。

得知此番岳飞的兵力不多，金人以为有机可乘，派出了大批精锐部队，使出了看家本领，以为能重创岳家军。怎知岳家军人人以一敌百，"无一人肯回顾"，全都抱着必死的信念拼命杀敌，杀得"人为血人，马为血马"，大败金军，逼得金国统帅金兀术退还开封，哀叹连连。

眼瞅着胜利在望，即将直捣黄龙之际，高宗却连发十二道金牌，命令岳飞立刻班师回朝。朝廷这番荒唐举动就像一个冷笑话。

岳飞明白，这一走，十年功废。

可是，他没有办法。

怒发冲冠，凭栏处、潇潇雨歇。抬望眼、仰天长啸，壮怀激烈。三十功名尘与土，八千里路云和月。莫等闲、白了少年头，空悲切。

靖康耻，犹未雪。臣子恨，何时灭。驾长车，踏破贺兰山缺。壮志饥餐胡虏肉，笑谈渴饮匈奴血。待从头、收拾旧山河，朝天阙。

——《满江红》

这首词代表了岳飞的英雄之志，词里句中无不透出雄壮之气，显示了作者忧国报国的壮志胸怀。情调激昂，慷慨壮烈，悲愤中原重陷敌手，痛惜前功尽弃的局面，也表达自己继续努力，争取壮年立功的心愿，洋溢着的是满腔热血的报国情怀。

只可惜，他再无机会。

【五】

1141年，金国在无力攻灭南宋的情况下，准备重新与宋议和。宋廷十分珍惜这"来之不易"的议和机会，乘机开始打压手握重兵的将领，尤其是坚决主张抗金的岳飞、韩世忠二人。

金兀术在给秦桧的书信中明确写道："必杀岳飞，而后和可成。"

岳飞之死，是南宋朝廷能为"议和"进贡的最好的投名状。

于是，岳飞在宋高宗与秦桧的谋划中被斩首。大理寺曾严刑逼供，均未能奏效，迫不得已安上"莫须有"的罪名，才能"名正言顺"地处死岳飞。

而岳飞的供状上只留下八个绝笔字："天日昭昭，天日昭昭！"

一代忠君爱国的名将，就此陨落。

昨夜寒蛩不住鸣。惊回千里梦，已三更。起来独自绕阶行。人悄悄，帘外月胧明。白首为功名。

旧山松竹老，阻归程。欲将心事付瑶琴。知音少，弦断有谁听？

——《小重山》

寒蛩的鸣叫，朦胧的月色；梦回三更，独绕阶行。忧国忧民使他愁怀难遣，在凄清的月色下独自徘徊，日夜牵挂的都是国家的战事和兴衰。

身处那个时代，岳飞是孤独的，一心想要报国，为大宋收回失土，让天下的百姓都能安居乐业而非躲躲藏藏，苟且偷生。只可惜他的心事无人能懂，也无人愿懂，于是便只能尽数寄托于抚琴之上了。

辛弃疾：
宁做笔直折断的剑，不做弯腰曲存的钩

绿树听鹈鴂。更那堪、鹧鸪声住，杜鹃声切。啼到春归无寻处，苦恨芳菲都歇。算未抵、人间离别。马上琵琶关塞黑，更长门、翠辇辞金阙。看燕燕，送归妾。

将军百战身名裂。向河梁、回头万里，故人长绝。易水萧萧西风冷，满座衣冠似雪。正壮士、悲歌未彻。啼鸟还知如许恨，料不啼清泪长啼血。谁共我，醉明月。

——《贺新郎·别茂嘉十二弟》

少年出生时，大宋的北方就已沦陷于金人之手。

此时，可谓是国已不国，家不成家。

祖父虽在金国任职，却无时无刻不渴望有朝一日，能够拿起手中武器和金人决一死战。因为少年的先辈和金人有不共戴天之仇，祖父常常带着他"登高望远，指画山河"。

而少年也不断亲眼目睹汉人在金人统治下所受的屈辱与痛苦，这一切使他在青少年时代就立下了恢复中原、报国雪耻

的志向，因而他有一种燕赵奇士的侠义之气，又好似是从曹植《白马篇》中走出的游侠儿，敢爱敢恨，侠肝义胆。

青灯黄酒，一把剑，听起来似乎是一段快意恩仇的人生。

只可惜弃疾似去病，宋皇非汉武。

【一】

藏青色的幕布无声地铺满天卷，半冷的圆月于阴森的林荫间瑟缩着惨淡的光。

凌乱仓促的脚步声，缓缓逼近的马蹄声，戛然而止的嘶鸣。

月光下，少年看着地上拼命磕头求饶那人，如看死物。

将叛徒偷走的义军帅印揣入怀中后，他手起刀落，鲜红的血液凌空飞溅，洒在地上。再看那人头已经骨碌碌地滚到草木中，双目圆睁，似是还没接受自己已经尸首分离的结局。男子用剑一挑，那叛徒的人头便落入他手中，随即一人一骑，月光下绝尘而去。

叛徒名叫义端，曾是少年一起并肩作战的好友，却背叛大军，偷印潜逃，前往金营邀功请赏，妄图以窃得的军事机密来换得在敌国的荣华富贵。少年怎会容他？

少年名唤辛弃疾，字幼安，山东济南人。

也是那个很多年后危楼上拍遍栏杆，望着大好河山却泪洒衣襟的词坛飞将军。

没错，是词坛飞将军，而不是身披盔甲血染疆场的辛将军。

明明是行伍出身，以武起事，一生想着杀敌报国，替君王收复河山，却因为太过爱国尽职，整日口中喊着杀贼抗金，为朝廷所忌，因受排挤，最终以文为业，"被迫"在文坛上留下了浓墨重彩的一笔，成为千古流芳的诗词家，命运仿佛和他开了个天大的玩笑。

故事回到最初，那一年，他二十一岁。

当时的金国皇帝完颜亮迁都燕京之后，在金军统治下的汉人们受到的剥削更加残酷与严重。强压之下必有反抗，一些长期受奴役和压迫的汉人忍无可忍，扛起了反金大旗。其中，声势最浩大的是山东境内的耿京起义。

为了响应义军的反金义举，时年二十二岁的热血少年辛弃疾也乘机组织了一支两千人的义军队伍投奔耿京。辛弃疾自幼苦学武艺，饱读诗书乃至奇门遁甲军事兵策，为的就是这一天。耿京见少年投奔，自然是大喜过望，极为器重，让他担任掌书记一职，掌管帅印且负责军中文书要务。少年虽然寡言少语，但做事雷厉风行，果敢冷静。从上文中，他孤身一人，连追三天三夜，终于追回帅印，剑挑叛徒人头而归一事中可窥得一二。

事实上，辛弃疾非但能文能武，腹藏韬略，这位现代人称"大宋古惑仔"的少年郎更是有远见卓识。

组建义军队伍，说近点是为了反抗金人统治，解救这片土地上被欺压的汉人。往长远看，是为了收复大宋被敌军占据的江山。他劝说耿京，何不归于大道，直接和南宋朝廷联系，归顺国家。一番劝说下，耿京欣然同意。于是，辛弃疾便责无旁贷地领下了代表义军渡江南下与南宋朝廷商谈的任务。

在他顺利完成使命归来的途中，原以为一切将会归于大道，按部就班时，变故再次出现，且来了个晴天霹雳。辛弃疾得知营中再次出现叛徒，还把起义军的统帅耿京给杀了，导致全军溃散！辛弃疾怒从心起，誓不追回叛徒决不罢休。

于是，便有了《稼轩记》上所言："赤手领五十骑，缚取于五万众中，如挟兔。束马衔枚，间关西奏淮，至通昼夜不粒食。壮声英概，懦士为之兴起，圣天子一见三叹息。"

胆敢以区区五十人之力直闯五万人的金营，这等英雄气概便足以让人心生赞意，感慨一声勇气可嘉。可事实上，辛弃疾不光闯了军营，还在数万人的敌营里如探囊取物一般生擒了叛徒。听起来就魔幻得不得了，可这偏偏就是现实。

历史上能做到这样的，西汉的冠军侯霍去病是一个。辛弃疾想，我偶像能够做到的事，我也一样可以！

抓回叛徒张安国后，辛弃疾将其押到临安斩首示众，来祭奠以耿京为首的牺牲的义军将士。消息传回中原，各地军士气大振。一时间，辛弃疾风头无两，甚至宋高宗都予以称赞。

壮岁旌旗拥万夫，锦襜突骑渡江初。燕兵夜娖银胡觮，汉箭朝飞金仆姑。

故事到这里，辛弃疾在北方的生活算是有了一个璀璨夺目的结尾。他原以为这只是自己纵横疆场，戎马生涯中一个还算漂亮的开端，却不知这将是自己日后一生中最肆意灿烂的记忆。南归之后，辛弃疾再也没有机会奔赴疆场。

【二】

按道理来说，辛弃疾如此英雄胆识与气概，生擒叛徒张安国一事名动天下，宋天子都欣赏不已。就在辛弃疾自己也觉得能够一偿平生夙愿，以为马上天子会让他披甲上战场杀尽金兵，替大宋收复失地的时候，残酷的现实却给他泼了一盆又一盆冷水，让他看清自己从小生就的壮志成了终其一生无法实现的美梦。

首先是他归正人的尴尬身份，始终让朝廷无法真正地相信他。毕竟，他出生于山东济南。在那时，济南已经被金人占据，成了金人的地盘，且辛弃疾的爷爷辛赞还在金人的地盘上当官，哪怕辛弃疾从小接受的教育是"身在金营心在宋"，大宋到底还是忌惮。

不过，对这个优秀的年轻人，总归还是要拉拢一番，面子上的功夫也得做一做。他开口闭口就想当杀敌报国的将军，和金人打仗？满朝文武轻叹一声，呵！小伙子到底还是太年轻，火气太旺，金人是你想打就打的吗？老婆孩子热炕头的生活不舒服还是金银财宝硌着你了？放着安稳的日子不过，非要去找事。得了，到底年轻气盛，给个小官让他先做一做，磨一磨他的锐气。

于是，辛弃疾被朝廷任命为江阴签判，开启了他在南宋朝廷的第一份工作。

彼时二十三岁的辛弃疾初来乍到，对南宋朝廷的怯懦和畏缩并不了解。虽然觉得这份工作和自己所想的相差甚远，但他天真地觉得这是朝廷对他的试炼，唯有勤勤恳恳地工作才算是不辜负朝廷对自己的期待。

毕竟，高宗皇帝曾亲口赞许过他的英勇行为，不久后即位的孝宗皇帝也一度表现出想要恢复失地、报仇雪耻的愿望。那他自然得时刻期待着"收拾旧山河"再"朝天阙"了。

渐渐地，他发现事情好像距离自己所想的越来越远。原以为那是美梦的开端，却发现是噩梦的开始。

当时的南宋朝廷是一个贪图安逸、不思进取的腐朽集团，主和派将软弱的不抵抗主义贯穿到底，美其名曰养精蓄锐，以图后时。事实上，却是"暖风熏得游人醉，直把杭州作汴州"。以天子为首，几乎满朝官员都沉浸在南宋自身营造的虚假的繁荣太平，歌舞升平的幻想之中，国仇家恨早就被抛诸脑后。

那么，在这样糟心的环境下，那些身怀理想抱负想要真心为国家做出一番事业的官员们压根看不到出路，像辛弃疾一样整日喊打喊杀的主战派更是碍眼得很，主和派恨不得将他们送到外太空，消失不见才好。

辛弃疾觉得自己好像陷入了一个恶性循环，或者说他遇到了一个假国家。

自他归顺南宋朝廷的二十多年里，频繁调任近四十次。在福建、浙江、江苏等一些地方的为官生涯，往往时间不长就以罢官收场。每当他说服自己这一切都是朝廷对自己的考验然后认真工作时，做得稍有起色就以这样那样的借口被调离，然后再重新分配一份新的工作。对了，工作的大部分内容是负责治理荒政、整顿治安，这与他满心期待的杀敌报国有十万八千里的距离。

从意气风发的少年郎到接受了现实的中年官员，时间沧桑了他的容颜，带不走的则是他那豪迈倔强的性格和执着北伐的热情，一分一秒，一丝一毫，也没消退。

他耗尽心血，精心编写《美芹十论》《九议》。他抓紧一切能够上书朝廷北伐的机会，争取一切能上前线杀敌报国的机会，哪怕只是徒劳。

【三】

不惑之年的辛弃疾早已不是当初那个莽撞的少年，经过多年官场的磋磨，他也意识到自己"刚拙自信，年来不为众人所容"，所以早已做好了归隐的准备。

果然，刚接到朝廷委派他任浙西提刑一职，还没走马上任，就遭到监察御史的弹劾。被控告的罪名是"用钱如泥沙，杀人如草芥"，说他作风粗鲁，用钱不节俭，杀人还随意……如此可笑蹩脚的理由，朝廷竟然"明察秋毫"，全盘认同，迅速地撤掉辛弃疾所有的职务，将其罢免。对此，辛弃疾只能无语望苍天，长叹一口气，然后收拾铺盖走人。

他回到庄园，开启了稼轩居士的村居生活。此后二十年间，除了有两年一度出任福建提点刑狱和福建安抚使外，他再未为官。

追往事，叹今吾，春风不染白髭须。却将万字平戎策。换得东家种树书。

随着光阴飞逝，他已不再年轻，白发丛生。无奈郁闷之时，他开始写词。世人常称李后主是"国家不幸诗家幸"，那么就辛弃疾而言，便是"兵家不幸词家幸"了。他将自己的一腔爱国之情与壮志未酬的悲愤无奈尽数倾注于诗词之中，一不小心成了一代词宗。

早年是"燕兵夜娖银胡觮，汉箭朝飞金仆姑"，何等意气风发，而今是"却将万字平戎策，换得东家种树书"。不过，辛弃疾还是那个辛弃疾，嘴上说着"君恩重，教且种芙蓉"，貌似看破世事，安心做一个田家翁，可背地里"醉里挑灯看剑，梦回吹角连营"，都不知摸了多少回挂在墙上的宝剑、放在衣橱里的盔甲。毕竟，杀敌报国，收复失土，那是他从儿时到现在，一直没有改变，刻在血液里的愿望。

他辛弃疾可以不做官，但绝不能去做主和派。

要他像南宋朝廷里的其他官员一样，为了前途与富贵而苟活着，眼睁睁地看着敌军在自己国家的河山上撒野造次，绝无可能！

可是，他想将这一腔热血连带着好头颅一同洒在北伐的战场上的机会都没有啊！

啊！有的！六十六岁那年，辛弃疾迎来了他此生离梦想最近的一次机会。

草原上的蒙古人崛起，曾经不可一世的金人如今遇到强敌抱头南窜，顺便攻打南宋。可谓是强者欺负弱者，弱者欺负更弱者。

南宋朝廷再次被吓破了胆，这一次和谈无效，只能派兵硬抗。可是，放眼望去，平时义正词严舌灿莲花的群臣，此刻都极力地缩小自己的存在感，满朝文武，竟找不到一个硬骨头的人。

"有谁愿自告奋勇？"

人群中，辛弃疾的名字突然被提起。

照理来说，面对这种"挥之即去，召之即来"的无理需求，但凡有点态度的臣子此刻都应会拒绝，硬骨头如辛弃疾更应如是。

可是，辛弃疾没有，非但没有，他还拿出了一万分的辛勤去做好北伐前的工作。

屯粮训兵、准备后勤、布局策划，甚至于为了知己知彼，还派出精锐去收集敌军情报。他满心欢喜地以为，这一次是上天赏赐的机遇。更何况，日薄西山的金国早已外强中干。

然而，现实再次给了他狠狠一击。

千古江山，英雄无觅孙仲谋处。舞榭歌台，风流总被雨打风吹去。斜阳草树，寻常巷陌，人道寄奴曾住。想当年，金戈铁马，气吞万里如虎。

元嘉草草，封狼居胥，赢得仓皇北顾。四十三年，望中犹记，烽火扬州路。可堪回首，佛狸祠下，一片神鸦社鼓。凭谁问：廉颇老矣，尚能饭否？

——《永遇乐·京口北固亭怀古》

所谓北伐，不过是宰相韩侂胄为了巩固自己的权势，在没有做好充分准备下仓促为之。辛弃疾苦口婆心地提了许多建议，却再度被嫌碍事而调离一线。

后来，众人笑他自作多情，他自苦笑登上北固亭。

于是乎，我们可以想象那样一幅画面：一个六十多岁的老人登上亭子，脚步缓慢，却不容许自己些许颤巍。偶尔有凉风拂过老人的白发，可他浑然不觉。透过老人那双饱经世事却依然清透的眸子，追忆起千年前的风云变幻，画面闪烁着，闪烁着，最后变得模糊。

随着栏杆拍遍，除了老人通红的双手，还有一滴混浊又晶莹的泪。

后来，宋宁宗打算再度任命他为兵部侍郎统兵北伐，病重卧床的辛弃疾强撑病体，时光流转，他好像又回到了当年的战场上，挥舞刀剑。

义军、飞虎军……他来了啊！

【后记】

对于一个平生以收复故土为己任的将军来说，马革裹尸是最光荣的归宿。

对辛弃疾而言，不能死在战场上，退一步，死在去往战场的路中，也算是一个勉强圆满的结局。

总归是不愿苟且偷生地活着，总归是要把这一生奉献给国家。

陆游:

亘古男儿一放翁

世味年来薄似纱,谁令骑马客京华?小楼一夜听春雨,深巷明朝卖杏花。

矮纸斜行闲作草,晴窗细乳戏分茶。素衣莫起风尘叹,犹及清明可到家。

这首由南宋著名爱国诗人陆游晚年时期所作的七言律诗《临安春雨初霁》,在一开篇便以问句的形式表达世态炎凉的无奈和客籍京华的蹉跎,直抒胸臆,情感喷薄。

如果不去看作者的名字,初读这首《临安春雨初霁》,也许读者不一定能将此间明艳唯美的杏花春光词与那位动辄高唱"一身报国有万死"抑或是"尚思为国戍轮台"的爱国词人陆游联系到一起。

那位哪怕是碰见几朵鲜花,听一声雁唳,喝几杯酒,写几行草书,都会惹起报国仇、雪国耻的心事,血液瞬间沸腾起来的陆游。

那位一生都在翘望王师，却到死也等不来一句北定中原的陆放翁。

彼时已是六十二岁的陆游，在家乡山阴已赋闲了五年。闲居在家的日子里，那些属于他少年时的意气风发与壮年时的裘马轻狂，好似都随着岁月的流逝一去不返了。

宣和七年，十月十七。陆宰偕夫人唐氏从水路进京，本是奉诏入朝述职，却于淮河舟上喜得麟儿，取名陆游。

关于这名字的由来，有诸多版本。

据南宋叶绍翁在《四朝闻见录》中记载，是因为唐氏临盆前曾梦见大词人秦少游，不如就取名"陆游"，以敬先人。

而据清朝诗人查慎行《得树楼杂钞》中所言，陆宰期待自己的孩儿能内外兼修，便从《列子·仲尼》中"外游者，求备于物；内观者，取足于身"一句给第三子取名游，字务观。

古时士大夫家族给孩子取名冠字，大多喜好从典籍中找。两相对比之下，查慎行的这种说法似乎更合理一些。

从前的北宋是文人的天堂与乐园，可陆游出生的那年，北宋王朝在连年的战火中岌岌可危，乐园早已分崩离析。同年，金兵南下。两年后，汴京城被金人攻破，伴随着史上前所未闻的浩劫国耻，一国两君徽宗与钦宗皆被强行掳走，一同被当作金人战利品洗劫一空的，除了皇宫国库及城中的古玩书籍、金银玉器，还有后宫妃嫔，皇孙贵胄，王公大臣，以及太监宫女，民女，官女……此后去过上猪狗不如的奴隶生活。

靖康之耻，亦是正式敲响了北宋亡音。

这一年，英雄岳飞刚满二十五岁，而陆游尚在襁褓之中。

曾经辉煌的大宋王朝只好退居半壁江山，在徽宗十一子赵构的带领下，辗转苟且于南方，再高举宋旗，史称南宋。

就这样，杀伐、失地、颠沛流离的家国之痛，拉开了陆游的人生序幕。

出身名门望族、江南藏书世家的陆游自幼聪颖，接受到良好的教育熏陶，再加上从小就泡在堪比图书馆的藏书之家中，十二岁便能文赋诗也不足为奇。

回过头来看，说是家学渊源，倒也一点都没有夸大。陆游的高祖陆轸是真宗年间进士，官至吏部郎中，追赠太傅；而祖父陆佃是北宋后期名臣，精通经学，师从宰相王安石，官至尚书右丞，追封楚国公，所著《春秋后传》《尔雅新义》等是陆氏家学的重要典籍；父亲陆宰，官职虽不如先辈显赫，但也是北宋赫赫有名的藏书家，更是同主战抗金的叔父陆宲一样，是一位志存高远的爱国之士。

据《跋傅给事帖》上记载，陆游幼时常看到父辈们"相与言及国事，或裂眦嚼齿，或流涕痛哭，人人自期以杀身翊戴王室"。陆游青年时期师从曾几，这位曾经在国家危难之际，写下了"问我居家谁暖眼？为言忧国只寒心"之句的先生更是一位心怀忧国的士大夫。

"儿时万死避胡兵"的颠沛流离的生活，虽然给幼年陆游的弱小的心灵里留下了深重的创伤，可在家庭与日常接触的人们浓重的爱国思想的熏陶下，不是国仇家恨，就是收复中原。耳濡目染之中，也在年幼的陆游心里种下了一颗炽热的爱国种子。

长大后的陆游不愿仅仅将自己框在一个蒙受先辈恩荫而得的"登仕郎"职位上安稳度日，他踌躇满志于"上马击狂胡，下马草军书"，希望自己能够有一天亲临战场，杀敌报国。在他看来，只有通过自己取仕做官，才能实现自己爱国忧民的远大抱负。

少年陆游带着满腔热血步入仕途，前两次的科考落榜并没有打击这个少年人的一颗进取的心。绍兴十三年，陆游进京临安，再次参加了科考。与前两次不同的是，这一次是朝廷针对现任官员及恩荫子弟设立的进士考试。当然，和前几次结果相同的是，这一次他依旧没有考上。

虽然这一次是他距离成功最近的一次，以省市第一名的优异成绩力压当朝宰相秦桧的孙子，原以为能一举夺魁，大显平生所学，用他的话来说，就是"落笔辄千言，气欲吞名场"，最终却发现竟无缘殿试。世人多将这一次的落榜归于秦桧身上，这位臭名昭著的南宋宰相一心想要自家孙子夺得状元之名，哪能允许其他"不长眼"之人凌驾于孙子名次之上？陆游挡了秦埙的道，自然是要被秦桧除名以泄恨报复。当然，力主判定陆游考卷为第一的主考官陈之茂也为自己的正直付出了相应的代价。

而更深层次的原因是在那个时候，南宋与金朝的作战中，以宋高宗、秦桧为代表的主和派反对抗金，主张求和。而陆游在这次科考当中文章的主题却是力主抗金，恢复中原。因此，秦桧便以陆游"喜论恢复"违背当时国家的政治策略为由，取消了陆游科考的名次。

陆游并非埋头苦读的书呆子，其中曲折焉能不懂？只是少年的傲气就像出鞘的宝剑，绝没有畏缩回头趋炎趋势的道理。更何况陆游的理想一直是想做像岳飞那样的将军，取仕做官也不过是为实现报国理想的权谋之计。毕竟，那可是在年近半百之时也能留下"秦岭打虎"美名的陆放翁啊！世人皆赞辛弃疾天生一副英雄好汉模样，堪称"文能提笔安天下，武能上马定乾坤"，殊不知陆游亦不遑多让，他从没有把自己当作一介书生，也不甘心只做个纯粹的文人。

绍兴二十五年，秦桧病逝。陆游正式出仕为官，不久又调入京师，任敕令所删定官。此刻，南宋朝廷中的抗金派逐渐抬头，纷纷要求收复失地。早在踏入朝堂的那一刻，陆游的爱国热情再度喷薄而发。他多次向高宗上书，提出了诸多爱国的建议。

看到肆意加封的外臣，他便进谏阻止，以免"扰乱朝廷体制"；皇帝玩物丧志，他便劝言君上严于律己。就连徽宗皇帝一直宠幸的奸臣杨存中，他也敢直言上谏要求圣上罢免。在那个朝臣个个心怨杨存中却无一敢上言的时候，陆游挺身而出，且有不撞南墙不回头的势头。这一身铮铮铁骨，也激起了众人的血性，于是纷纷复议。高宗无奈妥协，只得降了杨存中的职。表面上，陆游因其正直清明，被升为大理寺司直兼宗正簿，负责司法工作，而实际上，到底还是得罪了高宗，不久后被降职罢免。

直到绍兴三十二年，宋孝宗赵昚即位，陆游的仕途才有所起色。主战派的孝宗皇帝不但替岳飞洗冤平反，而且还非常欣

中卷 豪放派·千古风流人物

097

赏陆游，破例赐他进士出身，任其为枢密院编修官一职。正当陆游以为自己终于得遇伯乐，可以施展自己平生抱负之时，再度因耿直的劝谏之言，兼之要求圣上罢黜身边龙、曾两位奸臣，惹君王反感。结果，鱼肉百姓的奸佞好端端地立于朝堂之上，而眼里容不得沙子的陆游却被降职贬官，一贬再贬，直至无可再贬。

这一搁置，便是许多年。

乾道八年，陆游正在南郑参加王炎军幕事，他与王炎积极筹划进兵长安，这是他离疆场最近的一次。然而，南宋朝廷养兵不用，苟且偷安。王炎被调回京，幕府被解散，而他为北伐精心编写的《平戎策》也被朝廷否决，北伐计划毁于一旦。陆游的一腔报国热血，到头来不过是他的一厢情愿。

再到后来，宦海沉浮。被贬谪，被起用，再被贬谪，被起用，再度被罢职……

每次被朝廷遗弃，被君王贬谪，无一不是触碰逆鳞，喜谈恢复。

此后的很多年，他依旧固执地守着心中的信念，主张抗金，收复中原。

五代时，石敬瑭将燕云十六州割出去，实际宋朝就从未实现过大一统。陆游没见过，他爹没见过，他祖父也没见过。可是，临终，他还惦记若有一日王师北定，让儿孙记得告诉他。不幸的是，直到他的儿孙相继报国而去，都未能等到。

他一生的主旋律都是爱国，不曾更改。如果说他为谋仕途，稍微转圜即可。明知主和派把控朝廷，他哪怕有一丝的政治投机念头，跟着拥簇高宗和秦桧的大部队高呼几声和平万岁，人生或许就不一样了，至少说得到官职和升迁的机会就大很多。

可他偏不，决不拿原则换权位。

山河故土，寸寸不让。

嘉泰二年，距离陆游被罢官已是十三年之久，朝廷诏陆游入京，担任同修国史，主持编修孝宗、光宗《两朝实录》和《三朝史》。等到国史编撰完成，宋宁宗升陆游为宝章阁待制，陆游遂以此正式致仕，时年放翁已经七十九岁。

被免官后，病身居荒野，仍为国担忧，他写"位卑未敢忘忧国，事定犹须待阖棺"；觉得自己永无上战场的可能了，只能在梦里驰骋沙场，他写"夜阑卧听风吹雨，铁马冰河入梦来"。再后来，生了重病，一病不起，他知道没机会看到王师北定了，于是写下绝笔："王师北定中原日，家祭无忘告乃翁。"

至此，他人生的篇章伴随着这一辈子的驰骋爱国心，正式落下帷幕。

世人提及陆游，总是津津乐道于他的原配妻子唐婉与钗头凤。

在临终前的最后一年里，八十二岁的陆游拖着病体重游沈园，数次张皇四顾，却只剩下凄凉悲怆。伤心桥下春波绿，曾是惊鸿照影来。

算是他这坚硬倔强的一生，柔情的注脚。

王安石：

吾心吾行澄如明镜

　　登临送目。正故国晚秋，天气初肃。千里澄江似练，翠峰如簇。归帆去棹残阳里，背西风、酒旗斜矗。彩舟云淡，星河鹭起，画图难足。

　　念往昔、繁华竞逐。叹门外楼头，悲恨相续。千古凭高，对此谩嗟荣辱。六朝旧事随流水，但寒烟衰草凝绿。至今商女，时时犹唱后庭遗曲。

　　　　　　　　　　　　　　——《桂枝香·金陵怀古》

　　那日黄叶满地，偶有几篇落在王安石的长衫之上。他登楼远望，才发现故国旧都已是一片深秋了。滔滔千里的江面之上，无数征帆于落日余晖中匆匆驶去。曾经的六朝古都金陵城，在纵享世间锦绣繁华后又历经王朝覆灭后的颓败，后世的文人骚客们对着这片大好河山逸兴遄飞，不住慨叹，却也只是惋惜感叹。

　　这首《桂枝香》开头写景奇伟壮丽，气象开阔、旷远绵邈，充分展现出了词人的广阔胸襟。而下阕笔锋一转，立意新颖，则是一个清醒的政治家对于国事高瞻远瞩的真知灼见。

词本倚声，北宋当时的词坛虽然已有晏殊、柳永这样一批有名词人，但都没有突破"词为艳科"的束缚，词风柔弱无力。可王安石却不愿意只将词当作一种倚声之作，甚至于发表了在当时算是异端之论："古之歌者，皆先为词，后有声，故曰'诗言志，歌永言，声依永，律和声'。如今先撰腔子，后填词，却是'永依声'也。"

很显然，王安石的词绝不是慨叹个人的悲欢离合、闲愁哀怨，而是反映了他对国家民族前途命运的关注和焦急心情。作为一个改革家、思想家，王安石站得高、看得远。而这首《桂枝香》正是通过对六朝历史教训的认识，表达了王安石对北宋社会现实的不满，透露出居安思危的忧患意识。

【一】

金炉香烬漏声残，翦翦轻风阵阵寒。春色恼人眠不得，月移花影上栏杆。

——《夜直》

那是 1068 年的一个春日的夜晚，对于很多人来说，不过是再普通不过的一日。可对于王安石来讲，这一日的夜景却是如此撩人。

晚间，仆从点燃的香早已经袅袅燃尽，香炉里只剩一片香灰，漏壶里的水也即将漏完，半夜吹来的风仍带着丝丝寒凉之意，似乎这样的深夜里，格外适合好梦入眠。

这温柔的月色好似皑皑白雪一般洒落在地，不由得让人逸兴遄飞，思绪万千。纵使"直男"如王安石这种很少有闲情雅致来吟风诵月的人，此刻也是难掩内心欢喜。于是，辗转反侧之下，他便披上衣袍，索性赏起了春日的月夜。

说是赏这月色，可脑海里想的却是近日里朝堂之上的情形。一想到白日里神宗皇帝对于自己的一些变法主张流露出赞许的神色，王安石便抑制不住心潮澎湃，正是龙虎风云、君臣际遇的良机，大展鸿图，即在眼前。

苦熬多年，他终于等到了这一天。

那个曾经在江宁城中埋头苦读的少年，在青年时期跟随父亲到处宦游，见识了民间疾苦后，便在心中暗暗立志，将来要做一名"矫世变俗"、为百姓谋福祉的好官。

十年寒窗苦读，终未被辜负。1042 年，王安石高中进士榜第四名。只是在众人诧异的目光里，他放弃了旁人求之不得的京试入馆阁的机会，而是选择去一个名不见经传的小地方鄞县去任职。不光是磨炼自己，也是为了实践自己当时的诺言，到百姓身边，为百姓做事。在任期间，他勤政爱民，大力发展教育、兴修水利，不但政绩斐然，名声更是如日中天，深受百姓爱戴。王安石的努力，朝廷也看在眼里。

宰相文彦博出于爱惜人才之心，以王安石恬淡名利、遵纪守道，向仁宗皇帝举荐。奈何王安石却以不想激起越级提拔之风为由拒绝。副宰相欧阳修举荐他为谏官，王安石也以祖母年高的理由委婉推辞。此后，北宋朝廷多次委任王安石以馆阁之职，他均推辞不就。士大夫们以为王安石无意功名，不求仕途，纷纷遗憾无缘和他结识。朝廷多次想委以重任，也都担心王安石不愿出仕。

对于这些显贵的提携、朝廷的青睐，王安石通通拒之。这倒不是因为他有一颗超凡脱俗不为名利所动的心，而是在他看来，时机未到。他要做的是大事，等待的也是非一般的东风。

1067年，宋神宗即位。神宗久慕王安石之名，任命他为江宁知府，旋即诏为翰林学士兼侍讲。从此，王安石深得神宗器重。

王安石等候已久的东风，终于缓缓吹来。

"大有为之时，正在今日。"1069年，王安石正式拜相。

【二】

爆竹声中一岁除，春风送暖入屠苏。

千门万户瞳瞳日，总把新桃换旧符。

——《元日》

逢年过节燃放爆竹，这种习俗自古便有之，一直延续至今。在一片热闹的爆竹声送走了旧的一年，人们饮着元日醇美的屠苏酒，感受着春天的温暖气息，家家户户都沐浴在初春朝阳的光照里，纷纷在门上贴上新的桃符来替换旧年的桃符。

诗词文赋往往可以传达作者的心声。不难发现，这首《元日》表现的意境和现实，除了刻画新年元日热闹、欢乐和万象更新的动人景象外，还自有它的象征意义。

此诗创作时，正是王安石出任宰相不久，推行新法时。正如诗文里所写，人们将新的桃符代替旧的一样，王安石亦迫不及待大展身手，想要革除旧政，施行新政。

王安石对新政充满信心，他期待新法走进千家万户，替代旧法，人人眉开眼笑，所以反映到诗中就分外开朗。这首诗，正是赞美新事物的诞生如同"春风送暖"那样充满生机。"曈曈日"照着"千门万户"，这不是平常的太阳，而是新生活的开始。在他看来，这次变法带给百姓的是一片光明。

而他的愿望亦很简单，不求名垂青史，但愿无愧于心。只盼得这大宋的天下再长治久安些，生活在大宋的子民们再幸福平安些。

其实，早在王安石提出变法之前，北宋赫赫有名的前任宰相，写出"先天下之忧而忧，后天下之乐而乐"的范仲淹也推行过变法，即"庆历新政"，历经一年即告失败。其失败的原因主要是力度不够强大。当时的掌权者是仁宗皇帝，他对于变法不够坚定，优柔寡断，兼之范仲淹遇到的阻力太多而改革派的力量又太弱。

相比而言，王安石的变法力度比范仲淹要大得多，所遇阻力自然也会更大。但王安石在变法一事上，远比范仲淹更有魄力，颇有不达变法目的决不罢休的架势。

天变不足畏，祖宗不足法，人言不足恤。

在他看来，当前人制定的法规制度若不适应当前社会的需要，甚至阻碍国家进步时，就需要修改甚至废除。至于流言蜚语，王安石更无须顾忌。早在变法伊始，王安石就做好了充足的心理准备，任何人、任何事都无法动摇他坚定变法的心。

王安石变法的目的在于富国强兵，借以扭转北宋长期积贫积弱的局势，增强大宋对外防御、对内弹压的能力。不得不说，王安石变法很彻底，渗透进了政治、经济、军事、社会、文化各个方面，是中国古代史上继商鞅变法之后又一次规模巨大的社会变革运动。

【三】

伊吕两衰翁，历遍穷通。一为钓叟一耕佣。

若使当时身不遇，老了英雄。

汤武偶相逢，风虎云龙。兴王只在谈笑中。

直至如今千载后，谁与争功！

——《浪淘沙令·伊吕两衰翁》

伊尹和吕尚两位老人，困窘和顺利的境遇全都经历过了。他俩一位是钓鱼翁，一位是佣工。倘若两位英雄遇不到贤明的君王，等待他们的结局也只能是老死于山野之中。

然而，上天垂怜，机缘巧合下，他们遇到了英明的君主成汤和周武王，从此大展宏图，一展抱负。两千多年过去了，迄今为止，谁又能与他们所建立的丰功伟业一争高下呢？

王安石借着这首词歌咏伊尹和吕尚"历遍穷通"的人生遭际和名垂千载的丰功伟业，叹息君臣相遇之难，以抒发自己对于"伯乐"宋神宗的感激。

他早年便有大志向，要致君尧舜，但长期不得重用。腹中韬略，无人能懂。1058 年任支度判官时，他曾向宋仁宗上万言书，对官制、科举和奢靡无节的颓败风气作了深刻的揭露，请求改革政治，加强边防，奈何朝廷并未采纳他的变法主张。直到宋神宗即位，他才有了类似"汤武相逢"的机会，可以干一番惊天动地的大事业。因此，伊、吕的得遇明主和建立功业对于王安石来说，是一股巨大的精神力量，他从中受到了鼓舞，更是增强了推行变法的决心和勇气。

事实上，王安石的变法在一定程度上改变了北宋积贫积弱的局面，通过一系列理财新法的实行，国家的财政收入有了明显的增加，国库充裕。宋神宗年间，国库积蓄可供朝廷二十年财政支出，彻底改变了北宋"积贫"的局面。而"强兵之法"的推行，也使得北宋积弱的局面得以缓解，国力有所增强，扭转了西北边防长期以来屡战屡败的被动局面。

当然，前者都是王安石变法给国家带来的肉眼可见的好处，更多随之而来的重重压力与险阻，更像是万箭齐发，让他避无可避。法令颁行不足一年，围绕变法，拥护与反对两派就展开了激烈的论辩及斗争，史称"新旧党争"。

变法在推行过程中，由于部分举措的不合时宜和实际执行中的不良运作，矫枉过正，如保马法和青苗法也给百姓的利益带来了不同程度的损害。最重要的一点，王安石的新法触动了这些北宋守旧派的根本利益，撬动了别人的"奶酪"，于是遭到他们的强烈反对。

1074年的春日，天大旱，久不雨。朝中的守旧势力抓住了这绝佳的借口"天变"来围攻王安石和他的变法。

而让神宗皇帝忧形于色，食不甘味，彻夜难眠的则是在郑侠呈上《流民图》之后，画中风起沙飞，天昏地暗，百姓扶老携幼，衣衫褴褛，面露愁容。而他们所食之物不过是草根、树皮，更有甚者还要被戴上刑具背瓦、抬木头，以偿还官府青苗法所贷本息。

那一日，神宗皇帝对着这幅《流民图》看了又看，叹了又叹。

同年四月，王安石罢相。

【四】

别馆寒砧，孤城画角，一派秋声入寥廓。

东归燕从海上去，南来雁向沙头落。

楚台风，庚楼月，宛如昨。

无奈被些名利缚，无奈被他情担阁！可惜风流总闲却！

当初漫留华表语，而今误我秦楼约。

梦阑时，酒醒后，思量着。

——《千秋岁引·秋景》

熙宁九年，王安石被罢相。

这位曾经声名显赫，在北宋政治旋涡里搅弄风云的"拗相公"彼时已心灰意冷，选择退居钟山。

金陵秋色，燕来雁去，风满月楼，古城寥廓，思绪万千。

流光只须臾，我亦岂长久。新花与故吾，已矣两相忘。

半生的心血与宏图壮志皆化为尘土，怎能不失意悲凉，自我嘲讽这半生都为功名所误。而实际上，他又怎是汲汲于功名之人。

倘若他不曾变法，做大宋朝廷里因循守旧的臣，靠着自己过人的才识和对政治的敏锐，未必不能做一个太平宰相人。

只是他不愿，那个在少时就奔走于各个州县为民造福的青年官员不愿。

其实，博览群书的他怎会不知古往今来的变法者大多落得惨烈下场。商鞅车裂，吴起惨死……以身殉法，自古有之。在生出变法之心的那一刻，王安石便做好了一腔孤勇的准备。

纵百年身死，负千古骂名，吾志所向，一往无前。

只要那颗造福百姓的心，长存。

很多年后，神宗皇帝去世，新法被尽数废除。有人曾在江宁的乡野间，看到一垂垂老者骑着一匹瘦马，携一枝长梅，晃晃悠悠，独自远去。

文天祥：
为臣死忠，死又何妨

"鹤寿千岁，以极其游，蜉蝣朝生而暮死，尽其乐。"

蜉蝣知道自己寿命短暂，不过须臾，因而尽情享乐，方不辜负来这世间一遭。可文天祥，他明知自己效忠的王朝短在须臾，如风中烛火随时可灭，却仍用尽这一生，义无反顾地去奔赴一场注定的无可奈何。

【一】

文天祥出生的时候，金国灭亡，蒙古大军挥师南下。彼时，南宋已经山河日下，内忧外患交加，如同一个回天乏术、药石无医的病人，距离灭亡只有几十年。

文天祥的父亲虽然只是一位普通人，并无官职傍身，好在文家家境也算宽裕。文天祥的父亲很注重培养自己的儿子，除了给文天祥请一些当地出名的夫子教书之外，还经常带他去庙堂参拜。看着欧阳修、杨邦乂、胡铨等人的画像谥号里都带着一个"忠"字，幼小的少年肃然起敬，内心也是溢起豪情万千，暗暗下定决心，要向画像上的人学习，成为其中一员。那时的文天祥也许没有意识到，这个"忠"字未来也将成为贯穿他一生且永恒不变的"磁针石"。

从小就天资聪颖的文天祥在二十一岁那年便高中状元。集英殿上，他以一篇名为"法天不息"的万字文章震惊朝野内外。宋理宗阅后，钦点他为第一名，可谓是胪传第一传。据说，当时的考官王应麟也忍不住上奏，在他的奏折里不吝词句地赞美这位旷世奇才，"是卷古谊若龟鉴，忠肝如铁石，臣敢为得士贺"。意思是这个试卷以古代的事情作为借鉴，忠心肝胆好似铁石，我以为能得到这样的人才可喜可贺。

宝祐四年，也就是文天祥中状元的那一年，他将自己的字改为宋瑞。意义再明显不过，愿大宋祥瑞。那个立志要为国家苍生付出一生的少年，连自己的姓名都是对国家执拗的表白。

【二】

父亲逝世的消息传来，文天祥暂停了致君尧舜禹，为生民开万世太平的雄心壮志，回到家乡尽一份为人子的责任，为父亲守孝二十七个月。守丧期一过，朝廷便将他派遣到了浙江宁海做判官。

那一年，元军顺着汉江水陆并进南下的消息传来，满朝文武都被吓破了胆，纷纷乱作一团。理宗的贴身内侍董宋臣对宋理宗提出了迁都的建议。明知此举荒唐，可朝臣们却没有人敢进谏反对。唯有文天祥在听闻后立刻上书，并请求官家"斩杀董宋臣，以统一人心"。然而，一片赤诚忠言却并未被朝廷理会。无奈之下，他只能自请外调。

此后，便是二十多年的宦海沉浮。文天祥为人正直，他的心中装着的只有南宋的江山社稷，丝毫不屑于狗苟蝇营的争权夺利，在那一摊污浊中便显得格外可贵，也格外碍眼。举世皆浊他独清，众人皆醉他独醒。排挤与污蔑更是司空见惯，于是傲骨铮铮的文天祥在三十七岁那年选择辞官离开庙堂，修身养性，寄情于山水江湖间。奈何南宋朝廷不重用他却也不愿舍下他这一身的才华，没多久又将他叫了回去，任以赣州知州。

德祐元年，也就是在文天祥四十岁这一年，元军沿着长江一路南下，长江上游告急，正是国家危难之际。宋廷诏令天下兵马勤王，文天祥捧着诏书流涕哭泣，痛不能止。此后，他变卖了自己的全部家产，将其作为军费，招募了一万多士兵，誓死保卫临安城。奈何当时的朝廷将这一片拳拳的爱国之心再一次践踏后弃之于地。直到常州城的百姓被蒙古大军疯狂地屠戮时，朝廷这才连忙让文天祥回防临安。

后来，南宋节节败退，文武百官降的降、逃的逃，偌大的一个朝廷，竟然找不出一个有血性的官员敢去和元军谈判。临危受命的文天祥被太后升为右丞相，前往元军大营——众人都心知肚明的龙潭虎穴之地，去议和。

虽说在与元军的作战中，宋军一败涂地不堪一击，可文天祥在元朝的军营里却无半点怯色，而是与元朝丞相伯颜针锋相对，为国尊严，寸步不让。惹怒了伯颜的下场便是被扣押在军营里，几经辗转，文天祥才逃出了元军的大营。

> 九门一夜涨风尘，何事痴儿竟误身。
>
> 子产片言图救郑，仲连本志为排秦。
>
> 但知慷慨称男子，不料蹉跎愧故人。
>
> 玉勒雕鞍南上去，天高月冷泣孤臣。

——《愧故人》

在高天冷月的下面，文天祥想到那些起兵勤王的老朋友，心里顿感惭愧万分，痛恨自己无用之余，也只能掩面哭泣，成为茕茕孑立的故国孤臣。

事实上，在逃出之后，文天祥并未停下他的保家卫国之步，一路上跌跌撞撞，扯起旗帜继续抗元，颇有不撞南墙不回头之意。当然，纵使撞了南墙也不回头，至死方休。要他放弃抗元，同那些妥协派的官员一般做只软骨虾是万万不可能。

1278 年十一月，因为部下的叛变，文天祥再次被元军俘虏，押至潮阳。彼时已是元朝镇国大将军的张弘范久闻文天祥之名，爱惜其才，早就对他心生敬慕，待见到文天祥之后，更是以礼相待。张弘范邀他一起入崖山，要他写信招降张世杰。

原来，早在临安沦陷前夕，大臣陆秀夫便在太皇太后的授意下，带着年幼的皇子赵昺悄悄出城，逃到了温州，与大将张世杰会合。不久，两人在海上拥立赵昺即位，把水军转移到广东崖山，继续打起宋朝的旗帜，反抗元军的进攻。

为了迅速扑灭南宋的小朝廷，元世祖派大将张弘范为帅，带领精兵两万人，南下灭宋。张弘范带着军队很快到达崖山，他先派人向张世杰劝降，而这被派之人便是文天祥。

【三】

> 辛苦遭逢起一经，干戈寥落四周星。
> 山河破碎风飘絮，身世浮沉雨打萍。
> 惶恐滩头说惶恐，零丁洋里叹零丁。
> 人生自古谁无死，留取丹心照汗青。

——《过零丁洋》

1278 年，文天祥在广东海丰北五坡岭兵败被俘后押到船上。次年过零丁洋时，他写下此诗。随后，又被押解至崖山。张弘范逼迫他写信招降固守崖山的张世杰、陆秀夫等人，而文天祥拒之不从，出示此诗以明志。誓死如归的高风亮节和大义凛然的英雄气概可见一斑。据说，张弘范看到文天祥这首诗，尤其是尾联这两句，连称："好人，好诗！"

眼看劝降不成，张弘范决定拼命攻打。

1279 年，宋朝军队与蒙古军队在崖山进行大规模海战，战争的结果对于大宋的子民来讲，无疑是惨烈的。

元军以少胜多，宋军全军覆灭。大臣陆秀夫在郑重地穿戴好自己的朝服后，叩首再拜："国事至此，陛下当为国死。德祐皇帝辱已甚，陛下不可再辱！"然后，他背着少帝赵昺跳入茫茫大海，许多忠臣追随其后，十万军民跳海殉国，上演了一场空前绝后的历史悲剧。

南人志欲扶崑嵛，北人气欲黄河吞。一朝天昏风雨恶，炮火雷飞箭星落。

谁雌谁雄顷刻分，流尸漂血洋水浑。昨朝南船满崖海，今朝只有北船在。

昨夜两边桴鼓鸣，今朝船船鼾睡声。北兵去家八千里，椎牛酾酒人人喜。

惟有孤臣雨泪垂，冥冥不敢向人啼。六龙杳霭知何处，大海茫茫隔烟雾。

我欲借剑斩佞臣，黄金横带为何人。

——《二月六日海上大战国事不济孤臣天祥坐北舟中》

这场海战何其惨烈，而文天祥被张弘范扣押着，全程目睹了这场地狱一般的撕心之痛。于文天祥而言，还有什么比眼睁睁地看着自己的祖国被敌人消灭，自己的国君、同僚，以及十万军民同胞纷纷跳海死在自己眼前，而自己却束手无策、欲救无能而更加痛苦的事呢？

可是，这仍未能彻底击垮他的斗志，或者说是那颗对大宋坚定的心。

崖山战败后，元军中置酒宴犒军。张弘范推心置腹地劝解文天祥："丞相的忠心孝义都尽到了，若能改变态度，像侍奉宋朝那样侍奉大元皇上，将不会失去宰相的位置。"文天祥自是决不可能答应。张弘范拿他无法，放不得亦舍不得杀，最后将他一路送到了元大都。

元朝的皇帝忽必烈对于文天祥，也是真心赏识，对文天祥说道："汝以事宋者事我，即以汝为中书宰相。"可文天祥却是淡然一句："惟可死，不可生，愿一死足以。"文天祥被关在燕京整整三年。这三年里，无数人去劝降，软的硬的都试了，甚至于有一次，在忽必烈的授意下，曾在杭州投降的年仅十岁的小皇帝宋恭帝，也被请出来去劝说文天祥。而文天祥只是对着自己的官家毕恭毕敬地磕了个头，"圣驾请回"。坚定得如一块磐石，世间无人能撼动他那颗忠于大宋的心。

【后记】

至元十九年十二月初九，隆冬腊月。即便是裹着数层厚衣，行走于路间也避免不了瑟瑟发抖，脸如刀割的苦楚。这样的日子，蜷缩于自家屋内烤火烹茶，再来上一盆热气腾腾的羊肉汤，自是再舒适不过。

只是这一日，似乎与寻常时日不同。大都的上万市民们忍着凌冽寒风，纷纷聚集在街道两旁。凄苦与企盼，骄傲与痛心……这些对立又矛盾的神色尽数出现在百姓的脸上。

这一天，兵马司监狱内外，布满了全副武装的卫兵，戒备森严。

从监狱到刑场，有一人走得神态自若，举止安详。仿佛他脚下踏的那条路，不是通向黄泉地府的断头台，而是无上荣光的黄金台。

等待他的不是高举行刑屠刀的刽子手，而是他愿意提携玉龙为之而死的"燕昭王"。

死前何愿？

有愿，何为南方？

因为被囚禁折磨于狱里多时，他的双眼早已昏花，更无谈辨别方向。在得知具体方向后，他跪下双膝朝着南方故国的方向，郑重地磕了一个头。

臣去也。

他是大宋王朝最后的脊梁风骨。

他是文天祥。

下卷

婉约派·执笔文人绘雅宋

李煜：

只悔身在帝王家

　　帘外雨潺潺，春意阑珊。罗衾不耐五更寒。梦里不知身是客，一晌贪欢。

　　独自莫凭栏，无限江山，别时容易见时难。流水落花春去也，天上人间。

　　　　　　　　　　　　——《浪淘沙令·帘外雨潺潺》

　　帘外，潺潺不断的春雨细密地下着，敲打着寂寞零落的残春。终究是好梦易醒，五更梦回时，薄薄的罗衾挡不住晨寒的侵袭。他裹紧了身上的寝衣，透过这逼仄的小屋看到窗外。恍惚中，看到了曾经那个繁华锦绣的南唐。

【一】

　　961 年六月的一日，金陵城里，一位身着龙袍的青年男子在文武百官的注目下，缓缓地走向大殿正中间的龙椅，迈向那象征着至高无上的皇权的帝王之位。

男子名叫李从嘉，也就是日后为世人所熟知的南唐后主李煜。

虽然出生于帝王之家，李煜却没有一颗对于王权的向往之心。相比权势，他更愿意做个追风逐月吟诗作对逍遥人间的富贵闲人。

只是，既生在帝王家，"自由"一词于皇家人而言本就是奢侈。纵使自身不追逐权力，也会被王权所累，即便躲过了手足相残血雨腥风，猜忌纷争也避无可避。古往今来，独善其身者少之又少，而李煜并不是那个意外。

《新五代史·南唐世家》里曾记载道："煜为人仁孝，善属文，工书画，而丰额、骈齿，一目重瞳子。"

因为天资聪颖，才华横溢，诗词歌赋、绘画书法样样出类拔萃，又生得一副重瞳帝王相（古人认为重瞳是帝王之相，譬如仓颉、舜、重耳、项羽都是重瞳），于是深得父亲宠爱的六皇子李煜哪怕明确表示自己对于皇位并没有觊觎之心，他的长兄——当时的太子李弘冀，也不曾对他放下丝毫戒备。

浪花有意千里雪，桃花无言一队春。一壶酒，一竿身，快活如侬有几人。

这首《渔父》词是题《春江钓叟图》画之词。也有人说，是李煜为了让兄长释下疑心，特意而为。画中的渔父，趁着春江水涨之际，乘一叶扁舟，纵行水中，一路上浪花迎面而来，如溅起千里雪。两岸花树多情，桃李争妍，列队相随。

李煜渴望自己亦能像笔下的渔叟那样，可以摆脱世俗的羁绊，逃离名利的枷锁，自在逍遥。对比后期的名篇来说，这首词的格调显然不高。但寥寥数语也尽显清丽，一派悠然散淡之意。

只是世事难料，天意弄人。

有人为了这把龙椅机关算尽，也终不可得，两手空空。可有人唯恐沾染己身，退避不及，譬如李煜。即便是他为避祸，醉心经籍不问政事，多次言明自己志在山水，无意争位。偏偏无心插柳柳成荫，李煜躲闪不及的王位还是落到了他的头上。

959 年，太子李弘冀在追逐帝位的过程中，毒杀竞争对手叔父李景遂，为中主李璟所厌恶。于是，在被废太子之位后不久，李弘冀便抑郁病逝。而李煜则一下子被推到了权力的中心，成了风雨飘摇之际的南唐王朝里最后一位国君。

【二】

闲梦江南梅熟日，夜船吹笛雨萧萧。

十里江南，杏花微雨，柳色如烟，水如碧玉山如黛。

而身处江南的南唐王朝，偏安一隅，得天独厚地享受着江南所有的锦绣繁华。

此时，初登帝位的南唐国主李煜，一边兢兢业业地做着皇帝处理朝政国事，一边也将江南翩翩才子的诗情与柔情发挥到了极致。

即位之初，由于淮南战败、中主李璟去世，南唐朝野充斥着一种悲观颓丧的气氛。李煜即位后，首先重用旧臣，稳定高层重心，重振人心，确立威信。同时，也起用在杨吴时代就投奔江南的韩熙载、林仁肇等人，给予礼遇。

科举方面，李煜重视选拔人才的公正和公平，选拔出了众多人才。直至南唐亡国的开宝八年二月，李煜还举行了南唐最后一次科举考试，录取进士张确等三十人。军事上，南唐国弱，坚壁清野，固守城池，以拖垮长途奔袭的宋军为防御策略，表面上臣服宋朝，暗中缮甲募兵。

世人皆知，李煜并不是一位雄才伟略的君王。不过，这并不妨碍他初为国君时的意气风发。只不过，渐渐地李煜也发现，自己的确不是治国明君之材，且南唐的沉疴旧疾实非他一人之力就可以扭转乾坤。于是，他索性将这朝堂国事的烦恼纠纷全都抛之脑后，选择退缩和逃避，醉情于纸醉金迷的虚幻快乐之中，享受着自己作为帝王的奢靡生活。

晓妆初了明肌雪，春殿嫔娥鱼贯列。凤箫吹断水云间，重按霓裳歌遍彻。

临春谁更飘香屑？醉拍阑干情味切。归时休放烛光红，待踏马蹄清夜月。

——《玉楼春·晓妆初了明肌雪》

南唐全盛时的那些年，宫中时常举行各种奢华豪丽的大型宴会，宫娥们画眉点唇，姿容艳丽。妆毕后，队列整齐，鱼贯而入。一时间，殿上美女如云。等到歌罢宴散，月色更明。再将红烛灭尽，众人踏着一路月色归去，何等兴盛雅哉。

对于李煜来说，"皇帝"是推卸不掉的责任与工作，而潇洒肆意的琴棋书画才是他想要的生活。他是一个极为追求生活品质的人，且在享受浪漫生活的这条路上，李煜并不孤单，因为他的妻子，南唐的大周后娥皇，亦如是。

南宋词人陆游在《南唐书·后妃诸王列传》中，对于周娥皇有"通书史，善歌舞，尤工琵琶，至于采戏弈棋，靡不妙绝"的称赞。因而可知，大周后不仅国色天香，更是知书达理，能歌善舞，富有生活情趣，和李煜可谓是天作之合的一对夫妻。

相传李煜还是皇子时，曾用嵌有金线的红丝罗帐装饰墙壁，用绿宝石镶嵌窗格，窗上则装饰着红罗朱纱。于屋外，则是种了许多梅花，花间设一小木亭，自己便和妻子赏花对饮，风雅至极。

待二人成为国主与国后之后，这种风雅又带着诗意浪漫的花前月下，听歌看舞的生活情趣并未因身份的变化消失，反而更上一层。在音乐这方面，娥皇擅弹琵琶，李煜精通音律。二人几经周折，终于寻得散佚已久的《霓裳羽衣曲》残谱。这支大型乐舞，是礼赞大唐开元盛世的乐曲，流行于唐朝中期，后因战乱，留传下来的曲谱残缺不全。

娥皇凭借着残谱和自己的音乐天赋，用琵琶反复弹奏，终于把它续补完整。夫妇二人复原了已失传二百余年的《霓裳羽衣曲》，将这仙乐再现人间。

【三】

只是大都好物不坚牢，彩云易散琉璃脆。美满到了尽头，迎接着便是触目惊心的悲痛了。

在一个凛冽的寒冬，大宋的铁骑踏碎了李煜在南唐皇宫里醉生梦死的繁华。宋军兵临城下之际，在得到宋军不伤及百姓的保证后，素来仁厚爱民如子的李煜率领亲属、随员等四十五人，"肉袒出降"，告别了烙印着无数美好回忆的江南。

正月新年，李煜和小周后被迫离开了繁华锦绣的金陵城，被押送到开封，以"违命侯"这样一个屈辱的称号，正式开启了他暗无天日的囚徒生涯。

从一国之君沦为阶下之囚，这从天堂到地狱的转变让李煜无所适从。

四十年来家国，三千里地山河。凤阁龙楼连霄汉，玉树琼枝作烟萝，几曾识干戈？

一旦归为臣虏，沈腰潘鬓消磨。最是仓皇辞庙日，教坊犹奏别离歌，垂泪对宫娥。

——《破阵子·四十年来家国》

回首南唐开国至今，已有四十年历史，幅员辽阔山河壮丽。宫殿高大雄伟与天际相接，宫苑内珍贵的草木茂盛，鲜花遍地，藤萝缠蔓。何时经历过刀枪剑戟、战火烽烟呢？

自从自己做了俘虏，心中忧思难解，已是憔悴消瘦，两鬓斑白。记忆最深的是慌张地辞别宗庙的时候，乐队还在演奏着别离的悲歌。这种生离死别的情形，令他悲伤欲绝。无可奈何之下，只能面对宫女们垂泪。

这首词是一个丧国之君内心的痛苦独白。从建国到亡国，极盛转而极衰，极喜而后极悲。

有道是"国家不幸诗家幸，赋到沧桑句便工"，从前的李煜诗词虽好，但主要反映宫廷生活和男女情爱，风格绮丽柔靡，不脱花间派习气。可历经亡国之痛，从一朝天子沦为阶下囚奴后，李煜词风大开。所写诗词句句都是神品，哀婉凄凉，意境深远，极富艺术感染力。

当然，这句句都凝结着他的血与泪。

林花谢了春红，太匆匆。无奈朝来寒雨晚来风。

胭脂泪，相留醉，几时重。自是人生长恨水长东。

————《相见欢·林花谢了春红》

975 年，那时已是距离南唐灭亡，李煜被俘两年多。待罪被囚的生活使他感到极大的痛苦。他给金陵旧宫人的信里写道："此中日夕，只以眼泪洗面。"

曾几何时，暮春三月，正是江南草长莺飞青春蓬勃的时候。可在北宋汴京被软禁的庭院里，他能见到的，在风雨之后便只有落花满地。南唐的盛世如花，人民安定，但北宋的大军摧残了它。那落花，让他想起了繁华的凋零，还是满地劫难后的鲜血泪光？

太匆匆的，何止是暮春的似锦繁花，是回不去的美好岁月，是曾经的故国与锦绣年华。

法国浪漫主义作家缪塞曾说过："最美丽的诗歌是最绝望的诗歌，有些不朽的篇章是纯粹的眼泪。"李煜更是用自己的一生来深刻地验证了这句话。

细算自被俘后，李煜前后已经度过了整整三年忍辱负重的亡国奴的生涯。在这一千多个漫长的日日夜夜里，他没有一刻不饱受痛苦与悔恨的折磨。幸好陪伴他的，还有这满腹的才情与诗词。

四十二岁的那年七夕夜，李煜趁着酒兴，将这三年来身为囚奴的满腹悲哀与悔恨尽数倾泻于笔尖，与自己孤独地对话。于是乎，便有了这首千古流传的绝唱。

春花秋月何时了，往事知多少。小楼昨夜又东风，故国不堪回首月明中。

雕阑玉砌应犹在，只是朱颜改。问君能有几多愁，恰似一江春水向东流。

——《虞美人》

只是没多久，这首词就传到了宋太宗赵光义的耳朵里，太宗闻之大怒。据宋代王铚的《默记》记载，宋太宗命人赐了药酒，将他毒杀。

一代亡国之君的人生便是这般凄凉落幕了。

【四】

世人提及李煜，大多会以"不合格的君王"与"出类拔萃的词人"来概括他的一生。

宋史中记载，赵光义曾问南唐旧臣潘慎修："李煜果真是一个暗懦无能之辈吗？"潘慎修答道："假如他真是无能无识之辈，何以能守国十余年？"而徐铉在《吴王陇西公墓志铭》也写道："李煜敦厚善良，在兵戈之世，而有厌战之心，虽孔明在世，也难保社稷；既已躬行仁义，虽亡国又有何愧！"

虽然李煜的确是一个不合格的君王，好在仁心爱民，昏聩之余也算尽了自己的全力。

纵观李煜的人生，原本便是一场错位的悲剧。本该做个恣意潇洒闲云野鹤的富贵词人，在艺术的世界里潇洒一生，却被命运作弄，阴差阳错下成了一国之君，在人生的最后阶段还被困在方寸囚屋之中，潦草离场，何其悲惨凄凉。

可跳出这个错位的悲剧，我们不难发现，一切命运其实冥冥之中早已注定，正是国破家亡的血泪之痛才催生了这位文学历史上的千古词帝。

晏殊：
富贵优游五十年

　　五岁便能创作诗文，拥有"神童"之称，十四岁考中进士，从此官运亨通平步青云，二十八岁为帝王师，四十一岁升任参知政事（副宰相）兼尚书左丞，五十一岁官拜宰相……他便是晏殊，是士大夫们艳羡又钦佩推崇的"太平宰相"，享一世殊荣。

　　身为北宋词坛大家，在吸收继承了晚唐五代花间词派的典雅华丽词风之余，将自己的主观情感人生感悟融入于词，是"伶工之词"转为"士大夫之词"的过渡者。他出手的每一首词都不同凡响，辞藻华丽，风度圆润，意境幽远，情感雍容克制，开创了北宋婉约派词风。

【一】

　　世上从不缺乏神童，但神童总是引人注目的，他们轻而易举就能达到别人终其一生都到不了的高度，叫人望尘莫及。

　　譬如，东汉末年文学家蔡文姬六岁能辨琴音，三国东吴都督周瑜七岁学文九岁学武，汉末著名的儒学家郑玄八岁就能"下算乘除"，"江郎才尽"的主角南朝的江淹六岁能写诗……

天资聪颖的晏殊，凭着五岁能作诗文的超强能力，硬生生地从这"神童圈"里杀出了重围，成为佼佼者。

1004 年，江南按抚张知白（后升为宰相）听说这件事啧啧称奇，与晏殊交谈如获至宝，便将晏殊以神童的身份推荐到朝廷里。第二年，年仅十四岁的晏殊和来自各地的数千名考生同时入殿参加考试。考场上，晏殊毫不怯场，稍加思索便笔走龙蛇，很快完成了答卷。宋真宗非常欣赏眼前这个小少年，在宰相寇准提出晏殊是外地人的情况下，仍破格赐予他同进士出身。

过了几日，进行诗赋策论测试，巧的是考核的题目不少是晏殊"做过的原题"。一般普通考生学子遇到这种情况都会觉得是上天眷顾，暗自窃喜。怎料晏殊不走寻常路，他看完考题后，直接上奏真宗，将自己已经做过这些题的事如实相告，恳请另出题再测，以示公平。晏殊的这份率真、坦诚与自信，更是让真宗对这个少年的喜欢更上一层楼，再度破例授予他秘书省正事一职，专门留他在秘阁读书深造。在这期间，晏殊天赋过人之余，还学习勤恳，为人老成持重，再度获得众人一致称赞，更深得直使馆陈彭年的器重。隔年通过面试，便转任太常寺奉礼郎一职。

1008 年，时任光禄寺丞的晏殊在收到父亲去世的消息后，立刻回乡服丧。丧期未了，便被皇帝匆匆召回，陪同真宗去太清宫祭祀。

不久，再度得知母亲去世的消息。短时间内，世上同自己最亲的人接连离世，这打击对于晏殊来说不可谓不大，甚是痛楚。于是，他上奏朝廷，请求等服丧期结束后再任职。奈何真宗皇帝没有允许，他又被调任为太常寺丞，被提升为左正言、直史馆。

大约是惜才，真宗丝毫没有掩饰自己对于这位少年天才的欣赏。没过多久，又将晏殊迁升为户部员外郎，还让他做了太子舍人，不久又提拔他担任知制诰、判集贤院。

皇上每次向晏殊询问事情，都是将内容写在一张小纸片上，而晏殊每每在写好自己的想法和建议后，会连同之前真宗递与他的小纸片都装在一起再呈给皇上。由此可见，晏殊做事严谨妥帖，也让真宗觉得他很是聪慧细致。

让真宗更为欣赏赞叹直接钦点晏殊为太子选讲官的，则是另一桩趣事。

一次，皇宫中给太子选讲官。内阁就人选一事争论不休时，真宗却直接御笔钦点了晏殊。众人纷纷不解，听得真宗说明缘由后，方才明白。时值天下太平无事，朝廷便容许百官可以随意选取美景圣地自由宴饮。于是，朝臣士大夫们便各自宴饮欢聚，好生热闹。唯有晏殊闭门不出，从不参与这些活动，整日待在家中与兄长讲习诗书。事情后来传到真宗耳中，更让真宗觉得晏殊与众不同，实为谨慎忠厚之人，可为太子师。

后来，晏殊面圣得知自己中选的原因后，竟没有顺水推舟地"承认"这份美德，相反，他如实地告知真宗，自己并非超凡脱俗之人。相反，他也想像别的大臣一样出去宴饮寻乐，把酒言欢。奈何囊中羞涩，因而只能选择困于家中，眼不见心不烦，用诗书解忧。如果自己有钱了，也一样会出去宴饮玩乐。听完晏殊的解释后，真宗不仅没有大失所望，而是更加欣赏他诚实的品质。

【二】

同北宋前期大多数的文人一样，晏殊的诗词也是继承了晚唐五代的词风，风格上既吸收《花间》的格调，也深受南唐冯延巳的影响。诗词在"赡丽"之中又温润沉着，不流于轻倩、浮浅，故为当时所重。《宋史》里赞其是"文章赡丽，应用不穷。尤工诗，闲雅有情思"。

重阳过后，西风渐紧，庭树叶纷纷。朱阑向晓，芙蓉妖艳，特地斗芳新。

霜前月下，斜红淡蕊，明媚欲回春。莫将琼萼等闲分。留赠意中人。

——《少年游》

秋风萧瑟，庭院中落叶纷纷，唯有芙蓉花却独自开得分外艳丽。这不畏霜雪的木芙蓉象征着爱情的坚贞、高洁，因此，词人要把它留赠给自己的意中人。因花及人，因人惜花，惜花亦惜人，词人要把这凌霜耐冷、独傲秋庭的花儿送给意中人，实际上寄托着作者对坚贞高洁之品德的肯定与赞赏。或者说，他亦渴望着自己拥有着木芙蓉一般坚贞高洁的品德。

1022年，真宗驾崩，继承大统的是年仅十二岁的仁宗赵祯。天子年幼，一时之间，朝政大权便将落入宰相丁谓、曹利用二人手中。文武百官议论纷纷，却无一人能提出可行办法。正当众人束手无策之际，晏殊提出由太后"垂帘听政"的建议，得到大臣们的支持。因此，晏殊也被章献太后刘娥青眼相加，从右谏议大夫兼侍读学士一职，陆续升迁到枢密副使这样的位高权重的官位上。

按常理说，晏殊若想安享富贵，便只需牢牢抱着太后这条船便可高枕无忧。奈何他还有另一层身份，帝王师。在仁宗赵祯还是天子的时候，他便被真宗亲选为自己儿子的老师。同仁宗多年的相伴，二人之间的感情早已升华，亦师亦友亦父，因而他必须护着仁宗。

仁宗年幼，让太后垂帘听政是不得已的选择。但是，晏殊又时刻谨慎着，替他的小天子时时守着江山，以免这江山真的落入太后手中。晏殊多次在太后把权朝政之时"从中作梗"，因反对张耆升任枢密使，违反了刘太后的旨意，兼之在玉清宫怒以朝笏撞折侍从的门牙，被御史弹劾，以及后来谏阻太后"服衮冕以谒太庙"……桩桩件件事情叠加起来，晏殊被贬便是意料之中的事了。

【三】

碧海无波，瑶台有路。思量便合双飞去。

当时轻别意中人，山长水远知何处。

绮席凝尘，香闺掩雾。红笺小字凭谁附。

高楼目尽欲黄昏，梧桐叶上萧萧雨。

——《踏莎行·碧海无波》

1027 年，晏殊因得罪了刘太后而被御史弹劾，被贬到了宣州。想必当时的仁宗皇帝也一定为自己的老师求过情，奈何拗不过太后的权势，只能眼睁睁地看着自己的老师被贬离京。

这一刻，无论是晏殊，还是仁宗，心里都充满着万般的无可奈何。

这首《踏莎行》是晏殊在被贬宣州的途中所作，词中写离愁别恨，侧重"轻别"，彰显个性。词中讲到人既远去，又音讯难通，那么登高遥望也是无用，只能作为安慰。词中不直说什么情深、念深，只通过这种行动来表现，显得婉转含蓄。从内心的懊悔和近痴的行动来表现深情，婉转含蓄，不脱晏殊词深婉含蓄的特点；而结笔为最妙，景中有情，意味深长。

昨日为宰相，今日成谪官。待他独自登上高楼，目光悠悠地望向远方，只见那潇潇细雨自空中洒在了梧桐叶上。

悔否？应是不悔。

晏殊在被贬谪宣州后，不久又改知应天府。自五代以来，学校屡遭禁废，晏殊却开创大办教育之先河，在应天府任职期间，他尤其重视当地的教育发展，大力扶持应天府书院，慧眼识才，邀请范仲淹到书院讲学，替国家培养储备了大批人才，如范仲淹、欧阳修、孔道辅、富弼等，奠定了以后百年发展的基础。更因为他的努力经营，使得应天府书院成为与白鹿洞、石鼓、岳麓齐名的宋代四大书院。

后来，晏殊担任宰相一职后，又与时为副宰相的范仲淹一起发展教育，倡导州、县立学，改革教学内容，官学设教授。自此，在二人的努力下，整个京师乃至郡县，官学林立，这便是赫赫有名的"庆历兴学"。

【四】

一曲新词酒一杯，去年天气旧亭台。夕阳西下几时回？
无可奈何花落去，似曾相识燕归来。小园香径独徘徊。

——《浣溪沙》

这首《浣溪沙》是晏殊诸多词作里最脍炙人口的，字里行间流露的是对光阴易逝的惆怅和无可奈何的叹息，"花"与"燕"的落去和归来，正如同一个人的今时与昔日。花开花落，燕来燕去，也许他对人生的这些无常际遇早已有了心理准备。

这种人的意志所不能挽回的情景，即使只是个人一时的无名的悲感，也蕴含着人类永恒而无可奈何的悲感，由此而感到人类普遍的永久的无法逃避的命运。

作为安享尊荣而又崇文尚雅的"太平宰相"，他的一生几乎都是平坦的康庄大道，唯有两次贬谪也是离京极近。晏殊的词中时常透着雍容典雅，清丽之中带着富贵气象，以歌佐酒，是他习于问津的娱情遣兴方式之一。

不同于别的词人为了生活而发愁，为了功名而愁，晏殊的愁，是淡淡的带着香气的忧愁，是矜贵的闲愁，是在物质生活极其满足的情况下来思索人生真谛的闲愁。他的情感总是含蓄而又克制，显得格外理性。当然，这离不开他那格外顺遂叫人羡慕的人生。他的诗词里很少出现牢骚悲愤的情感，更多的是玉一般温润、珠一般的圆洁。可从这清淡克制的笔墨声中，亦可窥得晏殊的一生。

宋代本就是一个重文轻武的年代，对于文人来说，生活在宋朝实在不失为一件幸运之事。纵观晏殊的一生，学识渊博、才华出众，做人有亦道。生活在太平年代里，居官五十几载，为官清廉，生活简朴，时刻恪守为官之道，没有丝毫越矩；其性情更是刚毅直率、刚正不阿。此外，晏殊还很爱惜人才，知人善任，常提携后辈。

他这一生都在为大宋、为帝、为民，可谓是大宋的一代贤相。无论是帝王师，还是太平宰相，晏殊都当之无愧。

欧阳修：

被低估了的文章太守

> 平山栏槛倚晴空，山色有无中。
>
> 手种堂前垂柳，别来几度春风？
>
> 文章太守，挥毫万字，一饮千钟。
>
> 行乐直须年少，尊前看取衰翁。
>
> ——《朝中措·平山堂》

倘若是提及宋朝的"十项全能天才"这个称号，世人多数从脑海中浮现的便是那拄着拐杖捋着胡须的东坡先生，连小学生都能够扳着指头细数：会写诗词文章、会书法字画、兴修农田水利不在话下，精通中医学，以及办个教育都能培养出海南第一位举子……不过，孩子们最津津乐道的是东坡先生还是一个大名鼎鼎的美食家。

但其实，在人才济济灿若星辰的北宋文坛上，亦有一个被后世低估的全能之王，那便是拥有惊世之才的六一居士欧阳文正公了。

除了历仕仁宗、英宗、神宗三朝，官至翰林学士、枢密副使、参知政事这样显赫的三朝元老身份，欧阳修更是宋代文学史上最早开创一代文风的文坛领袖，领导了北宋诗文革新运动，在后人评选出的"唐宋八大家"与"千古文章四大家"里，他均位在其列。曾经自负看谁都不如自己的苏轼提及欧阳修，亦曾有过"论大道似韩愈，论事似陆贽，记事似司马迁，诗赋似李白"的至高评价。

宋仁宗天圣四年，这是一个并无特殊意义的日子。只不过，对于当时十七岁的欧阳修来说，是比较沮丧的一年。因为这一年是他第二次参加科举，同三年前一样，他又落榜了。

想到自己寒窗苦读数十载，母亲含辛茹苦地养教多年，最后换得一次又一次的铩羽而归，欧阳修的心里当然难过。

少年时代的欧阳修是非常仰慕韩愈的，早在幼童时期便将机缘巧合下得到的《昌黎先生文集》翻阅了无数遍，其中字句早已烂熟于心。这其中，自然也学习到了韩愈先生古朴大气的文风。而今昌黎先生早已作古，倡导的古文运动也早就落下帷幕。他也清楚，接连两次的落地并不是由于自己的学问不过关，而是因为身处在一个骈文复古盛行的时代。倘若想要应试，便得改变自己古朴的文风，转而去迎合这个时代的需求。

说来颇为唏嘘，欧阳修与他自幼崇拜的韩愈先生有着颇为相似的坎坷经历，皆是自幼丧父，家境贫寒。比较幸运的是，欧阳修还有一位出生于书香门第，受过教育的大家闺秀母亲。虽然生活一度艰难，但母亲也从未放弃过对欧阳修的教育。买不起纸笔，这位聪慧的母亲竟然想到了用荻秆当笔，沙地为纸的绝妙法子来继续维持儿子童年的教育与学习。

为了让自己多年来的努力不付之东流，母亲的期望不再落空，才思敏捷的欧阳修在迅速地"研习"考场风气后，终于在二十二岁那年再度参加科考，并不负众望地拿下了国子学的广文馆试、国学解试中的首名，成为监元和解元，又在第二年的礼部省试中再获第一，成为省元。堪称扬眉吐气，一雪前耻。

如果能够一举夺魁连中三元夺得状元头衔的话，那么欧阳修的履历将会更加光彩夺目。不过，想来是世事皆有安排，锋芒毕露也未必是好事。天圣八年，欧阳修参与由宋仁宗主持，在崇政殿举行的殿试，以甲科十四名的成绩进士及第。

至于为什么当时才气被众人赏识却与状元头衔擦肩而过，据当时的主考官亦是后来的宰相晏殊事后回忆，主要便是因为少年欧阳修锋芒过露，众考官因爱惜这位少年天才的学识而更欲挫其锐气，以促其稳中成才。

即便是没中状元，也没有人愿意眼睁睁地看着这块美玉被当作普通的石头。朝廷爱惜人才，授予他试秘书省校书郎一职，充任洛阳留守推官。

宋代流行着"榜下择婿"的风雅习俗，且不说发榜之日各地富绅全家出动，争相挑选登第士子做女婿，就连朝中高官都喜欢在新科进士中挑选乘龙快婿。欧阳修刚一中进士，就被恩师胥偃定为女婿。金榜题名的同时，他也迎来了洞房花烛，此刻的欧阳修堪称走向人生巅峰，颇为志得意满。然而，担当北宋文坛领袖长达三十年的欧阳修并不想耽于安逸而止步于此，他有着更为远大的人生理想。

有人说，去掉了欧阳修，便是去掉了半部文学史。此话虽略有夸张之嫌，但也尽叙其意。被曾国藩认定和孔孟并立的"三十二圣哲"之一的欧阳修著作多且涉猎广，繁而重要。他本人参与编修《崇文总目》，主修《新唐书》，独撰《新五代史》。二十四史中，一人便贡献了两部，有《欧阳文忠公文集》传世。

少年时的欧阳修一直将韩愈视为自己前进的方向，虽然在后面科考的路上因为急于获取功名而迎合考场风气，违心习作骈文，但他的初衷一直没有改变。在当时吴越忠懿王钱俶之子、西京留守钱惟演的支持下，欧阳修凭借自己丰富的学识，以效法先秦两汉的古人为手段，打破当时陈腐的文风，推行"古文"。他自幼喜爱韩、柳古文，写作古文也以韩、柳为学习典范。但他并不盲目地全盘肯定古文或全盘否定骈文，他所取法的是韩、柳古文文从字顺的一面，对于已露端倪的奇险深奥倾向则弃而不取。对杨亿等人骈文大家"雄文博学，笔力有余"也是持欣赏肯定的态度。于是乎，欧阳修在理论上既纠正了柳开、石介的偏颇，又矫正了韩、柳古文的某些缺点，从而为北宋的诗文革新建立了正确的指导思想，也为宋代古文的发展开辟了广阔的前景。

宋仁宗时，北宋王朝积贫积弱的弊病开始显现，贫富差距拉大，社会矛盾日益突出。因为支持自己的挚友范仲淹的改革主张，在范仲淹的改革冒犯了朝中旧贵族利益而被贬饶州后，不可避免地，欧阳修作为"朋党"亦被牵连，被贬为夷陵县令。

庆历三年，范仲淹、韩琦、富弼等人推行"庆历新政"。

欧阳修责无旁贷地参与其中，成为革新派的主要干将，提出整改吏治、军事、贡举法等主张。依旧是在守旧派不依不饶的反对阻挠下，新政再度以失败告终。范、韩、富等相继被贬，欧阳修也被朝廷贬到滁州，后又改知扬州、颍州、应天府等地。

官场不幸诗家幸，虽然接连被贬，但欧阳修对此是听之任之，安然处之。而标志着古文艺术达到成熟的不朽名篇《醉翁亭记》便是在他被贬滁州时落笔而成，文章一问世，便轰动北宋文坛。虽然仕途历经坎坷，好在仁宗皇帝是惜才之君，他到底舍不得欧阳修这一身的才华。于是，便让欧阳修以翰林学士留朝，开始修撰史书。

约莫是自己淋过雨，所以更想要为后人撑伞。北宋嘉祐二年二月的这场科举考试，注定是在科举史上留下浓墨重彩的一笔。主考官是担任礼部贡举的欧阳修，阅卷人梅尧臣。而后人津津乐道的故事：欧阳修误将苏轼答卷以为是自家学生曾巩的，因为文章过于精彩绝伦想要判为第一却又为了避嫌而将其列为第二，便是出自此场科举了。日后，欧阳修对苏轼更是不吝自己的喜欢与赏识，极力提拔这位少年英才。而苏轼也没有辜负欧阳修的期许，最终成为继恩师之后的又一位文化巨人。更令后人啧啧称道的是，嘉祐二年的这场考试里，出了三个八大家、两个理学始祖，有九人后来官至宰相！此次科举考试，获取人才之盛，堪称空前绝后。毫无疑问，欧阳修以其卓越的识人之明，为北宋及整个中国文学史做了一份突出的贡献。

晚年已官至宰相的欧阳修，还经常拿出自己年轻时写的文章来仔细琢磨，研读修改。夫人心疼他，忍不住嗔怪："你这么大岁数了，哪里还要费这个心。难不成夫君还是小孩子，文章做好，会让先生责骂吗？"欧阳修笑道："倒不是怕先生责骂，我是害怕文章写得不好，惹得后生们笑话啊！"

纵观欧阳文忠公，散文方面领导古文运动，开创一代文风，有不朽名篇《醉翁亭记》传世；词作方面，不仅扩大了词的抒情功能，进一步用词抒发自我的人生感受，也改变了词的审美趣味，朝着通俗化的方向开拓，他的那种乐观旷达的人生态度和用词来表现自我情怀的创作方式对后来的苏轼也产生了直接的影响；诗歌方面，提出了"诗穷而后工"的理论……

此外，在经学、史学、书法、农学、谱学方面皆有不凡的成就。他在传统文化的重重束缚下，挣扎着表现自我，虽身居高位，仍坚守大节，保持人格尊严，对习惯势力和庸俗无聊的生存状态抵制到底。如此卓越而全能，以至于仁宗不禁发出慨叹："如欧阳修者，何处得来？"

柳永：

奉旨填词柳三变

金碧辉煌的大殿上，一片庄严肃穆。

彼时大宋的官家正在翻阅礼部呈上来的进士名单，看到一个颇为熟悉的名字时，冷笑一声："且去浅斟低唱，何要浮名？"

御笔朱砂下，一叫柳三变之人的名字便被剔出了进士行列。

【一】

约984年，柳永出身于一个书香仕宦之家，因在族中排行第七，又名"柳七"，字耆卿。祖父柳崇，曾为沙县县丞；父亲柳宜，曾仕南唐为监察御史，入宋后任雷泽县令，官至工部侍郎。而族中叔父们也皆有科第功名。

于是，少时柳永便在家乡勤学苦读，希望能够传承家业，官至公卿。

父母养其子而不教，是不爱其子也。虽教而不严，是亦不爱其子也。父母教而不学，是子不爱其身也。

虽学而不勤，是亦不爱其身也。是故养子必教，教则必严；严则必勤，勤则必成。学，则庶人之子为公卿；不学，则公卿之子为庶人。

很难想象，这首精辟的《劝学文》竟出自于一个十岁儿童手笔。柳永才气，少时便可见不凡。

咸平五年，也就是1002年，十八岁的柳永离开家乡，开启了进京赶考之路。途中，由钱塘入杭州，人道是"山寺月中寻桂子，郡亭枕上看潮头"，杨柳叠烟、湖光映翠的青墙黛瓦杭州城向柳永伸出了温柔的锦缎手，暂缓了他的进京之路。白日里尽揽湖山美景，而晚间的杭州城更是热闹繁华，遍地都是灯红酒绿的秦楼楚馆，锦绣帏里佳人如云，笙歌丛里多的是醉罢扶归的郎君。而柳永，亦是其中一名。不过，即便是醉心花丛，柳永也能分出三分心神琢磨仕途。

根据南宋的罗大经在《鹤林玉露》中的记载，柳永到杭州后，得知旧交孙何任两浙转运使，便想着去拜会孙何，好为自己谋前程的路上多些助力。无奈两人虽为布衣之交，但此一时彼一时，如今贵为两浙转运使的孙何门禁甚严，柳永尚是毫无功名傍身的一介平民，自然无法见到。

要说流连于烟花柳巷自然也有烟花柳巷独到的好处，这不，柳永虽不能见孙何，可他的一干红颜知己里有人能面见孙何。

《古今词话》里写道，柳永写了《望海潮》一词，交于当地的名妓楚楚，拜托她在下次登府赴唱时，便唱自己写的这首词，并嘱托道："欲见孙相，恨无门路。若因府会，愿借朱唇歌于孙相公之前。若问谁为此词，但说柳七。"

东南形胜，三吴都会，钱塘自古繁华。烟柳画桥，风帘翠幕，参差十万人家。云树绕堤沙，怒涛卷霜雪，天堑无涯。市列珠玑，户盈罗绮，竞豪奢。

重湖叠巘清嘉，有三秋桂子，十里荷花。羌管弄晴，菱歌泛夜，嬉嬉钓叟莲娃。千骑拥高牙，乘醉听箫鼓，吟赏烟霞。异日图将好景，归去凤池夸。

——《望海潮·东南形胜》

这首词一反柳永惯常的风格，以大开大阖、波澜起伏的笔法，浓墨重彩道出了杭州的锦绣繁荣、壮丽景象。慢声长调和所抒之情起伏相应，音律协调，情致婉转，可谓佳作。

孙何十岁识音韵，十五岁撰写文章能引经据典，尤以文学、经史驰名。参加科举考试，孙何中头名状元。对于好的文章诗篇，自然是不吝慧眼。

中秋府会，楚楚将这首词婉转歌之，兼之将柳永嘱托之语尽数传达。孙何听罢，即日迎柳永预坐。

而这首赞颂杭州富庶与美丽的《望海潮》也让柳永一时名声大噪。有了名声与助力，柳永在杭州的日子是越发潇洒遂意。不过，生性爱自由的柳永倒也没有一直止步于杭州。景德年间，柳永离开杭州，趁着科考前，沿汴河去了姑苏等地，将江南的美景乐事一一赏玩尽兴。

大中祥符元年（1008年），柳永终于进入京师。时北宋承平日久，汴京城繁华极盛，又取消了宵禁制度，纸迷金醉的汴京风情霎时便让柳永心生欢喜，于是凌云辞赋，将帝都的"承平气象，形容曲尽"。

他以为，属于自己的美好人生才刚刚开始。殊不知，这已是尾句。

【二】

众所周知，在封建社会里，自隋唐后，通过科举而走向仕途，是知识分子实现理想的主要途径。

大中祥符二年，科举大考在即。柳永踌躇满志，自信"定然魁甲登高第"。而此时正在秦楼楚馆里与心爱的歌妓含情脉脉卿卿我我的他，并不知自己前些时年科考不利，因而在满腹愤懑下落笔的一纸"牢骚"《鹤冲天》再一次断送了自己的仕途之路。

黄金榜上，偶失龙头望。明代暂遗贤，如何向？未遂风云便，争不恣狂荡。何须论得丧？才子词人，自是白衣卿相。

烟花巷陌，依约丹青屏障。幸有意中人，堪寻访。且恁偎红倚翠，风流事，平生畅。青春都一饷。忍把浮名，换了浅斟低唱。

读书人考科举为的是求功名，可柳永并不满足于登进士及第，而是把夺取殿试头名状元作为目标。在他看来，自己落榜只是"偶然"，"见遗"只说是"暂"，柳永狂傲自负的性格由此便可窥得一二。可毕竟自己落榜，无缘于庙堂之上的风云际会，那便索性将自己的灵魂尽情释放出来，弃了功名利禄，表示就要去过那种为一般封建士人所不齿的流连坊曲的倚红偎翠生活。科举落第，使柳永产生了一种逆反心理，只有以极端对极端，才能求得平衡。不难看出，柳永的这首《鹤冲天·黄金榜上》不过是科考失意后的一次负气狂傲之言。口中虽说不屑于浮名，愿将其换成手中浅浅的一杯酒和耳畔低回婉转的歌唱，但他若真的是无心于功名，便不会在屡试不第后依旧坚持参加科考了。

只是柳永没想到这首词会传遍四方，让向来喜好雅词的官家看到了。很明显，他的这首词非但不在"雅词"之列，且还隐约带着对统治集团的讥讽揶揄，真宗自然不喜。于是，这一斟一唱之间，换来的便是半生被"浮名"拒之门外。

【三】

天圣二年，那是柳永第四次落第。约莫也是认清了自己仕途无望的现实，他选择离开京师，离开在这承载着他骄傲恣意与失意不堪的伤心地。

那日，秋蝉的叫声凄凉而急促。傍晚时分，面对着长亭，骤雨刚停。他的恋人在都门外长亭摆下酒筵，给他送别。与情人不舍离别之际，柳永写下了这首被誉为"宋金十大曲"之一的《雨霖铃》。

寒蝉凄切，对长亭晚，骤雨初歇。都门帐饮无绪，留恋处，兰舟催发。执手相看泪眼，竟无语凝噎。念去去，千里烟波，暮霭沉沉楚天阔。

多情自古伤离别，更那堪冷落清秋节！今宵酒醒何处？杨柳岸，晓风残月。此去经年，应是良辰好景虚设。便纵有千种风情，更与何人说？

宦途的失意和与恋人的离别，这两种痛苦交织在一起，使柳永更加感到前途的暗淡和渺茫。离开京师后，他由水路南下，填词为生，自诩"奉旨填词柳三变"。

之后的日子里，他依旧过着歌舞升平的生活，混迹于烟花巷陌之中。没有功名傍身，也无脸面回归乡里，众人眼中的他是越发地不加收敛，变本加厉地堕落于温柔乡里。

然而，与旁人不同的是，他沉溺于红粉知己们的温柔乡，而这温柔乡亦在他身心疲惫不堪的时候，喂养他的灵魂与生活。他为歌妓们写极好极美的词，助她们成名，帮她们抬高身价。而这些词后的酬金，也让他度过了一段不愁温饱的岁月。

柳永许多词里的女主人公，多数是沦入青楼的不幸女子。与一般的风流薄情客只为寻欢作乐不同，他是真正与这些歌妓们惺惺相惜，借词为这些女子发声，将笔端伸向平民妇女的内心世界，为她们诉说心中的苦闷忧怨。

词本来是从民间而来，敦煌曲子词也多是民间词，到了文人手中后，渐渐被用来表现文人士大夫的生活、情感。而柳永所写的词，与当时的文人士大夫之词截然不同，因而为当时北宋的文人圈所嫌恶，纷纷孤立他，视他登不上大雅之堂。

不过，那又如何？阳春白雪固然高雅，更为世人所传唱的却是下里巴人。此后，柳永的名声越来越大，拥簇者亦越来越多，以至于到了"凡有井水处，皆能歌柳词"的地步。

【四】

大宋景祐元年，1034年，颠簸半生的柳永终于迎来了命运的转折点。

这一年，自十三岁登基为帝的宋仁宗赵祯终于在刘太后去世后迎来了亲政。这位历史上以"仁"为庙号的皇帝，以性情宽厚知名。亲政后不久，他就下达了开恩科的命令——对历届科场沉沦之士的录取放宽尺度。柳永闻讯，即由鄂州赶赴京师。

这一年的春闱，柳永与其兄柳三接同登进士榜，授睦州团练推官。暮年及第，柳永喜悦不已。

这一刻，其实越品越心酸。

东郊向晓星杓亚。报帝里、春来也。柳抬烟眼，花匀露脸，渐觉绿娇红姹。妆点层台芳榭。运神功、丹青无价。

别有尧阶试罢。新郎君、成行如画。杏园风细，桃花浪暖，竞喜羽迁鳞化。遍九陌、相将游冶。骤香尘、宝鞍骄马。

——《柳初新》

这时的柳永，早已不是一个春风得意的翩翩美少年。透过光华绚烂的词句，似乎又可以品味到历经二十余年的科考生涯，那隐藏于柳永内心深处无法宣之于口的苦涩。那春风得意马蹄疾的欢乐，终究是来得晚了些，好在它到底是来了。

就这样，蹉跎半生的柳永，终于踏上了仕途。

1037 年，柳永获得了升迁，调任余杭县令。

明代人修的县志里赞他是"抚民清净，安于无事，百姓爱之"。总之，柳永是一反从前狂放松散的态度，在职期间的他勤勤恳恳兢兢业业，勤政爱民，得到了当地百姓的拥戴。

煮海之民何所营，妇无蚕织夫无耕。衣食之源太寥落，牢盆煮就汝轮征。

年年春夏潮盈浦，潮退刮泥成岛屿。风干日曝咸味加，始灌潮波增成卤。

卤浓碱淡未得闲，采樵深入无穷山。豹踪虎迹不敢避，朝阳山去夕阳还。

船载肩擎未遑歇，投入巨灶炎炎热。晨烧暮烁堆积高，才得波涛变成雪。

自从潴卤至飞霜，无非假贷充饥粮。秤入官中得微直，一缗往往十缗偿。

周而复始无休息，官租未了私租逼。驱妻逐子课工程，虽作人形俱菜色。

鬻海之民何苦门，安得母富子不贫。本朝一物不失所，愿广皇仁到海滨。

甲兵净洗征轮辍，君有馀财罢盐铁。太平相业尔惟盐，化作夏商周时节。

——《煮海歌》

1039 年，五十六岁的柳永被调任浙江定海晓峰盐监。在这里，他写出一首七言古诗《煮海歌》，揭露了官商结合压榨盐民的事实，对盐工的艰苦劳作表达了深切的关怀和同情，颇有其偶像——诗圣杜甫的风范。

此后十年里，他辗转于多地，三任地方官职，都颇有政绩，甚至有"名宦"之声，只是无论做得有多好，也不得升迁，终究是辗转盘旋于小官小职之间。1049 年，柳永转官太常博士，也是个闲职，不过从七品上，掌教弟子而已。次年，改任屯田员外郎，从六品上，柳永最后以此官致仕。

1058 年，柳永于润州与世长辞，至此走完了他这不算辉煌但足够绚烂的一生。

【后记】

苏轼曾赞道："人皆言柳耆卿俗，然如'渐霜风凄紧，关河冷落，残照当楼'，唐人高处，不过如此。"

纵观柳永这一生，实是一场理想与灵魂的撕扯。虽口中念叨白衣卿相，不在意功名，宁愿选择浅斟低唱的潇洒生活，可心里却无一刻放下过对功名前程的执着。他爱世俗，世俗也爱他。理想他追求过，仕途他努力过，此生也便够了。

秦观：

寂寞人间五百年

纤云弄巧，飞星传恨，银汉迢迢暗度。金风玉露一相逢，便胜却人间无数。

柔情似水，佳期如梦，忍顾鹊桥归路。两情若是久长时，又岂在朝朝暮暮。

——《鹊桥仙·纤云弄巧》

【一】

北宋年间，长沙有个歌妓，容貌秀美，歌声如黄莺般婉转悠扬。人不知其名姓，只晓得她极其痴迷秦少游的诗词，每每得到一篇，便如获至宝，娟秀小楷用心抄写于花笺之上，反复吟哦，似是要将字字句句刻进骨血里。

1096 年，秦少游因党锢之祸谪居岭南。途经长沙时，机缘巧合下进了歌妓所在的秦楼楚馆，见到了歌妓。

说是有缘分，二人千里能相逢。说是无缘分，此刻二人对面不相识。

歌妓只当眼前男子是寻常听曲的客人，不作他想，在客人没有指定曲目的情况下，便挑了几首自己喜欢的词曲唱了起来。

眼前女子清雅可人，姿容虽然没有汴京城的花魁名妓们艳丽多姿，却也如同一枝清新梨花般惹人心动。尤其是女子唱曲时，句句婉转多情，像是将自己的整颗心都倾了出去。多听了几首后，秦观发现了些许不对劲的地方。

这姑娘一连唱了几首，这每一首不都是自己的作品吗？

交谈之下才发现，原来是遇上自己的"粉丝"了。唱曲的姑娘也十分惊慌，她是一直喜欢着秦少游的词，但不承想有朝一日竟然能够见到本尊。

可是，据她所知，秦少游秦学士是汴京城里的大名人，怎么可能会来到这个偏僻小郡呢？秦观大笑自嘲，乃是被朝廷扫地出门了啊。

为了证明自己所言非虚，秦观现场为姑娘写了一阕词：

秋容老尽芙蓉院，草上霜花匀似翦。西楼促坐酒杯深，风压绣帘香不卷。

玉纤慵整银筝雁，红袖时笼金鸭暖。岁华一任委西风，独有春红留醉脸。

——《木兰花》

这首词的上阕，重在描绘时序和场景。时当秋色浓郁，窗外月色溶溶，芙蓉院里却是一派衰败之象。庭中小草也已枯黄老死，朵朵霜花凝聚于上。下阕由景及人，着笔描写眼前为他吟唱词曲的歌妓。

歌妓从这首词里秦观所撷取的物象和营造的气氛中，深切地感受到了秦观内心的那股驱之不去的忧愁，唱着唱着，声音竟有些哽咽了。

倒不是因为见到了朝思暮想的偶像激动落泪，而是心疼这个自己仰慕许久的男子。整日研读秦少游词的歌妓，早就对他的词作创写如数家珍，又怎会不明白此刻秦观身处此地被贬谪后的痛苦？

秦少游也没有想到眼前这位女子对自己用情如此之深，亦是大为感动。二人都十分珍惜这段来之不易的情谊，在秦观留在长沙的这几日里几乎形影不离，日日把酒言欢，弹琴唱曲。美好的时光总是格外的短暂，皇命难违。纵然是万般不舍，也终究到了临别时，二人都万分悲伤。

根据后人的笔记记载，秦少游离开后，这位歌妓从此便闭门不再接客，坚守自身，期待着有朝一日能够再次见到心上人。只是四年后没有等到人，而是等到了秦观逝世的噩耗。

衰服以赴，行数百里，遇于旅馆。将入，门者御焉。告之故而后入。临其丧，拊棺绕之三周，举声一恸而绝。左右惊救，已死矣！

——《义娼传》

据说，这位歌妓在听闻秦观身死的消息后，身披重孝，一人孤身上路走了几百里才到了岭南，找到了秦少游的灵柩摆放之地，围着灵柩绕了三圈，最后一声号啕大哭，便扑倒在这灵柩上。众人急忙上前施救，发现她已气绝。

这是一个感人至深的爱情故事，虽然结局十分凄美。故事的女主角虽不知姓名，但一个普通艺伎，因爱其词到爱其人，最终为其殉情，其人至情至美。而故事的男主角秦观，便是北宋著名的才子，婉约派代表词人，苏门四学士之一的秦少游。

【二】

1049 年，秦观出生于扬州高邮一户耕读人家。秦观的祖父是进士出身。父辈秦元化，虽然也入仕，但只是一个名不见经传的小官。兼之整个秦家人口众多，"聚族四十口"，故而虽有"敝庐数间"，"薄田百亩"，也只能维持正常的生活水平而已。十五岁那年，父亲去世，彼时不过十五岁的秦观便要承担起整个家族顶梁柱的责任。

和众多杰出的文人一样，少年时期的秦观便已博览全书，展现出过人的文学天赋。光凭借一篇《浮山堰赋》，秦观便闻名乡里，不久还被太守孙觉聘为幕僚。

鲜少有人知的是，相对于四书五经这些科考必读之书来说，秦观更喜欢研读兵书。"兵家至圣"孙武子的那本《孙子兵法》早就被他翻烂，字字句句深刻脑中，说是倒背如流也不夸张。后来，他更是写下了数十篇用兵策论，从治理国家到如何处理边疆事宜，无不有着鞭辟入里的见解和思想主张，绝非普通的纸上谈兵。甚至于，少年时期的秦观在读书之余还非常积极勤奋地练习骑射，准备北上从军。二十四岁那年，他写下了《郭子仪单骑见虏赋》一赋：

气干霄而直上，身按辔以徐行。
于是露刃者胆丧，控弦者骨惊。
……
攻且攻兮天变色，战复战兮星动芒。

咏叹唐玄宗时平定"安史之乱"功居第一的郭子仪，兵不血刃便解回纥之围的壮举。同时，也表达自己愿如郭子仪一般驰骋沙场奋勇杀敌的志向，可惜最终还是落了空。

"学而优则仕"是天下读书人的梦想，尤其是在重文轻武的北宋，想要出人头地光耀门楣，科考不是唯一但却是绝对不可或缺的途径，秦观亦不例外。但他对此并不热心，甚至于有些抗拒。但是，为了整个家族，参加科考也是自己推卸不掉的责任。秦观深切地明白，科考是自己的最终归宿，但不是此刻。

与众多只知埋头苦学的仕子们不一样，秦观践行着"读万卷书，行万里路"的想法，他的步履遍布湖州、杭州、镇江等地，一路游历赏玩美景，一路增长学识阅历，过着潇洒随性的悠游生活。在这期间，他也写下了诸多锦绣文章。

树绕村庄，水满陂塘。倚东风、豪兴徜徉。小园几许，收尽春光。有桃花红，李花白，菜花黄。

远远围墙，隐隐茅堂。飏青旗、流水桥旁。偶然乘兴、步过东冈。正莺儿啼，燕儿舞，蝶儿忙。

——《行香子·树绕村庄》

全词以白描的手法、浅近的语言，勾勒出一幅春光明媚、万物竞发的田园风光图。全词下笔轻灵，意兴盎然，洋溢着一种由衷的快意和舒畅。

秦峰苍翠，耶溪潇洒，千岩万壑争流。鸳瓦雉城，谯门画戟，蓬莱燕阁三休。天际识归舟，泛五湖烟月，西子同游。茂草台荒，苎萝村冷起闲愁。

何人览古凝眸。怅朱颜易失，翠被难留。梅市旧书，兰亭古墨，依稀风韵生秋。狂客鉴湖头，有百年台沼，终日夷犹。最好金龟换酒，相与醉沧州。

——《望海潮·秦峰苍翠》

该词的开篇就从越州的山水落笔，通过排比大量的景物与典故，描绘并赞美了越州山川人文之美，同时也表达自己对古圣先贤的敬仰之情和对自由生活的向往。

【二】

1078 年，得知苏轼自密州移知徐州，虽然秋试在即，秦观也立刻前往拜谒。虽然二人之前也见过面，但这一次的见面却显得无比慎重。

秦观在自己近来所写的诸多词作中精挑细选出十多篇，恭敬地递交给苏轼。苏轼亦逐字逐句认真翻阅，看完赞不绝口，不愧是那个当年临摹自己诗作达到以假乱真连自己都分辨不清的少年人啊。《宋史》里更是记载说，苏轼夸赞秦观有屈原、宋玉之才，可见苏轼对于秦观这位后生的喜欢溢于言表。事实上，苏门四学士里，苏轼也的确偏爱秦观，后人还编出了"苏小妹洞房三难秦少游"的故事。据考证，苏轼没有妹妹，上面只有三个姐姐，苏小妹是坊间虚构人物，秦观的夫人也是徐文美，与苏轼并无任何关联。这类传说只是为了说明苏轼对于秦观的喜爱。

总之，在一段酣畅淋漓的交谈之后，苏轼痛快地决定收下这个才华横溢的少年郎做自己的门生，秦观亦无比恭敬地执弟子礼。

临别之际，秦观化用自李太白的"生不用封万户侯，但愿一识韩荆州"一句，写下了一首《别子瞻》，称自己"我独不愿万户侯，唯愿一识苏徐州"。

第二年，苏轼改任湖州，顺道与秦观、程师孟、参寥子等好友相聚。众人一起诗文唱和，留下不少经典之作。此间，秦观写下了自己的代表作《满庭芳》，更因此作品得了"山抹微云君"的美名。

山抹微云，天连衰草，画角声断谯门。暂停征棹，聊共引离尊。多少蓬莱旧事，空回首、烟霭纷纷。斜阳外，寒鸦万点，流水绕孤村。

销魂，当此际，香囊暗解，罗带轻分。谩赢得、青楼薄幸名存。此去何时见也，襟袖上、空惹啼痕。伤情处，高城望断，灯火已黄昏。

——《满庭芳·山抹微云》

传说，唐德宗贞元时阅考卷，遇有词理不通的便"浓笔抹之至尾"。古代女子也时常涂抹胭脂水粉于脸上，为自己的姿容增色。本首词首句"山抹微云，天连衰草"八字里，光凭一个"抹"字便是出语新颖，别有意趣。寥寥数笔，就勾勒出水墨之境，赢得一片好评。

写下这首《满庭芳》时，正是秦观科考落榜后不久。对于一直处在众人交口赞叹声中的秦观来说，名落孙山的打击还是非常大的，"杜门却扫，日以诗书自娱"。

彼时的他还不能做到像老师苏轼那样对于万事都处以豁达乐观的境界，但他也有自己的排忧解愁的方法，那便是去秦楼楚馆，听曲饮酒忘忧。在郡守程师孟为他举行的宴会上，他还邂逅了一位歌妓，才子佳人，自古成就多少情缘佳话。可惜多情如秦观，虽然片刻钟情，但能做的也唯有一词赠之了。

说来有趣的是，苏轼闻说这首词后，虽然赞不绝口，但也同秦观开了一个玩笑，称其是"山抹微云秦学士，露花倒影柳屯田"。说的是秦观的词曲虽然文辞华丽清婉，可在这首词风上，竟大有柳永缠绵悱恻之感，言下之意是秦观学柳永写词了。

当时，柳永虽然名气盛大，但他写的词大多被认为是艳俗难登大雅之堂，不被当时的文人士大夫所接受。秦观听后，也连忙为自己辩解："某虽无学，亦不如是。"东坡笑问："'销魂当此际'，非柳七语乎？"秦观一时无言以对，方才低头不语。

不过，虽同为婉约派，秦观的词较之柳永，更加清婉悠扬，雅韵有致，符合各阶层的审美，也赢得各阶层的交口称赞。秦观的词又因为韵律优美，因而每一词填成，就成为人们争相传唱的流行歌曲了。

【三】

相比在词作上的得意，考场上的秦观便是失意了。

连续两次名落孙山，让他承受了极大的精神打击，有段时间几乎一蹶不振，闭门不出，发出了"但取衣食裁足，乘下泽车，御款段马，为郡掾吏，守坟墓，乡里称为善人，斯可矣"的感慨，表示羡慕马少游不求仕进、知足求安的态度，并将自己的字改为少游。

秦观是痛苦的，他原是一个恣意潇洒之人，于功名利禄本不上心。奈何自父亲去世后，随着家境一日不如一日，他不得不面对现实，试图靠着这科考带着家族翻身。

皇天不负苦心人，多次科考败北的秦观，在老师苏轼接连不断的劝说与鼓励下再战科举。1085年，秦观终于在礼部春闱中，进士及第，被授职蔡州教授。在初尝喜悦之后的秦观很快意识到，真正属于仕途的苦难才掀出一角。

众所周知，朋党倾轧是北宋政治上的大难题，更是令朝廷不安的一大乱源。秦观入仕之时，适逢北宋朋党斗争日益激烈之际。位居"苏门四学士"，还名列"苏门六君子"的秦观毫无疑问被看作是苏轼的重要党派成员、旧党的核心人物之一，于此亦身不由己地陷入了这场政治旋涡之中。从此，党争的迫害便从未间断。

1087 年，苏轼、鲜于侁以"贤良方正"荐秦观于朝，无奈却被人以"莫须有"的罪名加以诬告。两年后，因范仲淹之子、前宰相范纯仁的力荐，得以回京任秘书省正字。职位虽不高，但为天子脚下官员，秦观喜不自胜。

奈何未满一月，事情又发生了转折。御史赵君锡迫于"洛党"压力，弹劾秦观"行为不检、放荡不羁"，要求免去其职。接二连三的政治迫害，使得秦观大受打击，一气之下，他对政治开始灰心，索性上书内阁，"自请辞免"。

所幸此时的苏轼已从扬州回京，先后担任翰林侍读学士和礼部尚书。在他的帮助下，秦观得以回到秘书省，受诏编修国史，不久又进为宣德郎，并获赐笔墨器币。数月之间，拔擢连连。这三年也是秦观为官期间最顺遂的时候。

可惜天意弄人，在他对一切又重新燃起希望，觉得前途充满无限可能的时候，可怕的现实又给他沉重一击。仅仅一年之后，高太后去世，哲宗问政，政局瞬息万变。"新党"重回权力中心，"旧党"之人则尽遭罢黜，秦观历时七年的贬谪生涯从此拉开了序幕。

遥夜沉沉如水，风紧驿亭深闭。梦破鼠窥灯，霜送晓寒侵被。无寐，无寐，门外马嘶人起。

——《如梦令·遥夜沉沉如水》

何其凄惨，现实苦痛，那便躲入梦中寻觅片刻温情，奈何连这微小的愿望都不可得。

千里潇湘接蓝浦，兰桡昔日曾经。月高风定露华清。微波澄不动，冷浸一天星。

独倚危樯情悄悄，遥闻妃瑟泠泠。新声含尽古今情。曲终人不见，江上数峰青。

——《临江仙·千里潇湘接蓝浦》

贬去郴州对秦观来说是一件极其痛苦的事情，要经受身体和精神的双重磨难。他将自己坎坷的人生遭遇和痛苦的情感体验诉诸笔端。

那个时候的他迟迟没有收到朝廷调遣回京的讯息，相反，得到的是一贬再贬，从郴阳贬谪横州、雷州，并且是"诏特除名，永不收叙"。人在万里，江湖飘零，知己难遇，故人长绝……于是，秦观的内心彻底绝望了。他实在不明白，自己好端端一个读书人，科考入仕，只是想着为朝廷做一番事业，为何如今要被卷入这无休止的政治斗争漩涡中？

1097年暮春时节，秦观在即将奔踏上横州的旅途之际，写下了这首蜚声词坛的《踏莎行》：

雾失楼台，月迷津渡。桃源望断无寻处。可堪孤馆闭春寒，杜鹃声里斜阳暮。

驿寄梅花，鱼传尺素。砌成此恨无重数。郴江幸自绕郴山，为谁流下潇湘去？

这首词是秦观的呕心沥血之作，亦是他凄迷幽怨的感情的宣泄。

从前那个书生意气、挥斥方遒的恣意逍遥的少年永远地消失了，活在这个世间的只是一个充满了压抑苦闷，在这荒山野岭之地苦苦挣扎的可怜人。

【四】

1100 年，哲宗病逝，徽宗即位，大赦天下，时局再次发生变动。这一次，贬谪的大臣多被召回，召回的臣子里也包括秦观和他的老师苏轼。师徒二人在雷州再次相见时，恍若隔世。

南来飞燕北归鸿，偶相逢，惨愁容。绿鬓朱颜，重见两衰翁。别后悠悠君莫问，无限事，不言中。

小槽春酒滴珠红，莫匆匆，满金钟。饮散落花流水、各西东。后会不知何处是，烟浪远，暮云重。

——《江城子》

彼时的师徒俩，在秦观眼里只是两个"衰翁"，这次相逢没有欢喜，反而透着无限的悲哀。同时，这首《江城子》也是秦观的绝笔词。

苏轼离开一月后，秦观也接到了诏书，复为宣德郎，放还衢州。在从雷州北返的归途中，病逝。

据说，当走到藤州时，秦观感到有些累，便在光华亭下休息，梦见自己填过的一阕词，醒来便要讲给身边的人听。未讲几句觉得口干，想要饮水。等到仆人把水取来时，他却看着那水笑了。

就在笑声中，一代词宗溘然长逝。

情深不寿。这或许是所有卓然的文人的宿命，秦观亦不例外。纵观后世，历朝历代对秦观的词都给予了非常高的评价，觉得他写的词才叫正宗。晚清人冯煦更是说出了"后主（李煜）而后，一人而已"的言辞。诚如冯煦所言，别人写词，是词才；秦观写词，是"词心"。秦观去世，词心凋零。

500 多年后，清初才子王士禛经过高邮，想起了多愁善感的一代词宗：

风流不见秦淮海，寂寞人间五百年。

周邦彦：

疏荷小立，词中老杜

燎沉香，消溽暑。鸟雀呼晴，侵晓窥檐语。叶上初阳干宿雨，水面清圆，一一风荷举。

故乡遥，何日去？家住吴门，久作长安旅。五月渔郎相忆否？小楫轻舟，梦入芙蓉浦。

——《苏幕遮》

【一】

1056 年，周邦彦出生在钱塘一户姓周的人家。《诗经·羔裘》里有"彼其之子，邦之彦兮"的词句，意思是，就是这样一个人，正是国家的栋梁贤才。而"邦彦"二字正是取自于此。

据王国维先生说，周邦彦的先世，自祖父以上皆无法考证，便是他父亲的姓名，如今也没有办法知道。不过，想来周邦彦的家境虽不显赫，但也算不错的，他的词《南浦·浅带一帆风》

里有"吾家旧有簪缨"的字句。宋史里说他"疏隽少检，不为州里推重"，但却能"博涉百家之书"，除了赞赏周邦彦博学多才之外，亦从侧面能看出他的家境不错。毕竟，这些不是一个普通子弟能做到的。

周邦彦出生的时候，正是史上鼎鼎有名的仁宗统治时期。彼时，国家太平，百姓安逸。而他的家乡杭州钱塘，更是有名的文物之邦，江南繁华盛地。北宋的才子柳永在《望海潮》里对杭州的富庶与美丽给予了高度的赞扬，开篇"东南形胜，三吴都会，钱塘自古繁华"三句便从地理和历史两个方面将杭州概括。

自古杭州就是文人墨客笔下的人间天堂，唐代的大诗人白居易途经杭州，留下了"山寺月中寻桂子，郡亭枕上看潮头"的江南美忆，而苏东坡在杭州为官时，则是对西湖的美景爱不释手，写下了"欲把西湖比西子，淡妆浓抹总相宜"的佳句。古人云"在山泉水清，出山泉水浊"，环境对人的生活乃至性格的形成都有着重要的影响。生活在如斯美景的周邦彦，自然也是从小便被这杭州的湖光山色给浸润着，骨子里便捎带着江南独一份的儒雅与风流。

说来令人诧异的是，少年时的周邦彦在杭州才名甚显，彼时的苏轼也正在杭州城做官。据说，苏轼和周邦彦的叔叔周邠还是故交。按照苏轼对于优秀的青年才子们总是不遗余力地推崇的性格来说，凭借周邦彦的才华，以及叔叔的这层关系，怎么说也理应得到苏轼的嘉奖提携，哪怕只是相处交往。奈何史上对于苏轼和周邦彦二人的关系记载寥寥，二人几乎没有半点交集。

这其中的缘由无人可知，或许是因为周邦彦放荡不羁，孟浪风流的出格作风不仅不被乡邻所接受，也让时任杭州父母官的苏轼不喜。又或许是二人从根本上的文学理念和政治立场就不投机……不管怎么说，站在后人的角度上，对于这两位同是宋词的集大成者不能相交留下一段佳话，还是颇为遗憾的。

【二】

众所周知，大宋自太祖赵匡胤建国后，一直有着"崇文抑武"的国策。虽然生活在宋朝的武将们多数是被束缚拳脚抑郁不得志的，但对于文人来说，出生在这个朝代则是无比幸运的乐事了。

故而在宋朝，想要出人头地的绝佳方式，便是读书赶考，登科入仕。宋朝文人想要入仕的渠道有很多，其中一项便是进入北宋的最高学府太学。太学生们分为上舍、内舍、外舍三等，上舍生考试成绩优异者便可直接授官。

1079年，周邦彦以优秀的成绩考入太学院，离开家乡钱塘，来到了汴京城，踏上了万里仕途的第一步。

孟元老在《东京梦华录》这本书里，便对这北宋汴京城的锦绣繁华做了一个非常生动详尽的描述，上至王公贵族、下及庶民百姓的日常生活无不描摹刻画：

正当辇毂之下，太平日久，人物繁阜。垂髫之童，但习鼓舞，斑白之老，不识干戈。时节相次，各有观赏：灯宵月夕，雪际花时，乞巧登高，教池游苑。举目则青楼画阁，绣户珠帘。

雕车竞驻于天街，宝马争驰于御路，金翠耀目，罗绮飘香。新声巧笑于柳陌花衢，按管调弦于茶坊酒肆。八荒争凑，万国咸通，集四海之珍奇，皆归市易，会寰区之异味，悉在庖厨。花光满路，何限春游，箫鼓喧空，几家夜宴？伎巧则惊人耳目，侈奢则长人精神。

来到了汴京城的周邦彦，这才深刻地体会到了山外有山的意思。杭州城虽然秀丽繁华，但和这纸醉金迷的汴京城一比，似乎就显得有些单薄不够看了。

初临汴京时，周邦彦还有些不知所措。渐渐地，非凡的文学才识和不拘小节风流潇洒的性格让他很快融入了这座城市里。

1084年，一首横空出世的《汴都赋》，名动天下。

彼时建国已久的北宋王朝，在日益尖锐的社会矛盾冲突中，经王安石"熙宁变法"施行各项新法后，国势稍微得到缓和。身为太学生的周邦彦仿照汉朝《两都》《二京》赋文的写法，用假设的人物"发微子"和"衍流先生"的对话来描写和赞扬汴京城经济繁荣昌盛、百姓安居乐业的景象，歌颂了王安石变法之后的吉天盛况。

复有佩玉之音，笾豆之容，弦歌之声，盈耳而溢目，错陈而交奏。焕烂乎唐虞之日，雍容乎洙泗之风，夸百圣而再讲，旷千载而复觐。又有律学以议刑制，算学以穷九九，舞象以道幼稚，乐德乐语，以教世胄。成材茂德，随所取而咸有。若夫圣之宫，是为原庙。其制则般输之所作，其材则匠石之所抡，万指举筑，千夫运斤，挥汗如雾，吁气如云。鼕鼓弗胜，靡有谂勤，赫赫大宇，有若山涌而嶙峋。下盘黄垆，上赴北辰，蕊珠广寒，黄帝之宫。荣光休气，瞳胧往来，葱葱郁郁而氤氲。

据说，神宗皇帝读了以后，"磋异久之"，对于这篇歌颂新法的文赋非常满意，让文才堪比苏轼的李清臣在殿上大声诵读。随后，宋神宗又专门召见了周邦彦，周邦彦也因此不仅成功获得宋神宗的赏识，本人更是名声大噪，有着"声名一日震耀海内"的美名。一时间，风头无两，羡煞旁人。

1085 年，周邦彦被朝廷从诸生擢为太学正（管理太学的官员），完成了学生到官员的身份转换。

然而，好景不长。在神宗死后，之前在朝政斗争中处于劣势的旧党复苏。曾经歌颂新法写下《汴都赋》的周邦彦毫无疑问被归于新党，排挤出京。

【三】

周邦彦本以太学生入都，因献《汴都赋》为神宗所赏识，进为太学正。虽然风光一时，但说到底太学正也只是一个闲职，并无太大的发展空间，整整五年都没有任何升迁。他眼见无所作为，久客京师，不免起了思乡之愁。

时年五月，在友人的盛情相邀下，周邦彦与友人赏荷散心。

看着眼前京城夏日雨后荷塘的清雅景致，周邦彦不由得想起家乡西湖的"十里荷花"。性静情逸，诗兴大发，于是便有了这首传诵千古的咏荷词。

燎沉香，消溽暑。鸟雀呼晴，侵晓窥檐语。叶上初阳干宿雨，水面清圆，一一风荷举。

故乡遥，何日去？家住吴门，久作长安旅。五月渔郎相忆否？小楫轻舟，梦入芙蓉浦。

——《苏幕遮》

周邦彦的词以富艳精工著称，但这首《苏幕遮》"清水出芙蓉，天然去雕饰"，清新自然，浑然天成，境界淡雅。

提及写荷花，风裳、水佩、绿云、红衣等字词多数摇笔而来，而主角荷花的形象，却在这些词中被淡化了，留一个模糊的影子。而周邦彦的《苏幕遮》却是不走寻常路，将荷花的镜头进行定位特写。

"叶上初阳干宿雨，水面清圆，一一风荷举"三句被国学大师王国维赞为"此真能得荷之神理者"。先不说神理如何，光是字句的圆润，就足以流传千古。

试想宿雨初收，清晨的阳光洒落一湖的碎金，微风拂过湖面带起微微褶皱。圆润的荷叶绿净如拭，亭亭玉立的荷花更是随风一一起舞翩翩。这画面好似电影的镜头，穿插着时间性的景致。而一个"举"字，更是让整首词都站立了起来，动景如生。

整首词由眼前的荷花想到故乡的荷花，游子浓浓的思乡情尽数倾述于荷花。

如果说《苏幕遮》里的乡愁是透着恬淡的荷香，那么《满庭芳》里的乡愁便是带着点酸涩的梅子了。

风老莺雏，雨肥梅子，午阴嘉树清圆。地卑山近，衣润费炉烟。人静乌鸢自乐，小桥外、新绿溅溅。凭栏久，黄芦苦竹，拟泛九江船。

年年。如社燕，飘流瀚海，来寄修椽。且莫思身外，长近尊前。憔悴江南倦客，不堪听、急管繁弦。歌筵畔，先安簟枕，容我醉时眠。

——《满庭芳·夏日溧水无想山作》

写《满庭芳》的时候，他被调为溧水县令，比之前官大一级。在偏僻的溧水，因为无事，他有更多的时间关注山水。

整首词，上阕写江南初夏景色，将羁旅愁怀融入景中。下阕抒发飘流之哀，整体哀怨却不激烈。用风华清丽的景物与孤寂凄凉的心情相交错，乐与哀相交融，苦闷与宽慰相结合，构成一种转折顿挫的风格。

想到当初的献赋，已是十年前的事情了。随着宋神宗的去世和旧党的重新掌权，他就如同历代政争中的派系牵连一样，被贬出京，开始了长达十一年的漂泊之旅。大起大落的人生仕途、一轮又一轮的政治大潮，让他深刻地感觉自己就如那浪打的浮萍，无法自主。四十来岁的周邦彦似乎已经看透了人间欢乐，即便是他年轻时热衷的歌筵场合，他也是昏昏欲睡，无心欣赏。

1097 年，四十二岁的周邦彦再度被召还京。

第二年，宋哲宗读到了《汴都赋》，深受震撼，下诏召见周邦彦，并让他当殿诵读旧作《汴都赋》。这是命运第二次眷顾周邦彦，但此时的他早已没了年轻时的热血和对仕途的渴望，"坐视捷径，不一趋焉"——纵使有了升官的捷径，他却毫不热衷。

在领教了政治的无情、党争的残酷之后，周邦彦自觉地把自己仕途生涯的底色定调在了"悲凉""落寂""无望"上，多年贬谪的岁月逐渐消磨了他的意志。人生的最后二十余年，周邦彦对于朝政和仕途完全抱着佛系的态度，不争取，不抵抗，顺势而为。相对而言，他更愿意将自己的精力投放在音乐和词章的创作上，由此奠定了自己"词中老杜""词家之冠"的宋代词坛领袖地位。

【四】

除了仕途和诗词，爱情也是周邦彦生命中不可或缺的主题。

可以说，除了柳永，他是整个大宋最会谈恋爱、写情诗的人了。

并刀如水，吴盐胜雪，纤手破新橙。锦幄初温，兽烟不断，相对坐调笙。

低声问：向谁行宿？城上已三更。马滑霜浓，不如休去，直是少人行！

——《少年游·并刀如水》

并州产的刀子锋利如水，吴地产的盐粒洁白如雪，盛橙子的盘子明净，果蔬新鲜。端庄高雅的美人用那纤纤细手剥开新产的熟橙。锦缎做的帷帐缓缓下坠，帐内已经被炉火熏得温热，兽形香炉里的烟不断升起，二人相对而坐，男子沉醉在女子情意绵绵的笙曲中。

不久后，女子低声问情郎，今天晚上要去何处住宿，方才听城上已经报了三更，时间很晚了。门外寒风凛冽，路上寒霜浓重马易打滑，行人寥寥，不如就留在这里休息吧。

整首词，上片以男主的视角写美人的热情待客，表达自己对意中人情投意合的情感；下片以叙事的方式来抒情，改用女主的口吻来传情，层次曲折。在周邦彦的笔下，故事里主人公幽微的心理活动、生动的人物形象、细腻逼真的生活细节被描摹刻画得淋漓尽致。词中所写的男女之情，意态缠绵，恰到好处，既不沾半点恶俗气味，又能语工意新。

说起这首词背后的故事，更是令无数人津津乐道。据传，这首词中的男主是北宋的一国之君宋徽宗赵佶，而女主则是有着倾城之姿的汴京名妓李师师。至于周邦彦，则是凄凄惨惨不能拥有姓名躲于床下的悲情男二。

早在周邦彦来京时，便因俊朗的外表与绝妙填词俘获了众多秦楼楚馆里的姑娘们的芳心,就连文人雅士、公子王孙都竞相争夺的汴京名妓李师师也对其青眼有加。金风玉露一相逢,便胜却人间无数。于是,二人相恋了。奈何师师艳名太盛,就连当今天子也闻风而来,于是便有了词中一幕。

可是,周邦彦又是何许人也,他本就是狂放不羁放浪形骸。待到赵佶走后,创造灵感涌上心头,便将躲在床下的所见所闻化作一首新词写给心上人。

几天后,赵佶再度光临,听到师师演唱这首词,明白填词者当天一定在屋里,顿时打翻醋坛,问是何人所作。师师不敢隐瞒,只得道:"周邦彦。"赵佶怒急,便寻了理由将其贬谪出京。

离开汴京城那一日,师师相送,两人执手相看泪眼,情之所至,便又写下了这首送别词。

柳阴直,烟里丝丝弄碧。隋堤上、曾见几番,拂水飘绵送行色。登临望故国,谁识、京华倦客?长亭路,年去岁来,应折柔条过千尺。

闲寻旧踪迹,又酒趁哀弦,灯照离席。梨花榆火催寒食。愁一箭风快,半篙波暖,回头迢递便数驿,望人在天北。

凄恻,恨堆积!渐别浦萦回,津堠岑寂,斜阳冉冉春无极。念月榭携手,露桥闻笛。沉思前事,似梦里,泪暗滴。

——《兰陵王·柳》

待到李师师再将这首曲子唱给徽宗听时,同是热爱文艺的宋徽宗亦被词里的切切真情打动，起了惜才之心，便又将周邦彦召了回来，授予他提举大晟府，在皇家最高音乐机关里任职。

后来，周邦彦由于不愿与蔡京奸党合作，晚年又被逐出朝廷，到顺昌等地为官。

1121 年，周邦彦因病去世。

【后记】

提及宋词，世人脑海中首先浮现的多是苏东坡、欧阳修、辛弃疾、李清照等这些名气甚广的著名词人。事实上，在遥远的北宋词坛，还有一颗蒙尘的璀璨明珠，他便是词红人不红的周邦彦。

虽然在民间的知名度不高，但周邦彦在历朝的专业文学人士中却备受推崇，有着"词家之冠"的美誉，更是被晚清的著名学者王国维给予高度肯定，称其为"词中老杜"。作为婉约派的集大成者，周邦彦的作品在婉约词人中长期被尊为"正宗"，在这高手如云的北宋词苑中，成就了一片极具特色而又蕴涵丰富的风景。

李清照：
临水照花，自是花中第一流

绍兴二年，一女子刚被人从监狱里放出。九日的牢狱生活使得她整个人显得憔悴，只是抬眸远眺时，清高不减。

女子为何身陷囹圄？原是为了将她那豺狼丈夫的种种恶劣行径，包括营私舞弊、虚报举数骗取官职等罪行诉之公堂。只是在当时，按照宋朝的法律规定，妻告夫要判处两年徒刑。如此严重的后果，她认了，哪怕拼得鱼死网破的结果。好在她才名显赫，早在少时便有众多粉丝追随者，其中不乏位高权势者，因而仅被关押九日便释放了。

这女子是谁？

人道是男中李后主、女中李易安。她便是有着"词国皇后""千古第一才女"之称的李清照。

李清照出生于一个文艺气息十足的士大夫的家庭。父亲李格非进士出身，官至提点刑狱、礼部员外郎，此外更是东坡先生的学生，苏门后四学士之一。而母亲则是状元王拱辰的孙女（一说宰相王珪长女），文学修养也颇高。李家藏书更是多得不计其数，是当地赫赫有名的藏书世家。

自幼生活在这样一个文学氛围无比浓厚的环境里，每日耳濡目染，家学熏陶之余，兼之李清照又天资聪颖，才思敏捷，以至饱读诗书的李清照少时便有才名。父亲将其诗词隐去姓名再让众人欣赏时，无不啧啧称赞。

少女时代生活在汴京城里的李清照，深深地被这座风雅繁华的汴京城给打动。同时，汴京城也点燃了她的诗词创作热情。

常记溪亭日暮，沉醉不知归路。兴尽晚回舟，误入藕花深处。争渡，争渡，惊起一滩鸥鹭。

宋哲宗元符二年，十六岁的李清照写下了她的处女词作《如梦令》。这首小令用词简练，写的是少女自己乘兴游玩，醉酒误入藕花深处。在清新之景中，渗透了野逸之情。这首词一经问世，便轰动北宋词坛。据明代的《尧山堂外纪》记载，"当时文士莫不击节称赏，未有能道之者"。

如果说《如梦令》是这位词坛皇后的小试牛刀之作，尽显少女别致的清新雅意，那么在随后的《浯溪中兴颂诗和张文潜》两首诗中便是郑重地告诉世人，女子并非都是束于闺阁之中，她们也是会关注和忧虑国家社稷。笔力纵横，字句剖析入骨，再度惊艳了世人。

蹴罢秋千，起来慵整纤纤手。露浓花瘦，薄汗轻衣透。见客入来，袜刬金钗溜。和羞走，倚门回首，却把青梅嗅。

——《点绛唇·蹴罢秋千》

少女情怀总是诗，骄傲如李清照，遇到倾心之人，也免不了羞怯。彼时豆蔻年华的她对于生活与未来都有着诗意的憧憬，对于未来的郎君亦是。

那是一个绿荫爬满纱窗的午后，梳着双环的李清照正在院中荡着秋千，因为玩得过于尽兴，衣衫都被香汗浸湿，便歇下来，慵懒地拨弄双手。忽然之间，闻有客人登门声，连忙起身避走，仓促之间鞋子也掉了，钗环也掉了。可是，好奇心重的少女还是想看看来人长什么样子，于是佯装回头闻着青梅，却拿眼睛狡黠地瞟着来人。

殊不知，那一眼便定了情。

宋徽宗建中靖国元年，十八岁的李清照与时年二十一岁的太学生赵明诚在汴京城里成婚。这一桩婚姻虽然因二人之父政党不同而颇为坎坷，但好在月老垂怜，终成美事。

区别于传统封建礼教里的父母之命、媒妁之言，李清照和赵明诚是彼此倾心相恋，有着不浅的情感基础。婚后，这对夫妻更是琴瑟和谐，举案齐眉。二人皆是贵族子弟，出生官宦之家。但由于"赵、李族寒，素贫俭"，二人也都不喜荣华。于他们而言，物质享受远不如精神享受来得悦心舒适。更难能可贵的是，夫妻二人还志趣相投，他们不仅时常互相切磋诗词文学，还共同从事学术研究，编纂《金石录》。在编书过程中，二人还别出心裁地以材料出处为题来考验对方，领先并说出正确答案者便可独饮一壶茶为奖励。

婚后的生活清贫，但胜在高雅有趣。

相较于锦绣绸缎，玉环珠钗，李清照与赵明诚更热衷于过着俭朴的生活，将钱省下来去相国寺购买古书碑文奇器。玩赏古器时，夫妻二人仿佛置身于无忧无虑的远古时期，"自谓葛天氏之民也"。

薄雾浓云愁永昼，瑞脑销金兽。佳节又重阳，玉枕纱厨，半夜凉初透。东篱把酒黄昏后，有暗香盈袖。莫道不销魂，帘卷西风，人比黄花瘦。

这是一年重阳节，夫君赵明诚远游在外，只留李清照一人孤身在家。自古"每逢佳节倍思亲"，把酒赏菊也难掩孤寂惆怅。李清照索性将这满腹的思念之情尽数泼洒于诗词之上，于是便有了这首名传千古的《醉花阴》。相传赵明诚收到此词时，感动于妻子的深情之余，更是对妻子的才华钦佩不已。他将自己关在房间里冥思苦想，一口气写下了五十首和词，期待这些词中能有一首超过妻子，好慰藉酬答妻子的相思之情。

不过，说来遗憾的是，通过好友陆德夫的仔细斟酌研读之后选出的三句，便是"莫道不消魂，帘卷西风，人比黄花瘦"，皆是妻子所作。事情传开后，也为一时风雅佳话。

生当作人杰，死亦为鬼雄。至今思项羽，不肯过江东。

——《夏日绝句》

大抵是琉璃易碎彩云散，世间好物不坚牢。苦难不会因为你是诗意的才女，便对你偏爱有加。李清照原以为自己的一生便可这样在少许闲愁多数美满安乐的情况下过下去时，先是党派之争中父亲被排挤出朝廷发回原籍，后又因权臣构陷，丈夫被罢官，公公去世。再有金国人的铁骑将这一场汴京城里的繁华蝴蝶梦尽数踏碎，连同大宋王朝的尊严和脊梁。

靖康之难后，李清照和赵明诚相继避乱去往江南。

当时，南宋朝廷以高宗为首的主和投降派，借口时世艰难，拒绝主战派收复中原的请求，而是一味言和，求得苟安。对此，李清照十分不满，屡写诗讽刺，曾有"南游尚怯吴江冷，北狩应悲易水寒""南渡衣冠少王导，北来消息欠刘琨"之句。用词慷慨激昂，丝毫不因其是女子便笔力纤弱，满腔爱国豪情，尽显其中。

建炎三年二月，赵明诚罢守江宁，独自弃城而逃。世事艰难，蝼蚁尚且偷生的道理，李清照不是不懂。只是夫君这一懦弱贪生举动，让她大失所望，也让这对一直恩爱异常的夫妻彼此心生龃龉。建炎三年三月，夫妻两人乘舟过乌江，行经楚霸王自刎处，李清照一时之间，有感而发，写下《夏日绝句》，借着项羽宁肯一死，自刎乌江以谢江东父老的壮烈史迹，对南宋统治者进行无情的讽喻。赵明诚读了，更觉无颜。

建炎三年八月，赵明诚病逝于建康。从年少相识到结为夫妻，恩爱两不疑。辗转半生，爱人却在此时撒手离世。此时的李清照被悲伤绝望浸透，随后大病一场。

为保存夫君赵明诚所遗留的文物书籍，病愈后的李清照派人运送行李去投奔妹婿李擢。不料当年十一月，金人攻陷洪州，所谓连舻渡江之书散为云烟。李清照只好携带少量轻便的书帖典籍，再度仓皇南逃。

此后，一路颠沛，一路流离，一路辛酸，一路孤寂。

寻寻觅觅，冷冷清清，凄凄惨惨戚戚。乍暖还寒时候，最难将息。三杯两盏淡酒，怎敌他、晚来风急。雁过也，正伤心，却是旧时相识。

满地黄花堆积。憔悴损，如今有谁堪摘？守着窗儿，独自怎生得黑。梧桐更兼细雨，到黄昏、点点滴滴。这次第，怎一个愁字了得！

——《声声慢·寻寻觅觅》

绍兴元年三月，李清照在绍兴居住了下来，原以为可以暂且得一时的安宁，却不料祸事再度临头。家中被盗贼闯入，书画被盗。至此，所有图书文物大部散失。

国破、家亡、夫逝、物散……这一切的无情折磨，让李清照几度陷入绝望的深渊。孑然一身，在连天的烽火狼烟中漂泊无依，历尽世路崎岖和人生坎坷。内心极其悲痛的李清照借暮春之景，抒发内心深处的凄惶与无助、苦闷和忧愁，落笔写下《武陵春》。全词一长三叹，语言优美，意境有言尽而意不尽之美。

人生病的时候总是格外脆弱，对于旁人送来的关切便会感受得格外细腻。令人唏嘘的是，在李清照大病初愈期间，还遇到了自己人生的另外一个劫数。

彼时五十岁的李清照不再奢望能够再度遇到一个像赵明

诚那样与自己心心相印，彼此情投意合的良人，她只盼着能与眼前这个名叫张汝舟的人平平淡淡地走完下半生。

可惜这一次，李清照看错了。再度成婚后不久，她便发现原先对她温柔解意，嘘寒问暖关怀备至的枕边人，原是一头不折不扣披着羊皮的豺狼。张汝舟娶李清照，并不是折服于她的满腹诗书或清俊秀美的容颜。相反，他的意图十分直接且赤裸，他为的是独吞李清照的金石收藏。待发现自己根本拿不到这还所剩无几的文物时，他便索性不再伪装，撕开假面，将自己得不到满足的贪欲转换成的愤怒，又尽情化为残忍的拳打脚踢，尽数报复于妻子李清照身上。

毕竟，这段婚姻实在是太难堪了。若是寻常女子，碍着自己的声誉，可能会默默忍受下来。一旦撕破了脸皮，世人会如何看待自己？可李清照并非寻常女子，虽然遇人不淑，"忍以桑榆之晚节，配兹驵侩之下才"，但敢爱敢恨的她立刻果断地作出了决定。既然走错了路，就得立刻停止错误的脚步，当断则断。哪怕是付出惨烈的代价，也要用自己的不屈与顽强和命运抗争！于是，便有了文中开头的第一幕。

当时稷下纵谈时，犹记人挥汗成雨。子孙南渡今几年，飘零遂与流人伍。欲将血汗寄山河，去洒东山一抔土。

虽然经历了一场所嫁非良人以至于身陷囹圄的灾难，但李清照对于生活的期望并未从此消沉。相反，她的诗词创作的热情日趋高涨。至此，她彻底地将自己从个人的痛苦中解脱出来，把眼光投到对国家大事的关注上。

绍兴四年，李清照完成了《金石录后序》的写作。十月，徙居金华，写成《打马图经》并《序》。借谈论博弈之事，引用大量有关战马的典故和历史上抗恶杀敌如桓温、谢安等忠臣良将的智勇的威武雄壮之举，抒写金戈铁马、万里如虎的豪情，谴责宋廷偏安一隅、不思收复河山的无能。

绍兴十三年，李清照将赵明诚遗作《金石录》校勘整理，表进于朝。

绍兴二十五年，李清照怀着对死去亲人的绵绵思念和对故土难归的无限失望，悄然辞世。

至此，这位曾经在北宋词坛留下浓墨重彩的易安居士，与世长眠。南宋的天空陨落下一颗不朽的明星，世人无不扼腕叹息。

然而，放眼望去，在这历史滚滚的长河中，纵使浪花淘尽千古名流，她也会久远地住进宋词飘香的玉宇琼楼里。这位曾"词压江南，文盖塞北"的"千古第一才女"，以她清朗率真的个性，清新绝美、意蕴深长的词作，徜徉在文学的长河里，历经千年而不朽于世间。

贺铸：

以笔铸剑，侠客义气

缚虎手，悬河口，车如鸡栖马如狗。白纶巾，扑黄尘，不知我辈可是蓬蒿人？衰兰送客咸阳道，天若有情天亦老。作雷颠，不论钱，谁问旗亭美酒斗十千？

酌大斗，更为寿，青鬓长青古无有。笑嫣然，舞翩然，当垆秦女十五语如弦。遗音能记秋风曲，事去千年犹恨促。揽流光，系扶桑，争奈愁来一日却为长。

——《行路难·缚虎手》

【一】

唐末五代时，由于皇权衰微，兵权旁落，从而导致兵变不断，祸乱朝纲，民不聊生。在后来者的眼里，五代十国的"重武轻文"俨然是一个亟待改正的"错误"。于是，作为后来者的大宋皇帝们，为了防止武将权力过大，重蹈五代覆辙，便大刀阔斧地进行改革。只是用力过猛，反而矫枉过正了，以至于宋朝形成了重文轻武的局面。

宋代，一个独属于文人的伊甸园、武将的失乐园的朝代。

有些人生在这个时期是如鱼得水，悠然一生。有些人，却只能明珠蒙尘，生不逢时，譬如贺铸。

1052年，贺铸出生于北宋一个没落的贵族世家。追溯族谱，祖上曾出过太祖孝惠皇后和几位战功卓著的大将。但是，到了贺铸父亲这一代时，往昔辉煌与荣耀早就烟消云散，徒留一个无甚用的宗室贵族头衔。对于贺铸来说，他并不屑于这所谓的贵族头衔给他带来的零星荣耀。如果可以，他更愿意以唐代大诗人贺知章的后代自居。事实上，他也的确按照自己的喜好去做了。贺知章曾居住在庆湖，他索性也搬到庆湖，自称"庆湖遗老"。

俗话说，瘦死的骆驼比马大。虽然到了贺铸这一代，家道中落，往日辉煌早已不在，但同别人相比，贺家依旧是令人称羡的存在，譬如他家中的万卷藏书。

毫无疑问，自幼聪明好学，饱读诗书的贺铸定然也是才气过人，人道是"腹有诗书气自华"。博闻强记、诗情满身，又能写出"梅子黄时雨"这般淡雅素美之句的，多数人眼前勾勒的，大抵是一位闲庭信步走在东京城里，略带矜贵的翩翩书生模样。如果你真是这样想的，那么再看反转就有意思了。

是的，贺铸不是什么文弱书生、翩翩少年。相反，他面色青黑如铁，眉目耸拔，身高七尺，相貌堪为丑陋，人送外号"贺鬼头"。这幅相貌倒是并没有给贺铸带来许多的烦恼，毕竟他不需要靠脸吃饭。他想要像父兄一般走武将路线，甚至于这魁梧粗糙的长相，和他的侠气之风很是相配。

十七岁离家，孤身一人去了汴京城闯荡。他有才气，更有侠气，为人豪爽精悍，如武林侠客，"少时侠气盖一座，驰马走狗，饮酒如长鲸"。

《宋史》里关于贺铸，亦有"喜谈当世事，可否不少假借，虽贵要权倾一时，小不中意，极口诋之无遗辞"的词句，说他为人性情豪放率直，喜欢畅谈国家大事，即使是对于权倾一时的达官贵族，只要稍有不合他的心意，他都要毫无保留地对其批评责骂而不计任何顾虑。

据说，他早年在太原做监军时，工作的同僚里有一纨绔子弟，依仗着显赫家族耀武扬威，众人皆逢迎附和，溜须拍马。唯独贺铸不屑一顾，亦不肯趋炎附势，稍假词色。后来，这位富家子弟偷盗公物挪为己用，被贺铸发现，不仅未睁一只眼闭一只眼含糊带过，还在审清真相后将其痛打一顿，以儆效尤。从此以后，那些依仗权势目中无人的人，见到贺铸都心有戚戚然，只敢用眼角的余光去瞄他，很少有人敢抬起头来看。贺铸身上浓烈的侠客气息，由此可窥一番。

【二】

少年侠气，交结五都雄。肝胆洞，毛发耸。立谈中，死生同，一诺千金重。推翘勇，矜豪纵，轻盖拥，联飞鞚，斗城东。轰饮酒垆，春色浮寒瓮，吸海垂虹。闲呼鹰嗾犬，白羽摘雕弓，狡穴俄空，乐匆匆。

似黄粱梦，辞丹凤；明月共，漾孤蓬。官冗从，怀佗儡；落尘笼，簿书丛。鹖弁如云众，供粗用，忽奇功。笳鼓动，渔阳弄，思悲翁。不请长缨，系取天骄种，剑吼西风。恨登山临水，手寄七弦桐，目送归鸿。

——《六州歌头》

　　这首出自贺铸之手的《六州歌头》被誉为第一首表现"豪侠情怀"的词。词里的游侠壮士形象，在唐诗中屡见不鲜，但在宋词中则是前所未有的，是宋词中最早出现的真正称得上抨击投降派、歌颂杀敌将士的爱国词篇，全篇充斥的是气吞山河的豪情壮志。

　　1088年秋，西夏再度骚扰大宋边境，生活在边境的百姓可谓苦不堪言。奈何日益衰败的大宋王朝依旧采取的是岁纳银绢、委屈求和的屈辱方式，来应付此等状况。是可忍孰不可忍，当时只是和州一介身份卑微的武官贺铸见此状况，义愤填膺。明明身怀高强武艺，却只能被支派到地方上去打杂，整日劳碌于文书案牍，想要上战场杀敌报国却又无路请缨。万般无奈之下，他只能将这满腔悲愤激昂尽数付诸纸笔。

　　话说回来，从十七岁进京，到后来的二十多载光阴里，贺铸一直是一个籍籍无名的小官。论才气，他腹有诗书出口成章；论武艺，他可徒手搏猛虎。可谓是文武兼备，侠气雄爽。然而，这般优秀的人物做的不是看管清点府库里兵器的事，就是巡逻州邑、捕捉盗贼的工作，实在是叫人惋惜。身为贵族后代又兼具奇才，奈何一直得不到重用，哪怕是五十余岁致仕归隐苏州，其身份仍不过是一介卑微的承议郎，这究竟是为何呢？

无他，亦是性格使然，可谓"成也侠气，败也侠气"。

耿介正直的贺铸不仅面对权贵从不阿谀奉承，曲意逢迎，对待同道中人，也经常是"尚气使酒"。当时，北宋的文人中还流传着一件趣事。说的是江淮之间有一个名叫米芾的人，他因身材魁梧和思想怪异而闻名，贺铸则因见义勇为的侠义行为和豪爽的性格而与米芾先后出名。两人每次见面，就两眼圆睁，拍着手掌，进行激烈的争辩，往往争辩一整日也分不出胜负。

率真直爽、狂傲不羁的性格成就了贺铸的侠气美名，但也正因如此，他才不为朝臣所容。毕竟，官场里没有人喜欢给自己树立几个刺头，动不动就批评自己，整日给自己找事。因此，贺铸的一生都屈居下僚，被排挤、被打压，终身无出头之日。哪怕是后来由苏轼推荐，改任文职，也不过担任区区一承事郎八品芝麻官而已。

【三】

虽然贺铸因为自己耿介率直的个性不为大宋官场所容，但他滔天的才气亦是赢得一些惜才之士的欣赏，譬如当时的皇亲宗室济国公赵克彰。赵克彰毫不掩饰自己对这位年轻人的喜欢，直接把自己的掌上明珠嫁给了贺铸。

婚后，夫妻二人生活恩爱和睦，琴瑟和鸣，感情十分融洽。赵氏虽然贵为宗亲之女，大家闺秀，却从不颐指气使，摆弄千金架子。相反，她非常温柔体贴，善解人意，孝顺公婆，勤劳朴素，将整个家庭都管理得井井有条，好让贺铸放心地奔波于仕途与自己的理想路上。

他一生抑郁潦倒不得志，赵氏却始终对他不离不弃，无怨无悔。妻子无条件的理解和坚定的支持是他心底最暖的慰藉。只是天不遂人愿，连这所剩无几的温暖慰藉，上天都要残忍地夺走。

重过阊门万事非。同来何事不同归。梧桐半死清霜后，头白鸳鸯失伴飞。

原上草，露初晞。旧栖新垅两依依。空床卧听南窗雨，谁复挑灯夜补衣。

——《鹧鸪天》

这阕语深辞美、哀伤动人的《鹧鸪天》写于1101年，与苏轼悼念妻子王弗的《江城子·乙卯正月二十日夜记梦》一起被公认为两宋悼亡词的双璧。贺铸落笔写下这阕《鹧鸪天》时，爱妻赵氏离世八年。想当年，夫妻二人一同来过苏州，而今重返苏州却已物是人非。

斯人已去，此情却在。悠悠生死别经年，魂魄不曾入梦来。贺铸夜间辗转难眠，昔日赵氏为自己挑灯补衣的情景历历在目，却再难重见。一想起和自己相濡以沫的妻子已长眠地下，此生不复相见，怎能不悲从中来。

岁月无情且残酷，磋磨了曾经少年意气风发的锐气。可即便贺铸将这属于豪杰的剑侠之气尽数注入于诗文里，收起身上不合时宜的"刺"时，辗转十多年里，他依然怀才无用，于仕途一无所获。

这一次，他不再为自己的前途挣扎，或者说是平淡地接受了这个事实。

1109 年，他辞官归隐，离开了那个纷纷扰扰的朝堂，卜居苏州。买下田宅，筑室横塘，过起著书校勘生活。

【四】

凌波不过横塘路，但目送、芳尘去。锦瑟华年谁与度？月桥花院，琐窗朱户，只有春知处。

飞云冉冉蘅皋暮，彩笔新题断肠句。试问闲愁都几许？一川烟草，满城风絮，梅子黄时雨。

——《青玉案·凌波不过横塘路》

龚明之在《中吴纪闻》写道："铸有小筑在姑苏盘门外十余里，地名横塘。方回往来于其间。"贺铸辞官归隐后，便是住在了横塘。而"凌波"一词则是出自曹植《洛神赋》里"凌波微步，罗袜生尘"。

表面上看，词的上阕是偶遇美人而不得见，相思难寄；下阕则是由情生愁，抒发了遥想美人独处幽闺的怅惘情怀。然而，"美人""香草"历来又是高洁之士的象征，词人更深层次是要表达自己追求理想而不可得的幻灭的痛苦。纵览贺铸过往的经历，我们也能感受到他在这阕词中所表达的失落与不甘。

若问我的愁情究竟有几许？就像那一望无垠的烟草，满城翻飞的柳絮，梅子黄时的绵绵细雨。

这首《青玉案》让他傲立词坛，而"梅子黄时雨"一句也让他得到了"贺梅子"的雅称。贺铸的性格本近于侠，以雄爽刚烈见称于士大夫之林。而今写起婉约词来，辞美而情深。与黄庭坚、秦观同为"苏门四学士"之一的张耒说，贺铸的词风具有盛丽、妖冶、幽索、悲壮四种特色，不愧是兼收并蓄的大家。

1125 年，七十四岁的贺铸在一家寺庙中度过了他人生剩下的最后一段时光。据说，贺铸病逝后，后人将他和赵氏合葬在一起，再未分离。

这一生，他虽明珠蒙尘，不能做他骄傲的将军纵横疆场。可到底，他以笔为剑，在那世道上照亮了一阕人世的光、词史上留下了浓墨重彩的一笔。

蒋捷：

樱桃红了，他的大宋也亡了

　　一片春愁待酒浇。江上舟摇。楼上帘招。秋娘渡与泰娘桥。风又飘飘。雨又萧萧。

　　何日归家洗客袍。银字笙调。心字香烧。流光容易把人抛。红了樱桃。绿了芭蕉。

　　　　　　　　　　　　　　　　　——《一剪梅·舟过吴江》

　　一腔羁旅春愁随着乌篷船在姑苏微澜的江上无定所地飘荡着，他无意间抬头看见岸上酒家风中摇晃的帘子，似是在邀请自己入内，方好一醉解千愁。当船只经过曾令无数文人雅士遐想万千的秋娘渡与太娘桥时，江风来疾，落雨潇潇，似愁丝，千丝万缕，让人心倦。

　　这首词的后半句"红了樱桃，绿了芭蕉"一句，精妙绝伦，堪称春愁词中一绝。夏初樱桃成熟时颜色变红，芭蕉叶子由浅绿变为深绿。时光流逝本是抽象的愁情，却因着这两种植物颜色的生长变化成了可以琢磨感受的意向，将春光渐渐消逝与初夏来临的这个过程充分地刻画了出来。而逐句叶韵的格式，给这支悠扬动听的思归曲更增添了余音绕梁之美。

1276年春，元军的铁骑踏破临安城后不久，南宋灭亡。同许多身持清骨的大宋遗民词人一般，恸哭国丧之际亦不愿归附异族元朝，蒋捷带着这份亡国之痛隐居于姑苏一带太湖之滨，终身不仕。而这首春愁佳作便是诗人于离乱颠簸的流亡途中所作，更因词中"红了樱桃"一句而得名"樱桃进士"。

南宋末年，蒋捷出生于名声显赫的宜兴大族，祖上先辈里也不乏担任过大宋高官之辈。同许多读书人一般，他于书海中勤奋耕耘，科举之路倒也不算坎坷，约莫是不惑之年中了进士。只是刚踏入官场还未浅尝，便已辄止，落得国破家亡的下场。

1279年，宋军在崖山之战中战败，大臣陆秀夫背着年仅八岁的小皇帝赵昺纵身跳入大海，十万名不愿投降的南宋军民也纷纷跳海壮烈牺牲，至此南宋灭亡。

曾经有一官居显要的臧氏被蒋捷的才识学问所吸引，想要向当时的元朝举荐蒋捷为官，却被蒋捷拒绝。

身为大宋臣民，决不伺二主。蒋捷固执地存着心底那一份宋代文人独有的清高风骨，流浪于江浙一带，过着清贫的生活。

渺渺啼鸦了。亘鱼天，寒生峭屿，五湖秋晓。竹几一灯人做梦，嘶马谁行古道。起搔首、窥星多少。月有微黄篱无影，挂牵牛数朵青花小。秋太淡，添红枣。

愁痕倚赖西风扫。被西风、翻催鬓雪，与秋俱老。旧院隔霜帘不卷，金粉屏边醉倒。计无此、中年怀抱。万里江南吹箫恨，恨参差白雁横天杪。烟未敛，楚山杳。

——《贺新郎·秋晓》

鸦啼凄切，鱼肚白的天色；屋外是点点残星，淡淡月光。篱笆上绽开着牵牛花、枣树上挂着些红色的枣儿原指望西风能把忧愁扫掉，不承想西风反催人生白发与之共赴衰老……透过诗人笔下秋晓的景物，一股深浓的秋意席卷而来。

《史记·范雎蔡泽列传》里写道："伍子胥橐载而出昭关，夜行昼伏，至于陵水，无以糊其口，膝行蒲伏，稽首肉袒，鼓腹吹篪，乞食于吴市。"说的是当年伍子胥流落时，曾披发赤膊，吹箫乞食。

而蒋捷代入自己如今的生活，似是同伍子胥相差无几，于是便嫉恨起天上自由随性的白雁……我们仿佛可以去触摸词人的脉搏：他明明有一颗报效国家的雄心，但在万般无奈之中只能无所事事地打发日子，于是只能在苦闷愁恼中度日如年，沦落天涯，而故国与理想，已遥不可及。

不过是长生长漂泊，复醒复作客。

白鸥问我泊孤舟，是身留，是心留？心若留时，何事锁眉头？风拍小帘灯晕舞，对闲影，冷清清，忆旧游。

旧游旧游今在否？花外楼，柳下舟。梦也梦也，梦不到，寒水空流。漠漠黄云，湿透木棉裘。都道无人愁似我，今夜雪，有梅花，似我愁。

——《梅花引·荆溪阻雪》

一个人要是愁了痛了伤了悲了，诸事不可说，却又诸事可寄托。如果说《贺新郎·秋晓》里蒋捷欲将满怀愁情移恨"怪罪"于白雁，那么《梅花引·荆溪阻雪》里的白鸥便成了他泊舟荒野时，自怜自影时传情述说的发问口，亦是他愁情的听客。而世人眼中凌霜傲雪的梅花在他笔下竟也愁雪，不由得让人联想到宋亡之后，蒋捷在本是大有作为的年龄里却选择隐居不仕的经历。因此，那故作放达的语调中，萦绕于词人心怀的，似乎有比乘船阻雪更深的愁苦。这漫天的雪，兴许只是触发他惆怅情怀的一剂引子罢了。

说起来，生活在南宋时期的词人比起任何一个时代的文人都更加悲伤，尤其是后期时周遭虎狼环伺，朝廷又没有任何作为，整个国家风雨飘摇，四分五裂。眼看着国土一寸寸沦丧，让许多爱国词人都心痛不已。待到南宋灭亡后，他们不愿意为破坏自己国土的元朝卖力，很多人选择了隐居。

这些词人一方面需要坚守底线，一方面又要保持文人的骨气，生活便更为艰辛忧愁。

深阁帘垂绣。记家人、软语灯边，笑涡红透。万叠城头哀怨角，吹落霜花满袖。影厮伴、东奔西走。望断乡关知何处，羡寒鸦、到著黄昏后。一点点，归杨柳。

相看只有山如旧。叹浮云、本是无心，也成苍狗。明日枯荷包冷饭，又过前头小阜。趁未发、且尝村酒。醉探枵囊毛锥在，问邻翁。要写牛经否。翁不应，但摇手。

——《贺新郎·兵后寓吴》

从前的蒋捷过着衣食无忧的生活：闺阁深院，垂地绣帘，家人好友围炉共坐，灯下闲谈。而今在战乱的年代，词人却过着流浪的生活，吃着枯干的荷叶包着的冷饭，整日跋涉乡间，设法谋生，东奔西走，靠着替人抄《牛经》等书以便糊口。

当然，诗人偶尔也会苦中作乐，沽完小酒后悄悄摸摸自己怀中的谋生工具，见毛笔还在，稍作心安。读罢很难让人不心酸，可心酸之余又不禁佩服起他的骨气。

自古达官酬富贵，往往遭人描画。只有青门，种瓜闲客，千载传佳话。

面对改天换日的更替，执意做大半生的遗民，有人也许会嘲笑他不知变通。即使物质上再困窘，也不能使他屈服仕元。

少年听雨歌楼上。红烛昏罗帐。壮年听雨客舟中。江阔云低、断雁叫西风。

而今听雨僧庐下。鬓已星星也。悲欢离合总无情。一任阶前、点滴到天明。

——《虞美人·听雨》

后来，他写了让无数人为之惊艳的《听雨》一词。

三个时期，三种心境，将他这半生的悲欢离合都赋予一场雨中。

少年歌楼听雨，壮年客舟听雨，而今寄居僧庐、鬓发星星。

江山已易主，壮年愁恨与少年欢乐，已雨打风吹去。此时此地再听到点点滴滴的雨声，蒋捷自己却已木然无动于衷了。与其说他是在人生的苍茫大地上踽踽独行后看淡世事的冷漠和决绝，倒不如说是深化入骨的痛苦，因为知道苦痛无解，所以选择了将痛楚深藏，以淡然掩之。

暮年，蒋捷皈依佛门。

同许多亡国诗人动辄悲撼山河的诗词不一样，蒋捷的词虽然也多为抒发故国之思、山河之恸，但并没有正面地直接反映时代的巨变，而是采用"待把旧家风景，写成闲话"的方式，于落寞愁苦中寄寓感伤故国的一片深情。悲凉中却又带着疏朗清俊，字里行间的词句更是灵气四溢。

许多句子咀嚼后是清冷的、松散的，自由而又有序的……似乎没有一种贯彻到底的语言风格能将其概括，在宋季词坛上独标一格。

张炎：

长河饮马，此意悠悠

楚江空晚。怅离群万里，恍然惊散。自顾影、欲下寒塘，正沙净草枯，水平天远。写不成书，只寄得、相思一点。料因循误了，残毡拥雪，故人心眼。

谁怜旅愁荏苒。谩长门夜悄，锦筝弹怨。想伴侣、犹宿芦花，也曾念春前，去程应转。暮雨相呼，怕蓦地、玉关重见。未羞他、双燕归来，画帘半卷。

——《解连环·孤雁》

一般选宋词的书，选到最后就得选张炎，讲到最后也得讲张炎。

有人说，在宋词这支柔丽的长曲中，他的词是最后的一个音节，是最后的一声歌唱。他的词寄托了乡国衰亡之痛，备极苍凉。所以，也可以说是南宋末期的时代之声。

话说回来，这个诗人简直就是词界遗珠，多数时文风清新可爱，如雕碧玉，清透脱俗，别致得好似一株梨花。

【一】

张炎的家世，在南宋词人里算得上是名列前茅的富贵世家，祖上世代为王侯贵胄，生长于豪门锦绣丛中。他的六世祖是与岳飞、韩世忠齐名的中兴名将张俊，后进封为清河郡王。

曾祖张镃更是著名的贵族文学爱好者，师从陆游，能诗擅词，又善画竹石古木。交友者无不是当时的南宋名士，如杨万里、辛弃疾、姜夔等。张镃其人极其讲究生活艺术，并非一般的富贵王孙之可比。《齐东野语》有着"其园池声妓服玩之丽甲天下""姬侍无虑百数十人，列行送客，烛光香雾，歌吹杂作，客皆恍然如游仙也"的记载，更以在家中举办大型奢华的牡丹会而闻名一时。

父亲张枢，亦是精通音律，善作词曲，曾组织发起"吟社"，与词人周密、杨缵等人诗酒唱和，成为文坛佳话。

生活在这样的钟鸣鼎食之家，张炎自然从小便深受家中奢华又风雅的文化艺术熏陶，具备了很高的文学素养，能诗善画，精通音律，过着众人艳羡的贵族公子哥养尊处优的悠游生活。

张炎家住杭州，而西湖是杭州有名的风景区，拥有得天独厚的人文底蕴和地理位置，仕人云集杭州。北宋词人苏轼在杭州为官期间，就曾写下赞咏西湖的经典名句："欲把西湖比西子，淡妆浓抹总相宜。"

到了南宋，赞咏西湖的风气就更加风靡了。据南宋吴自牧《梦粱录》记载："临安风俗，四时奢侈，赏玩殆无虚日。西有湖光可爱，东有江潮堪观，皆绝景也。"赞咏西湖，是同时代文人们的共同兴趣。

早年的张炎同"西湖诗社"里的好友们结伴游历西湖美景时，便以一首描写春水的《南浦·春水》词驰誉词坛。

波暖绿粼粼，燕飞来、好是苏堤才晓。鱼没浪痕圆，流红去、翻笑东风难扫。荒桥断浦，柳阴撑出扁舟小。回首池塘青欲遍，绝似梦中芳草。

和云流出空山，甚年年净洗，花香不了？新渌乍生时，孤村路、犹忆那回曾到。余情渺渺。茂林觞咏如今悄。前度刘郎归去后，溪上碧桃多少。

——《南浦·春水》

春日到来，湖水升温，波光粼粼的湖面泛着清澈的绿意。燕子归来，正好是苏堤春晓。鱼儿在水中悠闲地游动着，水面上荡漾起一圈圈圆圆的波纹。岸上随风抖落的花瓣飘入湖中，随着流水飘向远方。西子湖里，游舟如织。就连断绝不通的水滨中和荒僻的小桥下，也时有小船从柳荫深处翩翩撑出。

南朝山水诗派鼻祖谢灵运曾写过"池塘生春草，园柳变鸣禽"之句，在这里张炎借用旧典，翻出新意。寥寥数语，立刻将眼前所见之实境，引入梦幻所感之虚境，增添了诗意的朦胧感和美丽的联想，不可谓不高明。

张炎笔下的西湖，处处透着春日温煦之意。这首春水词笔调细腻，词风清雅，文辞婉丽，将西湖独有盛景描摹得淋漓尽致。读罢词句，眼前便可浮现出江南水乡那一片浅碧轻红的色彩。写景的同时，张炎描物、用典、遣词造句等方面深厚的功力和高妙的技巧亦是展露无遗。

宋末的诗画家郑思肖评价他说："鼓吹春声于繁华世界，能令后三十年西湖锦绣山水，犹生清响。"晚清著名的词家陈廷焯赞其是"玉田以'春水'一词得名，用冠词集之首"，时人更是送其"张春水"的雅号。

【二】

1276 年，蒙古大军的铁骑踏碎了歌舞升平的临安城，城中百姓惨遭屠戮，一片人间地狱。同年正月十八日，临安城被攻破，年仅五岁的幼帝赵㬎被俘，而赵昰与赵昺两位小皇子则在几位忠心大臣的护送下平安逃离临安城。

赵昰（端宗）于 1278 年四月溺海受惊吓，又目睹一直保护自己的亲密大臣江万载为救自己被狂风海浪吞没，惊病交加而死。赵昺被陆秀夫、张世杰等人于同月在碙洲拥立为帝，保留着南宋子民们最后的希望。

然好景不长，随着崖山海战的战败，左丞相陆秀夫不忍"靖康之耻"重演，便背着年仅八岁的赵昺跳海而死。随后，在崖山的十万南宋军民也纷纷投海殉国。

至此，存在了三百多年的大宋王朝正式覆灭。

众览古今，旧王朝的覆灭必然有着新王朝的崛起，朝代更迭乃是历史长河中最为普遍不过的事情。只是时代的一粒尘埃，落在个人头上却是一座山。

覆巢之下，焉有完卵。随着南宋覆灭，张炎的祖父张濡被元兵磔杀，父亲张枢亦同时遇害，家财被抄没，就连张炎自己的妻妾都被元人掳走。从前风花雪月的贵族公子生活随着王朝的覆灭已经一去不复返，此后的半生，唯有国破家亡的伤痛和浪迹天涯的凄苦与他时时做伴。

所谓国家不幸诗家幸，张炎致力于词，成为宋元之际的一流词人。早年的张炎不谙世事疾苦，创作内容多写湖山游赏，风花雪月，反映了贵族公子的悠闲生活。经历了国破家亡的惨痛后，词风渐变。

如果以创作高峰的时间段来划分词人的时代归属，毫无疑问，张炎属于元代词人。然而，后世却都将他归为宋词人，甚至推他为"两宋三百年词家之殿军"，原因无他，只"遗民"二字耳。

何为移民？改朝换代后不仕新朝的人。

在中国浩瀚的历史长河里，曾经有过两次大规模的遗民的现象：一是南宋遗民；二是明代遗民。前者不愿降元，后者不愿侍清。移民们坚贞固执地守着已经亡了的旧国，独自舔舐伤痛，坚持不与新朝异族合作往来。

望涓涓、一水隐芙蓉，几被暮云遮。正凭高送目，西风断雁，残月平沙。未觉丹枫尽老，摇落已堪嗟。无避秋声处，愁满天涯。

一自盟鸥别后，甚酒瓢诗锦，轻误年华。料荷衣初暖，不忍负烟霞。记前度蔺灯一笑，再相逢、知在那人家。空山远，白云休赠，只赠梅花。

——《甘州·寄李筠房》

张炎的好友李筠房在南宋理宗淳祐年间曾任沿江制置司属官，宋亡后，他不愿出仕，和自己的兄弟隐居在龟溪一带。张炎和他们时常相聚，并以诗词互和。这首词便是写在临安城被覆灭后的一两年之内。

词的上阕写登高所望之景，想到自己与老友各分散在天涯，彼此挂念，却又不知音信，何其悲苦。下阕则是直抒其"寄人"之情，夸赞好友在国破家亡之后，马上披"荷衣"、伴"烟霞"，不做元朝之官，宁做大宋的遗民隐士。

梅、兰、竹、菊被古人称为"四君子"。其中，梅花更以纤尘不染、高洁雅致为世人所称赞。古人说，梅花以韵胜、以格高。本首词末，张炎便以梅花相赠、以梅花互勉，借梅花的傲骨来表明自己亦不仕新朝之志。

词情至此，主题已出，意未尽而词已穷，就此收笔。全词行文如白云舒卷，爽气贯中。

【三】

1290 年，大元朝廷为了笼络江南士人，下令征召江南书画才子，让他们纷纷都去大都书写金字藏经。彼时，四十三岁的张炎与若干朋友也在被征之列。

这一段北上的经历对于张炎的词风也有着巨大的影响，那是他第一次感受到另一个截然不同的世界。张炎绝大多数词都写得纤巧轻婉，这大概也与他自幼只在小桥流水的江南、花娇柳媚的西子湖畔生活有关。等他到了北方，游览了从未见过的山河雄壮的北国风光，个人的眼界和心胸潜移默化中变得开阔深远，故国之思和身世之感更是在张炎的词中得到增强。

扬舲万里，笑当年底事，中分南北。须信平生无梦到，却向而今游历。老柳官河，斜阳古道，风定波犹直。野人惊问，泛槎何处狂客。

迎面落叶萧萧，水流沙共远，都无行迹。衰草凄迷秋更绿，唯有闲鸥独立。浪挟天浮，山邀云去，银浦横空碧。扣舷歌断，海蟾飞上孤白。

——《壶中天·夜渡古黄河与沈尧道曾子敬同赋》

开篇，张炎便化用《楚辞》"乘舲船余上沅兮"一句句意，流露出对北上的消极情绪，奠定全文的悲壮基调。

生在江南锦绣之乡的贵公子，以前是做梦都梦不到这块荒凉的地方的。然王命在身，不得不行，现实迫使他弃国离乡来此。

萧萧的落叶迎面飞来，河水卷着黄沙流向远方。渐渐地，远近再也看不见一个行人的踪影。衰败的野草一片凄迷，在秋气里绿得更深了，只有一只闲鸥企立在那里。高高的浊浪仿佛挟着天空一起浮动，蜿蜒的山岭好像招呼着云朵奔腾而去。

整首词里，张炎一反从前清新空灵的文风，用苍凉悲壮的笔触写出了古黄河的惊涛骇浪和波澜壮阔。无论是写情写景，都饱蘸苍劲寂寥的之情，颇有苏东坡、辛弃疾词风之味，实属罕见难得。近代知名学者俞陛云《唐五代两宋词选释》称赞："此为集中杰作，豪气四溢，可与放翁、稼轩争席。"

说到张炎此番应征北上，也是有过口诛笔伐的经历。有人说张炎的心不够坚定，因为他没有像同时期的遗民谢枋得那样，通过绝世而亡来表明自己绝对不与元朝妥协的决心。事实上，张炎是有些冤枉的，北上并非他所能决定。其次，每个人的性格是不一样的。相对于坚贞刚强的谢枋得来说，张炎的确是软弱惜命的。但是，软弱的张炎也用自己的行为默默地捍卫着移民的尊严，绝不背叛大宋的决心。

众所周知，元朝廷缮写金字藏经之举，本就是为了吸纳江南有才之士为己所用，像是宋朝皇室后裔、书法绘画大家赵孟頫就由最初的四品官擢升为一品官。凭借张炎的才华，在大都谋求个一官半职并不算难事。如此这般，他的生活也能得到大大的改善。但是，张炎并没有，在大都待了一年，便"亟亟南归"，迫不及待地离开了那个政治中心。

当年一同去的，除了张炎自己外，还有好友沈尧道、曾子敬。半年以后，张炎和沈尧道一同南归。然而，一起北上的曾子敬却没有一起回来，大概率是留在大都，为元朝廷做事了。好友有自己的人生选择，张炎选择尊重。同样，他也默默坚守着自己的选择。

辛卯岁，沈尧道同余北归，各处杭越。逾岁，尧道来问寂寞，语笑数日，又复别去。赋此曲，并寄赵学舟。

记玉关踏雪事清游，寒气脆貂裘。傍枯林古道，长河饮马，此意悠悠。短梦依然江表，老泪洒西州。一字无题处，落叶都愁。

载取白云归去，问谁留楚佩，弄影中洲？折芦花赠远，零落一身秋。向寻常野桥流水，待招来，不是旧沙鸥。空怀感，有斜阳处，却怕登楼。

——《八声甘州·记玉关踏雪事清游》

回到南方故土后，张炎回望自己的北上经历，恍若一场短梦。

全词先悲后壮，先友情而后国恨，一股荡气回肠的"词气"贯穿始终。

【四】

张炎从这次北游之后，余生再也没离开过江南。

楚江空晚。怅离群万里，恍然惊散。自顾影、欲下寒塘，正沙净草枯，水平天远。写不成书，只寄得、相思一点。料因循误了，残毡拥雪，故人心眼。

谁怜旅愁荏苒。谩长门夜悄，锦筝弹怨。想伴侣、犹宿芦花，也曾念春前，去程应转。暮雨相呼，怕蓦地、玉关重见。未羞他、双燕归来，画帘半卷。

——《解连环·孤雁》

张炎的孤雁，堪称一绝。这是他创作的巅峰，更是后无来者的雁作巅峰。

借一只离群失侣，独自在江野彷徨的孤雁来抒发词人羁旅漂泊的愁怨，家国之痛、漂泊之苦呼之欲出。

从前写春水写得极好，得了"张春水"的雅号。而今一首孤雁亦让他再得"张孤雁"之名。元代孔齐在《至正直记》中写道："张炎尝赋孤雁词，有云'写不成书，只寄得、相思一点'。人皆称之曰张孤雁。"文学界是美好的，同时也是苛刻的。诸如此雅号，非得是写到极致，写到世人的心骨上，他们才会将词作者和所写内容画上全等号。由小词而得到多个别号，似乎只有北宋张先可与之相比。

晚年的张炎生活穷困潦倒，昔日的穿千金裘坐宝马香车的富贵公子哥如今只能以占卜为生，勉强糊口。幸好，还有词曲做伴，慰藉他的心肠。

明 仇英 汉宫春晓图（局部）

明 陆达 摹古册

明 陆达 摹古册

明　陈洪绶　荷花鸳鸯图

序

"现代语言学之父"索绪尔曾说："汉字是我所见过，全世界最美的文字。"

汉字有着形体之美、音律之美、会意之美，横竖撇捺之间，流转着五千年的中华文化，它们在文人墨客笔下，组成一件件艺术瑰宝，诗歌、辞赋、词曲、小说……流传在无尽的时空，让人心醉神迷。

而最能体现汉字之美的文学体裁，莫过于诗。

诗是汉语言文学的源头，先于汉字诞生。在那个久远的时代，先民用着悠扬的音调，吟唱着爱情、劳动、战争、离别，吟唱着世间的一切。

"关关雎鸠,在河之洲""岂曰无衣,与子同袍""蒹葭苍苍,白露为霜"。一句句的悲欢喜乐，悠扬婉转、朗朗上口，让人过耳难忘。

随着时间的推移，文人不断赋予诗音律之美，唐诗宋词，皆可付诸管弦。交错的平仄，和谐的韵脚，构成抑扬顿挫。诗人力求"一简之内，音韵尽殊，两句之中，轻重悉异"。

甚至不同的韵部，也对应着不同的情感。东、真韵宽平，支、先韵细腻，鱼、歌韵缠绵，萧、尤韵感慨……

所以，少年时期，不通诗意，但读到"锦瑟无端五十弦，一弦一柱思华年"时，便会莫名悲伤；读到"人面不知何处去，桃花依旧笑春风"时，便会莫名惆怅；读到"长风破浪会有时，直挂云帆济沧海"时，便觉一股力量充斥全身。

诗的形式，也随着时间的推移，不断丰富，四言、五言、七言……各标其美。

骚人墨客一直未停止过对诗的完善，从屈原到李白，从三曹到陈子昂，一代又一代的天才诗人，耗费数千年的光阴，接力雕琢着这一璞玉，终于琢磨出了足以流传万世的诗词美玉，将汉语言文学所有的魅力集于一体。

于是，文人们喜欢用诗去表达自己的悲欢，或言志，或咏物，或抒情，或怀古……

兔走乌飞，白驹过隙，魏晋汉唐、宋元明清，一个个时代的万千气象，在时间的长河消散，却又在传世的诗词中凝结重塑。那些被史书遗忘的身影，被忽视的世间百态，也一一在诗词中重现。

心怀天下、悲悯众生的杜甫，幸有一人陪他颠沛流离；写尽缠绵的李商隐，终究未能西窗夜雨；盼不到王师北定中原的陆游，更不堪幽梦太匆匆。

独钓寒江雪的柳宗元，幸得刘禹锡这一知音；白发满头的白居易，最难忘的是长安初见；黄庭坚十年江湖夜雨，最忆那桃李春风中的诗酒相逢。

高唱"天涯若比邻"的王勃，也曾在异乡的夜里流泪；被俘获的亡国之君，是如何成为词中之帝；不断离别的苏轼，又是如何在逆境中彻悟？

　　谁又曾想到，飘洒慰风尘的田园诗人韦应物，竟是横行乡里的纨绔子弟；清都山水郎朱敦儒，终究逃不过世俗的网；一生流浪的蒋捷，在江南烟雨中悟尽了你我的人生。

　　十上不第的罗隐，等来了成名，却又目睹了唐王朝的灭亡；若非无奈，柳永又怎会把浮名换了、浅斟低唱；半生浪漫，半生孤独的李清照，终于在痛苦中超脱。

　　我想，没有一个国人，是不喜欢读诗词的，那音韵之美、形式之美、意境之美，足以让人沉醉，更何况在诗词当中，有着诗人词人最真实的内心感受。

　　从诗词当中感受到的诗人，不同于沉闷的史书记载，而是鲜活立体的。我们在吟诵的过程中，似乎穿越了时空，在诗人身边聆听着他们的故事，感受他们的悲欢。

　　我不是诗人，却是爱诗之人，爱诗词本身那种令人心醉的美，也喜欢通过诗词去感受诗人当时的心境，这样我便仿佛成为他们的异世知音。

　　我希望通过书中这些优美动人的古诗词，去勾勒出二十八位诗人的生平故事，让更多的人感受到诗词之美，让那些沉睡的诗人词人有更多的知音。

　　这样他们便不再寂寞，他们也永远不会离去。

宋 佚名 送别图

目 录

明 仇英 梧竹书堂图

第一章　永恒

遥将一点泪，远寄如花人
——《寄远》李白

寄远·其六

唐·李白

阳台隔楚水，春草生黄河。

相思无日夜，浩荡若流波。

流波向海去，欲见终无因。

遥将一点泪，远寄如花人。

　　李白的诗中，有花有月，有酒有剑，但其中蕴藏最多的，还是他的理想。愿一佐明主，功成还旧林。功成身退，李白从少年开始，就一直追逐着这个梦，至死都未停下脚步。

　　追梦的路满是艰辛，因为他属于"漏籍"，是唐朝的黑户，没有参加科举的资格，他只能走另一条干谒之路。

　　唐代虽正式确定了科举制度，但荐举制度一直相伴相随。文人希望投递诗文，从而获得达官贵人的举荐，由此进入仕途。只是这条路，对于他而言，无比艰难。

　　李白才华横溢，狂傲自信，青年学成出山，他以为功名只在覆手之间。然而，从成都、重庆，一路出蜀，赴楚入吴，南穷苍梧，东涉溟海，遍干公卿，回报他的，只有冷眼与讥讽。

他虽坚信"长风破浪会有时，直挂云帆济沧海"，呈现给世人的永远是积极豁达，但走进李白的内心深处，才会发现那里隐藏着悲凉与苦涩，那是"大道如青天，我独不得出"的无奈。

更让李白悲凉的，是夜晚身处万家灯火中的孤独，夜如深海，身似孤舟，能陪伴李白的，只有酒和月光。游历扬州之时，他散尽千金，潦倒落魄，前往汝州向族兄弟寻求帮助，却被拒之门外。

那段低谷时期，许氏走进了李白的世界。

她是许圉师的孙女，因缘际会，李白成为许家的女婿。许氏贤惠美丽，知书达理。她倾慕李白的才华、风姿，愿嫁他为妻。

许氏相信丈夫终有一番作为，在她的鼓励和资助下，李白再次踏上了追求理想的道路。

开元十八年的初夏，安陆的白兆山下，绿波摇荡，兰草茂盛。李白背上行囊，西入长安。他年少时就曾在蜀中漫游，二十四岁便仗剑去国。他是游侠，是浪子，匹马江湖，诗酒天涯，他从未有过羁绊，有的只是潇洒快意。

可这次的离开，他却有了不舍。因为他成了家，有个贤惠美丽的妻子许氏。所以，他挥手离别时，不复昔日的洒脱，一股酸楚从心头涌进鼻腔，又红了眼眶。

离家越来越远，牵挂越来越重。数年游历，不得与妻子相见，浓浓的思念，萦绕在心头。在此期间，李白写了许多诗文，寄到安陆的家中，这是其中之一。

许氏的思念，隔着烟波浩渺的楚水。李白的思念，隔着黄河的滚滚波涛。

心中的思念不分昼夜，如春草般疯长，倾洒在洪波赤浪，连绵流向远方。

离别时，春草生，而今又是春草丛生的季节，分别已经这么久了，让人如何不惆怅！

黄河的水波，虽历经崎岖坎坷，终有抵达大海的那一刻，而自己的思念，不知是否能飘过楚水，落到安陆白兆山下那个小家。

即便相思能抵达，也只能梦里看到妻子的容颜。

唯有将一点泪，寄与远方如花儿一样的人。

李白之所以前往长安，是因为在吴楚两地多次干谒失败，恰好挚友丹丘生云游至楚地，为其引荐唐玄宗的妹妹玉真公主。可惜玉真公主并不在长安，李白在长安滞留一年之久，十扣朱门九不开。于是，他又离开长安，去了陪都洛阳。

洛阳同样志不得伸，官职高的不愿举荐他，官职低的有心无力。最后，李白带着满心的失望和疲惫，回到了安陆白兆山下的小家，回归平淡的隐逸生活。

嘲笑讥讽依旧在，李白形容那段岁月：酒隐安陆，蹉跎十年。三百六十日，日日醉如泥。幸而许氏给予了他无限的安慰，夫妇和睦，生有一儿一女，男孩叫伯禽，女孩叫平阳。

李白一生所追的，无外乎"功成身退"四字，没有建功立业，他不甘心就此归隐。所以，在安陆的十年，一有机会，他便离家干谒。而每次离开，李白都是恋恋不舍。因此，他给妻子许氏写了很多诗。如今流传下来的共有十二首，皆名《寄远》。

从《寄远》组诗中，我们不难看出，李白仕途虽然失意，安陆的十年却有一段琴瑟相谐的幸福婚姻。

李白第一次离开许氏，从长安辗转至洛阳，有三年之久。所以，他在《寄远》其一写道："三鸟别王母，衔书来见过……遥知玉窗里，纤手弄云和。""云和"在诗词中指代乐器，许氏通晓诗书，颇擅音律，李白同样是知音之人。夫妇二人在自己的小家，诵诗、弹琴，生活闲适又清静。

红袖添香，赌书泼茶，这般闲适的生活，深深刻在了回忆之中。所以，在外干谒时，李白脑海总会浮现许氏纤手拨弦的画面。

而每当想起妻子许氏，豪迈洒脱的李白瞬时柔情百转，笔下的文字如幽谷清泉、如满月清辉，温柔细腻。这种情感，在《寄远》其三亦有体现：

　　本作一行书，殷勤道相忆。
　　一行复一行，满纸情何极。

李白给许氏写家书时，本来想简单报个平安，然而一行又一行，直到一整张纸都写完了，他才反应过来。李白这种状态，宛如现代热恋中的小情侣，即便是分离两地，也有说不完的话题，恨不得时时刻刻在一起耳鬓厮磨。

所以，有些诗完全就是有韵律的情话。比如，《寄远》其八：

忆昨东园桃李红碧枝，与君此时初别离。

金瓶落井无消息，令人行叹复坐思。

坐思行叹成楚越，春风玉颜畏销歇。

碧窗纷纷下落花，青楼寂寂空明月。

两不见，但相思。

空留锦字表心素，至今缄愁不忍窥。

想起那年东园，桃红柳绿，杏花春雨，正是与我们初次别离。如今像金瓶落井，收不到你的消息，我行也想你，坐也想你……

古代的文人眼中，闺中之语是上不得大雅之堂的。诗者，志之所之也，在心为志，发言为诗。给妻子写诗，未免儿女情长。即便写，也多是悼亡之言。文人的婉转柔情，都注入在了词中，这些词作又多是为歌妓而写。

像李白这般毫不掩饰地倾诉对妻子的思念，这既是因为率性而为的性格，更是因为对许氏的深情。

与许氏成婚后，李白仍像以前一样，踏遍青山紫陌，山高水长，身在流浪，心却不再漂泊，因为他有了思念，有了寄托。

于当时而言，李白无疑是一个失败者。可在许氏眼中，丈夫是明珠蒙尘，总有光芒四射的那一刻。李白的后半生，的确成为名动全国的谪仙人，是唐玄宗降辇步迎的大文豪，可惜许氏再也看不到了。

婚后第十年，许氏患了重病，久治不愈。李白想尽了一切办法，仍然没能留住妻子。他伤心欲绝、双目泣血，无法走出悲伤，每当夜深人静，都会淹没在十年的回忆中。

许氏永远离开了人世，有关她的生平，如今也湮没在历史的长河。仅剩的，唯有李白对她的柔情，全都埋藏在《寄远》十二首中。

这一组古风，相比李白其他的诗文，自然算不上一流作品，读起来似乎没有诗仙的风格。但诗中的温柔深情、婉转流连，却也是在其他作品中难以见到的。

李白心有乾坤，吞吐日月，笔下的文字，似那九天银河倾泻，纵使千年万年，依旧在世人心中激荡。他的狂放不羁、他的超逸绝尘，仿佛是仙人落在凡间。正因李白这一面太过闪耀，世人总忽视了他的柔情。

其实每个人，心中都有无限的柔情，只是看他是否遇见了对的人，而李白，遇见了许氏。

鄜州月光，落在心上

——《月夜》杜甫

月夜

唐·杜甫

今夜鄜州月，闺中只独看。

遥怜小儿女，未解忆长安。

香雾云鬟湿，清辉玉臂寒。

何时倚虚幌，双照泪痕干。

天宝十五年六月，安禄山攻破潼关，随即长安陷落，唐玄宗逃往蜀中，杜甫携妻小逃往鄜州（陕西富县）。同年七月，唐肃宗在宁夏灵武即位。杜甫闻知，遂赶赴灵武，岂料被叛军俘获，囚禁在长安。

八月，一个美丽的月夜，杜甫思念妻子，情至深处，有感而发，于是写下了这首五律。

今夜鄜州月皎洁动人，曾经我们一起花前赏月，今天却只有你一人在窗边痴望。

可怜儿女幼小，不明白你是想念深陷长安的我。

夜晚的水雾浸润着花香，打湿了你的长发。洁白的月光，洒在你的玉臂，却清冷生寒。

不知何时能与你相聚，一起倚坐看月，让月光擦干你我的泪痕。

此诗明白如话，很好理解。不过，这首《月夜》所蕴含的真挚感情及技巧章法，一直为后人所赞颂。

杜甫思念妻子，却不谈自己的相思之苦，而是通过设想妻子在鄜州望月的情景，来描写这种思念。正如纪晓岚所说："通首无一笔着正面，机轴奇绝。"

至于诗中的情感，在了解杜甫的经历后，或许会理解得更深一些。

唐代诗坛，李白杜甫日月交辉，几乎代表了整个中国诗歌的最高成就。不过，二人的诗风迥然不同，一个浪漫豪迈，一个沉郁顿挫，这是性格使然，也是经历所致。

杜甫也曾有过一段裘马轻狂的青年时光。

他生在一个奉儒守官的书香门第，是魏晋名臣杜预之后，祖父杜审言为唐代"文章四友"之一，累官修文馆直学士，父亲杜闲曾任兖州司马、奉天县令。

祖、父虽非显宦，却也是诗礼传家。杜甫受家族影响，自幼熟读经史，文采不凡。正如他在《壮游》中所说："七龄思即壮，开口咏凤凰。九龄书大字，有作成一囊。"

他也曾有李白那般的狂放自信："饮酣视八极，俗物都莽莽……放荡齐赵间，裘马颇清狂。"同时，杜甫还有着远大的志向、峥嵘的气骨，所以他能写出"会当凌绝顶，一览众山小"

这样的诗句。

二十四岁那年，杜甫去长安参见进士考试。结果，那年只录取二十七人，他落第而归。对于这次失意，杜甫并没有放在心上。他在吴越燕赵之地漫游十年，然后再次回到长安，想要在官府谋求一个工作。

然而，此时已非他记忆中的开元盛世。

唐玄宗纵情声色；李林甫把持朝政；边将好大喜功，屡屡挑起争端，可却是败多胜少，百姓所负担的徭役成倍增加。

君不见，青海头，古来白骨无人收。新鬼烦冤旧鬼哭，天阴雨湿声啾啾。

杜甫生在盛世，看见了盛世。可他正欲实现抱负之时，踏入的却是满目疮痍的山河，这对于心怀黎民苍生的杜甫，是一件极为残忍的事情。他的命运，也在这段时期发生了转折。

天宝六年，杜甫再次参加考试，李林甫制造了一个"野无遗贤"的谎言，最后考试无一人能及第，杜甫又一次失败。这次落第对杜甫的打击很大，他的父亲杜闲已在任上去世，杜甫几乎失去了经济来源，除了实现治国齐家的理想，还需要一份工作来维持现实生活。所以，他对此次考试期望很大。

落第之后，杜甫穷困潦倒，只能为达官显贵写诗作文，来维持在长安的生计。残杯与冷炙，处处潜悲辛。

不久，安史之乱爆发，大唐江河日下、民不聊生。杜甫也是一生坎坷，为自己，更是为黎民苍生，他的眉头一直没有舒展过。而他的妻子，也一直陪着他四处漂泊，不离不弃。

杜甫是在漫游期间成的婚，大约是在二十九岁，妻子是司农少卿杨怡的女儿杨氏，比杜甫小十岁。二人年岁相隔较大，但一直伉俪情深。很多诗人笔下的文字无比专情，可实际妻妾成群，流连于风月场所，而杜甫真正做到了一生一世一双人，因为杨氏身上有太多中国传统女性的优良品质，让杜甫视其为唯一。

婚后第五年，杜甫离家去长安求仕，杨氏则撑起了整个家。天宝十四年，四十四岁的杜甫终于有了一个正八品的官职，负责看守兵器，管理门禁锁钥。官职下来后，他往奉先探视妻儿，却不想"入门闻号啕，幼子饥已卒"。由此可见，杨氏过着怎样的艰辛生活。

杜甫为了理想抱负，在战乱流亡中，曾与家人数度分离。因此，这种艰辛的生活也成了杨氏常态，从杜甫的诗歌中，我们可以窥见。

唐肃宗即位之后，杜甫担任左拾遗，杨氏依旧留在鄜州抚育儿女。至德二年（757年），杜甫因为上书为宰相房琯说话，触怒唐肃宗而问罪，幸有官场好友周旋才出狱，之后被强令回家探亲，实际是遣归。这次回到家中，看到家人的生活，杜甫心中十分酸楚：

"床前两小女，补缀才过膝""瘦妻面复光，痴女头自栉"。

一家人穿着满是补丁的衣服，杨氏因为饥饿瘦弱不堪，这对于一个养尊处优的官宦之女而言，是难以承受的苦难。

由于当时音讯不通，杨氏以为丈夫早已遭受不测，当杜甫回到鄜州羌村，她的反应是"妻孥怪我在，惊定还拭泪"。

来自生活和心理的双重压力，足以让一个封建时期的女子崩溃，杨氏却以坚韧的精神，成为家庭的顶梁柱。

安史之乱那几年，兵戈四起，百姓流离，许多和丈夫失散的女子，改嫁他人妇。杨氏哭过、叹过，却始终没有放弃过，她有的只是担心和关切。

同年九月，长安收复，杜甫回到朝廷继续担任左拾遗，由于房琯案的牵连，他被贬为华州司功参军。短暂的任职，杜甫看透了官场腐朽，于是辞官赴成都，进入剑南两川节度使严武的幕府。

安家成都至投奔严武，杜甫在很长一段时间没有收入，一家人生计艰难，可杨氏没有怨怪丈夫辞官的行为，只是在杜甫工作后，不禁"老妻忧坐痹"，担心杜甫腿脚麻痹的毛病。有妻如此，夫复何求。

哪怕是在最艰苦的时候，杨氏也很少向杜甫埋怨吐诉，她总是选择独自承担。《发阆中》一诗中，杜甫说"别家三月"，才得到一封家书。杨氏期盼丈夫归家，这是因为他们的女儿生了重病。

杨氏在史书的记载只有寥寥几笔，但通过杜甫的诗歌，我们可以看出，她是一位典型的中国式的贤妻良母：坚韧、勤劳、无私奉献。

只要与杜甫在一起，苦难的生活中，哪怕有一丝色彩，杨氏都会为之欣喜。

杜甫在亲友的帮助下，于成都浣花溪边建了一座草庐。这段时期，是他们后半生最为宁静闲适的时光。

老妻画纸为棋局，稚子敲针做钓钩。定居浣花溪草堂，杨氏偶尔会画纸为棋局，与杜甫对弈。

昼引老妻乘小艇，晴看稚子浴清江。一个晴朗的日子，杜甫牵引着妻子乘小船游玩，看着孩子们在波光荡漾的水中嬉戏。

杜甫诗中的语气，颇有苦中作乐之感，可这又何尝不是杨氏有着乐观的心态，所以才能从苦中寻到乐趣。

宝应元年（762年），玄宗、肃宗先后去世，唐代宗即位，召严武入朝。随后，蜀中发生动乱，杜甫一家再次踏上了流亡的道路。

何日干戈尽，飘飘愧老妻。

因为心怀悲悯，心怀苍生，杜甫一生愁苦，他笔下妻子的形象也是一位饱经沧桑的老妇，以至于我们忘却了，他们本是一对才子佳人，可惜他们的人生没有风花雪月，只有刀光剑影，只有颠沛流离。

大历五年（770年）冬，杜甫在去往岳阳的小船中逝世了。"诗圣"如此凄凉地离开人世，如何不教后人悲戚，幸而在山河破碎的悲苦中，有杨氏这样一位女子陪伴着他，给他的人生增添了许多温情与慰藉。

作为一个诗人，杜甫是伟大的，作为一个妻子，杨氏同样是伟大的。

惟将终夜长开眼
——《遣悲怀》元稹

遣悲怀·其三

唐·元稹

闲坐悲君亦自悲，百年都是几多时。

邓攸无子寻知命，潘岳悼亡犹费词。

同穴窅冥何所望，他生缘会更难期。

惟将终夜长开眼，报答平生未展眉。

元和四年（809年）七月九日，夜风凄凄，黄灯孤影，元稹跌坐在地，神情憔悴呆滞，犹如失了魂魄。他望着身边的女子，那个他最爱的女子，生命永远定格在二十七岁。泪水滴滴滑落，落在无边的黑夜。

她的名字叫韦丛，是元稹的妻子。

每当闲坐无事之时，便觉悲从中来，是为你而悲，为己而悲。人生倏忽，百年又有多长时间呢！

你我还没有儿子，你还没看到我成功，就先离去了，命运竟然如此残酷。无论多么真挚感人的悼亡诗，对于离开的人而言，不过是白费笔墨罢了。

死后即便我们合葬在一起，也无法弥补生时的遗憾，来世再结为夫妻，更是虚幻的期望。

恐怕我只有每日每夜想你，才能报答你平生未得伸展的双眉。

韦丛离开之后，元稹悲恸欲绝，他将对亡妻的满腔思念与愧疚，写成了《遣悲怀》三首。编写《唐诗三百首》的蘅塘退士评价："古今悼亡诗充栋，终无能出此三首范围者，勿以浅近忽之。"

其原因或许就如陈寅恪说的那般："贫贱夫妻，关系纯洁，因能措意遣词，悉为真实之故。"

那年元稹二十五岁，韦丛二十岁。一个是太子太保韦夏卿的掌上明珠，一个出身低微的九品校书郎。

韦夏卿欣赏元稹的才学，于是在李绅的撮合下，元稹娶了韦丛为妻。

成婚之时，元稹刚刚进入仕途，无权无势，连生计都要靠好友白居易的资助，才能勉强维持。来到这样一个贫寒的家庭，从小养尊处优的韦丛毫无怨言，而是尽一切力量操持家庭，好让元稹无后顾之忧。

她仰慕元稹的才华，坚信丈夫能够成就一番事业，成为世人所敬仰的好官。

看见韦丛为家庭琐事操碎了心，元稹十分愧疚。他将这种愧疚化为力量，努力读书。终于，在元和元年（806年）的"才识兼茂明于体用"科，元稹考取了第一名，被授予从八品的左拾遗，并且因为直言敢谏，受到唐宪宗的赏识。

本以为苦尽甘来，可谁知元稹初入官场，太过正直，锋芒毕露，从而被权贵排挤出京，贬为河南县尉。元稹并未因为丢了左拾遗的官职而悔恨，他只是悲痛"所恨政无毗"，恨自己没有改变朝廷的局面。

让他更悲痛的，是此时母亲重病在床，他无法在旁服侍。唐代的官员被贬谪，不能留在原任地片刻，元稹必须立即动身。

于是，韦丛挑起了家中的重担，抚育儿女，照顾婆婆。可惜元母因儿子被贬谪，太过忧虑，重病不起，撒手人寰。

元稹自幼丧父，是母亲郑氏将他抚养成人，教他读书写字。至亲去世的打击，几乎让元稹崩溃。除了心中悲痛，元母的去世让元家的生计更加艰难。

按古代礼制，元稹需要守孝三年。这三年，他没有俸禄，也没有经济来源，整个人也是精神恍惚的状态。这个时候，韦丛用她瘦弱的身躯撑起了整个家庭。

那时，韦丛的父亲已经去世，无法接济女儿。所以，那几年，韦丛吃尽了苦头。元稹在《遣悲怀·其一》中，回忆了这段艰辛的生活：

谢公最小偏怜女，自嫁黔娄百事乖。

顾我无衣搜荩箧，泥他沽酒拔金钗。

野蔬充膳甘长藿，落叶添薪仰古槐。

今日俸钱过十万，与君营奠复营斋。

你是韦家最受宠爱的小女儿，自从嫁给我元稹之后，事事都不顺遂。

在那段最艰难的时候，你看见我衣衫破旧，就翻箱倒柜去搜寻，将仅剩的一些布匹，给我缝制衣服，自己却荆布钗裙。

我因为仕途失意，至亲去世，不顾家中穷困，日日买醉。你没有怨怪，只有关切和安慰，家中没有钱买酒，你便拔下头上的金钗，去为我换酒。

买不起柴烧，你便四处拾取落叶生火做饭，虽然每天是野菜糙米，你却笑着说喜欢吃，甘之如饴。

当时的元稹，或许感受不到这种深情。可当韦丛离开之后，他才发现心痛得无法呼吸，发现那是他的最爱。所以，回忆起从前的点点滴滴，元稹有无尽的悲伤与愧疚。

元和四年（809年），三年孝期结束。在韦丛的安慰和照顾下，元稹从至亲逝世的悲伤中慢慢走了出来。

这一年，他被提拔为监察御史。元稹不改初心，依旧直言弹劾不法官员、斗贪反腐，为民请命。那个充满黑暗的官场，注定容不下这样的直臣。很快，元稹又被排挤至东都洛阳的御史台。

仕途的又一次沉痛打击，并没有让元稹颓废，他依旧坚持自己的原则。韦丛一如既往地支持他，不让丈夫有后顾之忧。可元稹怎么也没想到，自己的妻子韦丛居然在如花般的年华中凋零飘散。

直至生命的最后一刻，韦丛还在担忧元稹太过刚直，会在官场遭受小人算计。

今日俸钱过十万，与君营奠复营斋。

如今我的俸禄过了十万，韦丛你不用再为生计紧锁眉头了，你可以过好日子了，可为何你这时候离开了呢？我恨自己啊！

元稹可以承受得住官场的排挤失意，却难以接受天人永隔的悲剧。他想成为韦丛的依靠，成为韦丛的英雄。可当他做到的时候，妻子却不在了。写给妻子韦丛的祭文中，元稹满是愧疚和不舍。

食亦不饱，衣亦不温，然而不悔于色，不戚于言，他人以我为拙，夫人以我为尊。

嫁给我之后，你缺衣少食，可你连一丝后悔的神色都没有，也从未有过忧愁的言语。你是那样信任我，别人认为我是失败者，你始终觉得我是大英雄。呜呼！成我者朋友，恕我者夫人。

爱情是刹那间的怦然心动，也是白头到老的厮守。韦丛先元稹而去，已是一憾。然而，贫贱夫妻，风雨同舟。韦丛受尽了生活的悲苦，却未享受到元稹带来的喜乐，这又是一憾。世间悲哀之事，莫过于此。

> 昔日戏言身后意，今朝都到眼前来。
> 衣裳已施行看尽，针线犹存未忍开。
> 尚想旧情怜婢仆，也曾因梦送钱财。
> 诚知此恨人人有，贫贱夫妻百事哀。

这是《遣悲怀》组诗的第二首，三首诗是在十几年的时间内，陆续创作而成的。因为自韦丛离开后，元稹时刻都沉寂在哀思之中。三首悼亡诗，一是回忆韦丛之贤惠，二是言自己睹物思人，三是料想今后的生活，将在哀痛中度过。

三首作品，"悲伤"与"愧疚"贯穿其中，元稹只是描写一些日常小事，但读来只觉其中情感层层递进，令人潸然落泪。或许，这便是真情和诗歌体裁结合的魔力。

由于陈寅恪等大家，对元稹评价有"岂其多情哉？实多诈而已矣"之类的评价，加上近年来一些刻意博取眼球的文章，以"深情诗人实为渣男"为噱头，导致元稹成为诗坛的"头号渣男"。

而他那些言真意切的悼亡诗作，也遭受了许多非议。如果不为元稹洗除这些不白之冤，那么他这些千古流传的佳作也会失去原有的色彩，这不免令人扼腕。

元稹"滥情"的证据有三，其一是续娶。

惟将终夜长开眼，报答平生未展眉。后世学者解读，有"终身不娶，为报答韦丛恩情"的意思。另外，元稹还有一首悼亡作《离思》，其中有"曾经沧海难为水，除却巫山不是云"，意思是说除了韦丛，元稹再也看不上别人。

然而，元稹后来却娶了一妾、一妻，其行为似乎与他的诗句中的深情相去甚远。其实，元稹续娶，实属无奈。

韦丛逝世的次年，元稹被贬江陵，因为思念亡妻，他常常整晚落泪难寐，加上繁忙的公务，以致病倒在床。此时，他和韦丛的女儿还小，处于动不动就哭的年纪，一刻也离不开大人。

元稹既要为自己治病，又要处理公务、照顾女儿，实在是身心俱疲。他的好友李景俭心中不忍，说服元稹娶安仙嫔为侧室，照顾他们父女的生活。逝者已逝，若因此导致女儿无人照料，那就更不该了。

可惜安仙嫔福薄，四年后因病去世。

元和十年，元稹再次遭贬谪，困顿通州。在此期间，他得了疟疾。在写给白居易的信中，他说自己"垂死病中惊坐起"，病重得几乎丧命。正因如此，他娶了裴淑为续弦，以期在凄苦的生活中，寻得一丝安慰，也是为了女儿有人照料。

另外，元稹与韦丛、安仙嫔生的儿子，都因病早夭，只有一个女儿长大成人。在极其注重延续香火的古代，元稹续娶实属情有可原。

此后，元稹再未续娶纳妾，他的婚姻经历，放到现在都无可指摘，何况普遍妻妾成群的封建社会。若如此便评价元稹滥情，那世人对他的标准几乎到了苛刻的地步。

其二，是元稹抛弃初恋崔莺莺。

后世的《西厢记》，根据《莺莺传》改编而成，《莺莺传》的作者是元稹。鲁迅、陈寅恪等名家认为，小说中的负心汉张生，其实是元稹自寓，而在元稹的诗词中，确乎有一个初恋。

不过，"张生即元稹自寓"的观点，吴伟斌等学者持有反对意见，并有多篇论文反驳。所以说，此事尚无定论。

其三，元稹对薛涛、刘采春始乱终弃。

元稹与二人的风流韵事，出自于《云溪友议》。这本书收集了很多野史异闻，很多都是道听途说，真假难辨。从元稹入蜀的时间线来看，他与薛涛见面的可能性不大。所谓与薛涛的和诗，也多是后人伪作。中唐时期，党争严重，政敌捏造黑料，利用舆论互相攻击是很常见的事。元稹各种风流韵事，很多是因此而产生的，与刘采春和薛涛之事，实不可信。

惟将终夜长开眼，报答平生未展眉。若非绝等悲痛、无限深情，如何能写出这般痴语。

纵观元稹生平，前半生刚正不阿，不畏强权，因此官场困顿数十年。后半生，他一度为相，积极平息地方军阀之乱。

元稹被罢相之后，再也没有翻身的希望。可被贬至地方，他依旧兴修水利、发展农业。在任浙东观察使的六年中，他深受百姓爱戴，通州还留下了"元九登高节"的习俗。担任鄂州刺史、武昌军节度使时，元稹均贫富以定税籍，改善百姓生活。在人生的最后时刻，元稹还在为水灾奔波，为赈济百姓而劳心。

为官元稹一生初心不改，用情他一生至真至诚，写给韦丛的《遣悲怀》组诗，更是情致曲尽，入人肝脾，千古绝唱。

巴山夜雨，剪烛西窗
——《夜雨寄北》李商隐

夜雨寄北

唐·李商隐

君问归期未有期，巴山夜雨涨秋池。

何当共剪西窗烛，却话巴山夜雨时。

大中二年（848年），深受牛党排挤的李商隐只身来到巴蜀之地，担任幕府书记（相当于现在的作战参谋）。第三年，他写下这首著名的《夜雨寄北》。

《夜雨寄北》在南宋洪迈编录的《万首唐人绝句》中又名《夜雨寄内》，顾名思义是羁旅蜀中的李商隐，写给远在长安的妻子的信。

短短二十八个字诉尽了无限思念与无奈，荡气回肠间全是情真意切、催人泪下。或许他写下这封复信的时候，并不知道自己爱妻已经病逝，又或许他已经知道了这个消息，在回忆过往的点滴中潸然泪下。总之，那年秋天，妻子王晏媄永远离开了李商隐。

王晏媄是泾原节度使王茂元最小也是最疼爱的女儿，名副其实的大家闺秀。837年，新婚不久的韩瞻携妻子出游，应邀同游的好友李商隐和小姨子王晏媄，在王家府邸初次相见。

或是少男少女的青涩懵懂，或是情到深处的不知所措，两人的初遇并未有太多交谈，但也许从那一刻起，一个满腹经纶的新科进士和一个灵动娇美的名门淑女，在那偶然的眼神交会之间心里便装下了彼此。

"闻道阊门萼绿华，昔年相望抵天涯。岂知一夜秦楼客，偷看吴王苑内花。""回衾灯照绮，渡袜水沾罗。预想前秋别，离居梦棹歌。"……在那一句句缠绵的吟哦之间，才子佳人的故事就此上演了。

"惟有绿荷红菡萏，卷舒开合任天真。"838年，如同荷叶与荷花一般，二十五岁的李商隐和十五岁的王晏媄携手走进婚姻殿堂，开启了他们聚少离多但又相依为命的凄美余生。

李商隐一生没有倾向任何一党，这场婚姻却成了他进退失据、不断错失时机的开端。他也因此成了晚唐牛李党争的政治牺牲品，不得不处于夹缝之中生存，终生难舒其志、难展其才。

倘若没有这场婚姻，或许李商隐仕途不致如此困顿坎坷，兴许王晏媄也会生活富足，锦衣玉食吧。然而，正如诗里写的那样，他们的爱情既有着"身无彩凤双飞翼，心有灵犀一点通"的美好，又有着"春蚕到死丝方尽，蜡炬成灰泪始干"的坚定，即便历尽沧桑，依然无怨无悔。

婚后，李商隐常年奔走在各地幕府，王晏媄则操持着家里的一切，离别也就随之而来。他在《板桥晓别》一诗中写道：

回望高城落晓河，长亭窗户压微波。
水仙欲上鲤鱼去，一夜芙蓉红泪多。

离别虽已常态，离别依然万般不舍。王晏媄不舍，李商隐又何尝不是。真所谓"相见时难别亦难，东风无力百花残"，在那山高水长与迢迢归途之间，家书就成了他精神的寄托和慰藉妻子的唯一方式。一个个望眼欲穿的夜晚凝聚成了一首首感人至深的诗篇跃然于纸上，比如：

远书归梦两悠悠，只有空床敌素秋。
阶下青苔与红树，雨中寥落月中愁。

又如：

照梁初有情，出水旧知名。
裙衩芙蓉小，钗茸翡翠轻。
锦长书郑重，眉细恨分明。
莫近弹棋局，中心最不平。

歌词里唱道："从前车马慢，一生只够爱一人。"在那个男人三妻四妾的时代，李商隐和王晏媄确实做到了一生一世一双人。然而，对于他们这对长期分居的夫妻来讲，是否恨极了车马慢呢？

那时的车马真的很慢很慢，慢到送一封信都需要上月或数月，慢到王晏媄直到去世也没有等来丈夫的最后一面。

851 年，丈夫李商隐离家又是两个月，身体本就不好的妻子王晏媄病情更加严重了。也许预料到自己大限将至也许早就相思入髓，她给远在东川的丈夫写了一封信。

为了不让丈夫担心，她对于自己的病情只字未提，只是问起丈夫什么时候才能回家，与她一起秉烛闲聊。可惜，李商隐收到妻子的信已是一个月之后了，他给妻子回了一封最美的情书：

> 君问归期未有期，巴山夜雨涨秋池。
> 何当共剪西窗烛，却话巴山夜雨时。

这是李商隐心中最美好的期待，此时他还不知道的是，一封唤其回家奔丧的家书，也已经在路上了。他此刻还在期冀着下一次相见。

哀莫大于心死，在知道妻子死讯的那一刻，李商隐彻底崩溃了，他的心也跟着死了。可是，他还有一双儿女要抚养啊，他不得不留下一副空空的皮囊继续度日如年。

对于没有见到妻子最后一面，李商隐始终是愧疚的，每每想到妻子，当时如同一朵初绽的蔷薇，在病痛的折磨下形销骨立，在幽寂中滴露哭泣，在萧瑟的风中拖着病体倚立良久，但最终盼回来的却不是他，而是阴阳两隔，他便悲伤得不能自已。

万般煎熬下，他又写下了这首著名的《房中曲》悼念妻子：

蔷薇泣幽素，翠带花钱小。

娇郎痴若云，抱日西帘晓。

枕是龙宫石，割得秋波色。

玉簟失柔肤，但见蒙罗碧。

忆得前年春，未语含悲辛。

归来已不见，锦瑟长于人。

今日涧底松，明日山头檗。

愁到天池翻，相看不相识。

那些欢愉往事、良辰美景、缱绻温柔似乎还在眼前，但妻子落满尘埃的锦瑟却又把他拉回了现实，她的芳踪今生今世唯有梦里可以寻觅了。哎，生不能把握，死不可挽回，人生何其无奈啊。

也罢，既然已经逝去了，那就让思念长随，苦心长伴吧，那就用余生的孤守去守护这份来不及白头偕老的天长地久吧！

李商隐是那个时代难得的痴情种，妻子生前他不曾纳妾，妻子死后他也未再续弦。据史料记载，王氏死后，节度使柳仲郢同情李商隐鳏居清苦，欲以行政手段将才貌双绝的年轻乐妓张懿仙赐配给他。

此时，他正值中年，续弦亦在情理之中。可他把今生的柔情全给了亡妻，又怎能再接受其他女子呢？于是，他在《上河东公启》以"至于南国妖姬，丛台妙妓，虽有涉于篇什，实不接于风流"为由，回绝了节度使柳仲郢的好意，最终独居到死，回绝之干脆愈见感情之忠贞。

相识、相知、相守的十二年，纵使是山长水遥、聚少离多，到底是无怨无悔、情如初见，我想两情相悦大概就是爱情最美好的样子。

她为他放弃了荣华富贵，他便许她一世长情，哪怕她已经不在人间，哪怕再次提笔已是阴阳两隔、天上人间，他仍要用他手里那支柔情的笔为他写下那些绝美的诗篇。

无论是独游曲江的"怅望江头江水声"，还是再到崇让宅的"密锁重关掩绿苔"，抑或是又逢悼亡日的"欲拂尘时簟竟床"，无不诉说着他"一寸相思一寸灰"的刻骨铭心。

王晏媄是不幸的，二十八岁的鲜活生命，在相思中遗憾地离开了人世；王晏媄又是幸运的，她的爱人真的为她做到了孤守一生。

周汝昌在《唐诗鉴赏辞典》里评价道：

李商隐一生经历坎坷，有难言之痛、至苦之情，郁结中怀，发为诗句，幽伤要眇，往复低徊，感染于人者至深。

诚然，李商隐的一生是"郁郁涧底松"的一生，他始终得不到高人赏识，只有在社会的底层受尽苦难的折磨，好在妻子的抚慰犹如夏日的一阵穿堂风、冬日的一盆炭火，为他拂去燥热，也带来温暖。

可不幸的是，妻子早早就离世了，他生命中那唯一一点亮光也熄灭了，他终究还要步履蹒跚一脚高一脚低地走下去。

所谓"诗人不幸诗家幸"，李商隐把他一生的不幸与悲情写进诗词里，创造了一种非常独特的艺术风格，对后世影响颇深。他的作品情深词婉、语言清丽、句式多变、对仗工整、工于比兴、巧于用典，具有很高的艺术价值。

李商隐的众多作品中，最受读者欢迎也是成就最高的要数他的爱情诗了，因感情真挚、沉郁婉约、凄美朦胧、极富感染力，而不乏名篇。

情不知所起，一往而深。李商隐和王晏媄便是如此，红尘识君，何其有幸，从此一眼即是万年、一爱贯穿一生。情浓意深，于是落笔成诗，透过那些脍炙人口的诗篇，那段跨过千年的爱恋在今天也毫不逊色。

如果真的有轮回，我相信他们还会再遇见，然后对彼此说一声：原来你也在这里！

曾是惊鸿照影来

——《沈园二首》陆游

沈园二首

宋·陆游

其一

城上斜阳画角哀，沈园非复旧池台。

伤心桥下春波绿，曾是惊鸿照影来。

其二

梦断香消四十年，沈园柳老不吹绵。

此身行作稽山土，犹吊遗踪一泫然。

南宋庆元五年（1199 年），绍兴，一位白发苍苍的老人，正登寺远望。老人也不说话，只是呆呆望着远方，一直望到日落西山，望到泪流满面。

绍兴城的百姓感到奇怪，因为老人每隔几天，便会从山阴来到城中。他们并不知道，老人望的是沈园，是沈园那道翩若惊鸿的身影。

老人是罢官赋闲在家的陆游，他所念所想，自然是才女唐琬，他一生的挚爱，他无法忘怀的发妻。

陆游出生在江南的一个名门望族，高祖、祖父皆是北宋显宦，父亲是京西路转运副使。陆游的人生本该岁月静好，闲适从容，住在梨花院落，坐钓柳絮池塘。

可在陆游出生的那年，金国的铁蹄踏碎了北宋的繁华优雅。尚在襁褓中的他，随父母颠沛流离，直至四岁那年才逐渐安定下来。

山河破碎，身世浮沉，这些经历都在陆游幼小的心灵中，留下了不可磨灭的印记。随着年岁逐渐增大，聪慧的陆游已经明白这背后的沉痛。陆家世代为官，忠君报国的观念极重。所以，长辈对陆游期望甚高。在这种成长环境下，浓烈的爱国情怀在陆游心底深深扎根。

人生无非"成家立业"四字，陆游有着抗金救国的壮志，长辈十分欣慰。对于陆游的婚姻，他们同样极为重视。

千挑万选，陆家和郑州通判唐闳结了亲。唐闳的女儿唐琬清秀灵慧、饱读诗书，与陆游门当户对，正是良配。

在二十来岁的时候，陆游娶了唐琬为妻。结发为夫妻，恩爱两不疑。

后人以讹传讹，会错了刘克庄的意思，认为陆游和唐琬是表兄妹。其实，陆母出身于江陵唐氏，与山阴唐琬的家族并无多大关系。

虽无中表关系，但二人感情甚笃。唐琬是家中独女，自小习读诗词歌赋，是有名的才女，白日与陆游赌书泼茶，夜晚红袖添香，婚姻生活可谓琴瑟相谐。

然而，在陆母眼中，唐琬实难称得上贤惠，她甚至三番四次要求陆游休妻。

陆游十二岁能诗擅文，名动京师，可他两次参加科举，均未取得名次，陆家长辈心中产生了极大的落差。婚后，陆游与唐琬时常游览当地名胜，又沉溺诗词音乐，陆母对儿媳的不满由此而生。

《后村诗话》记载："二亲恐其堕于学也，数谴妇。放翁不敢逆尊者意，与妇诀。"

陆游不忍与唐琬相诀，在外置别馆让其住下，时时相会。他希望母亲冷静之后，能够改变主意。可陆母得知此事，逼迫陆游休妻，陆游不敢违逆父母的意愿，只能含泪写下休书，结束了这段美好的婚姻。

我们无法去责怪陆游懦弱，那个时代父母之命大于天，陆游与唐琬都是封建礼教的受害者。

渺万里层云，千山暮雪，只影向谁去。伉俪相得，却被迫分散，除了不舍就是悲痛，可人生依旧要继续。

陆游为了实现救国壮志，继续寻求入仕的机会。其实，陆游科举失利并非才学不足，而是因为他参加锁厅试时，名次在秦桧孙子秦埙之上，加上陆游的文章多有主战言论，由此被秦桧针对。

秦桧病逝后，陆游便得入仕途。他出身名门，且刚直有才学，得到宋高宗的赏识。绍兴三十一年（1161 年），陆游升任大理寺司直兼宗正簿，负责司法工作。

或许陆母知晓错怪了唐琬，可覆水难收。陆游另娶一妻王氏，唐琬也嫁给了皇室后裔赵士程。赵士程对唐琬极好，二人生活幸福美满。

如果不是一次偶然相逢，谁也不会翻出那段尘封的记忆，因分离而深埋的悲伤，不会似洪流般肆意倾泻。

大约是在离婚后的第十年，陆游与友人在沈园宴饮赏景，恰逢赵士程携唐琬来此踏春。故人相逢，终不能形同陌路。唐琬在赵士程的允许下，上前敬了一杯酒，各自问好，随后离去。

十年来，陆游一直在努力忘记，刻意忽略唐琬的存在。可当她再次出现在自己的面前时，才发现一切都徒劳无功，曾经的幸福时光一幕幕浮现在脑海，无比清晰。各种情绪涌上心头，陆游情不能自已，在沈园壁上写下一首《钗头凤》：

红酥手，黄縢酒，满城春色宫墙柳。

东风恶，欢情薄，一杯愁绪，几年离索。

错！错！错！

春如旧，人空瘦，泪痕红浥鲛绡透。

桃花落，闲池阁，山盟虽在，锦书难托。

莫！莫！莫！

重逢的欢喜，对过往的愧疚，还有无尽的眷恋和刻骨的相思，全蕴含在了这首词中。

唐琬闻知陆游的题壁词，同样悲从心来，和了一首《钗头凤》：

世情薄，人情恶，雨送黄昏花易落。

晓风干，泪痕残，欲笺心事，独语斜阑。

难，难，难！

人成各，今非昨，病魂常似秋千索。

角声寒，夜阑珊，怕人寻问，咽泪装欢。

瞒，瞒，瞒！

唐婉词中展露的情感，更为凄凉，只是"人成各，今非昨"，既然回不到从前，何必念念不忘，还是将一切埋藏在心里吧。

宋人笔记记载，唐婉只有"世情薄，人情恶"之句，未得全阙，至明代才出现整首词。所以俞平伯怀疑这是后人补写而成的。但无论如何，陆游对唐婉的愧疚与思念，却是至诚至深的。

此次沈园相逢，二人再未相见。没过几年，唐婉便因病逝世。

陆游晚年有两恨，一恨山河未复，二恨当初没有挽回与唐婉的婚姻。

绍兴三十二年（1162年），宋孝宗赵昚即位。新帝锐意进取，为岳飞平反，有北伐之意。陆游极为振奋，上书北伐之事，应固守江淮，徐图中原。

次年，宋孝宗起用名将张浚主持北伐，张浚麾下大将李显忠、邵宏渊接连收复灵璧、虹县。可惜，符离之战，宋军大败。这一败，让主和派抓到了把柄。不久，南宋与金国签订了隆兴合议。

陆游十分失望，他不甘心北伐就此偃旗息鼓，仍然一力主战，由此受到主和派排挤，被罢免官职，赋闲四年。

乾道五年（1169年），主战派陈俊卿拜相，陆游在他的举荐下重回官场，赴蜀中任夔州通判。次年，王炎任川陕宣抚使，召陆游入幕府。陆游得以亲临抗金一线，自是十分振奋。

楼船夜雪瓜洲渡，铁马秋风大散关。陆游热血沸腾，作《平戎策》，提出"广积粮草，有力量则进攻，无力量则固守"的主张，王炎极为认同。就在陆游以为理想即将实现之时，王炎被调入京中，幕府解散，北伐再次成为泡影。

暖风熏得游人醉，直把杭州作汴州。南宋朝廷偏安一隅，享受着眼前短暂的和平，不再提北伐之事。陆游虽有不甘，却也只能徒呼奈何。此后，陆游宦海沉浮，担任的都是一些清闲职位。

淳熙十六年（1189年），孝宗禅位于赵惇（宋光宗）。陆游趁着新帝即位，再次上书"缮修兵备""力图大计"以恢复中原。次年，陆游升为礼部郎中兼实录院检讨官，因其主战言论，被主和派群起而攻之。陆游悲愤之下，再次离开京师。

胡未灭，鬓先秋，泪空流。这是陆游一生最真实的写照。晚年闲居山阴，除了"恨不见中原"，余下的则是与唐琬婚姻之憾。

陆游晚年写了十首爱情诗，其中一首是为后妻王氏所作，而剩下的九首都是怀念唐琬的。钱锺书先生曾说："除掉陆游的几首，宋代数目不多的爱情诗都淡薄、笨拙、套板。"历经了岁月的沉淀，这份思念越发深刻，又因为二人阴阳两隔，更凭添几分悲痛。

《沈园二首》的前一首，是回忆曾经沈园相见的场景，而如今惊鸿远去，佳人如梦，只有小桥下的碧波，似乎还倒映着四十年前的重逢。

后一首则是抒发心中的思念与遗憾，即便唐琬魂消香断，即便他也即将化为黄土，对于唐琬的那份情意，始终不会褪色。

陆游逐渐衰老，他无法再去沈园凭吊，可沈园依旧会进入他的梦中。开禧元年（1205年）的冬天，八十一岁的陆游再次梦见了自己游沈园，午夜梦醒，他写下两首七绝：

一

路近城南已怕行，沈家园里更伤情。

香穿客袖梅花在，绿蘸寺桥春水生。

二

城南小陌又逢春，只见梅花不见人。

玉骨久成泉下土，墨痕犹锁壁间尘。

嘉定二年（1209年），陆游八十五岁了，这是他人生中最后一个春天。此刻，沈园繁花如锦。陆游挣扎着从病床上起身，在家人的搀扶下，来到沈园凭吊，并写下了最后一首悼亡诗《春游》：

沈家园里花如锦，半是当年识放翁。

也信美人终作土，不堪幽梦太匆匆。

直至走到人生的尽头，陆游依然不能释怀。

似此星辰非昨夜
——《绮怀·其十五》黄景仁

绮怀·其十五

清·黄景仁

几回花下坐吹箫，银汉红墙入望遥。

似此星辰非昨夜，为谁风露立中宵。

缠绵思尽抽残茧，宛转心伤剥后蕉。

三五年时三五月，可怜杯酒不曾消。

乾隆四十年（1775 年），黄景仁客居寿州期间，回忆起与初恋的相识、相知、相爱、相离、相忆的过程。组诗一共有十六首，这是其中的第十五首。诗人忆起锦瑟年华，相爱却未成眷属，不免感伤，婉曲哀怨，令人断肠。

黄景仁，字仲则，清代常州武进县人，黄庭坚的后裔，"毗陵七子"中诗歌成就最高的一位。有人说，康乾年间的诗人，黄景仁当为第一。他死后诗名极盛，却一生困顿，志不得伸，"十有九人堪白眼，百无一用是书生"是他的名句，也是他的人生写照。

黄景仁四岁丧父，是由祖母祖父抚养长大的，十一岁那年，祖父祖母相继去世。数年后，他的兄长黄庚龄去世，只留下他与母亲相依为命。

出身于书香门第，黄景仁的人生目标自然是考取功名，如此可实现读书人治国齐家的理想，也能让母亲过上好日子。所以，他读书十分刻苦，十五岁那年应童子试名列第一，常州知府潘恂、武进县知县王祖肃对他十分欣赏。

十八岁的时候，黄景仁认识了同乡洪亮吉，二人相交莫逆，亲如兄弟。洪亮吉记忆中的黄景仁，是"君美凤仪，立傅人中，望之若鹤，慕与交者争趋就君，君或上视不顾，于是见者以为伟器，或以为狂生，弗测也"。

黄景仁名动常州，加上器宇不凡，许多年轻人争相与之交往，但他却非常高冷，有人说他前途不可限量，有人说他不过是一个狂生。

乾隆三十七年（1772年），朱筠提督安徽省学政，聘任黄景仁为幕僚。同年三月，一众官员登太白楼赋诗。黄景仁年纪最小，穿白衣立日影之下，顷刻间作七言古风百余句。众人听完皆搁笔，自认写不出更好的诗作。

那时候的黄景仁孤傲自信、意气风发，诗学的也是谪仙李白，"潮生潮落自终古，我欲停杯一问之"。同时代的人都说他是李白再生，只是他的诗写着写着，慢慢有了杜甫的影子。

二十八岁那年，黄景仁应乾隆皇帝东巡召试，取二等，授武英殿书签官，任主簿。他极为振奋，次年变卖家中的田产，把母亲接到京城居住。此后，黄景仁多次参加乡试，却屡屡落第。

那是一个扼杀天才的时代，科举至清代弊端甚多。乾隆时期人口激增，应试者激增，而进士名额又一减再减。黄景仁家贫，早年未受过正式且系统的教育，成年游学之际，他曾多次出现过无钱买书的窘迫，虽然天才卓绝，却也难跃龙门。

居京城不易，黄景仁微薄的俸禄根本无法维持生计。无奈之下，黄景仁只得将家人送回常州老家。

"惨惨柴门风雪夜，此时有子不如无""此行不是长安客，莫向浮云直北看"。黄景仁怀着对亲友的愧疚，为生计而奔波，四处游宦。

他生活的年代，正是后世所谓的康乾盛世。可沉沦下僚的黄景仁，所看到的却是饥饿贫寒。那些远离底层生活的士人，都在称颂王朝的昌明繁华，而黄景仁以自身的经历，书写底层百姓的命运，犹如在盛世歌一曲哀音。

所以，黄景仁显得格格不入，他是那么孤独。

陕西巡抚毕沅欣赏黄景仁的才华，悲叹他的境遇，遂援助他为县丞。三十四那年，黄景仁终于看到了人生的希望，到吏部等待任官。

次年三月，黄景仁因债主逼迫，抱病离开京城，为人当幕僚挣钱。结果在暮春时节，死在了路上。好友洪亮吉为他料理后事，发现黄景仁身边没有一件值钱的东西，就连唯一御寒的衣服，都被他换钱治病了。

黄景仁站在前人的肩膀上，诗作风格和技法有许多唐宋名家的影子。不过，最为显著的还是李白与李商隐。袁枚说："中有黄滔今李白，看潮七古冠钱塘。"其挚友洪亮吉评价："卒其所诣，与青莲最近。"

而他对李商隐的继承因袭，主要体现在那些爱情诗中。

黄景仁与妻子赵氏的婚姻，是父母之命、媒妁之言，属于典型的封建婚姻。黄景仁敬爱妻子，有着深厚的亲情，二人育有一双儿女。黄景仁漂泊在外之时，都是赵氏操持家庭。所以，他写给赵氏的诗词，也多是愧疚、感激，始终少了几分炽烈的爱情。

他的爱情，几乎全赋予了年少时的初恋。

年少时期，黄景仁在宜兴读书，寄住在姑妈家中。在最美好的年华，遇上一个心动的人，哪怕是短暂的绽放，也是一生无法忘怀。这位青梅竹马的恋人清秀婉约，还有一对浅浅的梨涡。黄景仁记忆中的她，是"楚楚腰肢掌上轻，得人怜处最分明"。

湔裙斗草春多事，六博弹棋夜未停。记得酒阑人散后，共搴珠箔数春星。他们曾经在繁华似锦的河岸边斗百草之戏，在清幽静谧的小院里陆博下棋。夜深人静的时候，他们一起躺在柔软的草地上，数着春夜天空的繁星。

黄景仁记得她家在第三桥畔，他在书房练字的时候，她则在外面做着女工活。有时候累了，黄景仁便教她书法。"流黄看织回肠锦，飞白教临弱腕书"，二人便是在这个过程中渐生情意。

绝忆水晶帘下立，手抛蝉翼助新妆。由于种种原因，他们相知相爱，却不能在一起，她还是嫁给了别人。那日，黄景仁在窗下立了很久。她穿嫁衣的样子是那么好看，可惜她不是自己的新娘。

黄景仁再也无法教她练字，无法和她陆博下棋，更无法一起在夜空下数春星。二人再次相见，是她儿子的满月酒宴上，佳人已经"会面生疏稀笑靥"。可面对黄景仁时，她仍旧有几分娇羞。

黄景仁心中欢喜，可又无比心痛。佳人或许还有情意，可即便有，也只能埋在心中，她已经为人妻、为人母了。何曾十载湖州别，绿叶成阴万事休。

余生只有回忆了，只有无望地追忆了。检点相思灰一寸，抛离密约锦千重。何须更说蓬山远，一角屏山便不逢。

三五年时三五月，可怜杯酒不曾消。黄景仁永远记得，十五岁那年，她在皎洁月色下的青涩模样。

黄景仁用十六首《绮怀》，讲述了自己与她从初见到相离，诗中一个个美好的片段，连缀成了一个个凄美动人的故事，充满追忆时的无限惆怅。在这组诗中，黄景仁大量化用了李商隐《无题》诗中的句子，以及那些熟悉的意象。而在因袭李商隐《无题》的同时，黄景仁又呈现出了新的艺术效果，使之读来极具缠绵悱恻之感。

黄景仁没有明说初恋为何人，广为流传的《绮怀》组诗，也犹如李商隐诗歌那般朦胧隐晦。后世学者根据诗意推测，那位青梅竹马的恋人是他姑妈的女儿或婢女。也有人认为是常州或者是阳湖的表妹。

　　其实，那位初恋是何人并不重要，重要的是在黄景仁的人生中，确实有这样一段真挚的感情，确实有这样一段刻骨铭心的回忆。

第二章 知己

世事如云，君子如水
——《酌酒与裴迪》王维

酌酒与裴迪

唐·王维

酌酒与君君自宽，人情翻覆似波澜。

白首相知犹按剑，朱门先达笑弹冠。

草色全经细雨湿，花枝欲动春风寒。

世事浮云何足问，不如高卧且加餐。

空山新霁，无数晶莹的水珠，在绿叶上翻滚跳跃。一轮明月不知何时悬在夜空，乳白色的月光，从松林的间隙不断漏下，渐渐流满了山下小路，流满了平静的河面。

浣衣归来的少女，哼唱着欢快的歌谣，惊扰了静谧的竹林，渔舟披着蓑衣的老翁轻晃木桨，将月色拨起涟漪，荡醒了沉睡的荷塘。

王维的辋川别业，便在这清幽的山林之中。

晚年唯好静，万事不关心。隐居辋川期间，王维与至交好友裴迪诗歌唱和、浮舟往来。开元末年，王维写了这首诗，劝慰仕途受挫的裴迪。

人生百年，贵在自宽，毕竟人心翻覆，好似江水的波澜，谁也捉摸不透。白头相知的老友同样会因为利益互相猜忌，所以不要想着得到达官贵胄的援引。

草色，言其才、名；花枝，言其身、体；细雨春风皆是天恩。王维隐隐透露着独善其身的无奈，所以他说啊，这世事就如浮云，过眼即散，哪里值得去论个是非对错，不如高卧山林，各自逍遥。

这是在宽慰裴迪，又何尝不是在宽慰自己。

王维洞彻世态、历经炎凉，才有这样深刻的感悟。然而，年轻的时候，他可没有"行到水穷处，坐看云起时"的淡然心态。

开元初年，正是大唐盛世，整个社会思想包容、文化多元、经济繁荣，许多风流人物都诞生于这个时代。可当时最像主角的那位，还当数王维。

论才华，王维九岁便能撰写诗文，是远近闻名的神童。之后，他又苦练书法、学习音乐、绘画，少年时期，便在这些领域取得了一定的成就。

论家世，王维出身于河东王氏，是太原王氏的分支，家族五世皆任职官，母亲出身于五姓贵族之首的博陵崔氏。

论长相，"维妙年洁白，风姿都美"，因为王维俊朗的面庞，以及超逸不凡的风姿，后世传出了玉真公主对他芳心暗许的绯闻。

《集异记》有载，王维入京干谒之时，向玉真公主献上行卷。玉真公主大为惊异："我经常诵读这些诗文，十分喜欢。

以前还认为是古人的佳作，没想到是你写的。"

玉真公主是否喜欢王维不得而知，但这样一位才貌双全的贵公子，任谁也会心生好感。玉真公主想必也是十分欣赏他的，否则唐代文人的笔记小说也不会写那么多关于王维与玉真公主的故事。

君子世无双，陌上人如玉。十五岁那年，王维带着家族的期望，怀着远大的志向，踏入长安城。京师群英荟萃，汇聚着无数才子与官二代，可无人能与王维争辉。很快，他便成为王公贵胄的座上宾。

豪英贵人虚左以迎，宁、薛诸王待若师友。

许多文人终其一生都达不到的目标，在王维这里只是起点。开元五年（717年）的重阳节，十七岁的王维登高望远，铺纸挥墨，顷刻写就了那首传诵千古的《九月九日忆山东兄弟》。二十岁那年，王维的诗名便响彻天下。二十一岁状元及第，入朝为官，任太乐丞。

年少王维渴望建功立业，诗文自然意气风发：

新丰美酒斗十千，咸阳游侠多少年。

相逢意气为君饮，系马高楼垂柳边。

然而，没过几月，岐王宴饮之时，让伶人舞黄狮子，犯了皇帝的忌讳。王维身为宫廷礼乐的负责人，又是岐王邀请的宾客，被贬出京，任济州司仓参军。

贬谪济州，对于王维来说是一次沉重的打击。起初，他仍然对仕途满怀希望。可此后数年，王维一直担任着没有实权的小官。岁月蹉跎，前途渺茫，他迷惘苦闷。在《不遇咏》中，他写道："北阙献书寝不报，南山种田时不登。"

上书朝廷言自己有志用世，却未得到答复，如此归隐却又不甘心。

回想早年积极干谒，为王公贵族所驱驰无奈，生于盛世的文人，似孟浩然，似李白，以及王维，谁都有平交王侯的傲气。可为了实现抱负，他们又不得不向权贵低头。多年冷落之下，王维遂将禅门作为精神寄托之所。

开元二十二年（734年），张九龄拜相。王维得到他的赏识，被提拔为右拾遗。此时，王维建功立业的理想再次被唤醒，他又积极投身仕途，想要成就一番事业。

没过几年，张九龄被排挤出京，李林甫大权独揽，断绝言路，粉饰太平。开元之初清明的朝堂，已经变得腐朽黑暗。王维眼见这一切，心中逐渐厌倦官场，开始了半仕半隐的生活。

天宝二年（743年），裴迪请王维为其兄裴回撰写墓志铭，特意去了一趟终南山，这是二人初次相见。

他们相差十几岁，却意气相投。裴迪仰慕王维的才华，王维欣赏裴迪的风姿谈吐，当即二人便促膝长谈，结为至交。王维替裴回写了一篇言真意切的墓志铭，又与裴迪一起回长安吊唁亡友。

同年，王维置辋川别业，特意邀请裴迪来此做客。裴迪欣然前往，在别业住了一段时间。二人游山玩水、饮酒赋诗，唱和诗歌四十多首。后来，王维将其编为《辋川集》。

独坐幽篁里，弹琴复长啸。

深林人不知，明月来相照。

以前的王维是寂寞孤独的，他美妙的琴声，只能赋予鸟雀，赋予明月。裴迪来了以后，他便有了知音。明月，山林，琴音，这些只有与友人共赏，才有了存在的意义。

裴迪含蓄地回道：

来过竹里馆，日与道相亲。

出入唯山鸟，幽深无世人。

与你同游竹里馆，感觉自己也与你的禅道相亲近了。这里出入唯有山鸟，的确幽深得不见人迹。不过，现在有我陪着你了，你是伯牙，那我便愿意成为锺子期，在山林聆听你的琴声。

裴迪的仕途并不顺利，数次参加科举都未中第。此后，他也在辋川购置了一处房产，与王维、崔兴宗等人过着隐逸的生活，寄情于山水之间。

端居不出户，满目望云山。落日鸟边下，秋原人外闲。

王维与裴迪的友情，在后世看来，如同他们的诗作一样淡然，而君子之交，本就似庄子说的"淡如水"，不为名利，不尚虚华，所以君子淡以亲，情感更为深厚绵长。每次与裴迪分离，王维便觉有无限相思。

他还给裴迪写过一封信，信中说："斯之不远，倘能从我游乎？非子天机清妙者，岂能以此不急之务相邀。"能陪我同游山水吗，我也不想用这样无聊的事打扰你，可世上能懂我的，恐怕只有你了。

天宝十五年（756年），王维半隐半仕的生活被打破。这一年，安史叛军攻入长安，唐玄宗逃往蜀中，王维则被叛军俘获，关押在杨国忠的旧宅。

王维尝试过装病逃跑，可惜他那偌大的名气，在此时成为负累。安禄山特意令人将其接到洛阳，拘禁在菩提寺，硬塞给他一个给事中的职位。

裴迪听闻王维的遭遇，极为担心。他不顾自己的安危，偷偷跑到洛阳探视。王维因这份深厚友情而感动，又为江山社稷而担忧，不禁潸然泪下。裴迪告诉王维，安禄山在凝碧池歌舞宴饮，乐工雷海清不胜悲愤，将乐器扔在地上，朝着唐玄宗所在之地哭泣，安禄山竟将他在试马殿前肢解。

王维悲叹之下，作了一首七绝：

万户伤心生野烟，百僚何日更朝天。

秋槐叶落空宫里，凝碧池头奏管弦。

长安收复之后，许多被安禄山任命的伪官遭到清算，最低都是一个流放的处罚。不过，由于裴迪四处传播王维的这首诗，加上王维的弟弟王缙请求削籍为兄赎罪，唐肃宗这才释放了王维。

为此，在安史之乱立下大功的王缙被贬为蜀州刺史，即刻赴任。裴迪作为王缙的幕僚，需与他一同启程。在满目疮痍的长安城中，王维与裴迪匆匆见了一面，随后含泪告别。这一去，他们此生便再未相见。

王维与裴迪相识的时间很晚，然而白头如新，倾盖如故，真正的知音，哪怕驻足片刻，只听一曲高山流水，一瞬亦是永恒。宋代诗人苏轼每每提及王、裴之交，都欣羡不已。

一生几许伤心事，不向空门何处销。历经宦海沉浮，王维的心境已趋向平和。如果说他早年隐居修禅，是因苦闷迷茫而寻找精神寄托，那么晚年长伴青灯古佛，是真正的彻悟勘破。

上元元年（760年），王维升任尚书右丞。此刻，他心中没有欣喜，也没有苦恼，仕与隐，在他眼中已无区别。王维每日退朝，便是焚香、诵经，闲时则与僧侣玄谈。

次年七月，王维感觉大限将至，于是留书同亲友告别，停笔而化。

踏尽风雪，有君同行
——《衡阳与梦得分路赠别》柳宗元

衡阳与梦得分路赠别
唐·柳宗元

十年憔悴到秦京，谁料翻为岭外行。

伏波故道风烟在，翁仲遗墟草树平。

直以慵疏招物议，休将文字占时名。

今朝不用临河别，垂泪千行便濯缨。

　　元和十年（815年），岁末，湘水之上，月落星散，寒风振叶。柳宗元浮舟远去柳州，刘禹锡登岸赴连州。此番贬谪蛮荒之地，不知何日能够相见。柳宗元写下这首七律，依依惜别。

　　挚友分别，同样离梦踯躅。他们本不至于沦落至这般困境，只是二人都太过至情至性。故事还需从永贞革新说起。

　　永贞元年（805年），唐顺宗继位，欲除弊图强，遂任用东宫旧臣王叔文、王伾改革，以期加强中央集权，扼制藩镇割据和宦官专权。而刘禹锡与柳宗元同为改革集团的核心骨干。

　　可惜，此次革新才进行了一百多天，宦官俱文珍便发动政变，囚禁了唐肃宗，永贞革新因此失败。

柳宗元和刘禹锡这对好友，双双被贬出京，一个为连州刺史，一个为邵州刺史。然而，守旧派认为这个惩罚太轻。于是，刘禹锡被贬为朗州（湖南常德）司马，柳宗元被贬为永州司马。名为官吏，实是囚徒。

柳宗元是北方人，贬谪之后扶老携幼赶赴永州，颠簸整整三个月，身体不堪重负。因为水土不服，柳宗元抵达永州后，接连患病。他的母亲年事已高，更无法承受这种折腾，不久便离开了人世。

昔日的天子近臣，如今的囚徒，境遇一夕之间，居然从云端跌入泥泞。在孤独和苦闷之中，柳宗元几近崩溃。他无时无刻不想回到长安，回到政坛实现理想。

他在永州多次投文献启，求援高官。然而，朝廷对革新派成见很深，不愿除去柳宗元、刘禹锡等人的罪籍。

求援不成，柳宗元只好将自然山水作为精神的寄托，以消除贬谪的苦闷。可岁月蹉跎与身体的病痛，让他忧虑。在此期间，母亲、妻子、女儿相继离世，更是难以承受的悲痛。

困顿十年之久，朝廷终于将他们召回长安。柳宗元本以为拨云见日，能够再次一展所学，匡扶社稷。谁知，刘禹锡的一首诗又致使他们跌落深渊。

刘禹锡堪称诗中之豪，不畏权贵，嫉恶如仇。他回到长安后，见新贵专权，心中愤懑不平，写下一首讽刺诗，诗中有"玄都观里桃千树，尽是刘郎去后栽"之句。全诗极辛辣尖刻，从而触怒了当权者。

唐宪宗本就不欲赦免"八司马"，他以此为由，再次下令将他们贬谪。刘禹锡作为"罪魁祸首"，被贬为播州（今属遵义）刺史，柳宗元被贬柳州。

播州在当时极其荒凉偏远，而刘禹锡母亲年近九十。柳宗元与他感情甚笃，不忍刘禹锡与母亲相隔万里，于是主动提出交换，让刘禹锡去柳州，他代为去播州。

愿以柳易播，虽重得罪，死不恨。

唐宪宗为二人情谊所感动，也担心有损孝道，加上裴度等人求情，刘禹锡改为连州刺史，柳宗元依旧贬谪柳州。

因此，这首诗才有"十年憔悴到秦京，谁料翻为岭外行"之说。柳宗元诗中有不甘、不平之意，却丝毫没有怨怪好友的言语，道之所在，虽千万人吾往矣。

柳宗元知道好友的做法是对的，可他担心刘禹锡这种性格，故而诗中劝诫好友处世要更圆融一点，实现抱负之前，更重要的是保护好自己，莫因文字遭来横祸。最后，二人在万分不舍中洒泪分别。

去国十年同赴召，渡湘千里又分歧。柳宗元的大半人生都同刘禹锡休戚与共，二人情同手足。

柳宗元出身河东柳氏，祖上世代为官。二十一岁那年，他进士及第，才名动京师，而刘禹锡与他是同榜进士。他们年龄相仿，仅相差一岁，初次相见便有亲近之感。

不久之后，刘禹锡因丧父丁忧居家。柳宗元得知，特意从长安寄去一方叠石砚，以慰藉同年。

常时同砚席，寄砚感离群。二人由此开始诗文酬唱，因钦佩彼此的才情，两颗心不断靠近。

登科十年后，柳宗元由县尉转任监察御史，刘禹锡也恰巧在同年担任这一职位。上任的那天，他们相视而笑，忽觉仕途充满了美好。

韩愈那年也进入了御史台，短暂接触，便被柳、刘二人的才华与品格所折服，曾在诗中说道："同官尽才俊，偏善柳与刘。"

他们同样的光芒璀璨：刘禹锡似日光，刚烈张扬，势要驱除眼见的一切黑暗；柳宗元似月光，内敛圆融，温润着世间的清寒。

尽管性格不同，他们的理想却是完全一致的，那就是打击宦官藩镇，加强中央集权。往大了说，那就是治国平天下，这也是许多读书人的初心，只是没有多少人能坚持初心，更何况是在遭受当权者怨恨，几度贬谪的情况下。

革新失败，理想破灭，十年贬谪，从永州回来之后，柳宗元的身体就已衰败不堪了。他底子太差，经来回奔波，加上南方瘴疫袭扰，已满身病痛。

可听到刘禹锡再次被贬播州时，他仍然义无反顾，要替好友前去。这不是简单的守望相助，这是用自己的性命，去换得好友少受一点苦啊。

二十年来万事同，今朝岐路忽西东。

皇恩若许归田去，晚岁当为邻舍翁。

二十年来，我们经历了相同的世事，今天又遭贬各奔东西，我实在舍不得啊。晚年我们退休，再做个邻居好不好。

刘禹锡或许很奇怪吧，他们的情谊坚如金石，晚年做邻居，是理所当然的事，为何要如此郑重地写在诗中？所以，他说："耦耕若便遗身老，黄发相看万事休。"等我们老了，还要在一起。到时候，看看如今的经历，全都算不了什么。

柳宗元隐隐感觉到，他无法陪好友走下去了。刘禹锡也没想过，这次居然是永别。

抵达柳州后，柳宗元的身体一日不如一日。三四年的时间，已油尽灯枯。而在逝世的前一年，他还患上了严重的疟疾，这是在当时被视为绝症的疾病。下属请来了许多医生，可偏远之地，大多是半巫半医，又怎能治得好疟疾呢。

柳宗元与刘禹锡的书信中，很少提及自己的病痛，但已有托付家人的意味。

刘禹锡起初并没有深思，认为是好友二度遭贬，产生了悲观情绪，只能尽力安慰。

四年之后，唐宪宗大赦天下。当初永贞革新的核心成员，本不在赦免范围之内，但因裴度多番劝说，唐宪宗同意召柳宗元回京。

元和十四年（819年），又是岁末，刘禹锡的母亲去世了。他怀着沉痛的心情，赶赴洛阳。当听到柳宗元被赦免的消息后，他感到振奋。抵达衡阳之时，他收到了柳宗元的来信。

那是一封讣告。

柳宗元在十一月初八，在柳州因病去世，享年四十七岁。

刘禹锡刚看一眼，又快速合上了。他勉强挤出笑容，询问信使是不是送错了。信使低头沉默不语，刘禹锡颤抖着双手，再次打开书信看了许久，然后瘫坐在地，沉默不语。

刘禹锡忽然大声叫了起来，号叫中夹着泣血般的哭声，凄惨彻骨，以至于同行者都认为他得了狂病。

和讣告一起送来的，还有柳宗元的遗书：

我不幸，卒以谪死，以遗草累故人……

好友，我要先走一步了，遗作和家人，就要劳你受累了。

刘禹锡知道自己还不能倒下，他强忍着内心的悲痛，不远千里护送柳宗元的灵柩回归故里。

柳宗元本有两子一女，长子长女早夭，只留下四岁的幼子柳告。刘禹锡将柳告接到身边，悉心抚养，视如己出。后来，柳告科举中第，入朝为官。

而整理柳宗元的遗作，是一项浩大的工程，也是一件极其残忍的事。刘禹锡每每看到好友的字迹，都不禁泪眼滂沱。前前后后共耗费了二十年的时间，刘禹锡终将柳宗元的诗文编纂成集。

千山鸟飞绝，万径人踪灭。

孤舟蓑笠翁，独钓寒江雪。

柳宗元贬谪半生，踏过千山万水，备感孤寂。幸而一路风雪，有刘禹锡相伴，人生足矣。

我寄人间雪满头
——《梦微之》白居易

梦微之

唐·白居易

夜来携手梦同游，晨起盈巾泪莫收。

漳浦老身三度病，咸阳宿草八回秋。

君埋泉下泥销骨，我寄人间雪满头。

阿卫韩郎相次去，夜台茫昧得知不？

东窗未白，孤灯已灭。开成五年（840年），是元稹逝世的第九年，白居易又一次梦见和他携手同游。白居易从惊喜中醒来，却发现周围只有无尽的黑夜，随后记忆如潮水般涌来……

白居易才华横溢，少年时期便名动长安。所以，他自信张扬。京师的青年才俊，几乎无人能得他青眼，直至遇见了元稹。

贞元十九年（803年），白居易至秘书省任职。途中，他遇见了一个年轻的举子。举子衣着简朴，面庞青涩稚嫩，眼眸干净纯粹。举子名叫元稹，和白居易同在吏部考试中登第，也将进入秘书省担任校书郎。

白居易读过他的文章，文采斐然，见识不凡。如今，一见其人，更觉亲近。于是，停下脚步，朝他的方向走去。未承想，这一次靠近，此生便不再远离。

白居易年长八岁，二人却毫无隔阂，一见如故，相互被对方的才学和人品所折服。秘书省任职的那段时光，他们几乎形影不离，登高望远、煮酒赋诗，好不快哉。

年少登第，自然春风得意，不过他们心中藏着深深的忧虑，忧虑唐王朝的命运。家国天下，是士人所要担起的责任。于是，他们相约一起参加制科考试。

制举是皇帝召集的特殊考试，地位比进士科更高。一旦考中，即任朝中清要之职，将来升迁更快。只有获得更高的地位，才能为国家、百姓做更多的事。为此，他们一起在华阳观苦读，"闭户累月，揣摩当代之事"。

白日悬梁刺股，夜晚抵足而眠，谈论古今政治，互相评点文章。这段时期，他们的情谊更加深厚，文章思想也更为成熟。

考试成绩下来之后，元稹为第三等，白居易为第四等。制举第一、二等向来是空缺的，所以二人的成绩都算不错。元稹更是名列第一，授左拾遗，有上书谏言的权力。白居易初授县尉，次年授翰林学士。

元白进入官场之际，柳宗元、刘禹锡正因永贞改革失败而被贬。元白二人的政治主张是倾向永贞革新的，他们勇敢地为改革派鸣不平，痛斥腐朽的官场。二人时刻研究改革派的策文，分析其中的得失。

白居易曾给元稹写了一篇《与元九书》，文中提出"文章合为时而著，歌诗合为事而作"，强调文学创作，需建立在社会现实之上。元稹深以为然，于是在永贞改革浪潮的推动下，元白二人倡导了"新乐府运动"。

同样的人生经历，同样的政治主张、思想，让白居易不禁感叹人生得一知己足矣！可二人如此刚正，注定难容于腐朽的官场。此后，元白二人在宦海沉浮，不断地被排挤打压。

十几年的贬谪生涯，这对至交天各一方。他们将对彼此的思念，赋予诗文，从而留下了许多千古传唱的名句。

元和四年（809 年），元稹出使剑南东川，白居易游曲江、慈恩寺。虽有美酒好友相伴，白居易却觉索然无味，因为元稹不在他的身边，纵是良辰美景，更堪与何人说。于是，他写了一首七绝：

花时同醉破春愁，醉折花枝作酒筹。

忽忆故人天际去，计程今日到梁州。

微之，今天我又想你了，你到梁州了吧。

白居易身在长安，一颗心却全在元稹身上，甚至连他到了何处，都计算到了。

或许是心有灵犀，元稹恰好在这一天抵达梁州驿站，并提笔写下一首七绝：

梦君同绕曲江头，也向慈恩院院游。

亭吏呼人排去马，忽惊身在古梁州。

乐天，我梦到和你一起游玩曲江了，还去了慈恩寺闲逛。正想和你喝酒呢，结果驿站的官吏说天亮了，这时我才发现身在梁州。唉，可能是太想你了，你还好吗？

元稹的诗寄过来后，白居易的弟弟白行简发现元稹写诗的日子和白居易游曲江是同一天，不禁连叹神奇，便将此事记录了下来。

白居易年长元稹几岁，视其为弟。元稹家境贫寒，在长安的生计极为艰难，白居易曾多次接济他。

元和五年（810年），元稹因为弹劾河南尹房式而被召回处罚。途经华洲一所驿馆，恰好宦官仇士良、刘士元在此落脚，并与元稹争住上厅。元稹据理力争，结果遭到两个宦官的辱骂，刘士元更是用马鞭，将元稹打得鲜血直流。

由于宦官势大，被惩罚的反而是元稹。朝中无人敢替元稹说话，只有白居易上书为其鸣不平。他说元稹为官正直，而且在东川有功，弹劾房式虽然有过，但却是一心为公。至于驿馆争斗一事，宦官有错在先，未闻处置，反倒是元稹先被贬官，有这样的道理吗？

可惜白居易人微言轻，最终元稹还是被贬谪江陵。

白居易则因诗文写得好，受到喜爱文学的唐宪宗的赏识，从而留在了京城。没有元稹在身边，白居易只觉繁华的长安犹如一座空城，所以他说"同心一人去，坐觉长安空"。

甚至白居易桌案上的文稿，有一半是对元稹的思念："近

第二章 知己 ＼

063

来文卷里，半是忆君诗。"

元稹离开了白居易，也觉得生活毫无滋味，于是写道：

> 官家事拘束，安得携手期。
>
> 愿为云与雨，会合天之垂。

身在官场身不由己，我无比怀念曾经和你携手同游的日子，多么希望我们一个是云，一个是雨，在天边相会。

男女之间再动人的情话，相比元白二人的和诗，也黯然失色。

元和十年（815 年），宰相武元衡遇刺身亡。白居易极为愤怒，上书要求抓住背后凶手。这一行为，无疑得罪了武元衡的政敌。于是，白居易遭受诽谤，被贬为江州司马。

此时，元稹被贬通州，身患重病，听到这个消息，他万般愁苦，写下《闻乐天授江州司马》：

> 残灯无焰影幢幢，此夕闻君谪九江。
>
> 垂死病中惊坐起，暗风吹雨入寒窗。

白居易见到此诗，想起了挚友困顿通州，身患重病，想起了年轻时携手同游的时光，不禁悲从中来，写了一封言真意切的信：

微之微之！不见足下面已三年矣，不得足下书欲二年矣，人生几何，离阔如此？

微之啊，微之！我和你已经分别三年了，有两年没收到你的信了，人生本就短暂，为何还要让我们长久分离。

牵萦乖隔，各欲白首。微之微之，如何如何！天实为之，谓之奈何！

我们内心牵挂，人却天各一方，现在我们都已经老了，以后不知道有没有机会相聚。微之啊，微之！怎么办啊，上天要造成这样的境遇，我实在没有办法啊！

笼鸟槛猿俱未死，人间相见是何年！微之微之！此夕我心，君知之乎？

微之啊，微之！我们还能相见吗？今夜我的心情，你肯定是知道的吧？

古代交通不便，每一次分离，都可能是永别。二人得罪权贵，若无机遇，很可能困死在贬谪之地。何况当时元稹身患重病，二人渐渐老去。白居易真的很怕再也见不到元稹了，那将是他一辈子的遗憾。

所以，白居易一遍遍喊着元稹的名字，声若泣血！这样的深厚的友情，古今难遇。

幸而元稹身体逐渐好转，他们"同是天涯沦落人"，一个在通州，一个在江州，互相传信写诗鼓励。在那段黑暗困顿的岁月里，是友情的力量让他们最终坚持了下来。

贬谪江州之后，白居易看透了朝廷的腐朽，由此从"兼济天下"转为"独善其身"。元稹否极泰来，因为好友崔群、裴度等人相继为相，从而改变了长期被排挤的处境，得入中枢，后来还曾担任宰相。

元稹相比白居易，还是少了几分政治智慧。大和四年（830年），他在政治斗争中失败，终贬武昌，在次年郁郁而终。元稹临死之前，希望挚友白居易能够为他撰写墓志铭。

时任河南尹的白居易得到这个消息，哭成了泪人。他双手颤抖着，写下了一篇《祭微之文》：

金石胶漆，未足为喻，死生契阔者三十载，歌诗唱和者九百章，播于人间，今不复叙。

微之啊，情如金石、如胶似漆，都不能形容我们的感情。我们生死离合，三十多年，唱和诗作九百多首，流传人间，可以后我再也收不到你的诗和信了。

公虽不归，我应继往，安有形去而影在，皮亡而毛存者乎？

微之，你已离开了，想必不久我也要跟你一起去。世间哪有形在而影子散了的，哪有皮亡而毛发还存在的啊！

始以诗交，终以诗诀，而今弦笔两绝。白居易的思念，随着元稹的离世更为强烈。他时常絮絮叨叨，讲述自己的日常生活，仿佛元稹从未离开。

开成五年的一个凌晨，白居易又开始絮叨了。

微之啊，昨天我又梦见和你携手同游，醒来之后，泪水都浸湿了枕头。

我现在也老了，总是生病，恍惚间，长安的草木已历经了八个春秋。

想来你在九泉之下，尸骨已经被泥沙销蚀，而我的身体暂寄人间，已经是白发苍苍。

你的小儿子阿卫，还有你的女婿韩郎，都走在了我的前头。是我对不起你啊，我没照顾好他们，你在下面看到他们了没？

微之啊，微之！

明年花开，知与谁同
——《浪淘沙》欧阳修

浪淘沙

宋·欧阳修

把酒祝东风，且共从容。

垂杨紫陌洛城东。

总是当时携手处，游遍芳丛。

聚散苦匆匆，此恨无穷。

今年花胜去年红。

可惜明年花更好，知与谁同？

欧阳修是北宋文坛领袖、政治名臣，一生交游甚广。其中最念念不忘的，当数梅尧臣。

他们二人初见，是在天圣九年（1031年）的三月三，上巳节。二十三岁的欧阳修是新科进士，担任西京（洛阳）留守推官。这天，他按照惯例，去拜访西京留守钱惟演。

伊水清潆，春风拂面。行至午桥庄，欧阳修见一人青衫白马，气度不凡，样貌俊秀，不禁心生好感，于是上前攀谈。二人互报家门，欧阳修这才知道，此人便是刚上任的河南主簿梅尧臣。

读书人的话题，无非是诗词文章。谁知他们闲聊一番，十分投机，大有相见恨晚之感，舍不得分离。欧阳修干脆不去拜见西京留守，与梅尧臣携手游春，一同去了香山。这一次相遇，是他们三十年友情的开始。

逢君伊水畔，一见已开颜。

洛阳任职期间，二人过从甚密，一起游览了嵩山、龙门等名胜古迹，徜徉于嵩洛之下。每得绝崖倒壑、深林古宇，必然吟诗唱和，欢然相得。

随着相互了解，他们更为欣赏彼此，交契笃深。与二人一起交游唱和较为频繁的，还有尹洙、张汝士等一共七人，时人称之为"七友"。

明道元年（1032 年），梅尧臣调任河阳县（今河南孟州）主簿，欧阳修的这首《浪淘沙》应是在此时所作。

河阳县并不远，休沐之日，他们依旧可以在洛阳闲聚。然而，欧阳修仍觉得聚散匆匆，别恨无穷。花一年比一年更盛，只是同来赏花的人，不知是谁。惜花怀友，情谊深厚。很难想象，他们仅认识了一年。

景祐三年（1036 年），范仲淹因改革，与宰相吕夷简当朝辩驳，结果被贬饶州。欧阳修亦支持改革，多次上疏宋仁宗，强调冗官问题。

一名叫作高若讷的言官，对范仲淹落井下石。欧阳修极为愤怒，写了一篇《与高司谏书》痛斥他，大概意思就是他不能明辨是非，没有责任心，跟随大流诋毁忠臣，这个言官你不能当，就给有能力的人让位置。

欧阳修甚至让对方携此文上朝，但求一死，以让天下人知晓范仲淹的赤胆忠心。于是，任馆阁校勘之职的欧阳修，因"越职言事"，贬官夷陵（今宜昌市）。

梅尧臣听闻此事，为欧阳修的不畏权贵击节赞叹，寄诗勉励：

共在西都日，居常慷慨言。今婴明主怒，直雪谏臣冤。

欧阳修并未因贬谪而灰心，而是和好友说起了夷陵的风俗趣事：

青山四顾乱无涯，鸡犬萧条数百家。楚俗岁时多杂鬼，蛮乡言语不通华。

庆历三年（1043年），庆历新政开始推行，欧阳修为革新派的骨干。在此期间，他与梅尧臣曾短暂相会。

这次新政以失败告终，范仲淹、富弼、韩琦皆遭贬谪。欧阳修上书为范仲淹等人分辩，从而被贬滁州。在此期间，欧阳修与梅尧臣寄赠诗文，互相唱和。光诗流传下来的，就有二十多首。

除了诗歌唱和，他们时常在信里叙述生活闲事，如酒量减少、身体多病。信的末尾，总少不了"春暄，千万保重""未相见间，惟冀保爱"之类的安慰。这些琐碎闲事，更见情深。

梅尧臣担心好友一蹶不振，写信安慰。欧阳修不想让好友担心，于是回信道自己一切安好，并讲述修建丰乐亭的趣事。同时，他还分享了自己为官的感悟，实现年轻时立下的志向，不一定要在京师任官。如果无法泽被天下，那便造福一方。

欧阳修在当地施以宽政，一年不到的时间，滁州政务井井有条，百姓便安居乐业。他的代表作《醉翁亭记》，就是在此时写成的。

朝而往，暮而归，四时之景不同，而乐亦无穷也。

梅尧臣前半生一直沉沦下僚，数次省试皆失利。欧阳修的安慰也总会准时送到：

徘徊且垂翼，会有秋风时。

梅尧臣深受启发，亦不为自己坎坷的仕途而苦恼。这种领悟，又在梅尧臣的诗文中有所体现。尽管人生的旅途坎坷不平，他依旧不停地书写现实，关怀苍生，吐诉欲为国家奉献自己的远大志向。

梅尧臣将自己的诗集送到滁州，请欧阳修作序。通过梅尧臣的诗歌作品，欧阳修又领悟到了"诗穷而后工"的思想。

欧阳修屡遭贬谪的岁月，梅尧臣同样徘徊在人生的低谷期。他们二人互相慰藉，互相成就，携手前行，通过书信给予彼此温暖。

尽管他们天南地北，每次相聚又是匆匆分离，可友谊是心灵的契合，从来不在乎距离。他们的心一直紧紧相连，所以他们的友情深厚而又长久。

宦海沉浮十几年，欧阳修又被召回朝廷，任翰林学士。嘉祐二年（1057年），五十岁的欧阳修担任礼部贡举的主考官，主持进士考试。当时流行险怪艰涩的太学体，读书人皆以奇字僻语为高，以游辞长句为赡。

欧阳修对此深恶痛绝，凡是看到此类文章一律不取。因此，许多考生对其愤恨不已。欧阳修不改初衷，最终扭转了北宋的文风，重新振兴文坛，并提拔奖掖了苏轼、苏辙、曾巩等一大批有真才实学的读书人。

仁宗一朝，文坛群星璀璨，争奇斗艳，欧阳修做出了巨大的贡献。政治上，宋仁宗对他极为倚重，任命他为枢密副使，后又任参知政事。

而梅尧臣在五十岁那年，得宋仁宗召试，赐同进士出身，并在嘉祐元年（1056 年）入京待官。尽管欧阳修已经"声名压朝右"，可他对待梅尧臣这位好友，始终如那年伊水之畔初识，怀着仰慕和崇敬。

得知梅尧臣进京，他亲自跑到城东迎接，在渡口一直期盼南来的船只。看到梅尧臣的那刻，他像个少年一样，眼中是藏不住的笑意和激动。

旁人不解，为何欧阳修这样的大人物，会对这样一个无权位的老翁"高车临岸"相迎。其实，他们不懂，在欧阳修心中，任何富贵、权势、地位都不及这一段友情，后者所带来的幸福是直达精神心灵的。

经欧阳修的举荐，梅尧臣任国子监直讲，并在嘉祐二年的贡举中为参详官。

曾经都是微末小官，可以肆意戏谑嬉笑，再会时地位相距甚远，下位者敬畏，上位者倨傲，很多友情因此而疏离。梅尧臣和欧阳修经历了许多，改变了许多，但他们的友情从未因时光而褪色，反而愈久弥香。

欧阳修时常带着一群好友，去梅尧臣家中聚会。同在京城的最后几年，他们又仿佛回到了在洛阳任职的时光，每日饮酒、游玩、赋诗。

晚年，他们都厌倦了官场，有心归隐，曾相约一起到颍州（安徽阜阳）养老。到时候，他们做个邻居，没有了朝堂纷争，他们有更多的时间讨论诗文，游览山水名胜。今年花胜去年红，欧阳修希望年年岁岁，都能与梅尧臣一起看花。

梅尧臣最终没能履行约定。嘉祐五年（1060 年），京师爆发疫病，梅尧臣不幸染病，在那年花落时节病逝。欧阳修悲痛万分，只觉自此人间萧索、心灵孤寂。

没过几年，欧阳修以太子少师的身份辞职，急流勇退，自号"六一居士"，独自去往颍州养老。

溪桥柳细，草熏风暖，他总喜欢沿着河畔徐行，一直走到尽头，走到残霞夕照，盼望再能遇见，那个青衫白马的身影。

江湖夜雨十年灯
——《寄黄几复》黄庭坚

寄黄几复

宋·黄庭坚

我居北海君南海，寄雁传书谢不能。

桃李春风一杯酒，江湖夜雨十年灯。

持家但有四立壁，治病不蕲三折肱。

想见读书头已白，隔溪猿哭瘴溪藤。

元丰八年（1085 年），某个秋雨淅沥的夜晚，黄庭坚坐看一灯如豆，不禁想起了远在千里之外的好友黄几复。曾经相对共饮，而今孤灯夜雨。黄庭坚便取来纸笔，写了一封信。信中，黄庭坚回忆快意的往事、讲述别后的相思，信笺写了一页又一页。

临装封时，黄庭坚仍觉不尽相思之意，于是又写了这首诗。

你我同在海边的城镇，然而一南一北，便是鸿雁也无法传书。曾经桃李花开，春风拂面，饮酒赋诗，可是江湖飘零，天各一方，独自对着夜雨伤神，岂料一别已近十年。

你黄几复虽为县令，可素来清廉，恐怕至今仍是家徒四壁。古书上说"三折肱，知为良医"，就"医国"而言，你政绩斐然，当为良医，可如今依旧在仕途中碰壁。

想到你为国事操劳，连头发都白了，却依旧日日在瘴疫之地，听那野猿哀鸣，这是何其不公啊！

黄庭坚的《寄黄几复》，以颔联最为出名，堪称千古绝对。名词意象的罗列，使得诗句极富画面感，唐诗中多有体现，比如"鸡声茅店月，人迹板桥霜"，而黄庭坚在用六个意象塑造出极强的画面感之外，又以"一杯""十年"两个词，将过去与现在的时空连接，令画面流动了起来，一联便成了一个漫长的故事。

诗中，黄庭坚是感叹黄几复的遭遇，可又何尝不是因为自己坎坷的人生，物伤其类。

黄庭坚出生于洪州府分宁，也就是现在的江西修水。早在五代十国的时候，黄庭坚的六世祖黄瞻便在南唐担任著作佐郎。黄瞻因职务之便，抄录了大量书籍，典藏于家，传于后世。黄氏一族，受书香熏陶，仅在宋朝便出了 48 位进士。

即便出生这样的才子之家，黄庭坚依旧万众瞩目。他自幼精通典籍、文章晓畅，诗文一道，更是天赋惊人。《桐江诗话》记载，他七岁便写出了《牧童诗》：

骑牛远远过前村，短笛横吹隔陇闻。

多少长安名利客，机关用尽不如君。

父亲黄庶极为喜爱聪慧的黄庭坚，盼着他早日长大，金榜题名。黄庭坚无疑拥有登第的才学，只是黄庶没能看到。

嘉祐三年（1058年），黄庶在康州太守任上病逝。十四岁的黄庭坚被送到舅舅李常家中，开始了游学生涯。既是为不负父亲期望，更是为实现自己的理想抱负，黄庭坚潜心苦读三年，打下了深厚的学术根基。

十九岁那年，黄庭坚在乡试上一鸣惊人，取得了头名。考中解元，自然是值得高兴的事。不过，黄庭坚认为更值得欣喜的，是遇上了黄几复。

黄几复是南昌人，才学不凡，熟知家传的天文经纬之学，又精通老、庄，风姿超逸，谈吐脱俗。他们在乡举时相识，因彼此的才学品格而吸引，此后饮酒赋诗、畅谈老庄，二人的观点不谋而合，更有相逢恨晚之意，互相引为知音。

离别之时，他们相约入京应举时，定要一醉方休。

黄庭坚次年科举落第而归，二十三岁那年，第二次入京科举，才得以进士及第。在这段科考岁月，他与黄几复数度相会。

《谈圃》记载，黄庭坚第一次参加科举后，众学子皆言他必榜上有名。当仆人来报时，才知他名落孙三。学子皆以为黄庭坚会拂袖而去，谁知黄庭坚饮食自若，吃完饭后，笑着和众人一起去看榜，毫无羞愤之色。

那时候，裘马轻狂、书生意气，失利和离别，他们都不放在心上。毕竟，来日方长。片刻相聚，那便快意片刻。有诗，有酒，有知音，足矣。黄庭坚和黄几复，依旧畅谈着理想，要为天地立命，开万世太平，方不负此生所学。

这是"桃李春风一杯酒"的青春岁月，黄庭坚写了许多诗赠给黄几复，《留几复饮》《再留几复》《几复读庄子戏赠》……仅读诗名，便能感受到二人的深厚情谊。

> 碧草迷寒梦，丹枫落故溪。
>
> 尔时千里恨，且愿醉如泥。

黄庭坚知晓将来会有千里之恨，故而想与黄几复日日醉歌。科举及第之后，二人各赴前程。黄庭坚任汝州叶县尉，黄几复四处奔波，再也无法像从前那般快意同游。

黄庭坚与黄几复的分别，远不止"千里恨""十年灯"那么简单。细数来，他们分别二十二年，才能再度相见。

二十多个春秋，万重山水阻隔，也未能淡化他们之间的情意。年轻因意气相投，不掺杂任何利益的纯粹友谊，最为珍贵难忘。

黄几复每到一地任职，都会购买一些当地的特产，寄给黄庭坚。而黄庭坚，则用诗文抒发自己的相思。

契阔愁思已知处，西山影落暮江清。

西山影落，暮江清寒，那是我想你之时、想你之处。

溪回屿转恐失路，夜半不眠起踌躇。

写给你的信，要历经千山万水，我总是担心寄不到你手中，以致晚上都睡不着觉，也不知道你收到了没有。

黄几复自然也写了不少诗，寄给黄庭坚。可惜他诗名不显，作品全佚，甚为可惜。

元祐二年（1087年），黄庭坚在京师，而黄几复至京师改官。阔别二十二年，这对知音终于会合，欣喜、激动、慨叹……在黄庭坚心中交织缠绕，他不知如何言说，于是写诗表达：

> 海南海北梦不到，会合乃非人力能。
>
> 地褊未堪长袖舞，夜寒空对短檠灯。
>
> 相看鬓发时窥镜，曾共诗书更曲肱。
>
> 作个生涯终未是，故山松长到天藤。

相隔千里之遥，分别数十载，此番相见，实是老天不忍我们别离如此之久。我们二人的仕途都极为坎坷，只能孤灯夜雨，空自叹息。上次相见，你我曲肱而枕，再次重逢，皆以白首。生涯漂泊，依旧沉沦下僚，干脆咱们回到江西老家，隐于古松老藤之间。

叹息归叹息，归隐不过是自嘲的言语。短暂相会，仍是宦海沉浮，身不由己。次年四月，黄几复病逝，黄庭坚悲痛万分，作《墓志铭》，书《墓碑》，如今只留他"空对短檠灯"，只剩他独自江湖飘零。

黄庭坚在叶县为县尉时，清廉爱民，颇有政绩。不久，他被任命为大名府（今大名县）国子监教授。在这期间，他钻研文学，培养人才，八年学官生涯，考评为"卓异"。

当时的文坛盟主苏轼，极为欣赏黄庭坚的诗文，言其诗"超轶绝尘，独立万物之表"。于是，二人书信往来，开始了神交生涯。

不承想，苏轼因"乌台诗案"下狱，与其唱和而未曾见面的黄庭坚也受到了牵连。其他人皆忙着和苏轼撇清关系，黄庭坚却一直为苏轼说话，最后受到了"罚金"的处罚。

元丰八年(1085年)，黄庭坚被调入京城，任秘书省校书郎。后在司马光的推荐下，参与校订《资治通鉴》。在京师八年，黄庭坚和苏轼诗歌唱和，更为密切，当时便有人将"苏黄"并称。不过，黄庭坚素来仰慕苏轼，终生执弟子礼。

也因这段翰墨友谊，黄庭坚被打上了旧党的标签，加上他素来刚直，以致仕途偃蹇，一生未曾居至高位，甚至屡遭贬谪。

元祐八年，高太皇太后逝世，宋哲宗亲政，任用章惇、曾布等新党官员，苏轼等旧党官员尽遭贬谪。元祐年间，旧党官员修撰的《神宗实录》成为新党攻击旧党的引子。

黄庭坚是修撰者之一，从而被贬为涪州别驾、黔州安置。别驾是州刺史的佐官，没有什么实权，而黔州安置，则是让他在黔州住着，也别去赴任了。

绍圣二年（1095）正月，民众尚沉浸在新春的喜悦中，黄庭坚跋山涉水，在黔州一座破寺安身。后来，自己出资修筑了一栋简陋的房屋安身，靠几亩薄田维持生计。

黔州长年阴雨连绵，黄庭坚的房屋整日漏雨。他自嘲"屋居终日似乘船"，却又道"莫笑老翁犹气岸，君看，几人黄菊上华颠"。这种洒脱旷达，与苏轼一脉相承。

三年之后，黄庭坚又被安置到更偏远的戎州（今四川宜宾）。长期奔波迁徙，黄庭坚的身体每况愈下，其心境却更加旷达，对于官场更加厌倦。

　　崇宁二年（1103 年），黄庭坚因陈举和赵挺之的诬陷，被贬到了宜州（今广西宜山县）。当时，赵挺之位高权重。地方官为了讨好他，对黄庭坚的态度极为恶劣，逼迫其搬到一个破旧的城门小阁楼居住。

　　年近六旬的黄庭坚，在长途跋涉中，已经耗尽了仅存的生命力，而那间潮湿破旧的阁楼中，更加剧了他生命的流逝。可黄庭坚不屑于计较这些，他利用最后的时间，教授当地的学子，传播文化。

　　《老学庵笔记》记载，崇宁四年九月，秋暑正盛，天气闷热，让人难以忍受。九月三十日，忽然下起了小雨。住在城楼的黄庭坚，坐在板凳上喝酒。喝得微醉时，他将双脚伸出栏杆外淋雨，口中还大喊："吾平生无此快也。"不久便离世。

　　这或许是黄庭坚留在世间的最后一句话。面对死亡的恐惧，尚能如此，是与道合一，是返璞归真。中年的黄庭坚，虽有着"江湖夜雨十年灯"的凄楚苦闷，而晚年他真正领悟了"毕竟几人真得鹿，不知终日梦为鱼"的若梦浮生。

　　许多文人士大夫，终其一生都在寻求生命世俗的超脱，黄庭坚无疑是实现了这种超脱。宜州的城楼，似乎还回荡着他酒醉后的歌声：

　　　诸将说封侯，短笛长歌独倚楼。万事尽随风雨去，休休，戏马台南金络头。

记不起，从前杯酒
——《金缕曲》顾贞观

金缕曲·季子平安否

清·顾贞观

季子平安否？

便归来，平生万事，那堪回首！

行路悠悠谁慰藉，母老家贫子幼。

记不起，从前杯酒。

魑魅搏人应见惯，总输他，覆雨翻云手。

冰与雪，周旋久。

泪痕莫滴牛衣透。

数天涯，依然骨肉，几家能够？

比似红颜多命薄，更不如今还有。

只绝塞，苦寒难受。

廿载包胥承一诺，盼乌头马角终相救。

置此札，君怀袖。

康熙十五年（1676 年），京城千佛寺，钟声悠扬，佛音缭绕。

寺外飞扬的风雪，仿如隔绝了这座古刹。寓居寺中的顾贞观，听着诵经之声，心情却无法平和宁静，因为他想起了被流放宁古塔的吴兆骞，正在恶劣的边塞，饱受思乡之苦。

你还平安否？即便他年归来，也已物是人非。你在那边无人可谈心，家庭生计艰难，唉，我都记不起曾经饮酒赋诗的时光了。叵测人心，已然见惯，我们终究敌不过那些翻云覆雨的人物。

你也不要太过伤心，能与家人团聚，是不幸中的幸运，人活着就有希望。只是你还要忍着边塞的严寒，我也一定会努力相救。

顾贞观一念至此，心酸不已，遂以词代书，寄给远方的好友。这首《金缕曲》，除了对好友的思念，还有悲哀和愧疚，因为词的背后，还涉及一桩有名的"科举舞弊案"。

顺治十四年（1657 年），才华出众的吴兆骞在江南乡试中举。岂料这次乡试，有舞弊行贿的传闻。一位叫尤侗的落第秀才写成《钧天乐》戏曲剧本，述说科举中行贿舞弊之事。

顺治皇帝大为震怒，下令让江南举人全部赴京师复试。复试的那天，顺治帝亲自监考，参考的举人皆披戴刑具，形同罪犯，每人皆有士兵持刀监视。

吴兆骞心理素质欠佳，紧张之下，大脑一片空白，以致"战栗不能握笔"，最后交了白卷。

而江南科举案也调查出了结果，确有八名举子乡试舞弊。吴兆骞虽然没有舞弊，但因为复试交了白卷，被认定有作弊嫌疑，从而下狱。加上旧日仇人落井下石，吴兆骞被判革除功名，流放宁古塔。

山非山兮水非水，生非生兮死非死。如果不出意外，吴兆骞这位"江左凤凰",将在那片冰天雪地中孤独终老。送别之际,一众友人相顾无言,唯有泪千行。顾贞观极为痛心,当下做出"必归季子"的承诺。

顾贞观和吴兆骞的友谊,因慎交社开始的。他们都是江南名士,吴兆骞博涉文籍,九岁能赋,其兄吴兆宽、吴兆官同样饱读诗书,三兄弟并称"延陵三凤"。

顺治六年(1649年),吴氏兄弟与宋德宜等人,结慎交社,与吴伟业等文坛耆宿诗酒唱和。慎交社一时风头大盛,顾贞观也加入其中。

彼时的吴兆骞自恃才高,性情狂傲,不拘礼法,曾对清初散文大家说道:"江东无我,卿当独秀。"然而,当时只有十几岁的顾贞观,飞觞赋诗,才气横溢,能与吴兆骞分庭抗礼。二人惺惺相惜,成为莫逆之交、生死兄弟。

顾贞观原本性情恬淡,不热衷名利,只愿在婉约的江南填词赋诗,泛舟江湖。吴兆骞被流放宁古塔后,二十来岁的顾贞观告别家人,在京师住了下来。

顾贞观不谙官场规则,根本不知如何营救好友。但他深知,无论以何种方式,必先结识达官显贵。于是,淡泊名利的顾贞观开始变得热衷交游,经常出现在京师名流的宴席上。曾经孤高自傲的他,低下头逢迎赔笑,向那些位高权重的官员示好,希望他们能为吴兆骞说话。

可江南科举舞弊案是顺治皇帝钦定的,想要为吴兆骞翻案,根本是不可能的。旁人撇清干系都来不及,又怎会冒险替吴兆骞求情。

寓居京师数年，顾贞观受尽冷眼，也身心疲惫。他没有放弃过营救好友，但实在看不到希望。

直到康熙皇帝继位，顾贞观认为事情有了转机。

康熙元年（1662 年），顾贞观以"落叶满天声似雨，关卿何事不成眠"之句，得到尚书龚鼎孳的赏识，并在两年后担任秘书院中书舍人。康熙五年（1666 年），顾贞观考中举人，在国史院担任低微小官。

此时，距离科举舞弊案已经过去了十几年，曾经和吴兆骞交好的友人也都身居高位。顾贞观怀着极大的期望，再次请求他们援救吴兆骞。然而，回应他的依旧是一双双漠然的眼神。新帝虽然即位，可并没有翻案的打算。他们不想为了一个流放之人，损害自己在皇帝心中的印象。

锦上添花者众，雪中送炭者少，世态炎凉，从来此般。顾贞观奔走十几年，如何不知。吴兆骞自己都不抱希望，此事对于顾贞观来说，难于上青天。十几年过去，吴兆骞逐渐习惯了塞外苦寒，他的妻子也到了宁古塔，并生有二女一子。

康熙十五年（1676 年），事情又迎来了转机。顾贞观因同僚推荐，至纳兰明珠家中当老师。纳兰明珠的儿子纳兰性德仰慕顾贞观的才学，二人成为至交好友。对于顾贞观营救吴兆骞之事，纳兰性德素有耳闻，他极为钦佩，表示愿意鼎力相助。

顾贞观非常振奋，因为这段时期，和吴兆骞一起流放的程度渊、方拱乾，经亲友运作而得以救还。于是，他便去请纳兰明珠相助。纳兰明珠虽然位高权重，但他并不想节外生枝。顾贞观再度失望。

同年，吴兆骞寄来了一封信。

塞外苦寒，四时冰雪。他的一儿两女，苦于饥寒，妻子因为难以适应当地的天气，已经重病在床，而他自己一身飘寄，双鬓渐白，家乡的老母，日渐衰老，时日无多。吴兆骞很想回到中原，不知道自己有生之年，能不能再看一眼老母，看一眼故土。

见到这封信后，顾贞观泪如雨下，于是便有了那首《金缕曲》。了解完背后的故事，再读词作，或许更有感触。顾贞观写了两首，另外一首同样可歌可泣。

我亦飘零久！

十年来，深恩负尽，死生师友。

宿昔齐名非忝窃，只看杜陵消瘦。

曾不减，夜郎僝僽。

薄命长辞知己别，问人生到此凄凉否？

千万恨，为君剖。

兄生辛未吾丁丑。

共此时，冰霜摧折，早衰蒲柳。

诗赋从今须少作，留取心魄相守。

但愿得，河清人寿！

归日急翻行戍稿，把空名料理传身后。

言不尽，观顿首。

两首词至情至性，虽只如家常话，但无一字不是从肺腑流出，读之令人堕泪。后世称之为清词的压卷之作，也称之为"赎命词"。

纳兰性德看后，为二人的深厚情谊而落泪。他答应顾贞观，十年之内一定救出吴兆骞。可吴兆骞已经四十五岁了，留给他的时间不多了。顾贞观苦苦哀求，请纳兰父子尽快救出好友。

人非草木，孰能无情，纳兰明珠终于起了相助之意。

康熙皇帝曾读过吴兆骞的《长白山赋》，脑海本就有些许印象。后因纳兰明珠多次献上吴兆骞的边塞诗，康熙肯定了他的才华，答应赦免。五年之后，吴兆骞以认修内务府工程的名义，赎罪放还。顾贞观又多方筹措，终酿金两千，将吴兆骞赎了回来。

从吴兆骞流放到归来，前后历经二十三年。二十三年来，顾贞观没有一刻忘记"必归季子"的诺言，没有一天停止营救，从风华正茂到两鬓斑白，他终究没辜负好友的期盼。

吴兆骞归来的那天，他们大摆宴席，醉得一塌糊涂。

纳兰明珠感动于二人的情谊，便将吴兆骞留在家中，教族中后辈读书。吴兆骞并不知道好友顾贞观为了救自己，作出了怎样的努力，竟与他生了嫌隙，若即若离。纳兰明珠将吴兆骞带到书房，上面写着"顾梁汾为吴汉槎屈膝处"几字。

原来，顾贞观曾为吴兆骞之事，跪地求拜纳兰父子。听到纳兰明珠述说顾贞观为他所做的一切，吴兆骞声泪俱下，嚎啕大哭，二人也重归于好。

康熙二十三年（1684年）、二十四年（1685年），吴兆骞、纳兰性德先后病逝，顾贞观大哭一场，在次年回到家乡无锡，隐居在惠山脚下。从此，读书作诗，不问世事，一改热衷交游的性格。

第三章 别离

离亭寂寞，此夜江山
——《江亭夜月送别》王勃

江亭夜月送别

唐·王勃

乱烟笼碧砌，飞月向南端。

寂寞离亭掩，江山此夜寒。

　　大约是在二十一岁，许多人还未踏上仕途，王勃却已遭贬黜，逐出长安，流落至巴蜀地区。纵是才华高绝，王勃也只是弱冠之年，远达不到一蓑烟雨任平生的心境。

　　羁旅漂泊，勾起了王勃的思乡之情和对过往生活的回忆，然后万分酸楚，更觉孤独无依。寓居他乡，年轻的王勃更加珍视友情，害怕离别。

　　可越是害怕，离愁越是如影随形。

　　王勃短暂的一生，所传下的诗篇不过数十首，送别诗占十六首，而其中大半是流落巴蜀地区所作，可见他此时的孤寂心情。

　　《江亭夜月送别》也是在此期间所作，一诗题，两首五绝，这是第二首。

乱烟迷蒙，明月南飞，离亭掩寂寞，又岂能掩盖得住？当夜色与离别来临，便觉江山无比寒冷。

相比《送杜少府之任蜀州》的"海内存知己，天涯若比邻"，《江亭夜月送别》是一种截然不同的落寞心态。在这组送别诗的第一首中，更为明显：

> 江送巴南水，山横塞北云。
>
> 津亭秋月夜，谁见泣离群？

巴蜀的秋月夜清冷寒凉，谁见王勃在此承受贬谪的凄苦，离别的悲伤？"海内存知己，天涯若比邻。"气格浑成，道出了不一样的离别，慰藉了后世无数人，可豁达才是离别诗的底色，否则我们怎会为离别的豁达而喝彩。

前半生的顺风顺水，让骤逢贬谪的王勃，看清了离别的底色，也明白了豁达是在历经无数悲伤后，才能真正领会的。

千古风流人物，总会在少年时期，便展露其惊才绝艳的天资，王勃更是其中的佼佼者。

六岁那年，王勃在书房提笔写字，其祖父让他写篇《太公遇文王赞》。王勃不假思索，当即写出一篇骈文："姬昌好德，吕望潜华……"祖父大为瞠目结舌，王勃始有神童之誉。

九岁读颜师古《汉书注》，别人还在努力去理解注释的意思，王勃却作《指瑕》十卷，纠正《汉书注》的错误。十岁那年，王勃已将六经烂熟于胸。此后，他又学习《周易》《难经》等典籍，对"三才六甲之事，明堂玉匮之数"皆有所知。

十四岁那年，王勃开始求仕，写下多篇诗赋干谒权贵，得以扬名。之后，便准备参加科举。十六岁那年，王勃应幽素科试及第。虽然幽素科在唐朝众多科举科目中是较为简单的，但这个成就也足以傲视群英。

及第之后，王勃被授职朝散郎，成为朝廷最年轻的命官。

李白的十六岁，尚未走出青莲镇，正隐居读书；杜甫的十六岁，还在书斋苦读；王维的十六岁，在干谒权贵的路上；白居易的十六岁，刚以一首《赋得古原草送别》闻名……他们都是天纵奇才，但谁的少年都不及王勃那般耀眼。

这是上天对唐朝文坛的馈赠，是五百年一遇的人物。唐高宗听说了王勃的才名，找来《乾元殿颂》一文欣赏。高宗看完连连称赞："这真是十六岁的少年写的？奇才，奇才，大唐福佑啊！"

王勃自此名动天下，入沛王府担任修撰。沛王李贤和王勃年龄相仿，二人经常一起嬉闹游玩，斗鸡走狗。

有一次，李贤和英王斗鸡。王勃看到场中的斗鸡来往扑飞，二王及其仆从大声欢呼，犹如两军对垒，于是写了一篇《檄英王鸡文》。檄文是用来批判、声讨、揭发罪行之类的文书。

王勃毕竟是个少年人，稚气未脱，玩性很重，把斗鸡的输赢视作大事，特意写了一篇文章替自己这边助威。

人浮于众，众必毁之。王勃如此出色，不知道有多少人暗中嫉妒。于是，此事被添油加醋，传到了皇帝耳中。唐高宗得知后，又怒又叹，责备王勃有才不用到正途，身为王府属官，不对沛王进行劝诫，反而写文章挑拨二王之间的关系，于是将王勃逐出长安。

王勃出身太原王氏，世代显赫，族中长辈多是高官显要。生长于这样的环境，仕宦情结早已根植于他的心中。而他自己很早就有用世之意，十四岁便开始积极求仕。所以，骤逢放逐，他内心难以接受，遂四方游历。那些悲伤凄凉的送别诗，多是在此时所写。

不经琢磨的璞玉，难以成为传世之璧。尚未走出悲伤的王勃，又遭逢人生第二次打击。

咸亨二年（671 年），二十二岁的王勃从巴蜀回长安，他的好友为其在虢州（今属河南）谋得一个参军的职位。

任职期间，王勃藏匿了一个叫作曹达的罪犯。之后，担心走漏风声，他又命人将罪犯处死。这件事前后看起来十分矛盾，而且史书记载王勃当时恃才傲物，为同僚所嫉，所以藏匿罪犯一事，似乎另有隐情。

一千多年过去，我们再也无法探寻出事情的真相。但是，此事对于王勃仕途的影响极大。

此事很快被朝廷知晓，王勃按律将被处死。幸而朝廷大赦天下，他得以逃过死罪。然而，他的父亲王福畤受到连累，从司功参军贬谪为交趾（今属越南）县令。

自己犯错，惩罚施加在父亲身上，王勃的悲痛可想而知。他在文章中说道："今大人上延国谴，远宰边邑。出三江而浮五湖，越东瓯而渡南海。嗟乎！此勃之罪也，无所逃于天地之间矣。"心中是无尽的愧疚和自责。

狱中待了一年后，王勃被释放，并恢复旧职。可父亲远谪南荒，王勃哪里还有什么建功立业的意愿。他当即从洛阳出发，沿水路赶往南方，去看望王福畤。

在此期间，王勃路过南昌，留下了千古第一骈文《滕王阁序》。

此事的经过，唐五代王定保所写的《唐摭言》有着极为精彩的描写。

时间是上元二年（675年），洪州都督阎伯屿新修滕王阁，在重阳节于阁上大宴宾客，参与聚会者皆是社会名流、达官显贵。王勃才名在外，也被邀请赴宴，一起在重阳节登高赋诗。

阎伯屿组织这场聚会，除了庆贺滕王阁落成，还有一个重要的目的，那便是为其女婿吴子章扬名，为其仕途铺路。

酒至酣处，阎伯屿提出仿效王羲之兰亭雅集，为盛会作序纪念。吴子章已经提前很久预演，作好了一篇文采不凡的骈文，只等众人推辞后，他再书写出来，然后赢得满堂喝彩。

众宾客皆知阎伯屿的心意，纷纷表示笔力不逮，难有佳作。

王勃虽连遭打击，却仍未消磨傲气和棱角，不肯在才学上示弱，当即接过纸笔，就要书写。

阎伯屿怫然不悦，找借口离开了席位。然而，他又想看看那位皇帝亲口夸赞的天才，究竟能写出怎样的锦绣文章。于是，他让下人代为通传。

听到王勃开篇是"豫章故郡，洪都新府"，阎伯屿嗤笑一声。随即又传来"星分翼轸，地接衡庐"，他沉默不语。

紧接着，千古名句不断涌现："落霞与孤鹜齐飞，秋水

共长天一色""天高地迥，觉宇宙之无穷；兴尽悲来，识盈虚
之有数""关山难越，谁悲失路之人？萍水相逢，尽是他乡之
客""老当益壮，宁移白首之心？穷且益坚，不坠青云之志"……

阎伯屿听得张口结舌，他人但凡写出其中一句，便足以留
名千古，而王勃几乎满篇都是这样的名句，而且是即兴书写。
阎伯屿叹服道："此真天才，当垂不朽！"

本为吴子章铺路的盛会，成为王勃展示才华的舞台。

在众人的赞叹声中，王勃离开了南昌，沿水路继续南下，
直至次年春夏间，才抵达交趾。见到生活窘迫的父亲，王勃既
心酸又自责。

不久，王勃又踏上了归途，欲寻求办法助父亲回到中原。
然而，当时正值夏季，南海风急浪高，王勃不幸溺水而亡，时
年二十八岁。

王勃的一生很短，却足够精彩。他留下的作品不多，但堪
称不朽。从《滕王阁序》中，我们不难看出他的思想和心境，
在接二连三的打击中逐渐提升。

少年入仕，名动京师，那时候的王勃意气风发，人生的状
态是"海内存知己，天涯若比邻"，连离别也全无伤感。

初遭打击，流落蜀中时，他的诗中有了委屈、悲伤和失意。
津亭秋月夜，谁见泣离群？寂寞离亭掩，江山此夜寒。

错杀罪犯，在生死间走了一遭，连累父亲贬谪，这一坎坷
对王勃影响极深。他也对人生有了更多的思考，从失意的悲伤
中逐渐走出，从报国无门的困惑中走出。

他以乐观的心态，面对人生的坎坷，对未来充满了希望。

即便是时运不济，命途多舛，但"老当益壮，宁移白首之心？穷且益坚，不坠青云之志"。

诗穷而后工，我们可以预料，屡遭坎坷的王勃，在后半段的人生，将会在文坛大放异彩。可惜，他的生命永远定格在了二十八岁。

仿如一颗流星，在唐朝的天空划过，转瞬即逝。

明月何曾是两乡
——《送柴侍御》王昌龄

送柴侍御

唐·王昌龄

沅水通波接武冈，送君不觉有离伤。

青山一道同云雨，明月何曾是两乡。

天宝七年（748年），盛唐的天空下，寒雨连江，一叶孤舟漂浮在水面。五十一岁的王昌龄静立在船头，望着苍茫的江水，沉默不言。此番目的地，是龙标（今湖南洪江）。

王昌龄因为不注意言行，一生不是被贬谪，就是在贬谪的路上，他已经习惯了。只是他没有想到，自己这次贬为龙标尉，竟牵动了许多人的心。

李白在旅途中听到这个消息，写诗相送：

杨花落尽子规啼，闻道龙标过五溪。

我寄愁心与明月，随风直到夜郎西。

当时的文人都说，王昌龄之所以沦落窜谪，是因小人诽谤。然而，善毁者不能毁西施之美也。

一片冰心，能够有人识得理解，王昌龄便不觉得孤独，不会沉沦于悲苦。他以极其旷达的精神，回诗答谢那些送别的好友。

他对同样遭受贬谪的皇甫五说："溆浦潭阳隔楚山，离尊不用起愁颜。"

在《西江寄越弟》一诗中，他写道："尧时恩泽如春雨，梦里相逢同入关。"

那时的龙标属于蛮荒之地，瘴疫横生，是唐代官员最不想去的偏远郡县。王昌龄来到这里，心中的旷达乐观一如既往。他时常携带美酒，找一片清幽的竹林，吹拂夏夜的凉风。

莫道弦歌愁远谪，青山明月不曾空。

当贬谪遇到离别，足以让人泪湿衣袖，而王昌龄在龙标送别柴侍御的诗，却不见丝毫离愁。

青山一道同云雨，明月何曾是两乡。我们之间虽有青山阻隔，却共沐同一片天的雨，我们虽身处两地，可明月朗照下的大地，又何曾是两乡？

王昌龄是极其喜爱明月的，他传世的五十多首离别诗，有三十多首用到了"月"这一意象。

青山与明月，曾抚慰了一生失意的李白，也同样抚慰了屡遭贬谪的王昌龄。他们眼中的青山明月，总是比别人多了一份豪迈旷达。那永远高悬而又温柔皎洁的月亮，足以忽略一切距离。

当他与好友共同抬头望月之时，他们便是毫无阻隔。彼此的心灵，已经通过月亮交汇在了一起。

王昌龄的一生实在坎坷，他在晚年依旧能这样旷达，更为难得。

他出身寒微，久于贫贱，早年的生活极为困苦。

青年时期，王昌龄和同时代的许多文人一样，入深山学道，至四方游历。他喜欢婉约秀美的南方，喜欢繁华热闹的中原，但更偏爱苍茫辽阔的边塞。

开元十二年（724年），王昌龄远赴河西之地，一路游历至青海、玉门。在此期间，留下了许多传诵千古的边塞诗。

开元十五年（727年），王昌龄进士及第，任汜水（今属河南省荥阳）县尉。四年之后，以博学宏词登科，授秘书省校书郎。

这是一个文雅且清闲的职位，王昌龄有足够的时间去交游访友。繁华的长安，是经济文化的中心，一个个旷古烁今的身影，来往于京师，李白、孟浩然、王维、岑参、高适……王昌龄与他们逐一交汇，诗酒唱酬。

对酒当歌，挥毫泼墨，他们情之所至，随口吟诵的诗句，皆是千古不灭的星辰，将盛唐的天空，映照得绚烂夺目，至今光芒不散。

都说文人相轻，自古而然。其实，真正有才华的人都是互相欣赏的，惺惺相惜。

开元二十一年（733年）的夏天，唐玄宗在花萼楼宴请群臣，赏乐赋诗。王昌龄有幸参加御宴，写下了一首《夏月花萼楼酺宴应制》：

楼台生海上，箫鼓出天中。雾晓筵初接，宵长曲未终。雨随青幕合，月照舞罗空。

可惜金鞭络绎、玉辇纵横的长安，并不属于王昌龄。宦海生涯二十多年，他一直都在县尉、县丞等低级职位间来回。

开元二十六年（738年），四十一岁的王昌龄被贬谪至岭南，次年遇赦而还。不久，他又被贬为江宁丞。

王昌龄在江宁丞任上七年之久。在此期间，他的好友辛渐北上洛阳，王昌龄在润州（今江苏镇江）芙蓉楼为他送行。

寒雨连江夜入吴，平明送客楚山孤。

洛阳亲友如相问，一片冰心在玉壶。

无论世人如何看待，无论洛阳的亲友询问什么，王昌龄的回答只有一个：我那颗纯洁的心，始终在澄空清澈的玉壶，从来没有改变。

辽阔的边塞成就了王昌龄的边塞诗，婉约的江南又赋予了他灵动清丽之美。

荷叶罗裙一色裁，芙蓉向脸两边开。

乱入池中看不见，闻歌始觉有人来。

王昌龄大半生沉沦下僚，屡遭贬谪，可他很少像其他诗人一样，在作品中流露出世归隐的思想，反而一直怀着强烈的济世之志。

若用匹夫策，坐令军围溃。不费黄金资，宁求白璧赉。

至德元年（756年），唐肃宗即位，大赦天下。王昌龄得以离开龙标，转任他处。这一年，他五十九岁，前途看不到希望，人生已至尽头，可他仍然高喊着"丈夫佩吴钩"，只是"明时无弃才，谪去随孤舟"，只是一直报国无门。

王昌龄始终没有等到建功立业的机会，他的生命定格在了六十岁。生老病死，是谁也无法阻挡的规律。可王昌龄的死，直至千年过去，依旧让人意难平。

至德二年（757年），是安史之乱爆发的第二年，唐王朝已开始反攻。这一年的正月，叛军将领尹子奇率十几万大军南下，河南节度副使张巡以数千兵马，坚守睢阳（今属河南商丘），以牵制叛军。

中原大地，烽烟四起，王昌龄担忧家人安危，于是放弃任职，返乡寻找妻儿。路过安徽亳州时，王昌龄见到了刺史闾丘晓。然而，让人意想不到的是，闾丘晓居然将王昌龄杀害。

一代诗坛巨擘，光照千古的才子，在羁旅之愁中死于非命，甚至没来得及见上妻儿一面。

至于闾丘晓杀害王昌龄的理由，后世无从知晓。史书关于此事的记载，只有一句简单的"以刀火之际归乡里，为刺史闾丘晓所忌而杀"。

王昌龄身死不久，睢阳城告急求援。闾丘晓所在的亳州离睢阳不远，可他一直按兵不动。直至宰相张镐亲率大军解救睢阳，闾丘晓才领兵响应。张巡坚守了十个月，直至百姓、守军、将官死绝，直至睢阳城破，闾丘晓才姗姗来迟。

闾丘晓擅杀名士已让人愤怒，加上贻误战机的重罪，张镐直接下令将其杖杀。

闾丘晓以父母妻儿赖他供养为由，请求张镐饶恕性命。张镐怒问："你有双亲妻儿要养，那王昌龄的亲人妻儿谁来养？"闾丘晓无言以对，遂遭杖杀。

王昌龄在史书留下的痕迹很少，而在诗歌的世界，他长存不朽。

论及唐诗，我们脑海总会浮现"盛唐气象"。但初唐诗坛，依旧沿袭了齐梁体的"彩丽竞繁，而兴寄都绝"。"初唐四杰"有意识地摆脱这种颓靡之风，至陈子昂首倡高雅冲淡之音。而真正"声律风骨具备"的盛唐之调，在许多文人看来，出现在开元十五年前后。

此时的王昌龄游历西北边境，率先唱响了雄浑壮阔、饶有风骨的边塞之音，被同时代的殷璠视为"盛唐风骨"的代表人物。《河岳英灵集》中，王昌龄的作品也是选录最多的。

《河岳英灵集》是唐人选唐诗最为重要的选本，其中选录的作品数量一定程度反映了诗人在盛唐诗坛的影响力。

王昌龄素有"七绝圣手"之称，他与李白的七言绝句，代表盛唐诗坛的最高水平。二人的七绝，足称联璧，争胜毫厘，皆是神品。

每当读到王昌龄意蕴无穷、气骨高清的诗句，便不禁为他的生平与结局而惋惜。这种惋惜，与之同时代的文人感触更加深刻，他们无不悲叹：

孤洁恬淡，与物无伤。名著一时，栖息一尉。

三秋梅雨，一夜篷舟
——《西江上送渔父》温庭筠

西江上送渔父

唐·温庭筠

却逐严光向若耶，钓轮菱棹寄年华。

三秋梅雨愁枫叶，一夜篷舟宿苇花。

不见水云应有梦，偶随鸥鹭便成家。

白苹风起楼船暮，江燕双双五两斜。

唐诗的世界中，有人隐于山水，有人边塞高歌，有人怀古伤今，而他独占无边风月，写尽华美，为唐诗完美谢幕。他便是花间派鼻祖温庭筠。

温庭筠是一个落魄的贵族，先祖为唐初宰相温彦博。他天资聪颖，文思敏捷，与李商隐、韦庄齐名。

可惜他仕途坎坷，终身潦倒，从而纵酒放浪，游历四方。或因这样的人生际遇，温庭筠结交了许多社会下层的人士，渔樵僧道、贩夫走卒。这首七律，便是送别一位渔父所写。

温庭筠羡慕这位渔父，似东汉严光隐居若耶溪。三秋梅雨，一夜篷舟，水上漂泊，随遇而安，虽然清苦，却也自在无拘束。

即便是萍水相逢，温庭筠也常作诗相送。因此，他送别的对象极为广泛，就如这江上渔父。市井相逢的一位少年，他也能写出"酒酣夜别淮阴市，月照高楼一曲歌"的句子。

送君南浦，伤之何如，非是真情流露，难以写出动人的诗句。温庭筠与这些江湖过客，不过是泛泛之交，本无深厚的情谊，可他却以自身经历，融入诗中，赋予了诗作灵魂。他送的是客，慨叹的却是自己。

许多科场失意的诗词名家，或因为出身不高，或因为不擅长考试。温庭筠没有这样的顾虑，他出身太原温氏，有士族背景。科举考试，对于他来说，易如反掌。

唐朝的进士科，主要是以诗赋为主，考官规定韵律，三根蜡烛燃尽，需要完成八韵诗赋。温庭筠参加考试时，从来不打草稿，只将手叉笼于衣袖中，每思得一韵，叉手八次，便是八韵。其他考生还在苦思冥想，他已早早交卷。

也正因如此，温庭筠经常帮其他考生代笔答卷。唐宣宗时期的一场科举，主考官沈询得知温庭筠也来参加考试，特意为他设置了单独的座位。结果，温庭筠还是帮八名考生完成了作弊。

温庭筠有如此才学，却屡试不第，与他恃才不羁有很大关系。

因为父亲早逝，温庭筠一直和母亲过着比较清苦的生活，没有良好的学习环境。幸而他父亲生前的好友段文昌官居高位，将温庭筠接到身边，与其子段成式一起读书，不至于让他的天赋埋没。

有良师教导，益友相伴，温庭筠才学进境一日千里，少年时便天才雄瞻，能走笔成万言，为人所赞叹。

段文昌去世后，温庭筠四方游历，后赴长安求仕。唐朝选官，除了才学，还有四点标准：一曰身，体貌丰伟；二曰言，言辞辨正；三曰书，楷法遒美；四曰判，文理优长。

而温庭筠生性放浪，轻薄无行，不修边幅。寓居长安期间，温庭筠与一些纨绔子弟纵酒赌博，流连秦楼楚馆，以致引起非议。又因好讽刺权贵，得罪当权者，屡试不第，干谒无门。

温庭筠在科场屡屡帮他人作弊，或许是因为心中不甘，想要以此证明自己的才学，揭露科举黑暗。

唐人笔记载，唐宣宗酷爱《菩萨蛮》这一词牌，宰相令狐绹为博皇帝欢心，请来当时填词最出色的温庭筠代笔，写了二十首《菩萨蛮》。唐宣宗看后，极为满意。谁知温庭筠四处与人说代笔之事，令狐绹心中不满。

温庭筠经常出入令狐绹的府邸，探讨诗文。某次令狐绹询问"玉条脱"的出处，温庭筠脱口便道出源自《南华经》。

事情到这里，本是皆大欢喜，温庭筠既展示了自己的博学，又解答了令狐绹的问题。然而，温庭筠偏要多一句嘴，说《南华经》并非偏僻书籍，丞相工作之余，也该多读一些书。令狐绹当众下不来台，十分恼怒。

温庭筠私下也曾说令狐绹是"中书省坐将军"，意思是他虽然为文官之首，文学水平和武将差不多。

正因如此轻狂，口无遮拦，温庭筠一直不得引荐，虽有满腹才识，他也只能担任一些微末小官，或是辗转于各个节度使的幕府。即便是这般潦倒，温庭筠还屡遭贬谪，四方奔波，受尽冷眼。

咸通四年（863年），五十二岁的温庭筠路过广陵时，因醉酒犯了宵禁，遭地方官员欺辱，被打得门牙脱落。温庭筠上书辨白，却遭令狐绹折辱。

直至咸通七年（866年），温庭筠才担任了一个还算拿得出手的官职，国子监助教，从六品。

这一年，温庭筠是主持秋试的官员之一，站在不同的位置，他对科举的黑暗看得更清楚。

晚唐时期的这段历史，内有宦官专权，外有藩镇割据，朝廷官员党政激烈，帝王威信全无。

为国家选拔人才的科举，也成了各方势力斗争的战场，被权豪所把持。他们为了自己的利益，随意取、落举子。因为唐代科举本身的不完善，其中暗箱操作的空间更大，许多主考官将科举视为敛财的工具。

文人想要通过才学而登第，几率小得可怜，更多的是要投靠党争阵营，巴结逢迎权贵。整个晚唐科场，可谓是乌烟瘴气。因此，晚唐有大批才学过人者，一生坎坷落魄，如温庭筠，如罗隐、郑谷等。

因为自己淋过雨，总想着为他人撑伞。温庭筠不满考官徇私舞弊，请求将举子的试卷公布于众，让天下人评判优劣，以示无私。可他自身难保，一生沉沦下僚，又如何有能力与整个黑暗腐朽的官场对抗。

结果，此举触怒了宰相杨收。温庭筠再次被贬方城县尉，流落而终。

这般坎坷的人生，让温庭筠的送别诗，多了不少身世感慨，总是流露对归隐生活的向往。《西江上送渔父》是如此，又如《送卢处士游吴越》："试逐渔舟看雪浪，几多江燕荇花开。"同样表达了这种心境。

其他类型的诗中，温庭筠也总会无意流露自己的失意与无奈，那首著名的《商山早行》同样如此。

> 晨起动征铎，客行悲故乡。
> 鸡声茅店月，人迹板桥霜。
> 槲叶落山路，枳花明驿墙。
> 因思杜陵梦，凫雁满回塘。

长安曾寄托了他的理想抱负，如今却是羁旅天涯，穷愁落魄。

盛唐的诗歌，铸就了高峰，似再难超越，而晚唐诗人依旧努力开拓，将精巧绮丽做到了极致，另辟一方天地，在晚唐的时代土壤，浇灌出了独特的艺术之花、诗歌之美。这其中，温庭筠的贡献不言而喻。

流水落花，春去也
——《浪淘沙令》李煜

浪淘沙令

五代·李煜

帘外雨潺潺，春意阑珊，

罗衾不耐五更寒。

梦里不知身是客，一晌贪欢。

独自莫凭栏，无限江山，

别时容易见时难。

流水落花春去也，天上人间。

旁人别的是友，李煜别的是故国。生于七夕，死于七夕。上天为他的人生写下了浪漫的序章，又画上了凄美的句号，让他做了亡国君，又仿佛是为了成就一个词中帝，一切像是注定好的交换。

开宝八年（975年），宋朝的军队攻打南唐。金陵城陷之后，南唐后主李煜奉表投降，被俘虏至宋朝京城，受封违命侯。曾经的一国之君，在异国的囚笼中，尝尽了悲凉凄苦，苟活在回忆当中。

春意阑珊，窗外的夜雨淅淅沥沥，黑夜与水帘淹没了异国巍峨的宫殿。李煜似乎忘记了自己身处一片低矮的屋舍，在迷离的水汽中，他渐渐入梦，梦中回到了金陵秦淮的河畔，那个雕栏玉砌的南唐。

李煜是南唐中主李璟之子，自幼锦衣玉食，享受着人间最好的生活。他不是太子，却是南唐最受宠的皇子。李煜生有异像，丰额骈齿、一目重瞳，被群臣视为有大气运之人。李璟也认为这是天佑南唐，对其十分喜爱，何况李煜的生母还是钟皇后。

李煜长于深宫，无须和兄长一样，去战场厮杀。他也不喜欢争权夺利，只爱江南婉约的山水和佳人。红袖添香，赋诗填词，生前做一个富贵闲人，留有文名，对于李煜而言，这才是完美的人生。

可惜生在了帝王之家，人生便不是自己能做主的了。

太子李弘冀逐渐长大，开始对李煜有了防范之心。李璟前六个孩子，夭折了四个。所以，李弘冀视这个弟弟为最大的竞争对手。

李弘冀是一个合格的政治家，有着超凡的头脑和军事才华。这样的人往往有一个特点，那就是心狠手辣。他曾经设计毒死了自己的叔父，只为扫清登基的障碍。

可是，对于一起长大的李煜，李弘冀犹豫不忍下手。李煜为了打消兄长的疑虑，整日沉浸于音乐文学，自号钟峰隐者、莲峰居士，从来不问政事。

李煜二十岁那年，太子李弘冀病逝，李璟封李煜为吴王，以尚书令参与政事，入住东宫。两年后，李璟病逝，李煜在金陵登基，成为南唐的君王。

李煜是一个善良的人，一个懂得浪漫的人，一个具有超高艺术天分的人，却不是一个好皇帝。

何况父亲李璟留下的是一个千疮百孔的弱国，而周边北宋强势崛起，正逐一解决卧榻之侧的威胁。

新旧权力的交替，使得南唐朝廷陷入了新一轮的党争，这让李煜更为头疼。他干脆将政务交给了大臣张洎，好有更多的时间，去钻研音律诗词，以及和大周后寻欢作乐。

大周后是南唐重臣周宗的大女儿，长得国色天香，精通音律。她与李煜虽是政治联姻，但婚后生活美满幸福。

李煜爱她美丽的姿容，爱她的多才多艺，爱她的温柔贤惠。登基之后，大周后曾与李煜夜饮赏雪。看着洁白的雪花，飘散在灯火璀璨的宫殿中，她举起酒杯，邀李煜醉舞。

李煜说："起舞可以，但要你新谱一曲。"

大周后命人拿来纸笔，顷刻间便写成《邀醉舞破》。

大周后为李煜度曲，李煜则为她填词。

晓妆初过，沉檀轻注些儿个。

向人微露丁香颗，一曲清歌，暂引樱桃破。

罗袖裛残殷色可，杯深旋被香醪涴。

绣床斜凭娇无那，烂嚼红茸，笑向檀郎唾。

词作风流蕴藉，堂皇富艳，可出自君王之手，这便是绮靡之音。佳人才色无双，一朝选在君王侧，那便是红颜祸水。

监察御史张宪多次劝谏，李煜一如既往，却也未怪罪张宪，还赏赐了财帛三十匹。李煜知道张宪没有错，可他自己又错了吗？错的是无法选择的人生，是被历史裹挟的无奈。

李煜是风流才子，即便登上君王之位，仍不改本性。大周后去世后，李煜又爱上了同样国色天香、精通音律的小周后，也将满腹才情赋予了小周后。

> 花明月暗笼轻雾，今宵好向郎边去。
>
> 刬袜步香阶，手提金缕鞋。
>
> 画堂南畔见，一向偎人颤。
>
> 奴为出来难，教君恣意怜。

朦胧的月色中，李煜穿着袜子，提着金缕鞋，在画堂南畔与小周后相见。

皇室富贵奢靡的生活，提供给李煜的创作灵感极其有限，以此浇灌的艺术之花，过于绮丽柔靡。李煜早期的词作美则美矣，却未脱花间派习气，缺少深度和感染力。

要达到王国维所说的"词至李后主而眼界始大，感慨遂深，遂变伶工之词而为士大夫之词"，则需要李煜体会更多的悲欢离合。所谓国家不幸诗家幸，赋到沧桑句便工。李煜以自己的不幸，换来了词学之幸。

李煜自然算不上明君，却也非一无是处的昏君。尽管他沉迷音乐诗词，但因北宋步步紧逼，他也曾励精图治，试图抵抗强国的蚕食，即使不为了南唐，也为了他自己。

李煜清楚地认识到，北宋有一统中原之志，南唐再也难以偏安。因此，他外示畏服，以藩臣之礼尊奉北宋；内则制造铠甲兵器，招募士兵，积极备战。

宋建隆三年（962年），他派遣使者至北宋，送上了丰厚的礼物。于是，赵匡胤放回了许多南唐俘虏。之后，李煜又多次给北宋上贡，奉北宋为正朔，以期打消赵匡胤的戒心。

赵匡胤一代雄主，岂会因李煜三番四次地示好而放弃吞并南唐。他不过是在等待时机，积蓄力量。

李煜曾试图改革，恢复井田制，劝农耕桑，却敌不过官僚地主的反抗。他心急如焚，曾命中枢大臣在光政殿值班，咨询国事每至深夜。

面临北宋的强大压力，李煜词作逐渐褪去了早期的绮丽柔靡，多了几许家国之忧。

宋开宝四年（971年），赵匡胤灭了南汉，屯兵汉阳（今属武汉），兵锋直逼南唐。李煜惊惧之下，去除唐号，改称“江南国主”，且派遣其弟李从善去北宋朝贡。李从善在此次出使时，被赵匡胤扣留，迟迟不能归来。

李煜极为想念弟弟李从善，写了一首《清平乐》寄托相思。

别来春半，触目柔肠断。

砌下落梅如雪乱，拂了一身还满。

雁来音信无凭，路遥归梦难成。

离恨恰如春草，更行更远还生。

　　紧迫的形势之下，李煜的词作再也不复往日的欢愉。此时的愁绪，虽不如后期国破家亡那般刻骨铭心，却是其词境的一大转变。

　　次年，李煜再次降低南唐官僚机构的规格，降诸"王"为"公"，以示尊崇。可此时北宋已经积蓄了足够的实力，南唐国势渐颓，赵匡胤不再虚与委蛇，他将李从善封为泰宁军节度使，暗示李煜投降，如此后半生还能继续享受富贵的生活。

　　李煜如何甘心，他身为南唐君王，投降又怎会有活路？可抵抗不过是苟延残喘。

　　金陵终究是破了，南唐一众守将力战而死，李煜绝望地投降，将自己的命运交到了赵匡胤的手上。李煜和故国诀别，如画的江南，巍峨的南唐宫殿，从此不再属于他了。

四十年来家国，三千里地山河。

凤阁龙楼连霄汉，玉树琼枝作烟萝。

几曾识干戈？

一旦归为臣虏，沈腰潘鬓消磨。

最是仓皇辞庙日，教坊犹奏别离歌。

垂泪对宫娥。

　　李煜用一首词，写尽了悲痛，写尽了凄苦，也写尽了一生。生命中的最后两年，李煜面对的只有无尽的黑夜与回忆。

他总是努力地醉去、睡去，如此他才会忘记囚徒的身份，可这终究是一响贪欢。

醒来，窗外的雨透着清寒与孤寂，故国江山，离别容易，再见已是万难，流水落花春去也，天上人间。

太平兴国三年（978 年）的七夕，那片低矮潮湿的囚笼，传来了一阵凄凉的歌声：

小楼昨夜又东风，故国不堪回首月明中。

一杯毒酒，送走了南唐后主，也迎来了千古词帝。

人生如逆旅
——《临江仙》苏轼

临江仙·送钱穆父
宋·苏轼

一别都门三改火，天涯踏尽红尘。

依然一笑作春温。

无波真古井，有节是秋筠。

惆怅孤帆连夜发，送行淡月微云。

尊前不用翠眉颦。

人生如逆旅，我亦是行人。

　　元祐六年（1091 年），钱穆父惨遭贬谪，从越州迁任瀛州任职途中，得以与时任杭州知府的苏轼再次相见。这距离他们上一次相聚，已是三年。有朋自远方来，苏轼摆酒设宴，为钱穆父接风洗尘。

　　挚友相见，一笑春温。

　　我有一杯酒，足以慰风尘。这一杯酒消解了人间千愁，这一相聚便已是人间难得。人生既得一友，还能偶尔相聚，岂不美哉！生不逢时、事与愿违又如何？半生漂泊、仕途坎坷又何妨？那就尽兴此刻吧！

然而，短暂的相聚后又是各奔东西、不知相见何年的离别，豁达如苏轼，面对"孤舟连夜发"的场景，也不禁惆怅起来。

但苏轼终归是苏轼，一时惆怅之后，又反而写下这首《临江仙·送钱穆父》安慰起好友来。

字里行间，既有欣喜，更有不舍；既是对好友的开导，也是对自己人生的宽慰。他知道，送别完好友，他也将要离开留给他万千记忆的钱塘，将要离开"淡妆浓抹总相宜"的西湖。

罢了，人生本就是一段旅途，那就好好当一回行人吧！

时苏、钱二公，俱直紫微阁。苏轼与钱穆父曾经同朝为官，甚为交好。据《苏东坡全集》不完全统计，苏轼写给钱勰的诗有二十六首、词有二首、尺牍有二十九首。二人书信来往超过常人，足见友谊之深厚、交往之密切。

钱穆父博闻强识，学富五车，但做官清廉，体加民生，深受百姓爱戴，苏轼又何尝不是如此。于是，两个人生轨迹相似、政见相同、酷爱文学的人一拍即合。

鲁迅说："人生得一知己足矣。"苏轼与钱勰便是真正的知己，他们年纪相仿，相识相知、彼此欣赏，就连在政治上也基本是同进同退。无论是"我已为君德醉"的夸张，还是"无波真古井，有节是秋筠"的比喻，苏轼从来不吝啬对好友的赞美。当然，他也从不吝啬对好友的戏谑。曾慥《高斋漫录》就记载了两人关于"饭局"的相爱相杀。

苏轼曾经对钱勰说："寻常往来，心知称家有无。草草相聚，不必过为具。"虽只是嘴上客套,但实诚人钱勰却当了真。于是,他择日便写请柬,邀东坡来家吃皛饭(饭一盂、萝卜一碟、白汤一盏而已,三白加在一起读皛),果真应了那句"草草相聚,不必过为具"。

苏轼也不甘示弱,过几天便回请钱勰吃毳饭。钱勰心想,他必有带毛的菜肴相报,欣喜而去。然而,去了以后,二人只喝茶水,并没有宴席上来。正当钱勰饿得前胸贴后背时,苏轼开口了:"萝卜汤饭俱毛也。"钱勰这才回过神来,原来苏东坡是请他吃个"毛",不禁苦笑起来。

我想,真正的友谊大概就是苏轼和钱勰这样,相互玩笑、捉弄不在话下,相互挂念、奉书更是平常。

苏轼一生素爱交友、素重情义,可他大半生都在贬谪的路上,飘摇无定、辗转无依,处于离别的愁苦中。正如苏轼自己在《自题金山画像》里所写的那样:

> 心似已灰之木,身如不系之舟。
>
> 问汝平生功业,黄州惠州儋州。

在一次次的贬谪离别中,苏轼更加深刻认识到了人生,从而不断涅槃蜕变。《临江仙·送钱穆父》中由愁苦转为豁达,便是他人生的缩影。

1079年,苏轼因言获罪,这就是震动朝野的乌台诗案。尽管他因王安石的惜才捡回了一条命,但他的贬黜生活也正式拉开帷幕。他因此被贬至黄州,任团练副使。正是在这里,苏轼开始转向，成了苏东坡。

太守徐君猷为解决苏家老小的生存问题，破例把城东一块五十亩的废弃营地给了苏轼，名之"东坡"，这便是苏东坡一名的由来。

贬黜黄州，是苏东坡生命中的第一个大波折。他过去一直受朝廷的恩宠和众人的追捧，目光从来都是昂扬朝上，而在这块黄州贫瘠的坡地上，"平生亲友无一字见及，有书与之亦不答"。他只能挥锄耕作，目光朝下，凝神聚气……

苏东坡就是如此，到底有着"竹杖芒鞋轻胜马，谁怕？一蓑烟雨任平生"的宠辱不惊、去留随意，他可以失意，但绝不沉沦。他不埋怨，不忌恨，安安稳稳着了陆，一变而成了"坡翁"，安心做起了凡人。

因为不受朝廷重用，黄州的苏轼反而有大把的时间去体会那些人间烟火。为了打发时间，他开始捡瓦砾，盖雪堂，研究养生之道，研究美食，研究酿酒……

此间，月银极少的他化身美食家，打起了人们不爱吃的猪肉的主意。自此，一道入口香糯、肥而不腻的菜肴在苏轼的代言下在坊间广为流传，戏称为"东坡肉"。

净洗铛，少著水，柴头罨烟焰不起。待他自熟莫催他，火候足时他自美。黄州好猪肉，价贱如泥土。贵者不肯吃，贫者不解煮。早晨起来打两碗，饱得自家君莫管。

有了他的潜心尝试、细火慢炖，这些人人嫌弃的地头菜化身"东坡肉""东坡汤""东坡肘子"，香飘四邻、火遍大江南北，不但成了美食，还成了名扬千古的文化奇观。

文豪吃货苏东坡跟普通吃货的区别在于，他不但走到哪吃到哪，还特别喜欢把自己吃了什么、什么好吃及烹饪方法都写在书里。

"蒌蒿满地芦芽短，正是河豚欲上时。"

"日啖荔枝三百颗，不辞长作岭南人。"

"长江绕郭知鱼美，好竹连山觉笋香。"

诚然，漫漫历史长河中以文学成就留下浓墨重彩的一笔的人并不少，能够以嗜吃而流传为佳话的，苏轼算是千古第一人了。

作为北宋中期文坛领袖，苏东坡妥妥的王者。其诗题材广阔，清新豪健，善用夸张比喻，独具风格，与黄庭坚并称"苏黄"；其词开豪放一派，与辛弃疾并称"苏辛"；其文著述宏富，豪放自如，与欧阳修并称"欧苏"。

所谓"鱼与熊掌不可兼得"，黄州是他噩梦的开始，也是他最初的精神涵养地。黄州五年，东坡不仅老农做得成功，厨师当得漂亮，诗书画也日臻精湛，留下的皆是惊世杰作：《念奴娇·赤壁怀古》、前后《赤壁赋》、《浣溪沙》、《江城子》、《定风波》、《记承天寺夜游》……

黄州之后，在太后庇护下，苏子复出，步步进阶，成了"帝师"，给小皇帝讲经，重新过起了门庭若市的酒酬生活。此时，他文名日隆，成了公认的文坛领袖。然而，好景不长，随着高太后猝然离世，苏轼的好日子也随之戛然而止，他被再次贬出了京城，这次是更偏远的惠州。

他脱去一身官袍，翻山越岭，垂老投荒，再次艰难地走向民间深处，从朝廷的苏轼又一次成为在野的苏东坡。

惠州的苏东坡身上发生了两件人生大事，所谓一喜一悲，喜的是新桥落成、悲的是佳人已逝。

惠州有河，当地人来往两岸，都凭着一座破烂浮桥。东坡心中装的是百姓，自然要造桥。于是，没钱的他写信动员子由一家把皇帝昔日"所赐金钱数千"捐了出来，用于新桥修建。落成之日，当地人喜极而泣，簇拥着东坡"三日饮不散，杀尽西村鸡"。这一刻，他再也不掩饰心中的喜悦！

惠州也是苏东坡的痛苦之地，因为一路陪他吃苦受难的侍妾朝云就是在这里病逝的。斯人已去，东坡大恸，为朝云写下《墓志铭》，赞她"敏而好义，事先生二十三年，忠敬若一……"。苏轼一生不喜离别，可生离死别偏偏就是绕不开。

东坡老是管不住自己的一张嘴，一杆笔。

到惠州第三年，"鸡犬识东坡"的他与当地百姓早已是水乳交融，被百姓所温暖的他写下这首《纵笔》："白头萧散满霜风，小阁藤床寄病容。报道先生春睡美，道人轻打五更钟。"说者无心、听者有意，苏东坡没料到的是，正是这首《纵笔》为他带来了更深的灾难，新的贬谪随之而来，他被发配海南蛮荒之地。

海南儋州对于苏东坡来说，是"食无肉，病无药，居无室，出无友，冬无炭，夏无寒泉"的"六无"之地。因此，这回他干脆带上了一副空棺，向死而生。但如果你认为他要从此沉沦，那就是你错了，因为他很快又在儋州开始了喝酒、作诗、交朋友的神仙日子。

在儋州，他努力学习当地方言，也教黎人学习中原文化，还教出了海南历史上的第一个进士符确，俨然开拓海南教育第一人。"半醒半醉问诸黎，竹刺藤梢步步迷。但寻牛矢觅归路，家在牛栏西复西。"儋州的苏东坡拄着藤杖，人老诗熟，渐入化境。

都说有一种境界如苏东坡，东坡的魅力，绝不仅仅在其诗作，而在于他历经磨砺却日益纯净、天真烂漫的大情怀。

黄州惠州儋州，是从苏轼到苏东坡的精神转向，记载着他从得意到失意的仕途跌落，记载着他从失意而至诗意的精神跃升，记载着他走向大境界的踽踽背影。

只应离合是悲欢
——《鹧鸪天》辛弃疾

鹧鸪天·送人

南宋·辛弃疾

唱彻阳关泪未干，功名馀事且加餐。

浮天水送无穷树，带雨云埋一半山。

今古恨，几千般，只应离合是悲欢？

江头未是风波恶，别有人间行路难。

淳熙五年（1178 年），烟花三月的江南。春雨初霁，柳丝飘飞，江边的渡口，弥漫着一股离愁别绪。

辛弃疾与友人同行，从豫章（南昌）赶赴临安（杭州）。途中分别之时，他忽然感觉无比孤单，送别的曲子唱了一首又一首，仍不肯离去。

浮天碧水，一线相连，似要将两岸的树木送向看不见的远方。乌云携带着雨水，遮住了一半的高山。前方的路，是让人看不透的风云变幻。

今古之恨，何止千般，岂是离别让人伤感，相逢令人欢愉？

都说江湖风波险恶，可人间的道路，才最为难行。人心不如水啊，平地也会起波澜。

辛弃疾的孤单，不是去往临安的路，而是恢复河山的漫漫长路。年少立下壮志之时，他不曾想过这条路如此艰难。

辛弃疾幼年丧父，是由祖父辛赞抚养长大的。他出生之时，家乡就已沦陷金人之手，他是在金国统治下的汉人。

宋高宗赵构建立南宋后，辛赞便曾想举家南渡。可受家族拖累，他只能留在北方，且不得已之下，接受了金国的官职。

辛赞心里一直想着故国，他经常带着辛氏家族的后辈，登高远望，指画大宋的壮丽山河。他已无法实现夙愿，只能寄希望于族中后辈，其中他最看好年幼的辛弃疾。

辛弃疾八岁那年，被送至名儒刘瞻身边，学习经史子集。稍长，他又开始学习兵法、骑射，可谓文武兼备。十几岁时，祖父辛赞让他去金朝都城，以参加考试为名，熟悉城中的地形、军事部署、政治动态。

眼见北方的汉人，处于水深火热之中，辛弃疾心中的爱国情怀日益强烈，他无时不在渴望驱逐金人，恢复山河。

绍兴三十一年（1161年），金主完颜亮大举南侵时，北方汉人不满金人的残暴统治，纷纷揭竿起义。年仅二十二岁的辛弃疾也在济南聚集两千人马，后率众投靠了山东起义军首领耿京。

辛弃疾希望起义军集中力量，与南宋的军队配合，一起抗击金军。耿京极为赞同，遂派辛弃疾出使南宋，与朝廷商议此事。

宋高宗赵构亲自接见了辛弃疾，任耿京为天平节度使，辛弃疾为承务郎、天平节度使掌书记。

回北方复命之时，辛弃疾得知叛将张安国杀了耿京，投奔了金军。悲愤之下，辛弃疾与王世隆等人，带领五十骑，在数万金军中，活捉张安国，并将其带到南宋朝廷处置。宋高宗闻此壮举，赞叹不止。

壮岁旌旗拥万夫，锦襜突骑渡江初。燕兵夜娖银胡䩮，汉箭朝飞金仆姑。

辛弃疾晚年回忆此事，既自豪又叹息。青衫匹马，勇闯敌营，这是英雄的使命感使然，只可惜他在南归之后，再也没有这种壮怀激烈的时刻。

投奔南宋的辛弃疾，仍授承务郎之职，改差江阴签判。宋朝的状元，首任也大多是签判，这份礼遇不可谓不重。

数月之后，宋高宗禅位，太子赵昚登基，是为孝宗。宋孝宗素有恢复之志，于次年命张浚主持北伐。辛弃疾热血沸腾，专程拜访张浚，献上"分兵杀虏"的计策，希望以此得到赏识，为北伐出一份力。

可辛弃疾的策略并未受到张浚的重视，这场轰轰烈烈的"隆兴北伐"也以失败而告终。

辛弃疾自然痛心疾首，不过他不会因为一次失败而放弃恢复河山的理想。外地为官的数年，他日夜分析敌我形势，总结胜败缘由，耗尽心血，写出了著名的《美芹十论》，献于宋孝宗。

这篇奏议从"自治""守淮""屯田"等十个方面，展开了精辟的论述，给出了恢复中原的具体战略策略。后世对于《美芹十论》的政治军事思想，给予了高度的赞扬。然而，在当时，奏议石沉大海。

此后，辛弃疾又书《九议》，上呈至丞相虞允文，再述他的抗金方略，却依旧得不到回应。

辛弃疾纵然热血饮冰难凉，却也颇受打击。

乾道八年（1172年），三十三岁的辛弃疾出知滁州。滁州因连年兵燹，城邑凋敝、百姓流散。辛弃疾到任之后，施以宽政，轻徭薄赋，鼓励屯田，发展商业。不过两年的时间，滁州便成了商贾云集的繁华都市。

为便利来往客商，辛弃疾在滁州建了一座"奠枕楼"。楼成之后，辛弃疾与友人、下属登楼赋诗，填了一首《声声慢》：

> 征埃成阵，行客相逢，都道幻出层楼。
>
> 指点檐牙高处，浪拥云浮。
>
> 今年太平万里，罢长淮、千骑临秋。
>
> 凭栏望，有东南佳气，西北神州。
>
> 千古怀嵩人去，还笑我、身在楚尾吴头。
>
> 看取弓刀，陌上车马如流。
>
> 从今赏心乐事，剩安排、酒令诗筹。
>
> 华胥梦，愿年年、人似旧游。

辛弃疾为自己的政绩而自豪，也因能造福一方而欣喜。他希望南宋能像黄帝梦中的华胥国一样，永远和平富足。辛弃疾并不喜欢官场，他所期许的生活是酒令诗筹，享受赏心乐事，做一个自由无拘束的闲人。

人人都期盼岁月静好，可这需要去争取，去北伐，而不是偏安一隅。辛弃疾愿意去争、去斗，甘愿赴死。只要眼前滁州的宁静和平能够长久，能够遍及华夏神州每一处，能够惠及亿万百姓，他愿做铁衣远戍人，愿化无定河边骨。

可他连一个机会都等不到。

淳熙二年（1175年），茶商赖文政在湖北反叛。此后，茶商军为祸江西。官军数次围剿，均以失败告终。于是，辛弃疾受命平叛。他以剿抚兼并的策略，分化茶商军，随后逐个击破，很快就剿灭了叛军。

无论是政务还是军事，辛弃疾都展现出了过人的才能。因此，朝廷迁任他为京西转运判官。

淳熙五年（1178年），辛弃疾因弹劾黄茂材贪赃枉法，又严查走私，肃清当地风气，从而被召入京，任大理寺少卿。题目中的《鹧鸪天·送人》，就是在入京途中所写。

能够担任京官，本应是值得欣喜的事。但辛弃疾却发出了"别有人间行路难"的悲叹，因为他知道此次入京，依旧寻不到实现理想的机会。他这个好战分子，也终究不容于主和派把持的朝堂。

暖风熏得游人醉，直把杭州作汴州。此时，隆兴和议已过去十几年，宋金两国也已维持了十几年的和平。南方安乐富足，缔造了"乾淳之治"，朝廷上下都沉浸在大治的自得当中。

士大夫动辄黎民苍生，可又有几人真正将百姓放在心上。辛弃疾是从北方投奔南宋的归正人，他对金人统治下的汉人生活有着更为深刻的感受，他恢复中原故土的渴望也更为强烈。

由于北伐主张，以及归正人的身份，宋孝宗虽对辛弃疾委以重任，但朝堂却不会让他在一地久任，似有防范之意。辛弃疾也在频繁转徙中，产生了失望厌倦的情绪。

文武兼备的辛弃疾，应当被重用。可事实上，孝宗一朝，为官近二十年，辛弃疾始终未曾进入权力中心，并且仕途历经了跌宕起伏。

辛弃疾一世之豪，以气节自负，以功业自许，为官期间，刚拙敢言，得罪了不少同僚。于是，弹劾辛弃疾的奏章雪片一样飞到皇帝的面前，好酒、怨怼、严苛、好杀……辛弃疾曾创建了一支飞虎军，步兵两千，马军五百人，战马铁甲皆备。宋孝宗发御前金牌命他停止，辛弃疾却将金牌藏了起来。

接连弹劾之下，辛弃疾被免官闲居。之后，仕途又起起落落，将近二十年。人生最好的年华，在蹉跎中消磨殆尽。

辛弃疾的传奇人生，他为官的政绩，他慷慨纵横的词风，足以让他名留青史。

造福一方，已然不负士大夫使命，何不乐观一点，豁达一点，看取清风皓月，醉赏山间烟霞。王朝兴衰，古今成败，不过渔樵酒话、闲人笑谈。

可辛弃疾看不开、悟不透，他的内心境界太小了，不能放眼于天地宇宙之间的无穷时空，只执着于眼前的百姓离乱，执着于短短百年的破碎江山。

他有时候也想就此归隐，人生百年，何苦来哉。但他的词中，一字一句都满是放不下。"要挽银河仙浪，西北洗胡沙""他年要补天西北""不念英雄江左老，用之可以尊中国"。

谁识稼轩心事，似风乎、舞雩之下。回头落日，苍茫万里，尘埃野马。

嘉泰三年（1203年），朝廷再次起用主战派，已经六十四岁的辛弃疾被重新起用，获赐金带。然而，在一些言官的弹劾下，辛弃疾又被降职。

凭谁问，廉颇老矣，尚能饭否？

开禧二年（1206年），韩侂胄主导的"开禧北伐"正式打响。起初宋军连连告捷，可次年又惨遭失败，金国趁机提出割地赔款的要求。韩侂胄无奈之下，想起用辛弃疾，任命他为枢密院承旨。

病床上的辛弃疾想站起来接诏令，可他已经太老了，老到站不起来。使者离开的那刻，辛弃疾望着北方，眼角流出两行浊泪。没过几天，六十八岁的辛弃疾因病逝世。据说，他临终之前，用尽全身的气力，大呼两声："杀贼！杀贼！"

辛弃疾所期盼的，是金戈铁马，气吞万里如虎；是挑灯看剑、吹角连营。却将万字平戎策，换得东家种树书。

英雄末路，逃不过生死，王朝兴衰，逃不过灭亡。辛弃疾怀着遗憾去世了，南宋带着屈辱灭亡了。

所不朽者，垂万世名。孰谓公死？凛凛犹生！有些东西，是永远不会消亡的。

莫道桑榆晚，为霞尚满天
——《酬乐天咏老见示》刘禹锡

酬乐天咏老见示
唐·刘禹锡

人谁不顾老，老去有谁怜。

身瘦带频减，发稀冠自偏。

废书缘惜眼，多灸为随年。

经事还谙事，阅人如阅川。

细思皆幸矣，下此便翛然。

莫道桑榆晚，为霞尚满天。

开成元年（836 年），六十四岁的刘禹锡改任太子宾客、秘书监，分司东都洛阳，相当于退出了政治舞台。

此时的洛阳很热闹，白居易、裴度等至交都在这里养老。他们交游赋诗、唱和对吟，一起游览古城名胜，晚年生活极为快意。

苔痕上阶绿，草色入帘青。谈笑有鸿儒，往来无白丁。可以调素琴，阅金经。无丝竹之乱耳，无案牍之劳形。

精神上，他们固然快意。然而，老年多病。刘禹锡和白居易都患有足疾、眼疾，眼见身体日渐衰朽，白居易不免有种悲观情绪，于是写诗赠与刘禹锡：

> 与君俱老也，自问老何如？
> 眼涩夜先卧，头慵朝未梳。
> 有时扶杖出，尽日闭门居。
> 懒照新磨镜，休看小字书。
> 情与故人重，迹共少年疏。
> 唯是闲谈兴，相逢尚有余。

诗中描述的生活状态，不复诗魔往日的意气飞扬，全然是一个普通的老人，夜晚早早入睡，清晨醒转过来，也不愿梳洗。有时，他会扶着拐杖，漫无目的地在庭院转悠；有时，他会闭门呆坐，一坐就是一整天。

偶尔也聊发少年狂，可精力已不足以支撑，过去只能缅怀，不能重现。唯一能做的，不过就是和老友闲谈聊天。

刘禹锡读罢此诗，笑着写下此诗安慰老友。

生老病死，是人逃不过的宿命，时刻面对死亡的恐惧，谁能不惆怅叹息。因为眼疾，已很久没有读书；因为疼痛，艾灸汤药一日不能停。可这终究阻挡不了生命的流逝，想来的确令人悲观。

可老也有老的好处，我们宦海沉浮，江湖飘零，看了许多世事沧桑，便不会再因得失而轻易悲欢。我们的身体虽然衰老，内心世界却无比丰富。忧虑无济于事，放下这种忧虑，便能真正感到快乐，以及超脱生命的精神自由。

别说太阳落至桑榆之间，黑夜便将来临，霞光残照，依旧能映红满天。

莫道桑榆晚，为霞尚满天。这是多么磅礴的精神力量。刘禹锡的英迈之气，从未因年老而衰朽，他的乐观豁达，也非历经沧桑后的顿悟，而是从始至终，贯穿了他坎坷的一生。

安史之乱八年的战火，将盛唐江山烧得满目疮痍。尽管后来两京收复，李唐重整山河，但曾经埋藏在盛世之下的隐患，全部暴露出来，内忧外患之下，王朝风雨飘摇。

盛唐的繁华犹在眼前，谁也不忍心它就此消散在历史的长河。无论是帝王还是士人，都渴望力挽狂澜，重现物殷俗阜、四方丰稔的开元盛世。

永贞元年（805 年），唐德宗驾崩后，李诵即位，是为唐顺宗。唐顺宗即位之后，重用曾经的东宫侍臣王叔文、王伾，欲改革除弊。刘禹锡素来受王叔文所赏识，因此也加入了"二王"集团，开始了大刀阔斧的改革。

改革初见成效，百姓交相称颂。那时的刘禹锡，浑身充满了干劲，以为不久便能重现盛唐气象。可惜，改革触动了士大夫集团和宦官的利益，而唐顺宗体弱多病，即位之前便中过风，这样一位君王难以成为改革派的强力后盾。最后，革新运动不到四个月便宣告失败，刘禹锡则被贬为朗州（湖南常德）司马。

理想在即将实现的时候破灭，自己在事业上升的时候骤然跌落，远赴不毛之地，刘禹锡的心中无比苦闷。

谪在三湘最远州，边鸿不到水南流。如今暂寄尊前笑，明日辞君步步愁。

离开的时候，恰好是凄风苦雨的秋天，满目皆是苍凉。刘禹锡远赴朗州，几乎是一步一叹。

唐代朗州的司马，是定员之外所置，并无实际职司。说是贬官，不如说是流放。若不能回到京城，刘禹锡此生难有作为。思乡之苦和对陌生环境的不适应，让他更加愁苦。

十年憔悴武陵溪。贬谪朗州的十年，刘禹锡不断反思，他惋惜过永贞革新的失败，却从未后悔当初的选择。当然，他意识到了自己政治上的幼稚，所以"事去痴想，时时自笑"。

朗州的贬谪生涯，像是刘禹锡的一次涅槃，他脱离朝廷的旋涡，以旁观者的角度分析，反而更加深刻认识到了社会上的种种弊端。在此期间，他以寓言、讽刺诗的形式，揭露社会矛盾和官场黑暗。

刘禹锡虽然改革失败了，可他换了一种战斗方式。

他说朗州的蚊子，是"利嘴迎人看不得"，百舌鸟是"舌端万变乘春晖"。他在诗中、寓言故事中，毫不留情地讽刺那些宦官、奸党，说他们"一言合侯王，腰佩黄金龟"，靠逢迎投机上位。

讽刺诗讲究一个含而不露，不可怒张，怒张则筋骨露矣。可刘禹锡就是要把讽刺露在表面，要让他的政敌听到，让朝堂上下都知道。

刘禹锡难道不害怕吗？很多所谓的文人风骨，当刀斧加身时便荡然无存。许多刚直敢言的官员，饱受贬谪之苦后，只剩下悔恨求怜的声音。刘禹锡始终直面苦难与戕害，高声抨击所有的不公和黑暗。

或许，对于刘禹锡来说，无非是再遭贬谪，无非是身死罢了。

比死亡更可怕的，是对恶势力的妥协，是应当为民请命、为国尽忠的士大夫，为个人安危而噤若寒蝉。

因为有了信念，远在蛮荒之地的刘禹锡不再感到愁苦，而曾经看来的穷山恶水，也成为人间胜景。

他在暮雨中，倾听远山传来的猿鸣；在五月的平堤，遥望洞庭湖上的碧云清寒；在月色笼罩下的田埂上，感受渔舟唱晚的祥和宁静。

他在端午节和百姓一起观看龙舟竞渡，扯着嗓子为竞赛者欢呼；在秋天的白马湖边，看采菱女荡兰舟划破轻浪；在丰收的季节，看楚人祭祀歌舞，有时他还会仿照当地的俚辞，写成新词教巫祝吟唱。

此时，再看朗州的秋天，已是"晴空一鹤排云上，便引诗情到碧霄"。

真正的豁达，是在人生的逆境低谷，哪怕是前途无望，依旧热爱生活、享受生活。

刘禹锡在《砥石赋》中，以宝剑自喻："雾尽披天，萍开见水。拭寒焰以破眦，击清音而振耳。"他相信自己只要不失锋芒，总有出鞘的那天，那时再斩尽奸邪，匡扶社稷。

很快，他的仕途迎来了转机。

元和九年（814年），被贬十年的刘禹锡奉诏回京。其他遇赦归来的官员，大多感恩戴德，行事愈发谨慎小心，因为他们饱受了贬谪之苦。

执政者爱刘禹锡之才，复欲置之郎署。然而，朝廷大多数人依旧排斥革新派官员，多番阻挠。

见到朝堂新贵专权跋扈，刘禹锡在游玄都观的时候，写了一首七绝：

> 紫陌红尘拂面来，无人不道看花回。
>
> 玄都观里桃千树，尽是刘郎去后栽。

玄都观里桃树上千株，花团锦簇，引得无数游人观看，却是我刘禹锡离京之后，才栽种的。

所谓千树桃花，说的是那些投机取巧，从而在仕途得意的新贵。诗的最后一句，更是充满了蔑视。这些新贵，也不过是趁着我被贬谪朗州，才敢冒头出来罢了。

此诗一出，如平地惊雷。朝廷的新贵恐怕也想不到，贬谪十年之久的刘禹锡，还没有磨平棱角，居然如此羞辱他们。

于是，刚入京的刘禹锡又被贬谪到了播州（今属遵义）。播州在唐代比朗州更为荒凉偏远，幸有裴度等人从中斡旋，才改为连州刺史。

这一去，又是五年之久。

贬谪连州的五年，刘禹锡不再像刚到朗州时那般苦闷，因为有实际职权，所以他全身心地投入政务民生，亲赴第一线考察民情，发展农业，传播文化，力求造福一方。

刘禹锡的精神思想，也朝着道家靠拢。他反思屡遭贬谪的原因，认为自己应当"剔去刚健，纳之柔濡"，在官场需圆融。

数年的贬谪生涯，刘禹锡没有等来朝廷的诏令，却等来了母亲病逝的消息。刘禹锡怀着无比悲痛的心情，奔赴洛阳守丧。

服阙之后，刘禹锡再次被贬谪为夔州（今重庆奉节县）刺史，三年后又贬谪和州（安徽和县）。

虽有遗憾，却无后悔。他落魄，却不自抑。刘禹锡依旧热爱生活，仔细感受着巴山楚水的奇险，他喜欢当地的民谣，将其融入自己的诗作，写了一首又一首《竹枝词》。

东边日出西边雨，道是无晴却有晴。

直至宝历二年（826年），刘禹锡才奉诏回京。

巴山楚水凄凉地，二十三年弃置身。

刘禹锡的一生，后世眼中，不过"贬谪"二字。可这两个字的背后，是二十三年的困顿，远离故乡亲友，无法在母亲面前尽孝，没能陪伴妻子，直至她们相继离世，他还远在千里之外。

这是乐观豁达的精神，更源于大无畏的勇气。沉舟侧畔千帆过，病树前头万木春。他怀着坚定的信念，终究等到宝剑出鞘的那刻，虽然已经老去，但他的锋芒一如从前。

重回京师之后，刘禹锡再游玄都观题诗：

百亩庭中半是苔，桃花净尽菜花开。

种桃道士归何处？前度刘郎今又来。

我有一瓢酒，可以慰风尘
——《简卢陟》韦应物

简卢陟

唐·韦应物

可怜白雪曲，未遇知音人。

恓惶戎旅下，蹉跎淮海滨。

涧树含朝雨，山鸟哢馀春。

我有一瓢酒，可以慰风尘。

安史之乱后，曾经鲜衣怒马的五陵少年，看遍了人世间的悲欢离合，收到外甥卢陟倾诉心事的书信，韦应物写下了这首诗，来开导卢陟。

我有一瓢酒，可以慰风尘。诗中有看透世事，却难以改变的无奈，也有历经沧桑后的无奈。

红尘万丈，人海茫茫，你在世间苦苦寻觅，却未曾相逢知音。阳春白雪，曲高和寡，再美妙的琴声，惜乎无人倾听。

你曾流落于行伍之间，又在羁旅中忍受着孤独与不安，也曾在淮海之滨蹉跎岁月。

山涧的古树，沾满了清晨的雨露，鸟雀在暮春中啼鸣。人生不如意十之八九，何况在这凄凉乱世。

别再沉寂于悲伤中了，我有一瓢酒，希望能抚慰你心中的忧郁。如果感到孤寂，就和我倾述你的故事吧。

安史之乱，八年烽烟不休，江山倒悬，百姓流离。钟鸣鼎食的王公贵胄，一夕之间沦为囚徒。睥睨天下的君王，仓惶逃窜。许多声色犬马的纨绔子弟也在磨难中成长蜕变，韦应物便是其中一位。

城南韦杜，去天尺五。韦应物出生在显赫的韦氏，有着享不尽的荣华富贵。十四岁那年，他以门荫补右千牛，成为一名禁卫。

次年，又被唐玄宗选为近侍。玄宗与杨贵妃游玩巡幸，韦应物寸步不离。

仗着家世显赫，以及唐玄宗的宠幸和纵容，韦应物忘乎所以，成为横行长安的恶少，过着纸醉金迷的生活。

白天在赌场一掷千金，晚上在青楼灯红酒绿，甚至在家中私藏亡命之徒。长安的司隶忌惮他的背景，也不敢逮捕他，这让韦应物更为嚣张。

眼看年岁渐长，韦应物依旧顽劣不堪。家中长辈给他说了一门亲事，希望他成家之后，有所担当。

韦应物的妻子叫元苹，出身河南元氏，是当时吏部员外郎的长女。元苹柔嘉端懿、孝奉公婆，平日除了操持家务，便是诵读诗书。可如此优秀的妻子，这个纨绔子弟并不懂得珍惜。

天宝十四年（755年），安史之乱爆发，韦应物遭逢人生最大的变故。长安破城，安史叛军烧杀抢掠，韦应物带着家人逃出城避难，躲在一座寺院当中。

没有唐玄宗做靠山，没有显赫的家族作为倚仗，韦应物才发现自己有多么失败，身无所长，既不能庇护家人，又难以养育妻儿。

落魄的纨绔子弟，不会有人同情。曾经被韦应物刁难的人，纷纷回以冷眼、嘲笑，还有报复。

武皇升仙去，憔悴被人欺。

起初，韦应物认为是上天不公，整日借酒浇愁。可经妻子元苹的开导，他才明白过来，一切都是咎由自取。即便没有安史之乱，他也只会成长为王朝的蛀虫。

没有人知道韦应物经过了怎样的反思，几乎是一字不识的他，开始进入太学发愤读书。

诚然，读书需要天赋，更需要穷经皓首的积累。韦应物起步太晚，没有考中科举。但是，他在诗歌一途，有着惊人的才华。没过多久，他的诗才传扬了出去，从而受到朝中高官的赏识，被推荐担任洛阳丞。

生长太平日，不知太平欢。今还洛阳中，感此方苦酸。

孤烟萧条，日入空城，满目疮痍的洛阳，唤醒了韦应物心中的家国情怀，他积极投身洛阳的重建。

洛阳为官期间，韦应物恪尽职守、秉公执法，因为日夜操劳，逐渐疾病缠身。

蹇劣乏高步，缉遗守微官。西怀咸阳道，踟蹰心不安。

虽然是微末小官，韦应物却不敢有丝毫松懈。可即便如此，他还是因惩办不法军士，遭到了诬告，被迫离职。仕途上的打击，让韦应物迷茫了。今后的人生路，他不知道该走向何方，因而心中产生了归隐田园的想法。

> 告归应未得，荣宦又知疏。日日生春草，空令忆旧居。

韦应物辞官而去，泛舟湖海，从洛阳至扬州，他尽情领略了如画江山，也看到了因战乱萧条的国土。此刻，他忽然想到，自己为官的意义何在：他要实现自己生命的意义，要为天下的百姓做出一份贡献。

大历六年（771年），韦应物担任河南府兵曹参军。两年后，他因疾病所扰，再度罢官。此后，他又曾担任高陵宰、县令之类的小官。

心态转变后的韦应物，是积极入世的，是渴望有一番作为的。然而，从二十五岁一直临近天命之年，他都只在六七品的官职间徘徊。

二十多年的抑郁不得志，大好年华蹉跎殆尽，韦应物不禁忧愁苦闷，对自我产生了怀疑。他在诗中曾经感叹："自叹犹为折腰吏，可怜骢马路傍行。"

大历十一年（776年），元苹因病去世。二十年相濡以沫，不离不弃，浪子回头的韦应物无比珍视发妻，此番天人永隔，心中悲痛无以复加。

韦应物写了许多悼亡诗，一字一句，将自己与妻子的点点滴滴记录下来。悲伤未曾平复，思念反而愈加浓重。直至生命的尽头，韦应物都未从丧妻之痛中走出来。

连番打击之下，韦应物心如死灰。三年后，他辞去所有职务，来到长安西郊沣上之善福寺闲居。悠闲恬淡的田园生活，让韦应物暂时忘却了世间的纷纷扰扰，其心境也随着晨钟暮鼓，慢慢达到了一个平和的状态。

正是这段时期，韦应物的山水诗逐渐具备个人特色。在仕与隐的矛盾之下，韦应物的山水诗少了几分惬意从容。而安史之乱导致的离乱萧条，以及个人命运的坎坷，又让他的山水诗多了几分凄清和空寂。

就如他在寺中写给一位好友的五律：

> 幽人寂不寐，木叶纷纷落。
>
> 寒雨暗深更，流萤度高阁。
>
> 坐使青灯晓，还伤夏衣薄。
>
> 宁知岁方晏，离居更萧索。

此时的韦应物虽然隐居，但其思想并非完全出世，只是因仕途不顺、妻子离世，产生了一种前所未有的孤独感。功业、妻子，这两座精神支柱的倒塌，致使他选择山水田园，作为心灵的栖息之所。

建中四年（783 年），韦应物由尚书比部员外郎改任滁州刺史。对于大多数官员来说，在京城担任清要郎官，比在地方任职会有更多的发展机遇。韦应物此番外放，无疑是受到了排挤。

离开京城，韦应物万分不舍，飘零之感与思乡之苦交织而来，不免令他对官场产生了厌倦，弃官归隐的愿望愈加强烈。尽管有着这种思想，韦应物依旧尽职尽责，四处了解民情，以自己最大的能力，造福一方百姓。

他的那首著名的《寄李儋元锡》便是在此情形下所写的。

> 去年花里逢君别，今日花开又一年。
> 世事茫茫难自料，春愁黯黯独成眠。
> 身多疾病思田里，邑有流亡愧俸钱。
> 闻道欲来相问讯，西楼望月几回圆。

数十年的仕途沉浮，韦应物已经看清了自己所处的时代。朝政腐败，藩镇割据，民生凋敝，已是回天乏术。可当听到长安叛乱，唐德宗仓皇出逃时，他又不可避免地担忧。

一个有责任感的士大夫，始终是无法超脱现实的。他可以隐居，可以寄情山水，可那些流离失所、食不果腹的百姓呢，他们该避向何处？

儒家素来强调以民为本，可历朝历代的士大夫很少有这种觉悟。而韦应物"身多疾病思田里，邑有流亡愧俸钱"的纠结矛盾，恰恰说明他达到了更高的思想境界。因此，范仲淹赞叹此诗为"仁者之言"。

在出世与入仕的矛盾下，韦应物最终形成了仕隐的思想，这种思想在那首耳熟能详的《滁州西涧》中亦有体现：

> 独怜幽草涧边生，上有黄鹂深树鸣。
> 春潮带雨晚来急，野渡无人舟自横。

北宋欧阳修说，滁州实无此景。是的，这不是韦应物眼前之景，而是心中之景。关于此诗有何种寄托，历来争论不休。在我看来，春潮中小舟，或许是风雨飘摇的唐王朝，也是仕途沉浮的韦应物。

无论王朝沦落何种地步，无论个人是何种结局，且让"舟自横"。这不是随波逐流，而是类似"不以物喜，不以己悲"的心态，成与败、兴与衰，皆保持淡然。

不必懊恼过去，不必忧患将来，把握好当下，尽自己每一份力，那便无憾了。

世事短如春梦
——《西江月》朱敦儒

西江月

宋·朱敦儒

世事短如春梦，人情薄似秋云。

不须计较苦劳心，万事原来有命。

幸遇三杯酒好，况逢一朵花新。

片时欢笑且相亲，明日阴晴未定。

朱敦儒大半生都在隐居，这首《西江月》便是他晚年隐居时所写。全词明白如话，却有着对人生的彻悟。言近而旨远，则不必求其深婉。

浮生若梦，转瞬即逝，人情淡薄，如秋日之云，一吹即散。所以，不要计较成败得失，世间万事皆以注定。

人生过分追求功名利禄，反而会忽视生命原本的美妙。对清风明月饮几杯美酒，看一朵鲜花在春日绽放，同样能赋予我们快乐。

珍惜片刻的相逢吧，世事无常，太阳每天都会照常升起，可谁又能预料人间会有什么变化呢！

朱敦儒在后世的名气并不是很大，却是两宋之交一位很重要的词人。他是洛阳人，家中世代为官，自幼锦衣玉食。

繁华太平的时代，优渥的生活环境，养成了朱敦儒散漫的性格，实属麋鹿之性，自乐闲旷。他不以功名为追求，而是喜欢饮酒交友，经常狎妓冶游，闲时便寻访洛阳一带的山川名胜。

朱敦儒曾写了一首《临江仙》，回忆早年居洛时的快意时光：

生长西都逢化日，行歌不记流年。

花间相过酒家眠。

乘风游二室，弄雪过三川。

莫笑衰容双鬓改，自家风味依然。

碧潭明月水中天。

谁闲如老子，不肯作神仙。

朱敦儒的隐逸，不拘于都市，不执着于山林，在繁华与清幽中飘然往来。伊川雪夜，洛浦花朝，都曾留下了他疏狂的身影。朱敦儒只追求心灵精神的自由，颇有魏晋名士的风姿。

古代有许多文人，借隐居抬高声望身价，以这种方式获取进身之阶，谋求官职。朱敦儒似乎并无此想法，地方多次举荐他为学官，他拒不出任，还写下一首豪放不羁的《鹧鸪天》：

我是清都山水郎，天教分付与疏狂。

曾批给雨支风券，累上留云借月章。

诗万首，酒千觞。几曾着眼看侯王？

玉楼金阙慵归去，且插梅花醉洛阳。

蔑视权贵，傲视王侯，只愿沉醉于山水之间，这是何等的潇洒狂放。不过，以清高自许的朱敦儒最终还是入朝为官了。

靖康二年（1127 年），金军来犯，攻破北宋都城，俘获徽、钦二帝。赵构建立南宋政权后，北方百姓纷纷南迁。

朱敦儒的逍遥生活因战争破碎，他和家人离开了繁华的洛阳，一路到了江西洪州（南昌）。谁知，洪州还未待到一年，战火便延伸至此。朱敦儒只好又收拾行装，向着更南方避难。

闲适优渥的生活，是基于承平的时代及殷实的家庭。数年飘零，朱敦儒已从一位风流蕴藉的翩翩公子，变成了饱经风霜的老者。他几度梦回家乡与故人，想要回到北方。

因此，在他的诗词中，不见秦楼楚馆、风花雪月，只有无尽的离愁别绪。

圆月又中秋。南海西头，蛮云瘴雨晚难收。

北客相逢弹泪坐，合恨分愁。

无酒可销忧。但说皇州，天家宫阙酒家楼。

今夜只应清汴水，呜咽东流。

一个中秋的夜晚，本欲望月思乡的朱敦儒，只看见南方的蛮云瘴雨。遗憾之下，他与几个同在逃难的北方人围坐在一起，诉说北宋曾经的繁华。说着说着，他们都不禁呜咽落泪。

八年离乱，朱敦儒四处逃亡，辗转于江西、湖广、江浙等地。其南渡生活虽不至于忍冻挨饿，可经济条件大不如前。他的诗词不复当年一掷千金的潇洒，也多是"灯昏鼠窥砚，雨急犬穿篱"的凄惨。

朱敦儒虽是闲云野鹤的性格，可自幼接受儒家文化的熏陶，亲眼目睹北宋灭亡、百姓离乱，他的思想已经悄然发生变化，心中产生了士大夫的使命感，词中也有一种国仇家恨的情感。

谁知素心未已，望清都绛阙有无中。寂寞归来隐几，梦听帝乐冲融。

值此之际，宋高宗鼓吹中兴，下令在民间选取才德之士，入朝为官。有选拔人才的官员，称朱敦儒有文武之才。朝廷征召之，朱敦儒辞而不赴。

绍兴二年（1132年），又有官员上书，称赞他深达治体，有经世之才。于是，朝廷再次征召，宋高宗命令当地官府督促他入京。

历经离乱颠簸的朱敦儒，在好友多次劝说之下，终于应召至临安。绍兴五年，宋高宗赐他进士出身，授予秘书省正字，之后历任兵部郎中、枢密府咨议参军、两浙东路刑狱提点等职。

秦桧把持朝政后，朝中一片议和之声，主战主和争论不休。许多忠义之士被卷入政治的旋涡，含冤而死。这让朱敦儒非常失望。

踏入仕途时，朱敦儒已经四十七岁，一晃已经过去十六年，宋高宗曾经鼓吹的"中兴""北伐"依旧没能看见。而汪勃等人又弹劾他专立异论，与李光、赵鼎等主战派来往，朱敦儒被罢官。

朱敦儒愤懑而又羞愧，于是上书请归，隐居在水乡泽国嘉禾（嘉兴）。

一夜新秋风雨，客恨客愁无数。

我是卧云人，悔到红尘深处。

难住。难住。拂袖青山归去。

醉卧松云的山水郎，误入红尘十六载，重新回归山林，他的词中又重现早年的闲适惬意。然而，相比从前，词中不见年少的疏狂，而是体现一种返璞归真的雅趣。

一个小园儿，两三亩地。花竹随宜旋装缀。槿篱茅舍，便有山家风味。等闲池上饮，林间醉。

朱敦儒的闲居之所，叫作岩壑小园，园中景色清幽，还有他亲手种的花草松竹。不用受飘零之苦，不用忧虑朝堂的勾心斗角，朱敦儒极为享受这样的生活，希望如此走完自己的一生。岂料这般简单的期盼，都难以实现。

绍兴二十五年（1155 年），朱敦儒已临近八旬。秦桧为了借助文人骚客名望，粉饰太平，胁迫他入朝为官，担任鸿胪寺少卿。因担心儿孙安危，怀舐犊之爱的朱敦儒再度出仕。

不久，秦桧病逝，朱敦儒再次回到嘉禾隐居。此次出仕，前后不过二十来天，却导致时人非议，晚节不终。

朱敦儒是陶渊明一般的人物，少无适俗韵，性本爱丘山，向往自由的隐逸生活。他也曾误入尘网中，一去数十年。可陶渊明晚年是羁鸟回到了旧林，池鱼回到了故渊，朱敦儒晚年却被束缚在尘网中。

努力挣扎，朱敦儒终于逃离。

朱敦儒字希真，所以后世称其词作风格为"希真体"。他的风格上承苏轼，以词作来抒发自己的人生感悟，呈现两宋之交的社会现实，进一步开拓了词风词境，对于后来的辛弃疾有着直接的影响。

因为个人不受拘束、蔑视富贵的性格，朱敦儒又有一股清新飘逸之风，特色鲜明。后半生，他在仕途沉浮，看透了世态炎凉，词中多有对于命运与世事的洞彻。

回头万事皆空，云间鸿雁草间虫。共我一般做梦。

浮生若梦，万事皆空。这是朱敦儒最后的慨叹，这并非逃避和自我安危，而是八十载沉淀的人生智慧。晚年隐居嘉禾，回想一生，有过纸醉金迷的浪荡生活，也历经数年的流亡困苦，也曾官居高位，大权在握，所有的起起落落，到头来都是虚幻。

那最真实、最珍贵的快乐，总是被我们忽略的简单。

幸遇三杯酒好，况逢一朵花新。

杏花疏影里，吹笛到天明
——《临江仙》陈与义

临江仙·夜登小阁忆洛中旧游

宋·陈与义

忆昔午桥桥上饮，坐中多是豪英。

长沟流月去无声。

杏花疏影里，吹笛到天明。

二十余年如一梦，此身虽在堪惊。

闲登小阁看新晴。

古今多少事，渔唱起三更。

绍兴五年（1135年），陈与义闲居在青墩镇（今浙江德清县东北）的一所僧舍中，这年他四十七岁。某夜登临小阁，遥望北方的家乡，他不禁想起了自己意气风发的青年时光。

陈与义出生在洛阳，北宋时洛阳作为陪都，延续了唐朝的繁华，又增添了宋时的风雅。彼时风流人物，盛于洛阳。

那时，陈与义最好交游，最爱去洛阳南城的桥边的酒肆，约上三五好友聚饮。他们畅谈古今，诉说理想，憧憬着投身官场，济世救民。

他们从白天喝到灯火通明的夜晚，然后拿出长笛，在杏花疏影里吹奏，笛声悠扬。皎洁的月光随着桥下的流水悄然逝去，他们却毫无知觉。

陈与义天资聪颖，孩提时期已能作文辞，其才华声名，同辈之中无人能及。"洛中八骏"，他少年时期便以诗名占据一席之位。

陈与义早年家道中落，饱受贫困之苦，故而诗中常有辛酸之语："茅屋年年破，春风岁岁来""去国频更岁，为官不救饥"。

他为自己悲叹，也因官员不作为而愤懑。这位年轻的书生已意识到北宋繁华下的危机，只是他怀着一腔热血，想要去改变、去扭转，去与一群志同道合的人留住时代的繁荣。

二十四岁那年，陈与义在太学上舍甲科考试中名列第三，被授予开德府教授，不久又升任辟雍学正。

宣和二年（1120年）的春夏之交，陈与义因母亲去世，回到汝州（今属河南）。丁忧期间，他与一众文人诗酒唱酬，得葛胜仲所推崇，因其举荐担任太学博士。任上他力主振救文弊，尊用程学，颇得人心。

因为一组《和张规臣水墨梅五绝》，陈与义得到宋徽宗的召见。热衷艺术的宋徽宗大有相见恨晚之感，不久便任他为秘书省著作佐郎，后又升任司勋员外郎、符宝郎。

身受圣眷，才学超拔，陈与义成为京师诗酒文筵的常客，倾慕者、刻意结交者不绝，可门庭若市的局面并没有维持多久。

他的伯乐葛胜仲是宰相王黼一党，蔡京复相之后，开始清洗被王黼提拔过的官员。陈与义因党争受牵连，被贬为陈留（开封陈留镇）监酒税。

从前途光明的朝堂清贵沦为地方俗吏，打击不可谓不大。陈与义强装潇洒，内心黯然。文人仕途受挫，总会寻找一条独善其身的退路作为精神的寄托，或逃禅，或问道。

陈与义在丁忧期间，与天宁寺的觉心长老多有往来，经晨钟暮鼓熏陶，他的诗词在不经意间受到佛禅思想的影响。

被贬陈留时，陈与义时常游览八关寺，或诵读佛典，或与禅师论道。

脱履坐明窗，偶至晴更适。

池上风忽来，斜雨满高壁。

深松含岁幕，幽鸟立昼寂。

世故方未阑，焚香破今夕。

远离诡谲的朝堂，对于此时的陈与义而言，并没有脱身尘网的喜悦。早年他处于才高位卑的苦闷之中，后来虽受赏识提拔，未及看透富贵如云，骤然遭受驱逐。因此，他想要在佛禅思想中寻求安慰，在诗文中排解忧愁。

靖康元年（1126 年），陈与义因父亲去世，至南阳（今属河南）服丧。他尚未走出低谷，岂料王朝又逢大劫。

金军的铁骑踏破了京师，北宋繁华的泡沫被轻易戳破，陈与义瞬时成为流民，一家老小跟随南渡的队伍，匆匆逃难。

丧乱那堪说，干戈竟未休。公卿危左袒，江汉故东流。风断黄龙府，云移白鹭洲。

在时代的洪流面前，个人的命运微若尘埃。陈与义无心感慨自己的飘零，转而为家国担忧。七年的流亡岁月，陈与义辗转于湖广、江浙等地，饱经苦难忧患。无数百姓如洪流中的浮萍，被卷走吞没。陈与义目睹这一切，却无力提笔。他迫切希望南宋朝廷能收拾旧河山，尽早结束这场巨大的灾难。

绍兴元年（1131年），宋高宗赵构委任陈与义为兵部员外郎，随后又迁起居郎。去往临安的路上，陈与义对收复中原充满了信心，他说："虽异中原险，方隅亦壮哉。"

此后数年时光，陈与义忧虑时局，连诗也写得少了，只是宋高宗北伐的决心并不坚定，而朝堂上主战主和吵得不可开交。

见得多了，陈与义逐渐意兴索然。绍兴五年（1135年）正月，他从湖州任上回到京师。不到半年时间，因与丞相赵鼎有矛盾，陈与义干脆告病辞官，居住在青墩镇僧舍。

人到晚年，闲居无事，陈与义总会想起曾经在洛中的时光，杏花疏影里，吹笛到天明。恍然间，竟已过去二十年。二十年来，洛阳城依旧长沟流月，而北宋已经灭亡。曾经的洛中豪杰，凄惨流亡至南方，已经不知去向何方。

此身劫后仍存，可数年流亡的生活历历在目，每次想来如梦一般。陈与义多么希望这是梦，是那年在杏花疏影里，听着笛声睡去，醒来依旧在洛阳午桥边。

每天闲登小阁，唯有雨后初晴的月夜美景，能够稍稍慰藉心灵。古今多少兴亡，都付与渔樵的歌声中。

年轻时的陈与义，也曾将前朝旧事，视为佐酒笑谈。王朝变迁，自古如此。而当亲身历经了兴亡，陈与义才知其中沉重的痛楚。此时依旧只能感慨，历来兴衰如此。二十年来，同样的认识，却是截然不同的心境。

历经了北宋灭亡的重大变故后，陈与义的佛禅思想再次加深。他寓居僧舍，日夜诵经，还时常拜访苕溪东岸乌镇诗友叶天经及洪智长老。三人时常静坐谈禅，往往谈到更深寂寂，雪花落满天窗。

绍兴六年（1136 年）的早春，陈与义再次拜访两位好友。走在江南的烟雨之中，他心有所感，写下千古传诵的名篇《怀天经智老因访之》：

今年二月冻初融，睡起苕溪绿向东。

客子光阴诗卷里，杏花消息雨声中。

西庵禅伯还多病，北栅儒先只固穷。

忽忆轻舟寻二子，纶巾鹤氅试春风。

客居的光阴，在诗卷中消磨，雨声似乎带来了杏花的消息。诗中蕴藏着寓居他乡的苦涩，而更深处的苦涩是对南宋时局的无奈。

绍兴六年六月，赵鼎被罢黜，张浚独相。与张浚交好的陈与义被招为中书舍人，十一月拜翰林学士、知制诰。次年七月，授参知政事，已是一国副宰相。

陈与义见高宗无意收复中原，再次告病辞官，归隐在青墩镇。绍兴八年（1138年）的冬天，陈与义在僧舍病逝，终年四十九岁。

他曾经感叹过才高位卑，渴望进入权力的中心。可当进入之后，他发现自己依旧身不由己，终究是没能改变什么。兴衰交替，生老病死，这是王朝和个人逃不过的命运。古今多少事，渔唱起三更。谁人不在其中呢？

太平生长，岂谓今日识干戈。欲泻三江雪浪，净洗胡尘千里，不用挽天河。回首望霄汉，双泪堕清波。

而今听雨僧庐下
——《虞美人》蒋捷

虞美人

宋·蒋捷

少年听雨歌楼上，红烛昏罗帐。

壮年听雨客舟中，江阔云低，断雁叫西风。

而今听雨僧庐下，鬓已星星也。

悲欢离合总无情，一任阶前点滴到天明。

那天，崖山海面炮火不绝，一艘艘巨大的船舰早已遍体鳞伤，不能动弹。海风呼啸，漫天风雨，形容憔悴的陆秀夫，背着八岁的宋少帝赵昺，纵身跃入海中。随后，十万军民相继跳海，以身殉国。

那天是南宋祥兴二年（1279年）二月六日，宋朝的繁华风雅，随着这一跃，彻底消散，成为历史。散落在各地的南宋遗臣悲号痛哭，蒋捷亦是其中之一。

南宋德祐二年（1276年）的三月，元军占领了都城临安。词人蒋捷不肯降附元人，与妻儿告别后，独自一人潜逃他处，流寓在苏州吴县一带。蒋捷没有力挽狂澜的本领，他只有暗自祈祷，希望文天祥、陆秀夫等宰执能将元军驱逐。

但他十分清楚，这种可能微乎其微。三年后，听闻十万军民随丞相与皇帝一起殉国，蒋捷沉默了许久，此后便过着四处流亡的生活。晚年，寓居于僧舍。某天，蒋捷坐在屋檐下，听着江南的细雨，不禁回首生平，写下了这首《虞美人·听雨》。

少年听雨歌楼上，红烛昏罗帐。

史书对于蒋捷的记载寥寥，他本人又隐居遁迹，少与当时的名家交游唱酬。因此，关于他的生平，后世只能根据一些文人笔记及蒋捷《竹山词》，大致勾勒。

蒋捷约出生于 1245 年，先世为宜兴巨族，是绍兴年间户部侍郎、敷文阁待制蒋璨的后人。

蒋氏一族多是忠臣良将，心怀正义。蒋璨曾经因为解救岳飞，触怒了宰相秦桧，因而闲废十年。

蒋璨的堂侄蒋兴祖，靖康之初担任知县，遇金兵过道。下属劝他出城避退，蒋兴祖说道："吾世受国恩，当死于是。"他据城阻拦，最终死于金军之手。

忠君爱国的思想，在蒋氏一族世代传承，也深深影响着蒋捷。因此，南宋将亡之时，他宁愿忍受着与妻儿生离的悲痛，忍受着困苦的生活四处流浪，也不想被元朝逼迫为官。

出身名门望族，蒋捷的少年生活倒也优渥。此时，南渡初年的战乱已在臣民的记忆中沉埋，南宋君臣的委曲求全换来了一段虚假的太平光景。达官显贵、名士骚人沉浸在西湖不休的歌舞中，逐渐消磨了壮志。

　　咸淳四年（1268 年），在临安游学的蒋捷目睹南宋元夕盛况，曾写过一首《高阳台》：

　　　　桥尾星沈，街心尘敛，天公还把春饶。

　　　　桂月黄昏，金丝柳换星摇。

　　　　相逢小曲方嫌冷，便暖薰、珠络香飘。

　　　　却怜他、隔岁芳期，枉费囊绡。

　　　　人情终似娥儿舞，到噀翻宿粉，怎比初描。

　　　　认得游踪，花骢不住嘶骄。

　　　　梅梢一寸残红炬，喜尚堪、移照樱桃。

　　　　醉醺醺，不记元宵，只道花朝。

　　宋代的元宵节举国欢庆，歌舞百戏，通宵达旦，灯火辉煌。蒋捷心中有忧患意识，却并不强烈，那一刻也沉浸在节日的欢愉中。或许，他未曾料想过，元军会在不久之后，踏碎临安这虚假的繁华。因此，在这首词中，不见太深的感触，只有元夕的热闹，以及秦楼楚馆的情爱。

　　蒋捷有立身报国的大志，咸淳十年（1274 年）考中进士。正欲在朝堂实现抱负时，元军大举南下。

　　忽必烈下诏二十万大军水陆并进，欲攻灭南宋。阿术军自汉水渡江，淮西制置大使夏贵领战船三百艘逃跑，鄂州都统程鹏飞投降，临安顿时暴露在元军的兵锋之下。

　　德祐二年（1276 年），元军攻占临安，俘获了五岁的宋恭帝。文天祥、陆秀夫和张世杰等人虽然相继拥立了两个小皇帝，可南宋大势已去。

元军占据临安之后，欲笼络南宋文人，逼迫遗臣在元朝为官。蒋捷自然不愿仕元，于是留下妻儿，独自离开常州，踏上了流亡之路。

壮年听雨客舟中，江阔云低，断雁叫西风。

中年时期，蒋捷一直在吴地漂泊，生活极为艰辛。深阁绣帘换成了客舟，家人灯边的软语笑谈只在记忆当中，陪伴他的只有烛光孤影。蒋捷甚至会羡慕寒鸦，它们在黄昏时，尚能归居杨柳。

回首往昔，只有青山如旧，浮云无心成苍狗。因为担心被元军发现，蒋捷大部分时间都在赶路，吃的只有枯荷包冷饭，连安心喝几杯酒都成了奢望。

蒋捷的词中曾写道，他在盘缠用尽之后，曾想要替人抄书写字挣钱，却被人连连拒绝。诗词作品或许有夸大的嫌疑，但当时元朝轻视汉族文化，文人的处境举步维艰，蒋捷尚在漂泊之中，想必生计的确艰难。

从元朝理学大家许谦的《赠相士蒋竹山一首》来看，蒋捷还做过一段时间的相士。相士郎中、僧侣道士，在古代属于江湖底层，虽有一技之长，然而生活也只是略好于贫苦百姓。

虽然有学者认为，许谦诗中的蒋竹山只是与蒋捷同名号，但无论真假，蒋捷中年潦倒落魄，是无须怀疑的。

身为宋末四大家之一，出身江南大族，要过上优渥的生活，对于蒋捷来说轻而易举，元朝便多次征召他为官。可蒋捷偏偏要东奔西走，过着"枯荷包冷饭"的生活。这种文人风骨和气节，是许多人不曾理解的，更不曾拥有的。

> 一片春愁待酒浇。江上舟摇，楼上帘招。
>
> 秋娘渡与泰娘桥，风又飘飘，雨又萧萧。
>
> 何日归家洗客袍？银字笙调，心字香烧。
>
> 流光容易把人抛，红了樱桃，绿了芭蕉。

常州沦陷后，蒋捷在外漂泊近二十年，饱受思乡之苦、亡国之痛。他已经记不清，几次看见过樱桃红透、芭蕉新绿。他也已忘却，多久没有享受过家庭的温暖。国破家亡中的羁旅生活，让他对人生有了更深的思考和认识。

元贞二年（1296年），蒋捷举家搬迁，在晋陵（武进）定居，过了一段安稳的生活。

> 而今听雨僧庐下，鬓已星星也。悲欢离合总无情，一任阶前点滴到天明。

由于接连拒不出仕，蒋捷担心会招来祸患，于是再次过上了隐迹藏踪的生活。

元朝开国之初，曾一度取消了科举，后又复开。于是，有许多士绅四处网罗名师，教授族中子弟。蒋捷身为"樱桃进士"，在文坛享有盛誉，自然成为一众士绅争相邀请的对象。

蒋捷晚年成为一名私塾先生，他所教授的马祖常在乡贡、会试中皆为第一，廷试第二。自此，许多学子不远千里来求教于蒋捷。

流浪数十年，蒋捷身心皆疲。想来元朝不会对一个老者逼迫太甚，于是他便回到老家宜兴，买田卜居。蒋捷喜爱竹，居住的地方多与竹山有关。因此，时人称之为竹山先生。

在一些文人笔记当中，曾有蒋捷与僧人密切交游的记载。在蒋捷自己的词作中，也多次对佛经化用。例如："迷因底，叹晴干不去，待雨淋头。"因此，后世衍生出了蒋捷曾出家为僧的说法。

两宋时期，三教合流。许多文人士大夫以佛、道思想融入儒家思想，相互补充，或是失意之后，以佛、道作为精神的寄托，他们在词作中化用佛经道经，都是很常见的事，并不能以此证明蒋捷出家为僧。

不过，蒋捷却有着高僧大德般的彻悟。《虞美人》听的是雨，也是人生，三场雨，三个人生阶段，三种心境。我们从中读到了蒋捷，也读到了自己。

那场迷蒙的细雨中，蒋捷落寞的身影逐渐模糊，洇成一团墨色，最后勾勒出"人生"二字。

第五章　失意

名噪一时，十上不第
——《偶题》罗隐

偶题

唐·罗隐

钟陵醉别十余春，重见云英掌上身。

我未成名君未嫁，可能俱是不如人。

罗隐自身的名气，远比不上他诗句的传唱度，其才气与个人命运更不甚匹配。

他没有过一掷千金的潇洒生活，不是鲜衣怒马的贵公子，也很少写缠绵悱恻的爱情诗，甚至长得极为丑陋，实在和许多人心中的才子形象相差甚远。可在晚唐时期，他是和李商隐、温庭筠相提并论的名家。

罗隐生于唐末时期，出身寒门，并非士族，祖父只是一个县令。不过，他天资聪颖，早著才名，乡人都认为他前途不可限量。

和许多读书人一样，罗隐有着济世报国的崇高理想。二十六岁那年，他冒着大雪进京应进士试，结果名落孙山。

科举并非是轻而易举就能登第的，罗隐决定先四处游历，下届再参加。

五代文人笔记载，大约在咸通三年（862年），罗隐赶赴长安，从钟陵经过时，曾在一次筵席中，认识了歌妓云英，席后醉别，随后赴京参加科举。咸通十三年（872年），罗隐再次落第而归，又经过钟陵。云英因他的落魄感到诧异，不禁抚掌笑问："罗秀才犹未脱白矣！"

罗隐听出了云英的揶揄，也不由得自嘲道："我未成名君未嫁，可能俱是不如人。"这是他历经辛酸后的无奈叹息。

从第一次科举开始到大中末年，近二十年的时间，罗隐参加了十几次科举，全都榜上无名，后世称之为"十上不第"。

罗隐并非那种没有自知之明的老童生，他的诗文在当时就为世人所推崇，受到宰相令狐绹的赏识。令狐绹的儿子登第时，罗隐曾写过一首诗表示祝贺。令狐绹看后，对儿子说："吾不喜汝及第，喜汝得罗公一篇耳。"

罗隐经常带着自己的诗文，去干谒宰相郑畋，得到郑畋的夸赞。郑畋的女儿很喜欢罗隐的诗，钦慕他的才华。某日，罗隐上门拜访，郑女躲在帘后悄悄观察，结果发现自己钦慕的才子长相丑陋，从此不再读他的诗。

这两段轶事，虽不尽实，却也反映了罗隐在当时的诗名。他的诗和许多名家一般，也同样经历了时间的沉淀。

比如，他的《自遣》：

得即高歌失即休，多愁多恨亦悠悠。

今朝有酒今朝醉，明日愁来明日愁。

对酒高歌，人生几何，诗句虽浅俗，却也朗朗上口，塑造了一个放旷不羁的逸士形象。今朝有酒今朝醉，一千多年来，这句诗为多少人排解了忧愁。

还有他的《筹笔驿》：

抛掷南阳为主忧，北征东讨尽良筹。

时来天地皆同力，运去英雄不自由。

千里山河轻孺子，两朝冠剑恨谯周。

唯余岩下多情水，犹解年年傍驿流。

这首诗咏怀的是蜀汉丞相诸葛亮，诗人看待那段历史的观点，后世看法不尽相同，可"时来天地皆同力，运去英雄不自由"振聋发聩，失意者读到了安慰，进取者得到了鼓舞。

既有权贵赏识，又有过人的才华，后世很难理解罗隐为何还会"十上不第"。其实，这个问题，当时的君臣都知道答案。

罗隐名气很大，连唐昭宗都听说了。昭宗找来罗隐的诗文，读后大为赞叹，于是想让他入朝为官。很多大臣不满意，说："罗隐虽有才，但为人轻狂。唐明皇之圣德，尚且遭到他的讥讽，我们这些大臣谁能逃得过他的口？"唐昭宗听后，只能作罢。

晚唐时期，王朝风雨飘摇，藩镇割据、宦官之乱、朋党之争，无一不在努力将唐朝推向深渊。罗隐以笔为剑，锋芒毕露，直指黑暗腐朽的官场和无能懦弱的统治者。

他说唐玄宗："也知道德胜尧舜，争奈杨妃解笑何。"诗中满是对唐玄宗好色的鄙夷和讽刺。

他评价秦始皇："六国英雄漫多事，到头徐福是男儿。"以秦始皇求长生，来讽刺中晚唐好方术丹药的帝王。

最广为人知的那首，莫过于七言绝句《蜂》：

> 不论平地与山尖，无限风光尽被占。
> 采得百花成蜜后，为谁辛苦为谁甜？

这首诗讽刺那些尸餐素位的官员，不为家国天下做贡献，反而如蛀虫一般不断腐蚀着唐王朝。一生辛苦劳作的百姓，成为他们压榨欺凌的对象。

罗隐就像一个诗词段子手，用幽默诙谐的话语，去呈现让人感到悲哀的社会现实。这种责之切，是因为爱之深。

而他的《谗书》五卷，对当时社会的揭露和批判，更为深刻强烈。正如鲁迅所说，是"一塌糊涂的泥塘里的光彩和锋芒"。唐末腐朽的官场，又如何能容忍这样的光芒，映照出其中的污垢。

时人也都知道罗隐十上不第的原因。《唐才子传》说他"恃才忽睨，众颇憎忌"。薛居正《旧五代史》中说道："然多所讥讽，以故不中第。"

甚至民间的百姓都知道，一个叫罗隐的大诗人，为他们说话发声，为他们大骂当权者。百姓无法用文字去表达自己的敬仰，只是不断神化他、供奉他。

举世皆知，罗隐自然不会不知，那些充满讥讽意味的诗文会影响他的仕途。罗隐没有因此改变，他干谒达官显贵时，从来不会刻意隐藏那些嬉笑怒骂的讽喻诗，还多次把《谗书》当成行卷。

而当科举揭榜时，他又落寞地站在人群的边缘，看着那些欣喜若狂的登第者。

某一次科举，与他同院的考生沈嵩一举登第，拿着喜报向罗隐展示。眼见自己鬓发星星，那些后生一个个踏入仕途，他的心中满是苦涩。于是，他默默在纸上写了一首七绝："黄土原边狡兔肥，犬如流电马如飞。灞陵老将无功业，犹忆当时夜猎归。"

冯唐易老，李广难封。罗隐不会因此妥协。他原名"横"，十上不第后，干脆改名为"隐"，与杜荀鹤等好友一起隐居。池州刺史还专门营造了一栋别墅，供罗隐居住。

隐居期间，黄巢起义在中原大地闹得翻天覆地，至中和三年（883年），叛乱才被镇压。此后，唐朝已经名存实亡。

罗隐也在这一年离开了池州，四处游历。五十五岁那年，他得到了杭州刺史钱镠的重用，被任命为钱塘令。钱镠升任镇海军节度使后，又任罗隐为镇海军掌书记，后又为镇海节度判官。

天祐四年（907年），朱温抽走了唐王朝的最后一口气，篡位称帝，定国号大梁。罗隐虽然大半生都在讽喻李唐王朝，可听到这个消息，他心中有无限的悲哀。

他多次劝说钱镠举兵讨伐后梁，但钱镠并未采纳。罗隐自此心灰意冷，正式受箓入道。

一船明月一竿竹，家住五湖归去来。唐朝灭亡，罗隐一切的执念和愤怒，似乎忽然消散无踪影。

满衣清泪，两鬓生华
——《清平乐》李清照

清平乐

宋·李清照

年年雪里，常插梅花醉。

按尽梅花无好意，赢得满衣清泪。

今年海角天涯，萧萧两鬓生华。

看取晚来风势，故应难看梅花。

绍兴年间一个冬天，临安郊外的梅花悄然绽放，暗香浮动。一位老妇欲出门看花，然而萧瑟的寒风又让她打消了念头。老妇努力看向窗外的远方，脑海想象着红梅点雪的景象，脸上泛起了微笑。

她想起了自己年轻的时候，活泼任性，每年大雪纷飞的时候，她都会拉着丈夫出门，去欣赏雪中绽放的梅花。雪里已知春信至，寒梅点缀琼枝腻，绿蚁新醅酒，红泥小火炉，且插梅花，不辞一醉。

中年雪里赏梅花，纵有风景如当初，已无那人相伴。靖康之耻，宋人南渡，她的丈夫在奔波中病逝，余生只剩她一人。再看梅花，没有欢喜，只有满袖清泪。

而今她已辗转海角天涯，两鬓白发。想要再看梅花，却也看不成了，晚来风急，想必梅花也要凋败。想到此处，老妇顿感意兴阑珊。

她便是千古第一女词人，李清照。

写这首词的时候，李清照已是暮年，一人居住在南方，守着美好的回忆，在孤独凄凉中老去，犹如急风中的梅花，就要凋零败落。

宋朝文化兴盛，文人所受到的尊崇可谓空前绝后。从朝廷到地方，皆兴学重教，家学私塾更为繁荣。而印刷技术的革新，让曾经无比珍贵的书籍散入寻常百姓家。

或许，只有这样的时代，封建社会中的女子才允许和男人一样，接受系统的教育，也能赋诗填词，尽情挥洒自己的才情。

李清照的父亲李格非是苏门后四学士之一，官至提点刑狱、礼部员外郎。李家书香门第，藏书颇丰。李清照得父母教导熏陶，耳濡目染，自幼打下了良好的文学基础，才名远播。

十六岁那年，李清照跟着母亲来到汴京居住。风雅繁华的京师，滋养了她的灵魂思想，更为她提供了许多创作灵感，一首首惊艳世人的词作在李清照的笔下绽放。其"才力华瞻，逼近前辈"。

　　　　昨夜雨疏风骤，浓睡不消残酒。

　　　　试问卷帘人，却道海棠依旧。

知否，知否？应是绿肥红瘦。

这首《如梦令》一出，当时文人莫不击节称赏。

十八岁那年，李清照遇上了赵明诚，二人在京城成婚。这桩婚姻虽有政治因素掺杂其中，不过他们互相爱慕，性格契合，还有着相同的爱好，可谓佳偶天成。

那时候，赵明诚在太学读书，每逢初一、十五，回家与李清照相聚。二人携手同游汴京的大街小巷，穿梭各个书铺古玩行，寻找钟意的金石字画。他们虽出身官宦，但经济独立，生活颇为拮据。有时，遇上喜欢的书画古器，竟典衣相购。

汴京的名胜古迹，都留下了他们的欢声笑语。

卖花担上，买得一枝春欲放。泪染轻匀，犹带彤霞晓露痕。

怕郎猜道，奴面不如花面好。云鬓斜簪，徒要教郎比并看。

成了家的李清照，依然天真烂漫，追着卖花人的担子，买了一朵沾着露珠的鲜花，非要让赵明诚说，她与花儿哪个更好看。

后来，因为朝堂党争，他们的父辈先后受到牵连，波及家人。这对恩爱的夫妻，险些被拆散。因为政治风波，赵明诚被剥夺官职，和李清照回到了青州。

这段时期是他们人生中的低谷，却也是最为平淡闲适的一段时光。年轻人心怀美好希望，有爱人陪伴在身边，则不惧一切苦难。

他们与在京城一样，四处搜罗金石书画，沉浸于文学艺术当中。李清照是个喜欢浪漫美好的人，会在下雨的时候冲进雨幕，会在下雪的时候提着酒壶去赏梅花，赵明诚总会陪着她一起闹。

李清照活泼调皮，烹茶的时候，也要和赵明诚争一争谁先喝茶。他们互相说出一则典故，让对方说出典故在什么书中，是第几卷、第几行，谁猜对了谁就能饮茶。

李清照记性好，总是赢的那个人，看到丈夫故作不服气的样子，她便笑个不停，手上的茶也泼了一地，赢了反而喝不到茶。

赌书消得泼茶香，当时只道是寻常。李清照如果能看到纳兰性德这句词，定然会引为知音。

他们在青州度过了十年时光，当时以为寻常的十年，却再也未出现在今后的人生中。

靖康二年（1127年），金人南侵，俘走宋徽宗、宋钦宗，踏碎了汴京的繁华风雅，曾经静好的岁月不复存在，李清照也开始了颠沛流离的生活。

金人围攻汴京那年，赵明诚南下奔丧。次年，北宋灭亡，战火波及青州，赵家故居十余屋的字画古玩被烧毁。李清照抢救出了一部分，独自押运至江宁（南京），与赵明诚汇合。

历经国破家亡之痛，李清照的词作也蒙上了一层抹不去的忧愁，感时伤怀，心忧社稷。

她因南宋苟安妥协而愤懑，写诗讽刺，"南游尚怯吴江冷，北狩应悲易水寒""南渡衣冠少王导，北来消息欠刘琨"。

建炎三年（1129年），赵明诚被罢江宁知府，带着李清照沿水路逃亡。路过乌江时，李清照有感而发，作《夏日绝句》：

生当作人杰，死亦为鬼雄。

至今思项羽，不肯过江东。

这年八月，赵明诚因病离开了人世，把李清照孤零零地丢在这个乱世。李清照无依无靠，只得随着宋高宗赵构逃亡的路线，辗转奔波。在此期间，李清照携带的金石书画大量被盗，境况凄惨。

直至绍兴六年（1136 年），李清照才在临安（杭州）稳定下来。相伴三十年的丈夫去世，承载他们回忆的书画金石被盗，加上一路的颠沛流离，李清照的身心已是百孔千疮。

不过，所有的磨难都未曾压垮她的意志。经历了这巨大的变故，李清照从个人痛苦中超脱，从对"小我"的悲叹转为对国家的担忧。

韩肖胄和胡松年出使金朝的时候，她写诗相送："欲将血泪寄山河，去洒东山一抔土。"即便是抒发个人愁苦，也无处不蕴藏着对山河破碎的悲痛，就如她在《武陵春》中对世事的感叹：

风住尘香花已尽，日晚倦梳头。

物是人非事事休，欲语泪先流。

闻说双溪春尚好，也拟泛轻舟。

只恐双溪舴艋舟，载不动许多愁。

李清照晚年避乱金华，写成了《打马图经序》，又作《打马赋》。虽是游戏文字，却语涉时事，借博弈之事讽刺时局，同时也寄寓着她对收复失地的希望。

李清照婉约凄美的词作，固然令人赞叹，但更让后世钦佩的，是她面对苦难的坚韧，是她关念家国的情怀。

大约在绍兴二十五年（1155 年），七十多岁的李清照在无尽的孤苦凄凉中逝世，如梅花在风雨中凋零败落。

忍把浮名，换了浅斟低唱
——《鹤冲天》柳永

鹤冲天

宋·柳永

黄金榜上，偶失龙头望。

明代暂遗贤，如何向。

未遂风云便，争不恣狂荡。

何须论得丧？

才子词人，自是白衣卿相。

烟花巷陌，依约丹青屏障。

幸有意中人，堪寻访。

且恁偎红倚翠，风流事、平生畅。

青春都一饷。

忍把浮名，换了浅斟低唱。

忍把浮名，换了浅斟低唱。柳永可谓一语成谶。

大中祥符二年，柳永初次参加会试。他对自己的才华颇为自负，必能"魁甲登高第"，结果落第。愤懑羞惭之下，柳永写了这首《鹤冲天》。

柳永为排解失意的情绪，安慰自己只是偶然失手，未逢机遇，不必伤怀。做个风流才子，自是白衣卿相，功名利禄，不敌一杯美酒和耳畔低徊的歌声。

宋人笔记记载，柳永屡试不第，直至宋仁宗时期才中第。放榜之时，仁宗看到他的名字，说道："且去浅斟低唱，何要浮名。"遂将其名字划掉。自此，柳永自称"奉旨填词柳三变"，流连于烟花柳巷，为歌姬谱曲填词。

笔记多有戏说的意味，柳永大半生抑郁不得志，就如这首词所描绘的那般，寄情于青楼，浅斟低唱。

柳永原名柳三变，出身于官宦世家，幼年一直跟随在父亲身边读书习文。他天资聪颖，十来岁写的一篇《劝学文》让长辈连连称奇。词曲一道，柳永表现出了过人的天赋和兴趣，少年时期的习作便为人所称赞。

咸平五年（1002 年），柳永欲进京参加科举。路过杭州时，他被这座都市的繁华浪漫所吸引，于是滞留于此，沉迷于西湖歌舞之中。

醉人的江南，激发了柳永的灵感。十九岁那年，他以一首《望海潮·东南形胜》名噪一时，得到了达官贵人的赏识。那些莺莺燕燕的青楼楚馆，也都记住了这位年轻的才子，争相吟唱他的词作。

柳永多写艳情，擅写羁旅离别，词作细腻委婉，后世很少将其与"豪放"作联系。其实，他写此类词作，亦不失大家风范。

景德初年，柳永离开杭州，沿汴河至苏州，曾作一首《双声子·晚天萧索》怀古。

> 晚天萧索，断篷踪迹，乘兴兰棹东游。
>
> 三吴风景，姑苏台榭，牢落暮霭初收。
>
> 夫差旧国，香径没、徒有荒丘。
>
> 繁华处，悄无睹，惟闻麋鹿呦呦。
>
> 想当年、空运筹决战，图王取霸无休。
>
> 江山如画，云涛烟浪，翻输范蠡扁舟。
>
> 验前经旧史，嗟漫哉、当日风流。
>
> 斜阳暮草茫茫，尽成万古遗愁。

柳永在江淮地区流寓七年，才来到京师汴京（今开封）参加会试。偶然一次失利，对他而言并不是太大的打击，柳永依旧对仕途充满了希望，留在汴京准备一下届的科举。只是他未曾料想，接连四次科举，他都名落孙山。

北宋时期，青楼画舫十分繁荣，文人士大夫宴饮出游，莫不纵酒狎妓，已成风尚。柳永风流才调、浪荡性情，加上科举失意，于是流连欢场，放浪形骸。

在传统士大夫眼中，歌妓舞女属于下层的"贱民"，不过是用来助兴享乐的，很少平等视之，更遑论真情对待。彼时曲子词也是用来消遣的俗文化，登不上大雅之堂，无法与儒雅纯正的诗相提并论。

柳永在汴京的几年，无法进入上流社会，一直浪迹烟花柳巷，从而与歌妓有了更为深层次的接触。柳永了解了她们的生活，同情她们的命运，尊重她们的人格，欣赏她们的才情。

同是天涯沦落人，寓居汴京的柳永开始大量书写歌妓的悲欢喜乐，吟唱与她们的真挚感情。

拟把疏狂图一醉，对酒当歌，强乐还无味。衣带渐宽终不悔，为伊消得人憔悴。

宋代的歌妓，需具备出色的才艺，才能拥有更高的身价。当时，倚声填词，多由歌妓演唱，而柳永填词作曲的水平，无人能出其右，因而"教工乐坊每得新腔，必求永为辞，始行于世"。若是能得柳永量身填写一首词，歌妓顿时身价倍增。

相传当时青楼流行着几句口号："不愿君王召，愿得柳七叫；不愿千黄金，愿得柳七心；不愿神仙见，愿识柳七面。"

柳永在青楼如鱼得水，写了大量大众化、平民化的词，因此"凡有井水处，皆能歌柳词"。可盛传于民间的词名，反而影响了柳永的仕途。

宋初的文人士大夫虽填词消遣，但语句情感颇为含蓄。柳永的那些词作，在他们眼中极为庸俗。直至近代，王国维还有"屯田（柳永）轻薄子，只能道'奶奶兰心蕙性'耳"的评价。

宋人笔记载，柳永曾拜访宰相晏殊。闲聊之际，晏殊询问他近来还作曲子否。柳永答道："和您一样，偶尔也填几首。"

谁知，晏殊听后神色不悦，说道："我虽作曲子，但不至于写'彩线慵拈伴伊坐'这样低俗的句子。"

这则故事并不一定是真实发生的，但也在一定程度上反映了柳永被上流社会排挤的困境。

随着几位兄长接连中第，落榜的柳永心中更加黯然。古代文人寒窗苦读，怀着治国齐家平天下的初衷。柳永生于宦官世家，儒家入世思想深入骨髓，又怎甘心将青楼当成归宿。

天圣二年(1024年)，柳永第四次落榜后，与情人虫娘告别，由水路南下。离别时，作词《雨霖铃》：

多情自古伤离别，更那堪，冷落清秋节！今宵酒醒何处？杨柳岸，晓风残月。此去经年，应是良辰好景虚设。便纵有千种风情，更与何人说？

同样是游历，柳永却觉"狎兴生疏，酒徒萧索，不似少年时"。中年的他漂泊无定，困顿落魄，只为在科举之外，寻求另一条出仕之路。可惜十年宦游，他的足迹遍至西北、巴蜀、江南，仍然求仕无门。

漫长的漂泊中，尽是落寞与孤独。随着年华渐逝，柳永对人生与世间有了更深刻的思考。在此期间，他所作的羁旅词，苍凉悲楚，意境阔大，如那首《八声甘州》：

对潇潇暮雨洒江天，一番洗清秋。

渐霜风凄紧，关河冷落，残照当楼。

是处红衰翠减，苒苒物华休。

惟有长江水，无语东流。

不忍登高临远，望故乡渺邈，归思难收。

叹年来踪迹，何事苦淹留。

想佳人妆楼颙望，误几回、天际识归舟。

争知我，倚栏杆处，正恁凝愁！

后人对这首词的评价极高，认为有古诗之韵，堪比唐人佳作。苏轼看到这首词后感叹："都说柳永的词俗，我看未必。"

景祐元年（1034年），宋仁宗亲政，对科场沉沦之士降低门槛。五十一岁的柳永闻讯赶来京师参加科举，终于登进士榜，授睦州团练推官。

虽是暮年及第，柳永仍然欣喜不已。然而，他为官十余年，官职低微，大部分时间都在差遣中奔波。

仁宗一朝，太平繁荣。柳永晚年辗转各地，将各个城市的繁华风貌、节日庆典，以词曲呈现。同时代的名臣范镇曾言："仁宗四十二年太平，乃于耆卿（柳永）词见之。"

柳永曾想通过这些歌咏盛世的词作，获得上层官员及皇帝的赏识。可因为他词中多有犯忌之语，不合仁宗心意，一直改官无果。直至范仲淹拜参知政事，柳永才改为著作佐郎，授西京灵台山令。

皇祐元年（1049年），柳永以屯田员外郎致仕，因此世称"柳屯田"。四年后，柳永与世长辞，享年七十岁。

屯田员外郎只是从六品，属于北宋京官中最低的官阶。然而，千百年过去，那些拖青纡紫的贵人早已化为尘土。而后世永远记得，那个在青楼浅斟低唱，在杨柳岸告别，在潇潇暮雨中漂泊的柳屯田。

莫向花笺费泪行
——《鹧鸪天》晏几道

鹧鸪天

宋·晏几道

醉拍春衫惜旧香，天将离恨恼疏狂。

年年陌上生秋草，日日楼中到夕阳。

云渺渺，水茫茫。征人归路许多长。

相思本是无凭语，莫向花笺费泪行。

晏几道写这首词，无疑是在进行一次痛苦的追忆，追忆中有他落拓的一生。

醉拍春衫，却想起了曾经的青楼歌笑，只是这般欢愉的生活早已远去，唯留有一抹旧香，在时空里氤氲不散。

晏几道将后半生的落魄潦倒，归咎于自己的疏狂。或许是上天恼怒这种疏狂，才会不停地制造离恨。离恨在陌上秋草，在楼中夕阳。

云水渺茫，归路漫漫，无限相思，无处投寄，便莫再对着花笺洒泪了。

最让人绝望的，或许就是相思无凭。晏几道忆的是少年，思的是莲、鸿、苹、云。

晏几道出生的时候，晏殊已经五十八岁了。古代这个年龄已是暮年，老来得子，自然无比欣喜。晏府的公子，家中最受宠爱的幺儿，晏几道如上天眷顾的主角，享受着荣华富贵，自幼锦衣玉食。

更让人羡慕的，是晏几道还继承了父亲的文学天赋。晏殊自己十四岁以神童入试，赐同进士，他也希望晏几道能够成为人中龙凤，于是对他悉心栽培。

晏几道不负众望，七岁能写文，成为晏家的骄傲。

至和二年（1055 年），晏殊去世。八岁的晏几道，由兄嫂照料。

晏家的社会地位，初期并无太大改变。晏殊门生遍天下，范仲淹、欧阳修、王安石等仁宗一朝的名臣多受其奖掖提拔，富弼还是晏殊的女婿。

所以，晏几道依旧锦衣玉食，也无意入仕，只爱诗词歌舞，喜欢无拘无束的生活。柳永落第时曾说"忍把浮名，换了浅斟低唱"，其实是有几分落第后的不甘。晏几道却真是不愿追求功名，不愿被虚名所累。

晏几道的少年生活，正如他词中所描绘的那样："金鞭美少年，去跃青骢马。牵系玉楼人，绣被春寒夜。"

长大成人，娶妻成家，后以恩荫任太常寺太祝。这个职位主要管理祭祀事宜，权力不大，工作清闲，但远离官场的纷纷扰扰，有时间交友读书，正合晏几道心意。

那时，他结识了许多好友，沈十二廉叔、陈十君龙，还有黄庭坚，他们几人时常聚饮。宋朝经济繁荣，精神生活丰富，许多文人都在家中蓄养歌女，宴饮聚会时，便会让她们展现歌舞助兴。

沈、陈两位好友家中，有莲、鸿、苹、云四位歌女，她们多才多艺，温婉动人。那时的晏几道，正是锦瑟华年，对于美丽的异性，有着懵懂的情怀。而这种情怀，如凝结的琥珀，即便岁月流逝，也一直清澈坚固。

晏几道为这些歌女填了很多词，每成一首，便会交给四人吟唱，他则与陈、沈饮酒观赏。晏几道的一首首名作，通过莲、鸿、苹、云之口传遍京师。

人生或许本无什么对错，心怀天下苍生的志士，的确值得世人钦佩。可整日填词听曲，宴饮聚会，也未必就是不思进取。真正的幸福，或许就是以自己喜欢的方式，过完一生。

这段时期应在晏几道二十岁至二十七岁之间，是他最为快意的时光。

然而，随着晏殊的影响力逐渐消散，晏几道的快意生活也慢慢改变，等待这位风流公子的是残酷的现实。官场就如江湖，一旦踏入，便难以脱身。尽管晏几道远离政治旋涡，仍不可避免被卷入其中。

熙宁二年（1069年），王安石任参知政事，主持熙宁变法。由于新法的施行出了问题，百姓未得其惠，反受其害。

熙宁六年，因为许久没有下雨，发生了旱灾，百姓无以为继。而地方官吏却以新法为由逼迫百姓，以致许多人背井离乡，成为流民。晏几道的好友郑侠目睹民间疾苦，画成《流民图》，请求朝廷废除新法。

郑侠因此受到迫害，被罗织罪名，下入大狱。晏几道曾经送给郑侠一首诗，其中有两句："春风自是人间客，主张繁华得几时？"新党搜到这首诗后，将其认定为讽刺新政的罪证，晏几道也被关入狱中。

晏几道的家人惊慌失措，四处求人打点。好在宋神宗并非昏君，他欣赏晏几道的才华，也明白那首诗并非讽刺，于是将其释放。

宋朝官员的俸禄很高，晏殊在世时留下了不少家产。可晏几道不善理财，坐吃山空，经下狱一事后，生计更为艰难。晏几道并未因此愁苦哀叹，钱不够用，那就换小房子，辞退仆人。

北宋张邦基《墨庄漫录》记载，晏几道因为经济不充裕，曾多次搬家。他家中少有值钱的物件，最多的就是书。为此，晏几道的妻子抱怨，说他像是乞儿不肯丢弃讨饭的碗。晏几道笑着回道："这就是我吃饭的碗，希望你到老也要爱护它们。"

他用乐观的态度，向后世展示了何为安贫乐道。好友黄庭坚说，晏几道有四痴：一是挥霍许多钱财，导致家人生活困顿，却不觉得这是什么过失；二是为人单纯，别人百般负他而无恨，仍然相信别人；三是父亲门生遍地，却不肯攀附关系，傍一贵人；四是才华出众，却不以此参加科举，博取功名富贵。

若是晏几道圆滑世故一点，有意进取，他的仕途定会是一片坦途。可偏偏他清高倨傲，任谁也不放在眼里，由此得罪了不少人，就连苏轼都曾吃了闭门羹。

元祐初年，晏几道到京城访友。苏轼通过黄庭坚，想见一见晏几道。晏几道却说："如今朝堂半数是我父亲的门生，我都没空见。"苏轼十分尴尬，却也觉得晏几道有趣，依旧如同少年一般任性。

或许正因这种性格，晏几道一生都未曾居高位。缪钺说他之所以沉沦下僚，是自己甘心情愿的，并非受到排挤。

其实，晏几道也有治国齐家的志向。元丰五年（1082 年），韩维担任许州知州。晏几道在他手下任职，曾献词数卷。韩维是晏殊门生，他看到晏几道的词作，评价道："才有余而德不足。"

晏几道十分失望，此后便没有看到他主动求官的记载，只见他醉卧花丛，赋诗填词。

年轻时，在沈、陈好友家中遇见的莲、鸿、苹、云给予了晏几道许多灵感。然而，世事变迁，两位好友相继离世，四位歌女不知离散何方。晏几道寻而不得，唯有回忆。

梦后楼台高锁，酒醒帘幕低垂。去年春恨却来时。落花人独立，微雨燕双飞。

记得小苹初见，两重心字罗衣。琵琶弦上说相思。当时明月在，曾照彩云归。

这首临江仙，便是怀念歌女小苹之作。许多事情都已随着时光流逝而消散，可晏几道仍然记得他们初见之时，小苹穿着薄罗衫，上面绣着双重"心"字，抚着琵琶唱相思，二人的心也重合在一起。

多年以后，晏几道与其中一位相识，惊喜万分，填《鹧鸪天》一首：

<blockquote>

彩袖殷勤捧玉钟，当年拼却醉颜红。

舞低杨柳楼心月，歌尽桃花扇底风。

从别后，忆相逢。几回魂梦与君同。

今宵剩把银釭照，犹恐相逢是梦中。

</blockquote>

晏几道后半生潦倒落魄，在宋徽宗大观四年（1110年）去世，他什么都没有留下，唯独留下了《小山词》。

《小山词》两百多首，多是感怀往事，抒写哀愁。传统文人士大夫都认为，儿女情长，思想境界不高。然而，晏几道将技巧做到了极致，把伤心写到了极致。所以，其词作成就超越了父亲晏殊和欧阳修等人。

这就是赵缺先生说的：

佛家有大乘、小乘，而诗家也有大乘、小乘。大乘者，抒发家国情怀；小乘者，抒发一己儿女之情。大乘小乘，果位不同，俱为正道。

晏几道未能经世致用，是时人眼中的纨绔公子。可他却用自己的方式，证得了自己的道。

欲买桂花同载酒，终不似，少年游
——《唐多令》刘过

唐多令

宋·刘过

芦叶满汀洲，寒沙带浅流。

二十年重过南楼。

柳下系船犹未稳，能几日，又中秋。

黄鹤断矶头，故人今在否？

旧江山浑是新愁。

欲买桂花同载酒，终不似，少年游。

淳熙十三年（1186年）的晚秋，武昌黄鹄山上建了一座安远楼。楼成之日，刘过与一众文人在此相聚，效仿兰亭雅集，诗酒唱酬。

流觞曲水，清秋红叶，风雅蕴藉一如东晋永和九年的三月初三。他们所处的时代，也如偏安江左的东晋王朝，风流繁华的背后，暗藏着山河破碎的悲凉。

所以，刘过无法真正快意，纵使山水正好、友人在侧，他心中满是忧虑，忧虑王朝的命运。他期望建功立业，以身许国。

二十多年后，他理想仍未实现，忧虑却成真了。

开禧二年（1206年），南宋终于鼓起勇气，发动了北伐。天道好还，中国有必伸之理，人心效顺，匹夫无不报之仇。

然而，仓皇北顾，失败收场，最终换来一纸"嘉定和议"，合议中满是"屈辱"二字。开禧北伐的次年，主持北伐的韩侂胄被杀，刘过的知音辛弃疾也在这年逝世。

二十年来如一梦，重游安远楼，刘过已是白发苍苍。南宋的灭亡已然可以预见，故人旧识多半零落，不禁感慨万千。此时酒席上，一名歌女起身，邀他作词，刘过当即写下这首《唐多令》。

芦苇的枯叶落满汀州，清浅的寒水悄然划过沙岸。回首忆南楼往事，已是二十多年前。柳下小舟尚未系稳，又要奔波他处。没几日，又是中秋，光阴流逝得真快啊。

旧江山满目苍夷，望来平添新愁。八月中秋，正是桂花飘香的时节，欲买桂花同载酒，终不似，少年游。唉，终不似，少年游。

刘过是江湖词人，身世浮沉，一生未仕。他并非淡泊名利，只是报国无门。刘过出身贫寒，家徒四壁，但少怀志节，喜欢读兵书，动辄与人谈论古今盛衰之变。三十岁以前，刘过在江西、湖南一带读书漫游。

淳熙十年（1183年），三十岁的刘过在湖南，获得参加次年礼部大试的资格，于是赶往临安应试。

刘过为人疏狂不羁，此次应试虽然落第，但他依旧对未来充满希望。只是他从青年考到白头，仍未进入仕途，江湖浪游，漂泊无定。

绍熙四年（1193年），六十九岁的陆游赋闲在山阴，闭门谢客。许多达官显贵，都难以见上他一面。

刘过一介布衣，登门拜访。陆游却欣然相见，并赠诗："胸中九渊蛟龙蟠，笔底六月冰雹寒。"陆游欣赏刘过豪放不羁的性格，欣赏他以身许国的志趣，同时又为他的遭遇而惋惜。

刘过亦感叹陆游不得重用，曾作一首《水龙吟》寄赠："想见鸾飞，如椽健笔，檄书亲草。算平生白傅风流，未可向、香山老。"他希望陆游不要对朝廷灰心，不要学白居易那般隐居香山，独善其身。

此时的刘过，历经十年坎坷，屡试不第。但从他写给陆游的词作来看，依旧壮怀激烈，未忘以身许国的初心。

绍熙五年（1194年），太上皇赵昚病重，宋光宗不闻不问，两宫失和，以至于朝堂骚动。刘过以布衣之身，扣阁上书，请求宋光宗表现出对太上皇的关照，以安定朝廷与人心。

我本将心向明月，奈何明月照沟渠。南宋的官场将刘过拒之门外，刘过仍一心为国，虽然他未能替南宋做出实质性的贡献，但这种无私的精神是伟大的。

刘过的人生有一段非常重要的交游，那便是与辛弃疾相识。

郭霄凤《江湖纪闻》载，辛弃疾三十二岁那年，知滁州。他十分欣赏刘过的疏狂豪放，邀刘过一起微服游楼。在此期间，恰好遇见一都吏仗势欺人，辛弃疾罚都吏出资一万缗为刘过母亲助寿。

蒋子正《山房随笔》记载，开禧元年（1205年），辛弃疾出任浙东安抚使，镇守京口。冬季大雪，辛弃疾与下属幕僚登楼赏雪。这时，刘过敝衣曳履，上前求见。

辛弃疾素闻刘过诗名，于是以"难"为韵，让他当场赋诗一首。刘过当即吟道："功名有分平吴易，贫贱无闻访戴难。"自此，二人结为莫逆之交。

而岳飞之孙岳珂的《桯史》记载，刘过与辛弃疾相识，是在嘉泰三年（1203年）。当时，刘过虽未进入仕途，但名气很大，辛弃疾特意命人相邀。刘过因事不能应邀，于是效仿辛弃疾的词风，写了一首《沁园春》相赠。

辛弃疾看后大为赞叹，他听说刘过为贫困所扰，命人送上大量财物，并再三邀请，终于得见刘过。

刘过布衣终身，史书无传，生平事迹，仅见于文人笔记，虚实难辨。岳珂与辛弃疾、刘过同时期，又互为好友，他对刘、辛二人初识的记载，应该是最为可信的。

辛弃疾豪迈尚气节，识拔英俊，所交多海内名士。他与刘过相识，是因为诗词才华，而更为欣赏的，是刘过对理想的不离不弃。

刘过不认同白居易独善其身的做法，即便王朝再衰微、官场再腐朽，他也要竭尽全力。因为家国天下，不仅是君君臣臣。

所以，刘过多次劝诫陆游、辛弃疾，担心他们这些主战派人士会因时局糜烂而归隐。就辛弃疾而言，刘过的担心自然多余了。二人地位虽不同，但拳拳之心，天地可鉴。

他们的交游时光极为快意。同样的疏狂不羁、不拘礼节，交往间自然随意洒脱，让人感受到最原始的自由。

刘过和辛弃疾一样，都是嗜酒之人。他们谈北伐，谈恢复中原，谈到兴起，拍桌而起，举杯痛饮，大醉而归。也正因如此，他们的词风极为相似。

南宋建立之后，曾因"隆兴和议"换来四十年太平安乐，朝堂上下暂时满足于"乾淳之治"，文人士大夫多耽溺于西湖歌舞，文风也多婉约精致。

而刘过承袭了辛弃疾"以文为词"的技巧，书写对收复中原的渴望、怀才不遇的悲慨，故而下笔纵横肆意，有着与稼轩词一样的豪放。后人将其与刘克庄、刘辰翁合称"辛派三刘"。刘过的词作在豪放狂逸之外，又"自饶俊致"，含蓄蕴藉，足以自成一家。

朋友易交，知音难寻，刘过与辛弃疾早已忘记了各自的身份而年龄，只凭心论交，自然快意。何况朝堂北伐在即，收复中原似指日可待。

刘过这一生，活的就是"抗金复国"四字。他有失意后的愤懑，却从未放弃过。

屡试不第又如何？他以布衣之身，数次上书献计献策。穷困潦倒又如何？他耗尽家财，游遍江山，观察疆域地形，分析北伐战略。势单力薄又如何？他浪迹江湖，广交朋友，团结主战派人士，力劝北伐。

开禧北伐前夕，刘过心潮澎湃，写下一首《沁园春》：

万马不嘶，一声寒角，令行柳营。见秋原如掌，枪刀突出，星驰铁骑，阵势纵横。人在油幢，戎韬总制，羽扇从容裘带轻。君知否？是山西将种，曾系诗盟。

龙蛇纸上飞腾，看落笔四筵风雨惊。便尘沙出塞，封侯万里，印金如斗，未惬平生。拂拭腰间，吹毛剑在，不斩楼兰心不平。归来晚，听随军鼓吹，已带边声。

可现实太过残酷，万众瞩目的开禧北伐以失败告终，主战派人士一个个被排挤、处死、病逝……支撑刘过的那口气，忽然就消散了，他感觉自己的腿再也迈不动了。

欲买桂花同载酒，终不似，少年游。开禧北伐失败后不久，刘过因病去世，家中连料理后事的钱财都没有，还是友人和当地官吏出资买地，将其葬在玉峰山。

知音者少，算乾坤许大，著身何处。直待功成方肯退，何日可寻归路。多景楼前，垂虹亭下，一枕眠秋雨。虚名相误，十年枉费辛苦。